Oscar Wilde · Das Bildnis des Dorian Gray

Oscar Wilde

Das Bildnis des Dorian Gray

Roman

KOMET

Besuchen Sie unsere Seite im Internet
www.komet-verlag.de
Umschlagfoto: Szene aus gleichnamiger Verfilmung mit Helmut Berger und Richard Todd in den Hauptrollen, Cinetext Bildarchiv
Satz & Layout: GEM Gesellschaft für elektronische Medien mbH, Ratingen
Gesamtherstellung: Komet Verlag GmbH, Köln

ISBN 3-89836-363-5

Einleitung

Die Geschichte Dorian Grays ist die Geschichte Oscar Wildes, dieses verwöhnten Überästheten, der im Alter von 38 Jahren auf der Höhe seines Glanzes stand, in einen unerquicklichen Prozess verwickelt und nach langwierigen Verhandlungen zu zwei Jahren Zuchthaus verurteilt wurde. Aber mit Dorian Gray kam er nur bis an die Pforte des Zuchthauses – Wilde lässt seinen Romanhelden Hand an sich selbst legen, was Wilde selbst nicht zu tun wagte. Seine schillernde Satire, sein oft beißender Zynismus, die ihm in Paris und in den angloamerikanischen Ländern zu oft rauschenden Triumphen geführt hatten, sind die hervorstechenden Merkmale dieser faszinierenden Persönlichkeit, die von der Londoner Gesellschaft je lauter beklatscht wurde, je mehr sie sich von diesem *arbiter eleganti*[illegible] gegeißelt sah. Dorian Gray tötete einen guten Menschen, der sich zu seinem Mahner und Richter machen wollte, Dorian Gray tötete den [illegible] besseren Menschen in sich sel[illegible] zu seinem Mahner und Richter n[illegible]tete sich schließlich dadurch ei[illegible]ge[illegible]le und Dorian Gray sind ein un[illegible]

E[illegible] in sich, die ihr fürchterliches Aus[illegible], er hatte Träume, die ihre sünd[illegible]zur Wirklichkeit werden ließen. Die Liebe, die er hegte (es sind immer Wildes eigene Worte) war nicht jener rein physische Bewunderung, die eine Geburt der Sinne ist und mit der Ermüdung der Sinne hinstirbt; es war eine Liebe, wie sie Michelangelo gekannt hat, Montaigne, Winckelmann und Shakespeare. – Der Stil, in dem die Geschichte vom Bildnis Dorian Grays erzählt wird, besteht (ähnlich wie einzelne Geschichten seiner Märchen und Erzählungen) in jener sonderbaren, reich geschmückten Diktion, die lebendig und dunkel zugleich ist, von Argotausdrücken und archaistischen Wendungen voll ist, von technischen Ausdrücken und sorgsam gefeilten, oft mühsam gesuchten Umschreibungen strotzt, die aber trotzdem plastisch und überraschend sein können, kurz jenen preziösen Stil aufweisen, der die Arbeiten einiger der feinsten Künstler aus der französischen Symbolistenschule kennzeichnet. Es sind Metaphern darin, so abenteuerlich an Form wie Orchideen, und auch so farbig abgetönt wie diese wunderlichen Blüten. Schon der melodische Fall der Sätze, die erklügelte Musik in ihrer Monotonie mit der Fülle von komplizierten Leitmotiven und Taktgefügen, die sich in der raffiniertesten Weise wiederholen (besonders in den Märchen), lassen dies Buch manchmal so erscheinen, als habe es ein verzückter Heiliger des Mittelalters geschrieben oder es bestünde aus den krankhaften Beichtbekenntnissen eines modernen Sünders.

Oscar Wilde starb 1900, sein Sterbliches geleiteten sieben Männer auf den Pariser Friedhof Père Lachaise, wo der Ruhelose Ruhe fand. Er hat viel geliebt, und darum muss ihm viel vergeben werden.

Vorbemerkungen zum Dorian Gray

Der Künstler ist der Schöpfer schöner Dinge. Kunst zu offenbaren und den Künstler zu verbergen, ist die Aufgabe der Kunst.

Kritiker ist, wer seinen Eindruck von schönen Dingen in eine neue Form oder in einen neuen Stoff übertragen kann. – Die höchste wie die niederste Form der Kritik ist eine Art von Selbstbiografie.

Wer einen hässlichen Sinn findet in schönen Dingen, ist verderbt, ohne anmutig zu sein. Das ist ein Fehler.

Wer einen schönen Sinn findet in schönen Dingen, hat Kultur. Er erweckt Hoffnung.

Das sind die Auserwählten, denen schöne Dinge lediglich Schönheit bedeuten.

Etwas, wie ein moralisches oder unmoralisches Buch, gibt es nicht. Bücher sind gut geschrieben oder schlecht geschrieben. Nichts weiter!

Die Abneigung des neunzehnten Jahrhunderts gegen den Realismus ist die Wut Calibans, der sein eigenes Gesicht im Spiegel sieht.

Das sittliche Leben des Menschen liefert dem Künstler einen Teil des Stoffgebietes, aber die Sittlichkeit der Kunst besteht im vollkommenen Gebrauch eines unvollkommenen Mittels.

Kein Künstler wünscht, etwas zu beweisen. Selbst Wahrheiten können bewiesen werden. – Kein Künstler hat ethische Neigungen. Eine ethische Neigung bei einem Künstler bedeutet eine unverzeihliche Manieriertheit des Stils. – Kein Künstler ist an sich krankhaft. Der Künstler kann alles ausdrücken.

Gedanke und Sprache sind für den Künstler Werkzeuge einer Kunst. – Laster und Tugend sind für den Künstler Stoffe einer Kunst.

Vom Standpunkt der Form ist die Urform aller Künste die Kunst des Musikers. Vom Standpunkt des Gefühls ist der Beruf des Schauspielers diese Urform.

Alle Kunst ist gleichzeitig Oberfläche und Symbol.

Wer unter der Oberfläche teuft, tut es auf eigene Gefahr.

Wer das Symbol erklärt, tut es auf eigene Gefahr.

In Wahrheit wird der Betrachter und nicht das Leben durch die Kunst abgespiegelt.

Meinungsunterschiede über ein Kunstwerk beweisen, dass es neu, vielfältig und bedeutungsvoll ist.

Sind die Kritiker uneinig, so ist der Künstler einig mit sich selbst.

Wir können einem Menschen verzeihen, dass er etwas Nützliches geschaffen hat, solange er es nicht bewundert. Die einzige Entschuldigung für den, der etwas Nutzloses geschaffen hat, besteht darin, dass es höchlich bewundert wird. – Alle Kunst ist völlig nutzlos.

Oscar Wilde

Erstes Kapitel

Das Atelier war von einem starken Rosenduft durchflutet, und wenn der leichte Sommerwind die Bäume des Gartens wiegte, so strömte durch die offene Tür der schwere Geruch des Flieders herein oder der zartere Duft des Rotdorns.

Aus der Ecke seines mit persischen Satteltaschen versehenen Diwans, auf dem Lord Henry Wotton lag und nach seiner Gewohnheit unzählige Zigaretten rauchte, konnte er gerade die honigsüßen und honigfarbigen Blüten eines Goldregenstrauches wahrnehmen, dessen zitternde Zweige die Last einer so flammenden Schönheit kaum zu tragen schienen, und ab und zu huschten die fantastischen Schatten vorbeifliegender Vögel über die langen bastseidenen Vorhänge, die vor dem großen Fenster hingen, was einen Augenblick lang eine Art japanischer Stimmung gab und den Lord an die bleichen, nephritgelben Maler in Tokio denken ließ, die mit Hilfe einer Kunst, die nicht anders als erstarrt genannt werden kann, das Gefühl von Schnelligkeit und Bewegung hervorzurufen suchen. Das tiefe Gesumm der Bienen, die ihren taumelnden Flug durch das lange, ungemähte Gras nahmen oder mit eintöniger Zähigkeit um die goldbestaubten Trichter des wuchernden Geißblatts kreisten, ließ die Stille noch bedrückender scheinen. Das dumpfe Brausen Londons murrte dazu wie der Grundbass einer fernen Orgel.

In der Mitte des Zimmers stand auf einer erhöhten Staffelei das lebensgroße Bildnis eines außerordentlich schönen Jüngling und ihm gegenüber, ein paar Schritte entfernt davon, saß sein Schöpfer, der Maler Basil Hallward, dessen plötzliches Verschwinden vor einigen Jahren beim Publikum so viel Aufsehen erregt und so viele seltsame Vermutungen erweckt hatte.

Während der Maler die anmutige und hübsche Gestalt betrachtete, die seine Kunst so prachtvoll widergespiegelt hatte, blitzte ein freudiges Lächeln über sein Gesicht und schien dort verweilen zu wollen. Aber plötzlich fuhr er auf, schloss die Augen und hielt die Lider mit den Fingern zu, als fürchte er, aus einem absonderlichen Traume zu erwachen, und als suche er ihn in seinem Gehirn einzuschließen.

„Es ist dein bestes Werk, Basil, das Beste, was du je gemacht hast", sagte Lord Henry schläfrig. „Du musst es unbedingt nächstes Jahr ins Grosvenor schicken: die Akademie ist zu groß und zu stimmungslos! Jedes Mal, wenn ich hinging, waren entweder so viele Leute da, dass ich die Bilder nicht sehen konnte, und das war grässlich, oder so viele Bilder, dass ich die Leute nicht sehen konnte, und das war noch grässlicher! Das Grosvenor ist wirklich der einzig richtige Platz."

„Ich denke nicht daran, es überhaupt auszustellen", antwortete der Maler und warf den Kopf in jener merkwürdigen Art zurück, über die seine Freunde in Oxford schon oft gelacht hatten. „Nein, ich stelle es nirgends aus."

Lord Henry hob die Brauen und sah den andern erstaunt an durch die dünnen blauen Raucharabesken, die in abenteuerlichen Wirbeln von der schweren opiumgetränkten Zigarette aufstiegen.

„Nirgends ausstellen? Ja warum, mein Lieber? Hast du dafür einen Grund? Was ihr Maler doch für Käuze seid! Ihr tut alles in der Welt, um euch einen Namen zu machen und habt ihr ihn endlich, so wollt ihr ihn scheinbar wieder loswerden. Das ist töricht von dir, denn es gibt nur ein Ding auf Erden, das peinlicher ist als in der Leute Munde zu sein, nämlich: nicht in der Leute Munde zu sein. Ein Porträt wie das da müsste dich weit über alle jungen Leute in England emporheben und würde die Alten vor Neid blass machen, wenn alte Leute überhaupt noch einer Empfindung fähig sind."

„Ich weiß ja, du wirst mich auslachen", entgegnete er, „aber ich kann es wahrhaftig nicht ausstellen. Es steckt da zu viel von mir selbst drin."

Lord Henry streckte sich auf dem Diwan aus und lachte:

„Ja, ich habe das gewusst; es bleibt aber trotz alledem wahr."

„Zu viel von dir soll darin sein? Auf mein Wort, Basil, ich hätte nie geahnt, dass du so eitel bist: ich kann wirklich nicht die entfernteste Ähnlichkeit finden zwischen dir mit deinem strengen, eckigen Gesicht und deinem kohlschwarzen Haar und diesem jungen Adonis, der so aussieht, als sei er aus Elfenbein und Rosenblättern gemacht! Nein, mein lieber Basil, der da ist ein Narziss, und du – natürlich hast du einen geistvollen Ausdruck und so weiter. Aber Schönheit, wirkliche Schönheit hört da auf, wo der geistvolle Ausdruck anfängt. Geist an sich ist eine Art Übertreibung und zerstört das Ebenmaß eines jedes Gesichts. Im Augenblick, wo man sich ans Denken macht, wird man ganz

Nase oder ganz Stirn oder sonst derart Gräuliches. Sieh dir doch all die Männer an, die etwas in gelehrten Berufen geleistet haben. Sind sie nicht sämtlich ausgesprochen hässlich? Die Männer der Kirche natürlich ausgenommen. Aber die von der Kirche denken eben nicht! Ein Bischof mit achtzig Jahren sagt noch unveränderlich dasselbe, was ihm als achtzehnjährigem Jungen beigebracht wurde, und infolgedessen sieht er immer entzückend aus. Dein geheimnisvoller junger Freund, dessen Namen du mir noch nicht verraten hast, dessen Bild mich aber in der Tat bezaubert, denkt niemals. Davon bin ich felsenfest überzeugt! Es ist irgendein hübsches hirnloses Geschöpf, das wir im Winter bei uns haben sollten, wenn es keine Blumen zum Beschauen gibt, und im Sommer, wenn wir etwas zur Abkühlung unseres Geistes gebrauchen. Schmeichle dir also gar nicht, Basil, denn du siehst ihm nicht im Geringsten ähnlich.“

Du verstehst mich eben nicht, Henry“, antwortete der Künstler; „natürlich seh ich ihm nicht ähnlich. Das weiß ich selbst! In Wirklichkeit wär’ ich sogar traurig, wenn ich ihm ähnlich sähe. Du brauchst nicht mit den Achseln zu zucken: Ich sage dir die Wahrheit. Jede körperliche und geistige Besonderheit umwebt eine gewisse Tragik, so eine Tragik, wie sich etwa das Schicksal der Könige auf ihren Irrwegen in der Weltgeschichte an die Sohlen zu heften scheint. Es ist besser, ebenso zu sein als die Nebenmenschen. Die Hässlichen und die Dummen haben das beste Leben auf der Welt: Sie können ruhig dasitzen und sorglos das Spiel begaffen. Sie wissen zwar nichts von Siegen, aber dafür bleibt ihnen auch das Gefühl der Niederlagen erspart. Sie leben dahin, wie wir es alle sollten: ungestört, gleichgültig und ohne Missbehagen; sie bringen anderen kein Unheil und empfangen es auch nicht von andern. Dein Stand und dein Reichtum, Harry, mein Geist, so viel ich davon besitze, meine Kunst, so viel sie wert sein mag, Dorian Gray für sein schönes Aussehen – wir müssen alle leiden für die Geschenke der Götter, und zwar schrecklich leiden."

„Dorian Gray? So ist sein Name?", fragte Lord Henry und schritt auf Basil Hallward zu.

„Ja so heißt er. Eigentlich wollte ich dir's nicht sagen."

„Aber warum denn nicht?"

„Nun, ich kann's nicht so erklären. Aber wenn ich einen Menschen sehr, sehr lieb habe, verrate ich niemand seinen Namen. Das käme mir etwa so vor, als lieferte ich damit einen Teil von seinem Selbst aus. Ja, in mir hat sich allmählich eine förmliche Liebe zu Geheimnissen entwickelt. Das scheint noch die einzige Art zu sein, das Leben unserer Zeit interessant und mysteriös zu machen. Die gewöhnlichste Begebenheit wird reich an Schönheit, wenn man sie verheimlicht. Ich verrate auch nie, wohin ich reise, wenn ich die Stadt verlasse. Wenn ich dies täte, so wäre meine ganze Freude daran hin. Das mag eine alberne Gewohnheit sein, aber sie trägt doch irgendwie ein Stückchen Romantik ins Leben. Du denkst jetzt gewiss, ich bin furchtbar närrisch?"

„Nicht im Mindesten", antwortete Lord Henry, „nicht im Mindesten, lieber Basil! Du scheinst ganz zu vergessen, dass ich verheiratet bin und dass darin der Hauptreiz der Ehe beruht, dass sie beiden Teilen ein Leben der Täuschung notwendig macht. Ich weiß nie, wo sich meine Frau aufhält, und meine Frau weiß nie, was ich tu und treibe. Wenn wir beisammen sind (wir sind wirklich einmal beisammen, wenn wir zu einem Diner eingeladen sind oder aufs Land zum Herzog fahren), so erzählen wir uns mit dem ernsthaftesten Gesicht die blödesten Geschichten. Meine Frau versteht das vorzüglich, ohne Frage viel besser als ich. Sie verwickelt sich nie in Widersprüche, und bei mir kommt es oft genug vor. Und wenn sie mich ertappt, macht mir die Gute nie eine Szene. Ich wünschte manchmal, sie täte es; aber sie lacht mich nur aus."

„Ich kann es nicht leiden, in welcher Weise du über deine Ehe sprichst, Henry", sagte Basil Hallward und ging langsam auf die Tür zu, die in den Garten hinab führte. „Ich glaube, du bist im Grunde ein ganz guter Ehemann und schämst dich nur immer über diese Tugend. Du bist überhaupt ein sonderbarer Mensch: Du sagst nie etwas Moralisches und tust nie etwas Schlechtes. Dein Zynismus ist nichts als die reinste Pose."

„Natürlichkeit Pose, und zwar die ärgerlichste Pose, die ich kenne", rief Lord Henry lachend aus, und die beiden jungen Männer stiegen zusammen in den Garten hinab und ließen sich auf einer großen Bambusbank nieder, die im Schatten eines hohen Lorbeerbaumes stand. Der Sonnenschein tanzte glitzernd über die glatten Blätter, und im Rasen schwankten weiße Gänseblümchen.

Nach einer Weile zog Lord Henry seine Uhr:

„Ich muss gleich fort, Basil", brummte er, „aber eh' ich gehe, musst du mir noch unbedingt die Frage beantworten, die ich vorhin gestellt habe."

„Welche Frage?“, sagte der Maler, die Augen fest an den Boden heftend.

„Na, du weißt ja.“

„Durchaus nicht, Harry.“

„Gut, dann will ich sie dir nochmals nennen! Du sollst mir erklären, warum du nicht Dorian Grays Porträt ausstellen willst. Ich bestehe darauf, den wahren Grund zu wissen.“

„Ich hab’ dir ja schon den wahren Grund genannt?“

„Nein, das hast du nicht getan. Du hast nur behauptet, es stecke zu viel von dir selbst in dem Bilde. Das ist aber kindisch.“

„Harry“, fragte Hallward und sah dem anderen gerade ins Gesicht, „jedes Porträt, das mit Gefühl gemalt ist, ist ein Porträt des Künstlers, aber nicht des Modells. Das Modell ist nur Anstoß und zufällige Gelegenheit. Nicht dies wird vom Maler enthüllt, nein, der Maler offenbart sich selbst auf der farbigen Leinwand. Ich will also dies Bild nicht ausstellen, weil ich fürchte, das Geheimnis meiner eigenen Seele darin aufgedeckt zu haben.“

Lord Henry lachte.

„Und worin bestünde die?“

„Ich will es sagen“, antwortete Hallward; aber in sein Gesicht kam ein Ausdruck von Verlegenheit.

„Ich bin äußerst gespannt, Basil“, entgegnete sein Gefährte mit Blick nach ihm.

„Ach, es ist wirklich nicht viel zu sagen, Harry“, antwortete der Maler, „und du verstehst es wohl kaum, wie ich fürchte. Vielleicht glaubst du mir es auch nicht mal.“

Lord Henry lächelte und bückte sich, um ein rosafarbenes Gänseblümchen aus dem Rasen zu pflücken das er sodann betrachtete.

„Ich werde dich ganz gewiss verstehen“, erwiderte er, sein Auge aufmerksam auf die kleine, goldene, weiß befiederte Blütenscheibe richtend, „und was den Glauben betrifft, so kann ich alles glauben, vorausgesetzt, dass es nur recht unwahrscheinlich ist.“

Der Wind ließ ein paar Blüten von den Bäumen rieseln, und die vollen, reich gesternten Trauben der Fliederbüsche bewegten sich schwer in der schwülen Luft. Eine Grille begann an der Gartenmauer zu zirpen, und wie ein blaues Fädchen segelte auf ihren braunen Gazeflügeln eine lange, schmächtige Wasserjungfer vorbei. Lord Henry glaubte Basil Hallwards Herz pochen zu hören und war neugierig, was nun wohl kommen würde.

„Die Geschichte ist also einfach so“, sagte der Maler nach einer Pause. „Vor zwei Monaten war ich mal auf einem der Massenempfänge bei Lady Brandon. Du weißt, wir armen Künstler müssen uns ab und zu in der Gesellschaft zeigen, um das Publikum daran zu erinnern, dass wir keine Wilden sind. Du sagtest mir einmal, in Frack und weißem Schlips kann selbst der Börsenmensch in den Verdacht von Bildung kommen. Na also, ich war etwa zehn Minuten dort und plauderte mit aufgeputzten, korpulenten, vornehmen Witwen und seichten Akademikern, da merkte ich plötzlich, dass mich jemand anblickte. Ich drehte mich halb um und sah zum ersten Mal Dorian Gray. Ich spürte, dass ich blass wurde, als sich unsere Blicke kreuzten. Ein seltsames Angstgefühl überkam mich. Ich wusste, ich stand einem Menschen gegenüber, dessen bloße Erscheinung schon so zauberhaft auf mich wirkte, dass dieser junge Mann, wenn ich ihn gewähren ließ, meine ganze Natur, meine ganze Seele, ja selbst meine Kunst an sich reißen müsste. Ich hatte nie im Leben irgendwelche Einwirkung von außen her nötig, und du weißt ja selbst, Harry, wie unabhängig ich im Grunde bin. Ich war immer mein eigener Herr, wenigstens so lange, bis ich Dorian Gray traf. Dann – aber ich weiß nicht, wie ich dir das begreiflich machen soll. Kurz und gut, irgendetwas schien mir schon jetzt zu sagen, dass ich an einem schrecklichen Wendepunkt meines Lebens stand. Ich hatte die eigentümliche Empfindung, dass das Schicksal für mich die ausgesuchtesten Freuden und die ausgesuchtesten Schmerzen in Bereitschaft halte. Ich bekam Furcht, und ich wollte gehen. Das Gewissen trieb mich nicht dazu, sondern mehr eine Art Feigheit. Ich bilde mir nichts darauf ein, dass ich diese Flucht versuchte."

„Im Grunde genommen sind Gewissen und Feigheit ein und dasselbe. Gewissen heißt nur die eingetragene Firma. Weiter nichts."

„Das glaub' ich nicht, Harry und ich glaube, du wohl selber nicht. Einerlei aber, aus welchem Grunde es geschah (es mag auch Stolz gewesen sein, denn ich war schon immer sehr stolz), jedenfalls eilte ich zur Türe. Natürlich prallte ich dabei mit Lady Brandon zusammen.

‚Sie wollen doch nicht schon davonlaufen, Herr Hallward?', kreischte sie; du kennst ja ihre schrille Stimme."

„Ja, sie ist ein richtiger Pfau, die Schönheit ausgenommen", sagte Henry und zupfte das Gänseblümchen mit seinen langen nervösen Fingern.

„Ich konnte sie nicht wieder loswerden. Sie schleppte mich zu den königlichen Hoheiten hin, dann zu Leuten mit Orden und Sternen und endlich zu ältlichen Damen mit riesigen Diademen und Kakadunasen. Sie nannte mich dabei ihren besten Freund. Ich hatte sie nur ein einziges Mal vorher gesehen, aber sie setzte es sich in den Kopf, aus mir den Löwen des Tages machen zu wollen! Ich glaube, damals hatte gerade ein Bild von mir ziemlichen Erfolg gehabt, wenigstens hatten die Zeitungen allerhand Geschwätz darüber verbrochen, und das ist ja im neunzehnten Jahrhundert der Stempel der Unsterblichkeit! Plötzlich stand ich dem jungen Mann gegenüber, dessen Äußeres mich vorhin so merkwürdig aufgeregt hatte. Wir standen ganz dicht nebeneinander und berührten uns beinah. Unsere Blicke kreuzten sich wieder. Es war leichtsinnig von mir, aber ich bat Lady Brandon, mich ihm vorzustellen. Vielleicht aber war es doch streng genommen nicht so leichtsinnig. Es war einfach nicht zu umgehen. Wir hätten schließlich auch ohne Vorstellung miteinander gesprochen. Ganz sicher! Dorian sagte es mir nachher. Auch er fühlte, dass unsere Bekanntschaft eine Art Schicksalsfügung war."

„Und wie hat Lady Brandon den sonderbaren Jüngling beschrieben?", fragte sein Freund. „Ich weiß, es ist ihre Art, von jedem Gast eine kleine Beschreibung zu geben. Ich erinnere mich, dass sie mich einmal einem schrecklichen, alten Herrn mit knallrotem Gesicht vorstellte, dessen Brust mit Orden und Bändern überladen war, und mir in einem tragischen Flüsterton, der für alle im Zimmer hörbar war, die erstaunlichsten Einzelheiten über ihn ins Ohr zischelte. Ich musste einfach davonlaufen. Ich entdecke die Leute gerne mit eigenen Mitteln. Aber Lady Brandon behandelt ihre Gäste geradeso, wie ein Auktionator seine Ware. Sie erklärt sie einem entweder so lange, bis nichts mehr davon übrig bleibt, oder sie sagt alles, und nur nicht das, was man wissen will."

„Die arme Lady Brandon! Du urteilst hart über sie", meint Hallward zerstreut.

„Mein lieber Junge, sie wollte einen Salon gründen und es ist ihr nur ein Restaurant geglückt: Wie kann ich sie da bewundern? Aber sag' mir nun endlich, was sie über Dorian Gray erzählt hat!"

„Nun, so irgendwas wie: entzückender junger Mensch – seine arme Mutter und ich ganz unzertrennlich – vergaß ganz, was er treibt – fürchte beinahe – gar nichts – ach ja, spielt Klavier – oder war es Geige, lieber Herr Gray? Wir mussten beide lachen und wurden dadurch sofort Freunde."

„Lachen ist sicherlich nicht der schlechteste Anfang für eine Freundschaft, und gewiss ihr schönstes Ende", sagte der junge Lord und pflückte noch ein Gänseblümchen. Hallward schüttelte den Kopf.

„Du hast ja keine Ahnung, Harry, was Freundschaft ist", murmelt er, „und ebenso wenig davon, was Feindschaft ist. Du hast alle Welt gern, mit anderen Worten dir sind alle gleichgültig."

„Wie furchtbar ungerecht von dir!", rief Lord Henry, schob seinen Hut in den Nacken und sah empor zu den Lämmerwolken, die gleich blanken Knäuel weißer Seide über das türkisfarbene Himmelsgewölbe dahinruderten. „Ja, furchtbar ungerecht von dir. Ich unterscheide die Leute sehr scharf. Ich wähle meine Freunde nach ihrem guten Aussehen, meine Bekannten nach ihrem guten Charakter und meine Feinde nach ihrem guten Verstande. Der Mensch kann in der Wahl seiner Feinde nicht vorsichtig genug handeln. Ich habe keinen Einzigen, der ein Narr ist. Es sind alles Leute von einer gewissen geistigen Höhe, und daher schätzen Sie mich alle. Bin ich eitel? Ich glaube, es klingt ein bisschen eitel."

„Ich glaube auch, Harry. Aber nach deiner Einteilung zähle ich nur zu deinen Bekanntschaften."

„Mein lieber, alter Basil, du bist weit, weit mehr als nur ein Bekannter."

„Und weit, weit weniger als ein Freund! Wohl so eine Art Bruder?"

„Pah, Bruder! Bleib mir mit Brüdern vom Leib! Mein ältester will nicht sterben und meine jüngeren tun scheinbar nichts anderes."

„Harry!", rief Basil mit gerunzelten Brauen.

„Lieber Junge, ich meine es nicht so ernsthaft! Aber ich kann mir nicht helfen, ich verabscheue meine Verwandten. Ich vermute, das kommt daher, dass kein Mensch seine eigenen Fehler bei einem anderen vertragen kann. Ich verstehe durchaus die Wut der englischen Demokraten auf die so genannten Laster der oberen Stände. Die Massen fühlen, dass Trunkenheit, Dummheit und Unsittlichkeit eigentlich zu ihren Vorrechten gehören sollten, und dass jeder von uns, der sich darin bloßstellt, in gewissem Sinne auf ihrem Jagdgebiet wildert. Als seinerzeit der Scheidungsprozess des armen Southwark spielte, war ihre Entrüstung wirklich reizend! Und trotzdem lebt meiner Überzeugung nach nicht der zehnte Teil des Proletariats der Sitte entsprechend."

„Ich stimme keinem einzigen deiner Worte zu, Harry, und, was mehr ist, du selbst glaubst ja auch nicht im Mindesten daran."

Lord Henry strich über seinen braunen Spitzbart und klopfte mit dem zierlichen Spazierstock aus Ebenholz gegen die Lackspitze seines eleganten Stiefels.

„Wie englisch du bist, Basil! Du machst diesen Einwurf heute zum zweiten Mal. Wenn man einem richtigen Engländer eine Idee mitteilt, was an sich schon immer eine Unüberlegtheit ist, so fällt es ihm nicht im Geringsten ein, zu prüfen, ob die Idee richtig ist oder falsch. Das Einzige, was ihm von Wichtigkeit scheint, ist, ob der Sprecher selbst daran glaubt. Aber der Wert einer Idee hat nicht das Geringste zu tun mit der Aufrichtigkeit dessen, der sie ausspricht. Aller Wahrscheinlichkeit nach wird die Idee um so geistreicher sein, je unaufrichtiger der Sprecher ist, weil sie dann weder die Farbe seiner Bedürfnisse noch seiner Wünsche noch seiner Vorurteile annehmen wird. Indes hab ich nicht die Absicht, mich in politische, soziale oder metaphysische Abhandlungen mit dir einzulassen! Mir sind Menschen lieber als Grundsätze und Menschen ohne Grundsätze überhaupt das Liebste auf der Welt. Erzähl mir aber mehr von deinem Dorian Gray. Wie oft siehst du ihn?"

„Jeden Tag. Ich wäre unglücklich, wenn ich ihn einen Tag nicht sähe. Er ist für mich geradezu ein Bedürfnis."

„Merkwürdig! Ich glaubte immer, du kümmertest dich ausschließlich um deine Kunst."

„Er ist für mich jetzt meine Kunst", sagte der Maler ernst. „Manchmal glaube ich, Harry, dass es in der Weltgeschichte nur zwei wichtige Epochen gibt. Die erste ist das Auftreten einer neuen Kunsttechnik und die zweite die Erscheinung einer neuen Persönlichkeit in der Kunst. Was für die Venezianer die Erfindung der Ölmalerei war, das war für die spätgriechische Bildhauerzunft das Gesicht des Antonius, und das wird eines Tages für mich das Gesicht Dorian Grays sein. Worauf es dabei ankommt, ist nicht, dass ich ihn male, zeichne oder skizziere. Natürlich hab ich alles das getan; aber er ist für mich viel mehr als ein Modell oder ein Mensch, der mir sitzt. Ich will nicht behaupten, dass ich unzufrieden mit dem bin, was ich nach ihm gemacht habe, oder dass seine Schönheit so ist, dass sie die Kunst nicht ausdrücken könne. Es gibt ja überhaupt nichts, was die Kunst nicht ausdrücken kann, und ich weiß, was ich gemacht habe, seit ich Dorian Gray kenne, ist eine gute Arbeit, ja die gelungenste Arbeit meines Lebens. Aber auf irgendeine seltsame Weise, und ich glaube kaum, dass du das verstehen wirst, hat mir seine Persönlichkeit eine vollständig neue Kunstart, einen ganz neuen Stil offenbart. Ich sehe die Dinge anders, ich denke darüber anders. Ich kann jetzt das Leben auf eine Manie festhalten, die mir früher nicht gegeben war. Ein Traum von Form in unseren Tagen des Denkens, wer war es, der so sagte? Ich habe es vergessen, aber das bedeutet Dorian Gray für mich. Die bloße sichtbare Gegenwart – ach! Ich glaube nicht, dass du eine Ahnung davon hast, was sie für mich bedeutet! Ohne es selbst zu wissen, offenbart er mir die Linien einer neuen Schule, in der die ganze Leidenschaft der Romantik enthalten ist und die ganze Vollkommenheit des griechischen Geistes. Die Harmonie von Leib und Seele, wie viel ist das doch! Wir in unserer Verblendung haben die beiden auseinander gerissen und einen Realismus erfunden, der gewöhnlich ist, und einen Idealismus, der leer ist. Harry! Wenn du ahnen könntest, was mir Dorian Gray ist! Erinnerst du dich an meine Landschaft, für die mir Agnew ein so wahnsinniges Geld angeboten hat und von der ich mich doch nicht trennen wollte? Es ist sicher eins der besten Stücke, die ich je gemacht habe. Und weshalb? Weil Dorian Gray, während ich sie malte, neben mir saß. Irgendein feines Fluidum strömte von ihm zu mir über, und zum ersten Mal im Leben entdeckte ich in der schlichten Waldlandschaft das Wunder, das ich immer gesucht und nie gefunden hatte."

„Das ist ja eine ganz außerordentliche Geschichte, Basil. Ich muss Dorian Gray wirklich kennen lernen."

Hallward schnellte von der Bank auf und ging im Garten auf und ab. Nach einem Weilchen kam er zurück.

„Harry", sagte er, „Dorian Gray ist für mich nichts als ein künstlerisches Motiv: Vielleicht fändest du gar nichts in ihm. Ich aber finde alles in ihm. Er ist in Wirklichkeit in meiner Arbeit nie lebendiger, als wenn sein Schatten von ihm darin ist. Er ist für mich, wie ich sagte, die Anregung zu einem neuen Stil. Ich finde ihn in den Schwingungen gewisser Linien, in der Anmut und Zartheit gewisser Farben – das ist alles."

„Warum willst du dann aber sein Bild nicht ausstellen?“, fragt Lord Henry.

„Weil ich ungewollt einen gewissen Ausdruck dieser merkwürdigen Künstlervergötterung hineingelegt habe, von der ich ihm natürlich nie sprechen wollte. Er hat von allem keine Ahnung und er soll auch nie davon etwas ahnen. Aber die Welt könnte es erraten und ich will meine Seele ihren oberflächlichen, spähenden Augen nicht entschleiern. Mein Herz sollen sie nie unter ihr Mikroskop bekommen. Es ist zu viel von mir selbst in dem Bilde, Harry – zu viel von mir selbst.

„Dichter nehmen das nicht so genau wie du; die wissen, wie einträglich es ist, Leidenschaft zu veröffentlichen. Ein gebrochenes Herz bringt es heutzutage zu einer starken Anzahl von Auflagen.“

„Ich hasse sie eben darum“, rief Hallward aus. „Ein Künstler soll Schönes schaffen, sollte aber nichts von seinem eigenen Dasein hineintragen. Wir leben in einer Zeit, wo die Menschen aus der Kunst eine Art Autobiografie machen möchten! Wir haben den klaren Begriff für absolute Schönheit verloren. Eines Tages will ich der Welt zeigen, was sie ist, und deshalb soll die Welt niemals mein Bild von Dorian Gray sehen.“

„Ich glaube, du hast unrecht, Basil, aber ich will mit dir nicht streiten. Nur die geistig Enterbten streiten sich gern. Sag mal, hat dich Dorian Gray sehr lieb?“

Der Maler dachte ein paar Augenblicke nach.

„Er hat mich gern. Natürlich schmeichle ich ihm fürchterlich. Ich finde ein ganz besonderes Vergnügen darin, ihm Dinge zu sagen, die mir später, wie ich ganz genau weiß, Leid tun. In der Regel ist er reizend zu mir, und wir sitzen dann im Atelier und schwatzen von tausend Dingen. Ab und zu ist er allerdings schrecklich gedankenlos und scheint große Freude daran zu finden, mir weh zu tun. Dann, Harry, fühle ich, dass ich jemand meine ganze Seele ausgeliefert habe, der sie behandelt wie eine Blume für ein Knopfloch, wie ein kleines Ehrenzeichen, mit dem man seine Eitelkeit befriedigt, wie ein Schmuckstück für einen Sommertag."

„Sommertage, Basil, pflegen manchmal lange zu dauern", entgegnete Lord Henry. „Vielleicht wirst du seiner eher müde, als er deiner. Es ist traurig, daran zu denken, aber es ist zweifellos wahr, dass das Genie die Schönheit überdauert. Das erklärt auch die Tatsache, dass wir uns so viel Mühe machen, uns mit Bildung voll zu pfropfen. Im wilden Kampfe ums Dasein wollen wir alle etwas Dauerhaftes haben und so füllen wir unseren Geist mit Plunderkram und Tatsachen an, in der eiteln Hoffnung, dadurch unseren Platz zu behaupten. Der durch und durch unterrichtete Mann: Das ist das moderne Ideal! Und der Geist dieses durch und durch unterrichteten Mannes hat etwas Fürchterliches. Sein Gehirn gleicht einem Antiquitätenladen, in dem es Ungeheuerlichkeiten voll Staub gibt, und wo jeder Gegenstand höher als sein wahrer Wert ausgezeichnet ist. Immerhin glaube ich, du wirst zuerst müde werden. Eines Tages wirst du dir deinen jungen Freund ansehen und finden, dass er etwas verzeichnet ist, oder du wirst an seinem Farbenton etwas auszusetzen haben oder irgend sowas. Du wirst ihm dann bittere Vorwürfe in deinem Herzen machen und ernsthaft überzeugt sein, dass er sich gegen dich recht schlecht benommen hat. Wenn er dich dann wieder besucht, wirst du völlig kühl und gleichgültig sein. Das wird sehr bedauernswert sein, denn es wird dich selbst verändern. Was du mir da erzähl hast, ist völlig ein Gedicht, ein Gedicht von der Kunst möchte man es nennen, und das Schlimmste beim Erleben von Gedichten ist nur, dass es einen so ganz unpoetisch zurücklässt."

„Harry, sprich nicht so. Solang ich lebe, wird mich die Persönlichkeit Dorian Grays beherrschen. Du kannst eben meine Empfindung nicht nachfühlen. Du verwandelst dich zu oft!"

„Ah, lieber Basil, gerade darum kann ich sie nachfühlen! Treue Menschen kennen nur die triviale Seite der Liebe; die Treulosen allein erfahren die Tragödien der Liebe."

Und Lord Henry zündete an einem kostbaren silbernen Büchschen ein Streichholz an und begann mit einer selbstbewussten, zufriedenen Miene eine Zigarette zu rauchen, als hätte er den Sinn der ganzen Welt in eine Formel zusammengefasst. Man hörte ein leises Geräusch von zirpenden Sperlingen in den grünen, wie mit glänzendem Lack überzogenen Efeublättern, und die blauen Wolkenschatten schossen wie Schwalben über das Gras. Wie reizend war es in dem Garten und wie entzückend waren die Gefühle anderer Leute! – Viel entzückender als ihre Gedanken, so schien es ihm. Des Menschen eigene Seele und die Leidenschaft seiner Freunde: Das sind die fesselnden Dinge des Lebens. Er malte sich mit geheimem Vergnügen das langweilige Frühstück aus, das er durch seinen langen Besuch bei Basil Hallward versäumt hatte. Wär' er zu seiner Tante gegangen, so hätte er dort sicher Lord

Goodbody getroffen und das ganze Gespräch hätte sich mit der Armenernährung und der Notwenigkeit der Errichtung von Musterarbeiterhäusern beschäftigt. Menschen jedes Standes hätten die Wichtigkeit gerade jener Tugenden gepredigt, für die sie in ihrem eigenen Leben gar keine Verwendung hatten. Der Reiche hätte vom Wert der Sparsamkeit geredet, und der Träge wäre über die Würde der Arbeit zum Cicero geworden! Es war reizend, alldem entgangen zu sein. Als er an seine Tante dachte, schien ihm etwas einzufallen. Er wandte sich zu Basil und sagte:

„Mein Lieber, ich erinnere mich jetzt."

„Woran erinnerst du dich, Harry?"

„Wo ich den Namen Dorian Grays gehört habe."

„Wo war das?", fragte Hallward mit leichtem Stirnrunzeln.

„Schau doch nicht so grimmig drein, Basil. Es war bei meiner Tante, Lady Agatha. Sie erzählte mir, sie sei einem netten, jungen Menschen begegnet, der ihr im East-End helfen wollte, und er heiße Dorian Gray. Ich muss aber zugeben, sie hat mir nie gesagt, dass er so hübsch sei. Frauen haben kein Verständnis für Schönheit, wenigstens gute Frauen nicht. Sie sagte, dass er sehr ernst sei und eine edle Seele habe. Ich stellte mir darunter ein Wesen mit Brille und wallendem Haar und unzähligen Sommersprossen vor, das auf riesigen Füßen umherstampfe. Ich wünsche, ich hätte gewusst, dass er dein Freund ist."

„Ich bin sehr froh, dass du es nicht gewusst hast, Harry."

„Warum?"

„Ich will nicht, dass du ihn kennen lernst.“

„Du willst nicht, dass ich ihn kennen lerne?“

„Nein.“

„Herr Dorian Gray ist im Atelier“, sagte der Diener, der in den Garten hinaustrat.

„Jetzt musst du mich vorstellen!“, rief Lord Henry lachend.

Der Maler wandte sich zu seinem Diener um, der blinzelnd in der Sonne stand:

„Bitten Sie Herrn Gray, zu warten, Parker; ich komme in ein paar Minuten.“

Der Diener verbeugte sich und ging ins Haus.

Dann sah der Maler Lord Henry an.

„Dorian Gray ist mein teuerster Freund“, sagte er. „Er hat eine schlichte und edle Seele. Deine Tante hatte ganz recht mit dem, was sie über ihn sagte. Verdirb ihn mir nicht! Versuche nicht, Einfluss auf ihn auszuüben! Dein Einfluss wäre verderblich. Die Welt ist groß, und sie birgt eine Menge köstlicher Menschen. Raube mir nicht den einzigen Menschen, der meiner Kunst ihren ganzen Zauber verleiht, den sie hat: Mein Leben als Künstler hängt von ihm ab! Denke daran, Harry, ich vertraue dir.“

Er sprach sehr langsam, und die Worte schienen sich ihm gegen seinen Willen zu entringen.

„Was für Unsinn du redest!“, sagte Lord Henry lächelnd, nahm den Maler unter den Arm und führte ihn in das Haus.

Zweites Kapitel

Als sie eintraten, erblickten sie Dorian Gray. Er saß am Klavier, drehte ihnen den Rücken zu und blätterte in einem Bande Noten mit Schumanns Waldszenen.

„Die musst du mir leihen, Basil!“, rief er. „Ich möchte sie spielen lernen. Sie sind geradezu entzückend.“

„Das hängt ganz davon ab, wie du heute sitzen wirst, Dorian.“

„Ach, ich habe das Sitzen satt, und ich will auch kein lebensgroßes Bild von mir“, antwortete der Jüngling und schwang sich in dem Drehstuhl auf eine eigensinnige, launische Knabenart herum. Als er aber Lord Henry erblickte, stieg für einen Augenblick ein schwaches Rot in seine Wangen, und er sprang auf.

„Ich bitte um Entschuldigung, Basil; ich wusste gar nicht, dass jemand bei dir ist.“

„Das ist Lord Henry Wotton, Dorian, ein alter Freund von Oxford her. Ich hab ihm gerade erzählt, wie musterhaft du sitzen kannst, und nun hast du alles verdorben.“

„Mir haben Sie das Vergnügen, Ihre Bekanntschaft zu machen, nicht verdorben, Herr Gray“, sagte Lord Henry, ging auf ihn zu und streckte ihm die Hand entgegen. „Meine Tante hat oft von Ihnen gesprochen. Sie sind einer ihrer Lieblinge und, wie ich fürchte, auch ihrer Opfer.“

„Ich stehe zurzeit bei Lady Agatha auf der schwarzen Liste“, antwortete Dorian mit einem komisch reuigen Gesichtsausdruck; „denn ich hatte ihr versprochen, sie letzten Dienstag nach einem Klub in Whitechapel zu begleiten, und ich habe es dann vergessen. Wir sollten da vierhändig spielen – drei Stücke glaube ich. Ich weiß nun nicht, was sie dazu sagen wird und habe daher Angst, ihr einen Besuch zu machen."

„O, ich werde Sie mit meiner Tante leicht versöhnen, denn sie ist Ihnen äußerst zugetan. Und ich glaube auch, es schadet nichts, dass Sie nicht dort waren. Die Zuhörer haben sicher angenommen, es sei vierhändig gespielt worden. Wenn sich Tante Agatha ans Klavier setzt, macht sie reichlich Lärm für zwei Personen."

„Sie sprechen recht schlecht von ihr und mir sagen Sie damit auch kein Kompliment", antwortete Dorian lachend.

Lord Henry sah ihn an. Ja: er war wirklich wunderbar schön mit seinen fein geschwungenen dunkelroten Lippen, seinen treuen blauen Augen und seinem gewellten, goldblonden Haar. In seinem Gesicht war etwas, das sofort Vertrauen erweckte. Aller Glanz der Jugend lag darin und ebenso all die leidenschaftliche Keuschheit der Jugend! Man fühlte, dass er von der Welt bisher noch nicht befleckt war. Kein Wunder, dass ihn Basil Hallward anbetete.

„Sie sind viel zu hübsch, um sich mit Wohltätigkeit zu befassen, Herr Gray – viel zu hübsch."

Und Lord Henry warf sich auf den Diwan und öffnete seine Zigarettendose.

Der Maler hatte inzwischen seine Farben gemischt und die Pinsel zurechtgemacht. Er sah gequält aus, und als er Lord Henrys letzte Bemerkung hörte, blickte er ihn an, sann einen Augenblick nach und sagte dann:

„Harry, ich möchte heute das Bild fertig haben. Fändest du es sehr grob von mir, wenn ich dich bäte, uns allein zu lassen?"

Lord Henry lächelte und sah Dorian Gray an.

„Soll ich gehen, Herr Gray?", fragte er.

„Oh, bitte nein, Lord Henry. Ich sehe, Basil hat wieder mal seinen schlechten Tag, und ich kann ihn nicht leiden, wenn er so brummt. Außerdem möchte ich von Ihnen erfahren, warum ich mich nicht mit Wohltätigkeit befassen soll?"

„Ich weiß nicht, ob ich Ihnen das sagen soll, Herr Gray. Es ist ein so langweiliges Thema, dass man schon ernsthaft darüber reden müsste. Aber jetzt geh ich auf keinen Fall, wo Sie mir zu bleiben erlaubt haben. Du bist doch nicht im Ernst dagegen, Basil? Du hast mir oft genug gesagt, dass es dir angenehm sei, wenn deine Modelle mit jemand plaudern könnten."

Hallward biss sich auf die Lippe.

„Wenn es Dorian wünscht, wirst du natürlich bleiben. Dorians Launen sind für jeden Gesetze, außer für ihn selbst."

Lord Henry nahm seinen Hut und seine Handschuhe.

„Trotz deiner dringenden Aufforderung, Basil, fürchte ich, gehen zu müssen. Ich habe eine Verabredung im Orleansklub getroffen. Adieu, Herr Gray! Bitte, besuchen Sie mich doch mal eines Nachmittags in Curzon Street. Um fünf Uhr treffen Sie mich fast immer. Schreiben Sie mir, bitte, wann Sie kommen. Es täte mir Leid, wenn Sie mich verfehlten."

„Basil", rief Dorian Gray, „wenn Lord Henry Wotton geht, dann gehe ich auch. Du bringst ja beim Malen nie den Mund auseinander, und es ist schrecklich ermüdend, auf einem Podium zu stehen und sich anzustrengen, freundlich auszusehen. Bitte ihn, da zu bleiben. Ich bestehe darauf."

„Bleib also, Harry; du machst damit Dorian ein Vergnügen und mir auch", sagte Hallward, ohne von seinem Bilde aufzublicken. „Er hat ganz recht, ich spreche nie ein Wort während der Arbeit und höre ebenso wenig zu, und das muss sehr langweilig für meine unglücklichen Modelle sein. Ich bitte dich also, bleib."

„Was fang ich also mit meiner Verabredung im Orleans an?"

Der Maler lachte.

„Ich glaube, damit wird es keine Schwierigkeit haben. Setz dich nur wieder, Harry! Und jetzt, Dorian, geh auf das Podium und bewege dich nicht zu viel und achte auch nicht auf das, was Lord Henry sagt. Er übt einen recht bösen Einfluss auf alle seine Freunde aus, nur mich ausgenommen."

Dorian Gray bestieg das Podium mit der Miene eines jungen griechischen Märtyrers und stieß, zu Lord Henry gewandt, der ihm gleich gefallen hatte, einen kleinen drolligen Seufzer aus. Dieser Mann war so ganz anders als Basil. Die beiden bildeten einen reizenden Gegensatz. Und er hatte ein so schönes Organ. Nach ein paar Augenblicken sagte Dorian zu ihm:

„Haben Sie wirklich einen so bösen Einfluss, Lord Henry? Ist er so schlimm, wie Basil sagt?"

„Es gibt gar keinen so genannten guten Einfluss, Herr Gray. Jeder Einfluss ist unmoralisch – unmoralisch vom wissenschaftlichen Standpunkt aus."

„Wieso?“

„Weil einen beeinflussen so viel ist wie ihm die eigene Seele geben. Er denkt dann nicht mehr seine angeborenen Gedanken und brennt nicht mehr in seinem angeborenen Feuer. Seine Tugenden sind gar nicht seine Tugenden. Seine Sünden, wenn es so etwas gibt, sind nur geborgte Sünden. Er wird ein Echo für die Musik eines anderen, Schauspieler einer Rolle, die nicht für ihn geschrieben wurde. Der Sinn des Daseins ist Selbstentwicklung. Seine eigene Natur voll zum Ausdruck zu bringen – diese Aufgabe hat jeder von uns zu lösen. Heutzutage hat jeder Mensch Angst vor sich selbst. Sie haben die heiligste Pflicht vergessen, nämlich die gegen sich selbst. Natürlich sind sie wohltätig. Sie nähren den Hungernden und kleiden den Bettler. Aber ihre eigenen Seelen darben und gehen nackt. Der Mut ist unserem Geschlecht abhanden gekommen. Vielleicht haben wir ihn nie wirklich besessen. Die Furcht vor der Gesellschaft als Grundlage der Sittlichkeit und die Furcht vor Gott, als dem Geheimnis der Religion – das sind die zwei Dinge, die uns beherrschen. Und doch –“

„Dorian, dreh den Kopf, bitte, ein wenig mehr nach rechts, sei so gut“, sagte der Maler, der ganz in sein Werk vertieft war, aber doch gemerkt hatte, dass in des Jünglings Gesicht ein Ausdruck getreten war, den er bisher nie darin gesehen hatte.

„Und doch“, fuhr Lord Henry mit seiner tiefen wohlklingenden Stimme fort, während er die Hand in der anmutigen und bezeichnenden Art bewegte, die er schon seinerzeit in Eton gehabt hatte, „ich glaube, wenn die

Menschen nur ihr eigenes Leben bis auf den letzten Rest ausleben würden, jedes Gefühl Gestalt bekommen lassen, jeden Gedanken ausdrücken, jeden Traum in Wirklichkeit umsetzen wollten – ich glaube, dann käme in die Welt ein solcher Schwung von Freundlichkeit, dass wir alle die Krankheiten des Mittelalters vergäßen und zum hellenischen Ideal zurückkehrten, ja wir kämen vielleicht zu etwas Feinerem und Reicherem als es das hellenische Ideal war. Aber selbst der Tapferste unter uns hat Angst vor sich selbst. Die Selbstverstümmelung der Wilden hat ihr tragisches Überbleibsel in der Selbstverleugnung, die unser Leben verstümmelt. Wir müssen für unsere Entsagungen büßen. Jeder trieb, den wir zu ersticken versuchen, frisst im Innern weiter und vergiftet uns. Der Körper sündigt nur einmal und hat dann die Gründe abgetragen, denn die Tat ist immer eine Art Reinigung. Nichts bleibt davon zurück als die Erinnerung an ein Vergnügen oder der köstliche Schmerz der Reue. Der einzige Weg, einer Versuchung zu entgehen, ist, sich ihr hinzugeben. Widerstehen Sie ihr und Ihre Seele erkrankt vor Sehnsucht nach den Dingen, die sie sich selber verweigert hat, erkrankt vor Verlangen nach dem, was ihre ungeheuerlichen Gesetze ungeheuerlich und gesetzwidrig gemacht haben. Es ist wohl gesagt worden, die großen Ereignisse der Welt gingen im Gehirn vor sich. Im Gehirn und ganz allein im Gehirn werden auch die großen Sünden der Welt begangen. Sie, Herr Gray, Sie selbst mit Ihrer rosigen Jugend und Knabenunschuld, Sie haben schon Leidenschaften erlebt, die Ihnen Angst einflößten, Gedanken, die Sie in Schrecken setzen, haben Träume wachend und schlafen gehabt, deren bloße Erinnerungen ihre Wangen schamrot werden ließe –"

„Hören Sie auf", rief Dorian Gray mit erschreckter Stimme, „hören Sie auf, Sie machen mich mit Ihren Reden ganz wirr. Ich weiß nicht, was ich sagen soll? Es gibt darauf eine Antwort, aber ich kann sie nicht finden. Sagen Sie nichts mehr! Lassen Sie mich nachdenken. Oder lassen Sie mich lieber versuchen, nicht nachzudenken!"

Etwa zehn Minuten stand er bewegungslos da, mit halb offenen Lippen und seltsam leuchtenden Augen. Er war sich unklar bewusst, dass gänzlich neue Einflüsse in ihm arbeiteten. Und doch schien es, als kämen sie in Wirklichkeit aus seinem eigenen Innern. Die paar Worte, die Basils Freund zu ihm gesagt hatte – ohne Zweifel zufällig hingeworfene Worte und voll absichtlicher Paradoxie – hatten eine geheime Saite auf seiner Seele berührt, die bisher nie berührt worden war, die er aber nun zittern und in seltsamer Wildheit erklingen hörte.

Musik hatte ihn ähnlich so aufgewühlt. Musik hatte ihn oft in Aufruhr gebracht. Aber Musik war etwas Unbestimmtes. Sie bringt in uns keine neue Welt hervor, schafft eher in uns ein neues Chaos. Worte! Bloße Worte! Wie schrecklich sie waren! Wie klar, wie lebendig und grausam! Man konnte ihnen nicht entrinnen. Und doch, welch tiefer Zauber steckte in ihnen! Sie schienen die Kraft zu haben, formlosen Dingen eine greifbare Gestalt zu geben und schienen in sich eine Musik zu bergen, so süß wie die der Geige oder Laute. Bloße Worte! Gab es denn irgendetwas so Wirkliches wie Worte?

Ja; es hatte in seiner Knabenzeit Dinge gegeben, die ihm unbegreiflich blieben. Jetzt verstand er sie. Plötzlich bekam das Leben lodernde Farben für ihn, und schon schien es ihm, als sei er mitten durchs Feuer dahingewandelt. Warum hatte er dies nie gemerkt?

Lord Henry beobachtete ihn mit einem feinen Lächeln: Er verstand sich gut auf jenen psychologischen Moment, indem man nicht reden darf. Er war sehr stark interessiert. Die plötzliche Wirkung seiner Worte machte ihn erstaunen; er entsann sich eines Buches, das er mit sechzehn Jahren gelesen und das ihm viel bis dahin Unbekanntes enthüllt hatte, und er fragte sich, ob Dorian Gray jetzt wohl eine ähnliche Erfahrung erlebe? Er hatte nur einen Probepfeil abgeschossen. Hatte er das Ziel getroffen? Wie reizend doch dieser Junge war!

Inzwischen malte Hallward in seinen wundervollen, kühnen Pinselstrichen weiter, die das Zeichen der wahren Feinheit und Vollkommenheit sind, denn die kann der Kunst nur aus der Kraft werden. Er bemerkte die wortlose Stille gar nicht.

„Basil, ich habe jetzt genug von dem Stehen!“, rief Dorian plötzlich aus. „Ich muss hinaus und mich im Garten hinsetzen: die Luft hier ist ja zum Ersticken.“

Mein Lieber, das tut mir wirklich Leid. Wenn ich male, kann ich an nichts anderes denken. Aber du hast nie besser Modell gestanden. Du warst ganz ruhig. Und ich hab endlich den Ausdruck herausgekriegt, den ich immer suchte: die halb offenen Lippen und den Glanz in den Augen. Ich weiß nicht, was dir Harry erzählt hat, aber sicher hat er es bewirkt, dass du den prachtvollen Ausdruck hast. Ich vermute, er hat dir Komplimente gemacht. Du darfst ihm nur kein einziges Wort von allem, was er spricht, glauben."

„Er hat mir nicht das kleinste Kompliment gemacht. Vielleicht glaube ich deshalb wirklich kein Wort von dem, was er gesagt hat."

„Sie wissen selbst, dass Sie jedes Wort davon glauben", erwiderte Lord Henry, der ihn mit seinen faszinierenden, träumerischen Augen ansah. „Wir wollen zusammen in den Garten gehen. Es ist hier im Atelier furchtbar heiß. Basil, lass uns irgendein Eisgetränk bringen, was mit Erdbeeren darin."

„Gern, Harry. Klingele nur selbst, und wenn Parker kommt, will ich ihm sagen, was ihr haben wollt. Ich muss erst den Hintergrund hier noch fertig machen und komme dann später in den Garten nach. Halte mir aber Dorian nicht zu lange auf! Ich war nie in besserer Malstimmung als heute. Dies Porträt wird mein Meisterwerk werden! Wie es da steht, ist es schon mein Meisterwerk."

Lord Henry ging in den Garten hinaus und fand dort Dorian Gray, wie er sein Gesicht in die großen, kühlen Blütenbüschel der Fliedersträucher steckte und fieberhaft, alles tränke er Wein, ihren Duft einsog. Er trat nahe an ihn heran und legte ihm die Hand auf die Achsel.

„Sie haben ganz recht, so zu tun", sagte er leise. „Nichts hilft der Seele besser als die Sinne, sowie den Sinnen nichts besser als die Seele helfen kann."

Der Jüngling schreckte auf und trat zurück. Er war ohne Hut, und das Blattgewirr hatte seine widerspenstigen Locken aufgewühlt und ihre goldblonden Strähnen in Unordnung gebracht. In seinen Augen lag ein furchtsamer Ausdruck, wie Menschen haben, die man jäh aus dem Schlafen reißt. Seine zart gebauten Nasenflügel bebten, und irgendein geheimer Nerv zuckte leise an den scharlachroten Lippen, sodass sie beständig zitterten.

„Ja", fuhr Lord Henry fort, „das ist eines der größten Geheimnisse des Lebens – die Seele durch die Sinne und die Sinne durch die Seele heilen zu können. Sie sind ein wunderbares Menschenkind! Sie wissen mehr, als Ihnen bewusst ist, gerade wie Sie weniger wissen, als Ihnen zu wissen dienlich ist."

Dorian Gray furchte die Stirn und wendete den Kopf weg. Unwiderstehlich zog es ihn zu diesem großen, anmutigen jungen Mann hin, der da neben ihm stand. Sein romantisches, olivenfarbiges Gesicht und der müde Ausdruck darin fesselten ihn. Es war etwas in dem tiefen Ton seiner Stimme, was ihn völlig in Bann schlug. Auch seine Hände, kühl, weiß und blumenhaft, zogen ihn an. Sie bewegten sich bei seinen Worten, begleiteten sie wie Musik und schienen ihre eigene Sprache zu haben. Aber er hatte auch Angst vor ihm und schämte sich dieser Angst. Warum hatte ein Fremder kommen müssen, um ihn sich selber zu offenbaren? Er kannte Basil Hallward nun seit Monaten, aber diese Freundschaft zwischen ihnen hatte ihn niemals verwandelt. Jetzt war jemand plötzlich in sein Leben eingetreten, der ihm des Lebens Geheimnis enthüllt zu haben schien. Und doch, wovor sollte er sich fürchten? Er war kein Schulknabe und kein kleines Mädchen. Es war töricht, Angst zu haben.

„Kommen Sie, wir wollen uns in den Schatten setzen“, sagte Lord Henry. „Parker hat uns was zu trinken gebracht, und wenn Sie noch länger in der Sonnenglut stehen bleiben, so werden Sie sich Ihren Teint verderben, und Basil wird Sie nicht mehr malen. Sie dürfen sich wirklich nicht von der Sonne verbrennen lassen. Es würde Ihnen schlecht stehen.“

„Was läge daran?“, rief Dorian Gray und lachte, als er sich auf die Bank am Ende des Gartens setzte.

„Alles sollte Ihnen daran liegen, Herr Gray.“

„Wieso?“

„Weil Sie die wundervollste Jugend haben, und das Einzige, dessen Besitz einen Wert hat, ist Jugend.“

„Ich empfinde das nicht, Lord Henry.“

„Nein, jetzt empfinden Sie es nicht! Später einmal, wenn Sie alt, runzelig und hässlich sind, wenn das Denken Furchen in Ihre Stirn gegraben und die Leidenschaft Ihre Lippen mit ihrem schrecklichen Feuer verbrannt hat, dann werden sie es empfinden, furchtbar empfinden. Jetzt können Sie hingehen, wo Sie wollen und Sie bezaubern die ganze Welt! Wird das immer so sein? … Sie haben ein wundervoll schönes Gesicht, Herr Gray. Runzeln Sie nicht die Stirn. Sie haben es. Und Schönheit ist eine Form des Genies: steht in Wahrheit noch höher als Genie, da sie keiner Erklärung bedarf. Sie ist eine der großen Tatsachen des Daseins, wie das Sonnenlicht oder der Lenz oder in dunklen Gewässern der Widerschein der Silbermuschel, die wir Mond nennen. Sie kann durch nichts bestritten werden. Sie hat ihr göttliches, erhabenes Recht! Wer sie hat, den macht sie zu einem Fürsten. Sie lächeln? Oh, wenn Sie sie verloren haben, lächeln Sie nicht mehr … Die Leute sagen manchmal, Schönheit sei nur eine Äußerlichkeit. Mag wohl sein! Aber zum Mindesten ist sie nicht so äußerlich wie das Denken. Für mich ist die Schönheit aller Wunder Wunder! Nur die Hohlköpfe urteilen nicht nach dem Schein! Das wahre Geheimnis der Welt ist das Sichtbare, nicht das Unsichtbare … Ja, Herr Gray, die Götter haben es gnädig mit Ihnen gemeint. Aber was die Götter schenken, rauben sie schnell wieder. Sie haben nur ein paar Jahre, wo Sie wahrhaftig, vollkommen, bedingungslos leben können. Indem Ihre Jugend verrauscht, nimmt sie die Schönheit mit weg, und dann werden Sie plötzlich entdecken, dass keine Siege mehr auf Sie warten, oder dass Sie sich mit jenen traurigen Siegen werden begnügen müssen, die Ihnen die Erinnerungen an die Vergangenheit bitterer als Niederlagen machen wird. Jeder Monat, der dahingeht, bringt Sie einem schrecklichen Ziele näher. Die Zeit ist auf Sie eifersüchtig und kämpft gegen Ihre Lilien und Rosen. Sie werden fahl und hohlwangig, Ihre Augen werden sich trüben. Sie werden unsäglich leiden … Ach! Leben Sie Ihrer Jugend, solange sie da ist! Vergeuden Sie das Gold Ihrer Tage nicht, seien Sie Ihr Ohr den Philistern nicht, quälen Sie sich nicht damit ab, hoffnungslose Verhängnisse zu verbessern, geben Sie nicht Ihr Leben den Unwissenden, Niedrigeren, den gemeinen Leuten hin! Das sind die kranken Ziele, die falschen Ideale unserer Zeit. Leben Sie!

Leben Sie das wunderschöne Leben, das in Ihnen ist! Lassen Sie sich nicht verloren sein! Suchen Sie rastlos nach neuen Eindrücken für Ihre Sinne! Fürchten Sie nichts … Ein neuer Hedonismus – der täte unserem Jahrhundert Not. Sie könnten sein sichtbares Symbol werden! Mit Ihrer Schönheit könnten Sie alles wagen! Die Welt gehört Ihnen einen Sommer lang … Im Augenblick, wo ich Sie sah, merkte ich, dass Sie keine Ahnung davon haben, was Sie wirklich sind, was Sie wirklich sein können. So viel in Ihnen entzückte mich, dass ich geradezu gezwungen war, Ihnen etwas über Ihre Natur zusagen. Ich dachte mir: Welche Tragik läge darin, wenn Sie vergebens lebten. Denn Ihre Jugend währt nur so kurze Zeit – so kurze Zeit. Die gewöhnlichsten Wiesenblumen welken, aber Sie blühen wieder. Der Goldregen wird im nächsten Juni ebenso gelb sein wie heute. In einem Monat setzt die Klematis purpurne Sterne an und Jahr für Jahr umhüllt die grüne Nacht ihrer Blätter wieder diese Purpursterne. Aber wir bekommen unsere Jugend nie wieder. Die Freude, die im Puls des Zwanzigjährigen schlägt, lässt nach. Unsere Glieder versagen, die Sinne werden stumpf. Wir verkommen und werden zu gräulichen Puppen, werden von den Erinnerungen an die Leidenschaft verfolgt, vor denen wir zurückgeschreckt sind, und an die himmlischen Versuchungen, denen zu erliegen wir nicht den Mut hatten. Jugend! Jugend! Es gibt ja in der Welt nichts weiter als Jugend!“

Dorian Gray hörte zu, mit staunend aufgerissenen Augen. Der Fliederzweig, den er in der Hand hielt, fiel in den Kies. Eine Biene im braunen Pelzkleid schoss her und umsummte ihn einen Augenblick. Dann krabbelte sie hurtig auf den kleinen Blütensternen umher. Er beobachtete sie mit dem seltsamen Interesse an gewöhnlichen Dingen, dass wir in uns heranzubilden suchen, wenn wir uns vor entscheidenden Dingen ängstigen oder wenn uns ein neues Gefühl peinigt, für das wir noch keinen Ausdruck haben, oder wenn ein schrecklicher Gedanke das Hirn umklammert und verlangt, dass wir uns ihm überantworten sollen. Nach einer Weile schwirrte die Biene fort. Er sah sie in dem bunten Trompetentrichter einer tyrischen Winde verschwinden. Die Blume schien zusammenzuzucken und bewegte sich dann mit Unmut hin und her.

Da erschien der Maler an der Tür des Ateliers und forderte sie mit wiederholten kurzen Zeichen auf, hereinzukommen. Sie sahen sich einander an und lächelten.

„Ich warte!“, rief er. „Kommt herein! Das Licht ist prächtig und ihr könnt eure Gläser mitbringen.“

Sie standen auf und schlenderten den Weg zurück. Zwei grünlich weiße Schmetterlinge flatterten an ihnen vorbei und im Birnbaum an der Gartenecke begann eine Amsel zu flöten.

„Es freut Sie, mich kennen gelernt zu haben, Herr Gray?“, fragte Lord Henry und blickte ihn an.

„Ja, jetzt bin ich erfreut darüber. Ich weiß aber nicht, ob ich es immer sein werde.“

„Immer! Ein schreckliches Wort. Ich schaudere, wenn ich es höre. Die Frauen haben es so gern im

Munde! Sie zerstören sich jedes Abenteurer, indem sie ihm Ewigkeit zu verleihen suchen. Außerdem ist es ein sinnloses Wort. Der einzige Unterschied zwischen einer Laune und einer Leidenschaft, die ein Leben lang dauert, ist der, dass die Laune ein bisschen länger dauert."

Als sie ins Atelier traten, legte Dorian Gray seine Hand auf Lord Henrys Arm.

„Lassen Sie also unsere Freundschaft eine Laune sein", sagte er leise und errötete über seine eigene Kühnheit. Dann bestieg er das Podium und nahm wieder seine Stellung an.

Lord Henry warf sich in einen bequemen Korbstuhl und beobachtete ihn. Das Hin- und Herfahren des Pinsels auf der Leinwand war das einzige, die Stille unterbrechende Geräusch; nur manchmal hörte man Hallwards Schritte, wenn er zurücktrat, um aus der Entfernung sein Werk zu prüfen. In den schrägen Sonnenstrahlen, die durch die offene Tür fluteten, tanzte der Staub in goldenen Stäubchen. Allenthalben machte sich scheinbar der schwere Duft der Rosen bemerklich.

Als etwa eine Viertelstunde vergangen war, hörte Hallward auf zu malen, betrachtete lange Zeit Dorian, sah dann ganz vertieft auf das Bildnis, nagte an dem Stil eines seiner großen Pinsel und runzelte die Stirn.

„Fertig!", rief er endlich, bückte sich und schrieb in großen grellroten Buchstaben seinen Namen in die linke Ecke der Leinwand.

Lord Henry trat heran und prüfte das Bild mit Kennerblick. Es war ein wunderbares Kunstwerk und auch wunderbar ähnlich – ohne Frage!

„Lieber Junge", sagte er, „ich wünsche dir herzlich Glück, es ist das beste Porträt unserer ganzen Zeit. Herr Gray, kommen Sie und sehen Sie selbst!"

Der Jüngling schreckte wie aus einem Traum auf.

„Ist es wirklich fertig?", murmelte er und stieg vom Podium herab.

„Ganz fertig!", antwortete der Maler. „Und du warst heute ein glänzendes Modell. Ich bin dir sehr, sehr dankbar."

„Das ist nur mein Verdienst", warf Lord Henry ein. „Nicht wahr, Herr Gray?"

Dorian gab keine Antwort, sondern trat, ohne hinzuhören, vor sein Bild. Als er es sah, zuckte er zusammen, und seine Wangen röteten sich einen Augenblick vor Vergnügen. Ein Ausdruck der Freude blitzte in seinen Augen auf, als ob er sich selbst jetzt zum ersten Male erkenne. Bewegungslos und staunend stand er da und hörte wie aus der Ferne, ohne dass er den Sinn der Worte erfasste, dass Hallward zu ihm sprach. Das Gefühl seiner eigenen Schönheit kam wie eine Offenbarung über ihn. Er hatte es vorher nie empfunden. Basil Hallwards Komplimente hatte er nur für liebenswürdige Schmeicheleien der Freundschaft gehalten. Er hatte sie gehört, hatte über sie gelacht und sie dann vergessen. Sein Wesen hatten sie nie beeinflusst. Dann war Lord Henry Wotton gekommen mit seinem sonderbaren Zynismus auf die Jugend, seiner schrecklichen Warnung vor ihrer Vergänglichkeit. Das hatte ihn rechtzeitig aufgerüttelt, und als er jetzt dastand und das Abbild seiner eigenen Schönheit betrachtete, durchdrang ihn die volle Wirklichkeit jener Schilderung. Ja, der Tag musste kommen, wo sein Gesicht verrunzelt und verwelkt, die Augen matt und farblos, die Anmut seiner Gestalt gebrochen und entstellt sein würde! Das Scharlachrot der Lippen würde verblassen, der Goldglanz des Haares verschwinden! Das Leben, das von seiner Seele gebildet wurde, zerstörte seinen Körper. Wir würden hässlich, Abscheu erregend und formlos werden müssen!

Als er daran dachte, durchfuhr ihn ein scharfer Schmerz wie von einem Messerstich und ließ die feinsten Nerven seines Ichs erzittern. Seine Augen verdunkelten sich, und ein Tränenflor umschleierte sie. Es war ihm zumute, als hätte sich ihm eine eiskalte Hand aufs Herz gelegt.

„Gefällt es dir nicht?", rief Hallward endlich, ein wenig gereizt durch das Schweigen des Jünglings, dessen Grund er nicht begriff.

„Natürlich gefällt es ihm", sagte Lord Henry. „Wem sollte es nicht gefallen? Es gehört zu den größten Werken der modernen Kunst. Ich gebe jede Summe dafür, die du verlangst. Ich muss es haben."

„Es gehört mir nicht, Harry."

„Wem denn?"

„Dorian natürlich", antwortete der Maler.

„Da hat er Glück!"

„Wie traurig!", flüsterte Dorian und hielt die Augen noch immer auf das Bild gerichtet. „Wie traurig! Ich werde alt werden und hässlich und widerlich. Aber dies Bild wird immer jung bleiben. Es wird nie über den heutigen Junitag hinaus altern … Wenn es doch umgekehrt sein könnte! Wenn ich ewig jung bliebe und das Bild dafür altern könnte! Dafür – dafür – gäbe ich alles! Ja, nichts auf der Welt wäre mir dafür zu viel! Ich gäbe meine Seele dafür hin!"

„Dieser Tausch würde dir schwerlich passen, Basil", rief Lord Henry lachend. „Das wäre schlimm für das Aussehen deines Bildes."

„Ich würde ernstlich dagegen protestieren, Harry", sagte Hallward.

Dorian Gray wandte sich zu ihm und sah ihn an.

„Ich bin davon überzeugt, Basil! Die Kunst gilt dir mehr als deine Freunde. Ich bedeute für dich nicht mehr als eine grüne Bronzefigur. Vielleicht kaum so viel, dürfte ich sagen."

Der Maler war starr vor Erstaunen. So zu sprechen sah Dorian gar nicht ähnlich. Was war geschehen? Dorian schien ganz erregt. Sein Gesicht war gerötet und die Wangen glühten ihm.

„Ja", fuhr er fort, „ich bin dir weniger als dieser Hermes aus Elfenbein oder der silberne Faun da. Die wirst du immer lieb behalten. Wie lange wirst du mich lieb haben? Vermutlich bis mich die erste Runzel entstellt. Ich weiß jetzt, dass man alles verloren hat, wenn man erst seine Schönheit verliert. Dein Bild hat mich dies gelehrt. Lord Henry Wotton hat ganz Recht. Jugend ist das Einzige, was Wert auf der Welt hat! So wie ich merke, dass ich alt werde, bringe ich mich um."

Hallward wurde bleich und fasste ihn bei der Hand. „Dorian, Dorian!", rief er, „sage so etwas nicht. Ich hatte nie einen Freund wie dich und werde nie wieder so einen haben. Du bist doch nicht auf tote

Dinge eifersüchtig? Du, der schöner ist, als irgendeines von ihnen?“

„Ich bin eifersüchtig auf jedes Ding, dessen Schönheit nicht stirbt. Ich bin eifersüchtig auf das Bild, dass du von mir gemalt hast. Warum darf es behalten, was ich verlieren muss? Jeder Augenblick, der verfliegt, raubt mir etwas und schenkt ihm etwas. Oh, wenn es doch umgekehrt wäre! Wenn sich das Bild verändern und ich immer so bleiben könnte, wie ich jetzt bin! Warum hast du es gemalt? Es wird mich dereinst verhöhnen – furchtbar verhöhnen!“ Heiße Tränen traten ihm in die Augen, er zog seine Hand aus der des Malers, warf sich auf den Diwan und vergrub sein Gesicht in den Kissen, als ob er betete.

„Das ist dein Werk, Harry“, sagte der Maler bitter.

Lord Henry zuckte die Achsel.

„Es ist der wahre Dorian Gray – sonst nichts.“

„Das ist er nicht.“

„Wenn er es nicht ist, was hab ich damit zu schaffen?“

„Du hättest weggehen sollen, als ich dich darum bat“, grollte er.

„Ich blieb, als du mich darum batest“, war Lord Henrys Erwiderung.

„Harry, ich kann nicht auf einmal mit meinen zwei besten Freunden Streit anfangen, aber ihr habt beide Schuld, dass ich das beste Stück hassen muss, das mir je gelungen ist, und ich werde es vernichten. Ist es schließlich mehr als Leinwand und Farbe? Ich will es nicht eingreifen lassen in drei Leben und sie zerstören.“

Dorian Gray hob seinen goldschimmernden Kopf von den Kissen empor und blickte ihn mit bleichem Gesicht und tränenfeuchten Augen an, als er zu dem kiefernen Maltische trat, der unter dem hohen verhängten Fenster stand. Was wollte Basil beginnen? Seine Finger wühlten zwischen dem Wust von Blechtuben und trockenen Pinseln herum, als suchten sie etwas. Ja, sie suchten das lange Schabmesser mit der schmalen Klinge aus biegsamem Stahl. Endlich hatte er es gefunden. Er wollte die Leinwand zerschneiden.

Mit einem erstickten Schluchzen sprang der Jüngling vom Diwan auf, schoss auf Hallward zu, riss ihm das Messer aus der Hand und schleuderte es in den äußersten Winkel des Ateliers.

„Tu es nicht, Basil, tu es nicht", schrie er. „Es wäre Mord."

„Ich freue mich, dass dir meine Arbeit endlich doch gefällt, Dorian", sagte der Maler kühl, als er sich von seinem Erstaunen erholt hatte. „Ich hätte es gar nicht geglaubt."

„Gefällt? Ich bin verliebt in das Bild, Basil! Es ist ja ein Teil von mir selbst. Ich fühle es."

„Schön, sobald du trocken bist, sollst du gefirnisst, gerahmt und zu dir hingeschickt werden. Dann kannst du mit dir anfangen, was dir beliebt."

Er schritt durch den Raum und klingelte nach Tee.

„Du trinkst doch Tee, Dorian? Du auch, Harry? Oder machst du dir nichts aus so einfachen Genüssen?"

„Ich bete einfache Genüsse an", sagte Lord Henry. „Sie sind die letzte Zuflucht komplizierterer Naturen! Aber für Szenen schwärme ich nicht, außer auf der Bühne. Was für tolle Burschen ihr doch seid, ihr beide! Wer war es doch gleich, der den Menschen als ein vernünftiges Tier hingestellt hat? Das war eine der voreiligsten Definitionen, die je aufgestellt wurden. Der Mensch hat eine ganze Menge Eigenschaften, aber gewiss keine Vernunft. Alles in allem übrigens sei Gott gelobt, dass er es nicht ist, obwohl es mir eigentlich lieber wäre, ihr beiden Wirbelköpfe zanktet euch nicht um das Bild. Du solltest es lieber mir gegeben haben, Basil. Dieses törichte Knäblein braucht es im Grunde gar nicht, aber ich brauche es sehr."

„Wenn du es einem anderen geben willst als mir, Basil, verzeihe ich es dir nie", rief Dorian Gray, „und ich erlaube niemand, mich ein törichtes Knäblein zu nennen."

„Du weißt, Dorian, das Bild gehört dir. Ich hab es dir geschenkt, noch ehe es entstanden war."

„Und Sie wissen, Herr Gray, dass Sie ein wenig töricht waren und ernstlich nicht dagegen protestieren können, an Ihre große Jugend erinnert zu werden."

„Heute früh hätte ich noch sehr dagegen protestiert, Lord Henry."

„Ah! heute früh. Seitdem haben Sie einiges erlebt."

Es klopfte an die Tür, und der Diener trat mit einem Teebrett ein und servierte auf einem kleinen japanischen Tisch den Tee. Die Tassen und Löffel klapperten, und ein georgischer Samowar begann zu summen. Zwei gewölbte chinesische Porzellanschüsseln wurden von einem jungen Diener hereingebracht.

Dorian Gray ging und goss den Tee ein. Die beiden Männer schlenderten zum Tisch und sahen nach, was unter den Deckeln der Schüsseln war.

„Wir wollen heut Abend ins Theater gehen“, sagte Lord Henry, „irgendwo wird sicher was los sein. Ich habe zwar zugesagt, im Whiteklub zu soupieren, aber es wartet nur ein alter Freund; ich kann ihm also ein Telegramm schicken, ich sei nicht wohl oder könne infolge einer späteren Verpflichtung nicht kommen. Das würde ich für eine allerliebste Entschuldigung halten. Sie hat einen ganz überraschenden Anschein von Aufrichtigkeit.“

„Es ist so lästig, sich den Frack anzuquälen“, murmelte Hallward. „Und wenn man ihn anhat, sieht man so grässlich darin aus.“

„Ja“, antwortete Lord Henry träumerisch, „die Kleidung des 19. Jahrhunderts ist abscheulich. Sie ist so düster, so herzbeklemmend! Die Sünde ist noch das einzig Farbenfreudige, das vom modernen Leben übrig geblieben ist.“

„Du solltest vor Dorian wirklich nicht solche Dinge sagen, Harry!“

„Vor welchem Dorian? Vor dem, der uns den Tee einschenkt oder vor dem auf dem Bilde?“

„Vor keinem.“

„Ich ginge gerne mit Ihnen ins Theater, Lord Henry“, sagte der Jüngling.

„Dann kommen Sie doch mit! Und du auch, Basil, nicht wahr?“

„Ich kann nicht, wirklich nicht. Es wäre mir lieber zu bleiben! Ich habe eine Unmenge zu tun.“

„Schön. Dann müssen wir zwei allein gehen, Herr Gray."

„Ich freue mich sehr darauf."

Der Maler biss sich auf die Lippe und schritt, die Teetasse in der Hand, zum Bilde. „Ich bleibe hier bei dem wirklichen Dorian", sagte er traurig.

„Ist das der wirkliche?", rief das Original und ging gleichfalls langsam zu ihm hin. „Bin ich wirklich so?"

„Ja, genau so siehst du aus."

„Wie wundervoll, Basil!"

„Du siehst wenigstens jetzt genauso aus. Aber das Bild wird sich nie ändern", seufzte Hallward. „Das will etwas heißen!"

„Was für ein grosses Wesen man heute aus der Treue macht!", rief Lord Henry. „Und doch ist sie selbst in der Liebe eine rein physiologische Frage. Sie hat mit unserem eigenen Willen auch nicht das Mindeste zu tun. Junge Männer wären gerne treu und sind es nicht; alte würden gerne untreu sein und können es nicht – das ist alles, was sich darüber sagen lässt."

„Geh heute Abend nicht ins Theater, Dorian", bat Hallward. „Bleib hier und speise mit mir."

„Ich kann nicht, Basil."

„Warum?"

„Weil ich versprochen habe, Lord Henry Wotton zu begleiten."

„Er wird dich darum nicht lieber haben, wenn du deine Versprechungen so treu hälst. Er bricht die seinen immer. Ich bitte dich, nicht zu gehen."

Dorian Gray schüttelte lachend den Kopf.

„Ich beschwöre dich.“

Der junge Mann schwankte und blickte zu Lord Henry hinüber, der die beiden vom Teetische aus mit einem belustigten Lächeln beobachtete.

„Ich muss gehen, Basil“, antwortete er.

„Schön“, sagte Hallward und ging zum Tische, wo er seine Tasse hinstellte. „Es ist ziemlich spät, und da ihr euch noch umziehen müsst, habt ihr keine Zeit mehr zu verlieren. Adieu, Harry! Adieu, Dorian! Komm bald wieder. Komm morgen.“

„Bestimmt.“

„Aber nicht vergessen!“

„Nein, natürlich nicht!“, rief Dorian.

„Und Harry!“

„Ja, Basil?“

„Vergiss nicht, was ich dir sagte, als wir am Vormittag im Garten saßen.“

„Ich habe es vergessen.“

„Ich vertraue auf dich.“

„Ich wünschte, ich könnte mir selbst vertrauen“, sagte Lord Henry lachend. „Kommen Sie, Herr Gray, mein Wagen steht unten und ich kann Sie an Ihrer Wohnung absetzen. Adieu, Basil! Es war ein sehr unterhaltender Nachmittag.“

Als sich die Tür hinter ihnen schloss, warf sich der Maler auf den Diwan und ein schmerzlicher Ausdruck trat in sein Gesicht.

Drittes Kapitel

Um zwölfeinhalb Uhr am nächsten Tage schlenderte Lord Henry Wotton von Curzon Street nach Albany hinüber, um seinen Onkel Lord Fermor zu besuchen, einen lustigen aber ziemlich rauen alten Junggesellen, den die Außenwelt einen Egoisten nannte, weil sie keinen besonderen Nutzen aus ihm ziehen konnte, der aber von der Gesellschaft freigebig genannt wurde, weil er die Menschen, die ihn amüsierten, aufs Beste fütterte. Sein Vater war britischer Gesandter in Madrid gewesen, als Isabella noch jung war und man von Prim noch nichts wusste, hatte sich aber in einem Augenblick launischen Ärgers aus dem diplomatischen Dienste zurückgezogen, weil man ihm nicht den Gesandtenposten in Paris angeboten hatte, zu dem er sich vollauf berechtigte geglaubt hatte durch seine Geburt, seine Arbeitsunlust, sein gutes Englisch in seinen Depeschen und durch seine zügellose Vergnügungssucht. Der Sohn, der des Vaters Privatsekretär gewesen war, hatte zugleich mit seinem Chef den Abschied genommen, was man seinerzeit ziemlich verrückt fand, und als einige Monate später der Titel auf ihn überging, hatte er sich ernstlich dem großen aristokratischen Studium gewidmet: absolut nichts zu tun! Er besaß zwei große Häuser in der Stadt, zog es aber vor, in einer Junggesellenwohnung zu leben, weil das weniger Umstände machte, und speiste meistens im Klub. Er widmete sich ein wenig der Verwaltung seiner Kohlenminen in den Midlandgrafschaften und entschuldigte diese verwerfliche industrielle Tätigkeit damit, dass er sagte, der einzige Vorteil, Kohlen zu haben, sei der, es einem Gentleman möglich zu machen, in seinem eigenen Kamin Holz zu brennen. In der Politik war er ein Tory, außer wenn die Tories am Ruder der Regierung waren, denn in solchen Zeiten verlästerte er sie und schimpfte sie radikales Gesindel. Er war ein Held für seinen Kammerdiener, der ihn drangsalierte, und ein Schrecken für die meisten seiner Verwandten, die er seinerseits drangsalierte. Nur England konnte ihn erzeugt haben, und er selber pflegte zu sagen, dass das Land immer mehr auf den Hund käme. Seine Grundsätze waren altmodisch, aber seine Vorurteile waren nicht so übel.

Als Lord Henry ins Zimmer trat, fand er seinen Onkel in einem einfachen Jagdrocke, eine ziemlich wohlfeile Manila im Munde und brummend in den Times lesend.

„Na, Harry", sagte der alte Herr, „was bringt dich so früh aus den Federn? Ich dachte immer, ihr Dandies steht nie vor zwei Uhr auf und werdet nie vor fünf Uhr sichtbar?"

„Reine Familienliebe, Onkel Georg, auf mein Wort; aber ich brauche etwas von dir."

„Vermutlich Geld", sagte Lord Fermor und machte ein saures Gesicht. „Na, dann setze dich und sag mir alles. Ihr jungen Leute von heutzutage bildet euch ein, das Geld sei alles."

„Ja", entgegnete Lord Henry und rückte seine Blume im Knopfloch zurecht, „und wenn sie älter werden, wissen sie es. Aber ich brauche kein Geld. Nur Leute, die ihre Rechnungen bezahlen, brauchen

Geld, und ich bezahle meine Rechnungen nie. Kredit ist das Kapital eines zweitältesten Sohnes, und man kann davon brillant leben. Außerdem kaufe ich immer bei Dartmoors Lieferanten und habe daher nie Scherereien. Was ich brauche, ist eine Auskunft, keine nützliche Auskunft natürlich, sondern nur eine wertlose."

„Na, Harry, ich kann dir alles sagen, was in einem englischen Blaubuch steht, obwohl diese Kerle heutzutage einen Haufen Unsinn zusammensudeln. Als ich noch Diplomat war, lagen die Sachen besser! Und ich höre, man stellt jetzt die Leute aufgrund von Prüfungen an. Was kann man da noch erwarten? Prüfungen, mein Bester, sind der reine Humbug von A bis Z. Wenn einer Gentleman ist, weiß er schon genug, und wenn er kein Gentleman ist, so mag er alles Mögliche wissen, es hilft ihm doch zu nichts."

„Herr Dorian Gray hat nichts mit Blaubüchern zu tun, Onkel", sagte Lord Henry in seinem schläfrigen Tone.

„Herr Dorian Gray? Wer ist das?", fragte Lord Fermor, seine buschigen weißen Augenbrauen zusammenkneifend.

„Um das zu erfahren, bin ich gerade hergekommen, Onkel Georg. Oder genauer gesagt: Wer es ist, weiß ich; nämlich der Enkel des letzten Lord Kelso. Seine Mutter war eine Devereux, Lady Margaret Devereux. Ich möchte, dass du mir etwas über seine Mutter erzählst. Was weißt du von ihr? Wann hat sie geheiratet? Du hast zu deiner Zeit doch so ziemlich alle Leute gekannt, also wahrscheinlich auch sie. Ich interessiere mich gegenwärtig außerordentlich für Herrn Gray. Ich habe ihn erst gestern kennen gelernt."

„Kelsos Enkel!", wiederholte der alte Herr, „Kelsos Enkel ... natürlich ... ich war mit seiner Mutter sehr intim. Ich glaube, ich war sogar bei ihrer Taufe. Es war ein ganz außergewöhnlich hübsches Mädchen, diese Margaret Devereux, und hat dann alle Männer toll gemacht, als sie mit einem jungen Habenichts davonlief, einer absoluten Null, mein Bester, einem Fähnrich bei der Infanterie oder so was Ähnliches. Natürlich! Ich erinnere mich jetzt an die ganze Sache, als wäre sie erst gestern passiert! Der arme Kerl wurde dann ein paar Monate nach der Hochzeit in einem Duell in Spaa getötet. Man erzählte damals eine hässliche Geschichte darüber. Man sagte, der alte Kelso hätte irgendeinen Schurken gemietet, so eine Art Abenteurer aus Belgien, um seinen Schwiegersohn öffentlich zu beleidigen, hätte ihn dafür bezahlt, mein Bester, einfach bezahlt, damit er es täte, und dieser Kerl spießte dann sein Opfer wie eine Taube auf. Die Sache wurde natürlich vertuscht, aber Kelso musste eine Zeit lang sein Kotelett allein im Klub essen. Ich hörte, er brachte seine Tochter wieder mit, doch sie sprach nie mehr ein Wort mit ihm. Oh ja, das war eine böse Sache. Das Mädel starb dann auch, kaum ein Jahr später. So, sie hat also einen Sohn hinterlassen? Das hatte ich vergessen. Was für ein Junge ist's denn? Wenn er seiner Mutter ähnlich sieht, muss es ja ein hübsches Kerlchen sein."

„Er ist sehr hübsch", stimmte Lord Henry bei. „Ich hoffe, er wird in die rechten Hände kommen", fuhr der alte Mann fort. „Es muss eine Unmasse Geld auf ihn warten, wenn Kelso pflichtgemäß an ihm handelte. Seine Mutter hatte auch viel Geld. Der ganze Selbysche Besitz fiel ihr vonseiten ihres Großvaters zu. Ihr Großvater hasste Kelso, hielt ihn für einen gemeinen Köter. War er übrigens auch. Er besuchte mich mal in Madrid, als ich dort war. Na, ich musste mich des Kerls wahrhaftig schämen. Die Königin pflegte mich nach dem englischen Edelmann zu fragen, der sich immer mit den Kutschern über den Fuhrlohn stritt. Man machte einen ganzen Roman daraus. Ich wagte einen Monat nicht, bei Hofe zu erscheinen. Ich hoffe, er hat seinen Enkel besser behandelt als die Droschkenkutscher."

„Darüber weiß ich nichts", erwiderte Lord Henry; „ich vermute aber, der junge Mensch wird einmal wohlhabend werden. Er ist noch nicht volljährig. Selby gehört ihm, das weiß ich. Er hat es mir gesagt. Und … seine Mutter war sehr schön?"

„Margaret Devereux war eines der entzückendsten Wesen, die ich je gesehen habe, Harry. Was in aller Welt sie dazu getrieben hat, so zu handeln, hab ich nie verstehen können. Sie hätte jeden Mann, den sie wollte, heiraten können. Carlington war in sie wahnsinnig verschossen. Aber sie war romantisch veranlagt. Alle Frauen dieser Familie waren es! Die Männer waren ein trauriges Gesindel, aber beim Himmel! Die Weiber waren himmlisch! Carlington lag vor ihr auf den Knien. Hat mir's selber erzählt. Sie lachte ihn aus, und es gab damals kein Mädel in London, das nicht hinter ihm her gewesen wäre.

Übrigens, Harry, da wir schon über Mesalliancen reden: Was ist das für ein Blödsinn, den mir dein Vater von Dartmoor erzählt, der eine Amerikanerin heiraten will? Sind ihm englische Mädels nicht gut genug?"

„Es ist jetzt Mode, Amerikanerinnen zu heiraten, Onkel Georg."

„Ich verteidige die englischen Frauen gegen die ganze Welt, Harry", sagte Lord Fermor und schlug mit der Faust auf den Tisch.

„Man schwört auf die Amerikanerinnen."

„Sie halten sich nicht, hat man mir gesagt."

„Ein langes Verlobtsein erschöpft sie, aber für eine Steeplechase sind sie brillant. Sie sind die reinen Flieger. Ich glaube nicht, dass Dartmoor Aussichten hat."

„Was ist das für eine Familie?", grollte der alte Herr. „Hat sie überhaupt eine?"

Lord Henry schüttelte den Kopf.

„Amerikanische Mädchen sind ebenso klug, ihre Eltern zu verbergen, wie englische Frauen im Verbergen ihrer Vergangenheit", antwortete er und stand auf, um wegzugehen.

„Also vermutlich Schweinefleischhändler?"

„Das hoffe ich, Onkel Georg, in Dartmoors Interesse. Man hat mir gesagt, mit Schweinefleischbüchsen zu handeln, soll nächst der Politik der einträglichste Beruf in Amerika sein."

„Ist sie hübsch?"

„Sie benimmt sich so, als wäre sie hübsch! Das tun die meisten Amerikanerinnen. Es ist das Geheimnis ihres magnetischen Reizes."

„Warum bleiben diese Amerikanerinnen nicht in ihrem Lande? Sie sagen uns doch immer, es sei das Paradies für Frauen."

„Das ist es auch. Und das ist auch der Grund, warum sie genau wie Eva so gerne daraus weg wollen", sagte Lord Henry. „Adieu, Onkel Georg! Ich komme zu spät zum Frühstück, wenn ich noch länger bleibe. Danke sehr für die Auskunft, die du mir gabst. Ich habe immer das Verlangen, von meinen neuen Freunden alles zu hören und möglichst nichts von meinen alten."

„Wo wirst du frühstücken, Harry?"

„Bei Tante Agatha. Ich habe mich mit Herrn Gray dort angesagt. Es ist ihr neuestes Protektionskind."

„Hm! sag deiner Tante Agatha, Harry, sie soll mir mit ihrem Wohltätigkeitskrempel vom Halse bleiben! Ich habe sie bis hierher! Weiß Gott, das gute Frauenzimmer meint, ich hätte nichts zu tun als Schecks auszuschreiben für ihre langstieligen Vereinsmeiereien."

„Abgemacht, Onkel Georg, ich werde ihr's bestellen, aber es wird nichts nutzen. Wohltätigkeitsmegären verlieren alle Menschlichkeit. Das ist ihr sicherstes Merkmal."

Der alte Herr brummte zustimmend und klingelte seinem Diener. Lord Henry schritt durch die niedrigen Arkaden nach Burlington Street und lenkte seine Schritte dann in die Richtung nach Berkeley Square.

Das war also die Geschichte von Dorian Grays Eltern. So roh umrissen sie ihm auch geschildert worden war, so hatte sie ihn doch nach Art eines seltsamen, fast modernen Romans interessiert. Eine schöne Frau, die alles wagt für ihre wahnsinnige Leidenschaft! Ein paar wilde Glückswochen, jäh abgeschnitten durch ein heimtückisches, abscheuliches Verbrechen, Monate stummer Todesverzweiflung, und dann ein Kind unter Schmerzen geboren. Die Mutter vom Tode weggerafft, der Knabe der Einsamkeit und der Tyrannei eines alten, lieblosen Mannes ausgeliefert. Ja, das war ein interessanter Hintergrund! Er gab dem jungen Menschen Relief, machte ihn noch vollkommener als bisher. Hinter allem Köstlichen in der Welt lauert eine geheime Tragödie, Welten müssen in Schwingung sein, damit die unscheinbarste Blume erblühen kann … Und wie entzückend war er gestern Abend gewesen, als er ihn mit erschreckten Augen, die Lippen in scheuer Begehrlichkeit geöffnet, im Klub gegenübergesessen hatte und die roten Kerzenschirme das erwachende Wunder seines Gesichts mit einem noch rosenfarbeneren Ton überhaucht hatten. Mit ihm sprechen, das war wie auf einer auserlesenen Geige spielen! Er gab jedem Druck nach, jeder zitternden Bewegung des Bogens … Es liegt doch etwas unerhört Knechtendes darin, auf jemand Einfluss auszuüben. Keine andere Tätigkeit kam dem gleich! Seine eigene Seele in eine anmutige Gestalt gießen und sie einen Augenblick lang darin verweilen lassen; seine eigenen Gedankenakkorde im Echo zurückbekommen, durch die Musik der Leidenschaft und Jugend bereichert; sein eigenes Temperament hineinversenken in ein anderes, als wäre es das allerästhetischste Fluidum oder ein seltener Wohlgeruch: darin lag eine wahre Lust – vielleicht die allerbefriedigendste

Lust, die uns noch geblieben ist in einer so beschränkten und trivialen Zeit wie die unsere, die so fleischlich in ihren Genüssen ist und so grob zugreifend in ihren Begierden … Auch war dieser junge Mensch ein wundervoller Typus, den er in Basils Atelier durch eine so wunderbare Fügung kennen gelernt hatte, oder er konnte jedenfalls zu einem wunderbaren Typus umgemodelt werden. Anmut war ihm verliehen und die schneekeusche Reinheit der Jünglingsschaft, und eine Schönheit, wie man sie bei alten griechischen Marmorbildern findet. Nichts gab es, was sich aus ihm nicht machen ließe. Man konnte aus ihm einen Titanen oder ein Spielzeug machen. Welch Jammer, dass solch eine Schönheit dahinwelken muss … Und Basil? Wie interessant war er doch für den Psychologen! Diese neue Art von Kunst, diese neue Weise, das Leben anzuschauen, die ihm durch die sichtbare Gegenwart eines Menschen, der von alledem nichts wusste, auf das Seltsamste erweckt wurde; der stille Geist, der in einer düsteren Waldlandschaft wohnte und ungesehen ins offene Feld hinaus wandelte, enthüllte sich plötzlich wie eine Dryade und ohne Scheu, weil in der Seele, die sehnsüchtig nach ihm suchte, jene wundersame Vision wach geworden war, in der nur die außerordentlichen Dinger offenbar werden! Die bloßen Linien und Formen der Dinge wurden gleichsam edler und bekamen eine Art von symbolischer Bedeutung, als wären sie selbst nur Schatten einer anderen und vollendeteren Form, deren Abbilder sie zur Wirklichkeit erhoben … Wie das alles merkwürdig war! – Er erinnerte sich, dass es irgendetwas Ähnliches in der Geschichte gab. War es Plato, dieser Künstler in der Welt der Gedanken, der es als Erster untersucht hatte? War es Buonarotti, der es in den farbigen Marmor seiner Sonettenreihe eingemeißelt hatte? Aber in unserem Jahrhundert war es etwas Seltenes … Ja, er wollte versuchen, für Dorian Gray das zu sein, was der Jüngling unbewusst für den Maler war, der das prächtige Bildnis geschaffen hatte. Er wollte versuchen, in ihm zu herrschen – hatte es in Wahrheit schon halb und halb getan. Er wollte diesen wunderbaren Geist zu seinem eigenen machen. Es war etwas unwiderstehlich Magnetisches in diesem Kinde von Tod und Liebe.

Plötzlich blieb er stehen und blickte an den Häusern hinauf. Er entdeckte, dass er schon ein gutes Stück an dem Hause seiner Tante vorbeigeschlendert sei, und ging still lächelnd zurück. Als er in die etwas düstere Halle eintrat, sagte ihm der Diener, man sei schon beim Frühstück. Er gab einem Lakai Hut und Stock und ging in den Speisesaal.

„Spät wie immer, Harry", rief seine Tante den Kopf schüttelnd.

Er erfand eine glaubwürdige Entschuldigung, setzte sich neben sie auf den leeren Stuhl und schaute um, zu sehen, wer noch da war. Dorian begrüßte ihn schüchtern vom Ende des Tisches her, und seine Wangen wurden rot vor geheimer Freude. Gegenüber saß die Herzogin von Harley, eine Dame von bewundernswürdig guter Laune und ebensolchem Charakter, die jeder gern hatte und deren Körper in jener umfangreichen Architektonik aufgebaut war, die von zeitgenössischen Geschichtsschreibern bei Frauen, die nicht gerade Herzoginnen sind, als Beleibtheit bezeichnet wird. Zu ihrer Rechten saß Sir Thomas Burdon, ein radikales Parlamentsmitglied, das seinem Parteichef Gefolge im öffentlichen Leben leistete und im Privaten den besten Küchenchefs, der nach einer weisen und allgemein bekannten Lebensregel mit den Tories dinierte und geistig mit den Liberalen übereinstimmte. Den Platz an ihrer Linken nahm Herr Erskine of Treadley ein, ein alter prächtiger und gebildeter Herr, der sich die üble Gewohnheit des Schweigens angeeignet hatte, weil er, wie er einmal Lady Agatha erklärte, schon vor seinem dreissigsten Lebensjahr alles gesagt hatte, was er überhaupt zu sagen hatte. Seine Nachbarin war Frau Vandeleur, eine der ältesten Freundinnen seiner Tante, eine vollendete Heilige unter den Frauen, aber so geschmacklos gekleidet, dass man bei ihrem Anblick immer an ein schlecht gebundenes Gebetbuch denken musste. Zu seinem Glück saß an ihrer anderen Seite Lord Faudel, eine sehr intelligente Mittelmäßigkeit in den besten Jahren. Er war so kahl wie der Bericht eines Ministers auf eine Interpellation im Unterhaus, und mit ihm unterhielt sie sich in jenem eindringlich ernsten Tone, der, wie Lord Henry einmal selbst geäußert hatte, der eine unverzeihliche Irrtum ist, in den alle wirklich guten Menschen verfallen, und den keiner von ihnen gänzlich vermeiden kann.

„Wir sprechen über den armen Dartmoor, Henry", rief die Herzogin, ihm vergnügt über den Tisch hin zunickend. „Glauben Sie wirklich, dass er dies berückende junge Mädchen heiratet?"

„Ich glaube, Frau Herzogin, sie hat sich's fest vorgenommen, um ihn anzuhalten."

„Wie schrecklich", rief Lady Agatha. „Da müsste sich wirklich jemand ins Mittel legen."

„Ich erfahre aus einer vorzüglichen Quelle, dass ihr Vater ein Kurzwarengeschäft in Amerika hat", sagte Sir Thomas Burdon mit einem stolzen Blicke.

„Mein Onkel hat behauptet, er sei Schweinefleischlieferant, Sir Thomas."

„Kurzwaren! Was sind amerikanische Kurzwaren?", fragte die Herzogin, das Zweitwort betonend, und erhob staunend ihre großen Hände.

„Amerikanische Romane", antwortete Lord Henry und nahm sich eine Wachtel.

Die Herzogin machte ein erstauntes Gesicht.

„Geben Sie nicht auf ihn Acht, meine Liebe", flüsterte ihr Lady Agatha zu, „er meint nie im Ernst, was er sagt."

„Als Amerika entdeckt wurde", sagte der radikale Abgeordnete und ließ einige langweilige Tatsachen vom Stapel. Wie alle Menschen, die ein Thema zu erschöpfen bestrebt sind, so erschöpfte er seine Zuhörer. Die Herzogin seufzte und nützte ihr Vorrecht aus, ihn zu unterbrechen. – „Wollte Gott, es wäre überhaupt nicht entdeckt worden", rief sie aus. „Unsere Töchter haben heutzutage wirklich gar keine Aussichten mehr. Das ist empörend!"

„Vielleicht ist Amerika überhaupt nicht entdeckt worden, wenn man es recht betrachtet", sagte Herr Erskine. „Ich würde eher sagen, dass es nur wieder aufgefunden worden ist."

„Oh, ich habe aber einige Exemplare seiner Bewohnerinnen gesehen“, antwortete die Herzogin erfreut, „und ich muss zugeben, dass die meisten von ihnen ausgesprochen hübsch sind. Und außerdem kleiden sie sich gut. Sie beziehen ihre Garderobe nur aus Paris. Ich wollte, ich könnte mir das auch leisten!“

„Man sagt, wenn gute Amerikaner sterben, so gehen sie nach Paris“, gluckste Sir Thomas, der eine große Kiste abgelegter Scherze besaß.

„Wirklich? Und wohin gehen schlechte Amerikaner, wenn sie sterben?“, fragte die Herzogin.

„Sie gehen nach Amerika“, murmelte Lord Henry.

Sir Thomas runzelte die Stirn.

„Ich fürchte, Ihr Neffe hat seine Vorurteile gegen dieses große Land“, sagte er zu Lady Agatha. „Ich habe es ganz bereist, in Eisenbahnwagen, die mir die Direktionen zur Verfügung stellten. Man ist da in diesen Dingen außerordentlich entgegenkommend. Ich versichere Ihnen, es ist eine vorzüglich bildende Reise gewesen.“

„Aber müssen wir wirklich nach Chicago reisen, um unsere Bildung zu vervollständigen?“, fragte Herr Erskine wehmütig. „Ich fühle mich wirklich nicht zu dieser Reise aufgelegt.“

Sir Thomas winkte mit der Hand. „Herr Erskine of Treadley besitzt die Welt in seinen Bücherschränken. Wir praktischen Männer lieben es, die Dinge zu s e h e n, nicht darüber zu lesen. Die Amerikaner sind ein außerordentlich interessantes Volk. Sie sind vollständige Vernunftmenschen! Ich glaube, das ist ihr Merkmal. Ja, Herr Erskine, ein ausschließlich von der

Vernunft beherrschtes Volk. Ich versichere Ihnen, es gibt keinerlei Unsinn bei den Amerikanern."

„Wie schrecklich!", rief Lord Henry aus; „ich kann rohe Gewalt vertragen, aber rohe Vernunft ist mir unerträglich. Ich finde, dass ihre Anwendung unbillig ist. Es heißt den Intellekt unterjochen."

„Ich verstehe nicht", erwiderte Sir Thomas und wurde etwas rot.

„Ich verstehe, Lord Henry", murmelte Herr Erskine lächelnd.

„Paradoxe sind ja an und für sich recht schön und gut …", nahm der Baronet wieder das Wort.

„War das ein Paradoxon?", fragte Herr Erskine. „Ich habe es nicht dafür gehalten. Vielleicht war's eins! Nun, der Weg zur Wahrheit ist mit Paradoxen gepflastert. Um die Wahrheit zu erkennen, müssen wir sie auf dem Seil tanzen sehen. Wenn die Wahrheiten Akrobaten werden, können wir sie beurteilen."

„Großer Gott!", sagte Lady Agatha, „was für eine Art zu diskutieren habt ihr Männer. Ich verstehe nie ein Wort von eurem Gerede. Mit dir, Harry, bin ich überhaupt ganz böse. Warum versuchst du, unseren lieben Herrn Gray zu überreden, nicht mehr ins Eastend zu gehen? Ich versichere dir, er wäre uns dort unschätzbar; sein Spiel würde die Leute höchlichst begeistern."

„Mir ist's lieber, wenn er für mich spielt", rief Lord Henry lächelnd und sah den Tisch hinab, wo ihm ein fröhlicher Blick antwortete.

„Aber sie sind so unglücklich in Whitechapel", fuhr Lady Agatha fort.

„Ich kann mit allem Möglichen Mitgefühl haben“, sagte Lord Henry, die Achseln zuckend, „außer mit dem Elend. Damit kann ich keine Sympathie haben. Es ist zu hässlich, zu schrecklich, zu niederdrückend! In der heutigen modernen Sympathie für das Elend liegt etwas so schrecklich Krankhaftes. Man sollte mit Farben sympathisieren, mit Schönheit, mit Lebensfreude; aber je weniger man über das Elend des Lebens sagt, um so besser.“

„Aber das Eastend ist eine sehr wichtige Frage“, bemerkte Sir Thomas mit ernstem Kopfschütteln.

„Sicherlich“, antwortete der junge Lord. „Es ist das Rätsel der Sklaverei, und wir versuchen es derart zu lösen, dass wir die Sklaven amüsieren.“

Der Politiker sah ihn mit einem durchbohrenden Blicke an. „Welche Änderungen schlagen Sie also vor?“

Lord Henry lachte. „Ich habe gar nicht das Verlangen, in England etwas zu ändern außer dem Wetter“, entgegnete er. „Ich begnüge mich mit einer philosophischen Betrachtung. Da aber das neunzehnte Jahrhundert durch übermäßigen Verbrauch von Sympathie bankrott geworden ist, so möchte ich vorschlagen, dass man sich an die Wissenschaft hält, damit uns diese wieder aufrichtet. Der Nutzen der Empfindelei liegt darin, dass sie uns in die Irre führt, und der Nutzen der Wissenschaft darin, dass sie sich mit Empfindeleien nicht abgibt.“

„Aber wir haben so ernste Verantwortlichkeiten“, warf Frau Vandaleur schüchtern ein.

„Entsetzlich ernste“, stimmte Lady Agatha ein.

Lord Henry sah zu Herrn Erskine hinüber. „Die Menschheit nimmt sich selber zu ernst. Das ist die Todsünde der Welt. Wenn die Höhlenmenschen schon zu lachen verstanden hätten, so wäre die Weltgeschichte andere Wege gegangen!"

„Ihre Worte klingen sehr tröstlich", zwitscherte die Herzogin. „Ich habe immer etwas wie Schuldgefühl gehabt, wenn ich Ihre liebe Tante besuchte, denn ich nehme nicht das geringste Interesse an Eastend. In Zukunft werde ich ihr ins Gesicht sehen können ohne zu erröten."

„Erröten ist ein vorzüglicher Schönheitstrick", bemerkte Lord Henry.

„Nur wenn man jung ist", antwortete sie. „Wenn eine alte Frau wie ich errötet, ist es ein sehr schlechtes Zeichen. Ach, Lord Henry, ich wünschte, Sie können mir sagen, wie man wieder jung wird!"

Er dachte einen Augenblick nach. „Können Sie sich an irgendeinen großen Fehler erinnern, den Sie in der Jugend begangen haben?", fragte er dann, sie fest über den Tisch hin ansehend.

„An eine ganze Masse, fürchte ich!", rief sie aus.

„Dann begehen Sie sie wieder", entgegnete er ernst. „Um seine Jugend wiederzubekommen, braucht man nur seine Torheiten zu wiederholen."

„Eine allerliebste Theorie!", rief sie. „Ich muss sie einmal in die Praxis umsetzen."

„Eine gefährliche Theorie", sagte Sir Thomas, seine schmalen Lippen zusammenkneifend. Lady Agatha schüttelte den Kopf, aber sie amüsierte sich dennoch. Herr Erskine lauschte stumm.

„Ja“, fuhr Henry fort, „das ist eines der größten Lebensgeheimnisse! Heutzutage sterben die meisten Leute an einer Art von schleichender Verständigkeit, und kommen erst, wenn es zu spät ist, dahinter, dass die einzigen Dinge, die man nie bereut, die Torheiten sind.“

Nun lachte der ganze Tisch.

Und Henry spielte jetzt mit diesem Einfall nach Willkür, warf ihn die Luft und veränderte ihn, ließ ihn entwischen und haschte ihn wieder, ließ ihn fantastisch glitzern und gab ihm Paradoxe als Flügel. Als er fortfuhr, rundete sich dieses Lob auf die Narretei in ein philosophisches System und die Philosophie selbst wurde dabei jung und tanzte wie eine Bacchantin, begleitet von der heiteren Musik der Luft, in ihrem von Wein befleckten Gewande und mit efeubekränzten Locken, über die Hügel des Lebens dahin und neckte den plumpen Silen, weil er nüchtern blieb. Die Tatsachen flüchteten vor ihr wie erschreckte Tiere des Waldes. Ihre weißen Füße traten in der ungefügen Kelter, an der der weise Omar sitzt, bis der schäumende Traubensaft in purpurblasigem Gewirbel an ihren nackten Lenden hochspritzte oder in rotem Gischt über die dunkeln, triefenden, bauchigen Seiten der Kufe herabrieselte. Es war eine brillante Improvisation. Er empfand, dass auf ihn die Augen Dorian Grays gerichtet waren, und das Bewusstsein, dass es einen unter seinen Zuhörern gab, dessen Temperament er zu bezaubern wünschte, verlieh seinem Witze Würdigkeit und seiner Fantasie Farbe. Er war geistreich, voll Einfälle, unwiderstehlich! Er begeisterte seine Zuhörer, aus sich herauszugehen, und lachend folgten sie seinen lockenden Klängen. Dorian Gray wandte seinen Blick nicht von ihm ab, sondern saß gebannt wie unter einem Zauber da, während ein Lächeln nach dem andern auf seine Lippen trat und sich das Staunen in seinen braunen Augen immer mehr erhöhte.

Endlich betrat die Wirklichkeit in der Livree des Alltags das Zimmer, und zwar in Gestalt eines Lakaien, der der Herzogin meldete, dass ihr Wagen vorgefahren wäre. Sie rang die Hände in theatralischer Verzweiflung.

„Wie schade!“, rief sie aus. „Ich muss fort. Muss meinen Mann vom Klub abholen und mit ihm zu so einer albernen Sitzung bei Willis fahren, wo er präsidiert. Wenn ich zu spät komme, wird er sicher ärgerlich; und in dem Hut, den ich aufhabe, könnte ich eine Szene nicht vertragen. Er ist viel zu gebrechlich dazu. Ein raues Wort und er wäre ruiniert. Nein, ich muss fort, lieber Agatha. Adieu, Lord Henry! Sie sind ein entzückender Mensch und fürchterlich unmoralisch. Ich weiß wahrhaftig nicht, was ich zu Ihren Ansichten sagen soll. Sie müssen einmal bei uns zu Abend essen. Dienstag? Sind sie Dienstag frei?“

„Für sie würde ich jede andere Verabredung fahren lassen, Frau Herzogin“, sagte Lord Henry, sich verbeugend.

„Ah! Das ist sehr nett und sehr abscheulich von Ihnen“, rief sie; „vergessen Sie also nicht zu erscheinen“, und sie rauschte aus dem Zimmer, Lady Agatha und die anderen Damen im Gefolge.

Als sich Lord Henry wieder gesetzt hatte, kam Herr Erskine auf ihn zu, zog seinen Stuhl ganz dicht an ihn heran und legte die Hand auf seinen Arm.

„Sie reden wie ein Buch“, sagte er; „warum schreiben Sie keins?“

„Ich lese viel zu gerne Bücher, als dass ich Lust hätte, eins zu schreiben, Herr Erskine. Gewiss möchte ich manchmal einen Roman schreiben, der so entzückend und ebenso unwirklich sein müsste wie ein persischer Teppich. Aber in England existiert ja kein literarisches Publikum außer für Zeitungen, Katechismen und Konversationslexika. Von allen Völkern des Erdballs haben die Engländer den am wenigsten entwickelten Sinn für die Schönheit der Literatur.“

„Ich fürchte, Sie haben recht“, antwortete Herr Erskine. „Ich selbst habe einstmals gewissen literarischen Ehrgeiz gehabt, ihn aber längst abgelegt. Und nun, lieber junger Freund, wenn Sie mir erlauben, Sie so zu nennen, darf ich Sie fragen, ob Sie wirklich alles im Ernst meinten, was Sie uns bei Tisch gesagt haben?“

„Ich habe längst vergessen, was ich gesagt habe“, antwortete Lord Henry lächelnd. „Es war wohl sehr toll?“

„Allerdings, sehr toll! Ich halte Sie für einen äußerst gefährlichen Menschen, und wenn unserer guten Herzogin irgendetwas zustößt, so werden wir alle Sie in erster Linie dafür verantwortlich machen. Aber ich würde mit Ihnen gerne einmal länger über das Leben plaudern. Die Generation, in die ich hineingeraten bin, war sehr langweilig. Wenn Sie einmal londonmüde sind, kommen Sie doch mal nach Treadley und setzen Sie mir da Ihre Philosophie des Genusses auseinander bei einem ganz köstlichen Burgunder, den ich zu besitzen so glücklich bin."

„Das soll mir ein großes Vergnügen machen! Ein Besuch in Treadley ist ein großer Vorzug. Es hat einen vollkommenen Wirt und eine vollkommene Bibliothek."

„Die mit Ihnen vollständig wird", antwortete der alte Herr mit einer höflichen Verbeugung. „Und jetzt muss ich mich von Ihrer vortrefflichen Tante verabschieden. Ich muss ins Athenäum. Es ist die Stunde, wo wir dort schlafen."

„Sie alle, Herr Erskine?"

„Vierzig in vierzig Klubsesseln. Wir üben uns für eine Akademie anglaise."

Lord Henry lachte und stand auf.

„Ich gehe in den Park!", rief er.

Als er durch die Tür schritt, berührte ihn Dorian Gray am Arm.

„Erlauben Sie mir, mitzukommen?", flüsterte er.

„Aber ich dachte, Sie haben Basil Hallward versprochen, ihn zu besuchen", wandte Lord Henry ein.

„Ich möchte lieber mit Ihnen gehen; ja ich fühle, ich muss mit Ihnen gehen! Bitte, erlauben Sie mir's. Und versprechen Sie mir, die ganze Zeit mit mir zu sprechen? Niemand spricht wie Sie so entzückend."

„Ah! Ich hab für heute gerade genug geredet", sagte Lord Henry und lächelte. „Alles, was ich jetzt möchte, ist, das Leben zu beschauen. Sie können aber mitkommen und es mit anschauen, wenn Sie wollen."

Viertes Kapitel

Eines Nachmittags, einen Monat darauf, saß Dorian Gray zurückgelehnt in einem schwellenden Sessel in der kleinen Bibliothek im Hause Lord Henrys in Mayfair. Es war in seiner Art ein entzückender Raum, bis oben mit olivenfarbigem Eichenholz getäfelt, mit einem cremefarbigen Deckenfries und Stuckverzierungen und mit einem ziegelroten Filzteppich, auf dem persische Decken mit langen Seidenfransen lagen. Auf einem niedlichen Tischchen aus Satinholz stand eine Figur von Clodion, und daneben lag eine Ausgabe der Cent Nouvelles, die für Margarete von Valois von Clovis Eve eingebunden und mit goldenen Gänseblümchen verziert war, die die Königin als ihr Wappenzeichen gewählt hatte. Auf dem Kaminsims standen ein paar große blaue Porzellanvasen mit Papageientulpen, und durch die schmalen Butzenscheiben drang das aprikofarbene Licht eines Londoner Sommertages.

Lord Henry war noch nicht nach Hause gekommen: Er kam grundsätzlich zu spät, weil sein Grundsatz war, dass Pünktlichkeit die Zeit stehle. Daher sah der junge Mann etwas verdrießlich aus, als er mit lässigen Fingern die Seiten einer reich illustrierten Manon Lescaut-Ausgabe durchblätterte, die er in einem der Bücherschränke aufgestöbert hatte. Das abgemessene gleichförmige Ticktack der Louis-Quatorze-Uhr machte ihn beinahe nervös. Ein- oder zweimal machte er schon Miene, wegzugehen. Endlich hörte er draußen einen Schritt und die Tür öffnete sich.

„Wie spät du kommst, Harry!“, sagte er mit leisem Vorwurf im Tone.

„Zu meinem Bedauern ist es nicht Harry, Herr Gray“, ließ sich eine schrille Stimme vernehmen.

Dorian sah sich rasch um und sprang auf die Füße.

„Ich bitte um Entschuldigung, ich glaubte –“

„Sie glaubten, es sei mein Mann. Es ist nur seine Frau. Ich muss mich schon selbst vorstellen, wenn Sie erlauben! Ich kenne Sie ganz gut aus Ihren Fotografien. Ich glaube, mein Mann hat siebzehn davon.“

„Nicht siebzehn, Lady Henry.“

„Schön, also achtzehn! Und dann habe ich Sie gestern Abend mit ihm in der Oper gesehen.“

Während sie sprach, lachte sie nervös und beobachtete ihn mit ihren verschwommenen Vergissmeinnichtaugen. Es war eine absonderliche Frau, deren Kleider immer so aussahen, als wären sie vom Schneider in einem Wutanfall gezeichnet und während eines Gewitters angezogen worden. Sie war fast immer in irgendjemand verliebt, und da ihre Gefühle nie erwidert wurden, hatte sie sich alle ihre Illusionen bewahrt. Sie machte den Versuch, malerisch zu erscheinen, aber es gelang ihr nur, unordentlich auszusehen. Sie hieß Victoria und hatte eine krankhafte Vorliebe, in die Kirche zulaufen.

„Das war im Lohengrin, Lady Henry, nicht wahr?“

„Ja, es war im entzückenden Lohengrin. Ich liebe Wagners Musik mehr als eine andere. Sie ist so laut, dass man sich die ganze Zeit unterhalten kann, ohne dass die Nachbarn hören, was man sagt. Das ist ein schätzenswerter Vorteil: Meinen Sie nicht auch, Herr Gray?“

Über ihre dünnen Lippen kam wieder das nervöse Stakkatolachen, und ihre Finger begannen mit einem langen Papiermesser aus Schildpatt zu spielen.

Dorian schüttelte lächelnd den Kopf.

„Ich bedauere, Lady Henry, das ist nicht meine Meinung. Ich unterhalte mich nie, während man spielt – wenigstens nicht bei guter Musik. Bei schlechter Musik ist man freilich verpflichtet, sie durch Gespräch zu ertränken."

„Ah, das ist eine von Harrys Sentenzen, nicht wahr, Herr Gray? Ich bekomme Harrys Ansichten immer aus dem Munde seiner Freunde zu hören. Das ist die einzige Art, wie ich sie erfahre. Aber Sie dürfen nicht denken, dass ich nicht auch gute Musik liebe. Ich vergöttere sie, aber ich ängstige mich vor ihr. Sie macht mich zu romantisch. Ich habe schon Pianisten geradezu angebetet – manchmal zwei auf einmal, wie Harry versichert. Ich weiß nicht, was es mit ihnen für eine Bewandtnis hat. Vielleicht rührt es daher, dass sie Ausländer sind. Das sind doch alle, nicht wahr? Selbst die in England Geborenen werden nach einiger Zeit zu Ausländern, nicht wahr? Es ist sehr klug von ihnen und für die Zukunft sehr vorteilhaft. Das macht sie zu Kosmopoliten, nicht wahr? Sie waren noch nie auf einer meiner Gesellschaften, nicht wahr, Herr Gray. Sie müssen einmal kommen! Ich kann mir zwar keine Orchideen leisten, aber in der Anschaffung von Ausländern scheue ich so leicht keine Ausgabe. Sie geben dem Hause so ein pittoreskes Aussehen. Aber da ist Harry. – Harry, ich kam her, um nach dir zusehen, und um dich etwas zu fragen – ich habe ganz vergessen, was – und ich habe Herrn Gray hier getroffen. Wir haben so entzückend über Musik gesprochen. Unsere Ansichten darüber sind die gleichen. Nein, ich glaube, unsere Ansichten darüber sind ganz verschieden. Aber er ist ganz reizend gewesen. Es freut mich so sehr, ihn einmal gesehen zu haben."

„Das ist sehr charmant, meine Liebe, ganz charmant", sagte Lord Henry, seine dunklen geschwungenen Brauen hochziehend und beide mit vergnügtem Lächeln ansehend. „Es tut mir so Leid, Dorian, dass ich mich verspätet habe, aber ich war in Wardour Street, um einen alten Brokat anzusehen, und musste darum stundenlang handeln. Heutzutage kennen die Leute von jeder Sache den Preis und von keiner den Wert."

„Ich muss leider gehen!", rief Lady Henry aus und unterbrach ein verlegenes Schweigen mit ihrem albernen, grundlosen Lachen. „Ich habe versprochen, mit der Herzogin auszufahren. Adieu, Herr Gray. Adieu, Harry. Du isst wohl nicht zu Hause, wie? Ich auch nicht, vielleicht sehe ich dich bei Lady Thornbury?"

„Höchstwahrscheinlich, meine Liebe", sagte Lord Henry und schloss die Tür hinter ihr, als sie, einen feinen Jasmingeruch hinterlassend, gleich einem Paradiesvogel, der die ganz Nacht dem Regen ausgesetzt gewesen war, aus dem Zimmer flatterte. Harry zündete sich eine Zigarette an und warf sich auf das Sofa.

„Heirate nie eine Frau mit strohgelbem Haar, Dorian", sagte er nach einigen Zügen.

„Warum nicht, Harry?"

„Weil sie so sentimental sind."

„Aber ich habe sentimentale Menschen so gerne."

„Heirate überhaupt nicht, Dorian! Männer heiraten, weil sie müde sind, Frauen, weil sie neugierig sind: Beide werden enttäuscht."

„Ich glaube nicht, dass ich heiraten werde, Harry! Dazu bin ich zu verliebt. Das ist eines deiner Aphorismen. Ich setze es in die Praxis um, wie alles, was du sagst."

„In wen bist du verliebt?", fragte Lord Harry nach einer Pause.

„In eine Schauspielerin", sagte Dorian Gray errötend.

Lord Henry zuckte die Achseln.

„Ein ziemlich landläufiger Anfang."

„Das würdest du nicht sagen, wenn du sie sähest."

„Wer ist's denn?"

„Sie heißt Sibyl Vane."

„Nie gehört!"

„Das hat niemand. Aber später wird man einmal von ihr hören. Sie ist ein Genie!"

„Mein lieber Junge, es gibt keine Frau, die ein Genie wäre. Die Frauen sind ein dekoratives Geschlecht. Sie haben niemals etwas zu sagen, aber sie sagen es entzückend. Die Frauen versinnbildlichen den Triumph der Materie über den Geist, wie die Männer den Triumph des Geistes über die Moral!"

„Harry, wie kannst du?"

„Mein lieber Dorian, es ist wahr! Ich beschäftige mich gerade mit der Analyse der Frauen, daher muss ich es wissen. Das Thema ist nicht so verzwickt, wie ich glaubte. Ich finde, dass es schließlich nur zwei

Arten von Frauen gibt: einfache und geschminkte. Die einfachen sind sehr nützlich. Wenn du als ehrbarer Mensch gelten willst, muss du nur mit einer von ihnen soupieren gehen. Die andern Frauen sind zum Entzücken, aber sie begehen einen Fehler: Sie schminken sich, um jung auszusehen. Unsere Großmütter schminkten sich, um geistreich zu plaudern: Rouge und Esprit gingen Hand in Hand. Das ist jetzt alles vorbei! Solange eine Frau zehn Jahre jünger als ihre Tochter aussehen kann, ist sie völlig zufrieden. Was die Konversation betrifft, so gibt es höchstens fünf Frauen in ganz London, mit denen sich zu reden lohnt, und davon sind zwei in anständiger Gesellschaft unmöglich. Aber genug davon; erzähl mir was von deinem Genie! Wie lange kennst du sie?"

„Ach, Harry, deine Ansichten entsetzen mich!"

„Mach dir darum keine Kopfschmerzen. Wie lange kennst du sie also?"

„Ungefähr seit drei Wochen."

„Und wo hast du ihre Entdeckung gemacht?"

„Ich will es dir erzählen, Harry, aber du musst nicht hässlich darüber reden. Übrigens wäre es dazu gar nicht gekommen, wenn ich dich nicht kennen gelernt hätte. Du hast mich mit einer wilden Begier, alles im Leben kennen zu lernen, angefüllt! Noch viele Tage, nachdem ich dich kennen gelernt hatte, schien etwas in meinen Adern zu rumoren. Wenn ich im Park spazierte oder Piccadilly hinunterschlenderte, schaute ich jeden, der mir entgegenkam, an, um mit einer tollen Neugierde herauszukriegen, was für eine Art Leben die Menschen alle führten. Einige von ihnen fesselten mich; andere erfüllten mich mit Schauder. Es webte ein verführerisches Gift in der Luft, und mich hat eine Leidenschaft nach Erlebnissen gepackt … Eines Abends also gegen sieben beschloss ich, mich nach einem Abenteuer auf die Suche zu machen. Ich hatte solch Gefühl, dass unser graues, riesenhaftes London mit seinen vielen Hunderttausenden schmutzigen Sünden und seinen glänzenden Sünden, wie du dich einmal ausdrücktest, irgendetwas für mich in petto halten müsse. Ich träumte von tausenderlei Dingen. Schon die bloße Gefahr brachte mir einen gewissen Genuss. Ich erinnerte mich daran, was du mir an dem wunderbaren Abend sagtest, wo wir das erste Mal zusammen speisten, dass nämlich das eigentliche Geheimnis des Lebens das Suchen nach Schönheit sei. Ich weiß nicht, was ich erwartete, aber ich marschierte drauflos und wanderte nach dem Osten, wo ich bald meinen Weg in einem Wirrwarr von rußigen Straßen und schwarzen, baum- und graslosen Plätzen verlor. Gegen halb acht Uhr kam ich an einem kleinen, putzigen Theater vorbei mit großen, flackernden Glasflammen und grellen Plakaten. Ein widerlicher Ebräer, in dem erstaunlichsten Rock, den ich mein Lebtag gesehen habe, stand an der Türe und schmauchte eine stänkrige Zigarre. Er hatte fettige Peies, und ein riesiger Brillant funkelte auf seiner schmutzigen Hemdenbrust. – Loge gefällig, Herr Baron? fragte er und nahm seinen Hut mit grandioser Unterwürfigkeit ab. Er hatte etwas an sich, Harry, was mich belustigte: Er war ein reines Monstrum! Du wirst mich auslachen, natürlich, aber ich trat wirklich ein und zahlte zwanzig Mark für eine Proszeniumsloge. Ich weiß heute noch nicht, warum ich das tat; und doch – wenn ich's nicht getan hätte – bester Harry, wäre ich um das größte Ereignis meines Lebens gekommen. Ja, lache du nur! Es ist abscheulich von dir."

„Ich lache nicht, Dorian, wenigstens nicht über dich. Aber du solltest es nicht das g r ö ß t e Ereignis deines Lebens nennen! Sage lieber: das e r s t e Ereignis deines Lebens. Du wirst immer geliebt werden, und du wirst immer in die Liebe verliebt sein. Eine grande Passion ist das Vorrecht aller Leute, die nichts zu tun haben. Das ist der einzige Nutzen, den die Tagediebe eines Landes bringen. Hab keine Angst! Himmlische Dinge warten deiner noch. Das ist erst der Anfang."

„Hältst du meine Natur für so oberflächlich?", rief Dorian Gray gekränkt.

„Nein, ich halte sie für so tief."

„Wie meinst du das?"

„Mein lieber Junge, die Menschen, die im Leben nur einmal lieben, sind in Wirklichkeit die Oberflächlichen. Was sie Anstand nennen und Treue, nenne ich entweder Trägheit oder Gewohnheit oder Mangel an Einbildungskraft. Treue im Gefühlsleben ist dasselbe wie Konsequenz im Geistesleben, nichts als Zugeständnisse von Schwäche. Treue! Ich muss ihren Begriff später einmal analysieren. Freude am Besitz liegt darin. Welche Menge von Dingen würden wir wegwerfen, wenn wir nicht fürchteten, andere könnten sie aufheben. Aber ich will dich nicht unterbrechen. Erzähle weiter."

„Ich saß also in einer schauderhaften kleinen Loge, und ein ordinärer Vorhang flatterte mir gerade ins Gesicht. Ich schaute hinter der Gardine vor und sah mich im Hause um. Es war alles schäbig aufgeputzt, voll von Amoretten und Füllhörnern, wie auf einem Hochzeitskuchen billigster Sorte. Die Galerien und das Stehparterre waren leidlich voll, aber vorne die zwei Reihen schmieriger Sperrsitze waren ganz leer und auf dem Platze, den sie vermutlich Ersten Rang titulierten, saß kaum eine Menschenseele. Weiber gingen mit Orangen und Ingwerbier herum, und es wurde eine unglaubliche Menge von Nüssen verknackt."

„Es muss also wie in der Blütezeit des britischen Dramas gewesen sein?"

„Ganz so, vermute ich und sehr niederdrückend. Ich begann zu überlegen, was ich da um Himmels willen anfangen sollte, als mein Blick auf den Theaterzettel fiel. Was glaubst du, was sie spielten, Harry?"

„Ich vermute, der *Kleine Kretin* oder *Blödsinnig, aber unschuldig*. Unsere Väter, glaube ich, liebten diese Art Stücke. Je länger ich lebe, Dorian, je stärker fühle ich, dass alles, was gut genug für unsere Väter war, noch lange nicht gut genug für uns ist. In der Kunst wie in der Politik *les grand-pères ont toujours tort.*"

„Das Stück war gut genug für uns, Harry: Es war *Romeo und Julia*. – Ich muss zugeben, dass mich der Gedanke ärgerte, Shakespeare in einer so elenden Spelunke zu sehen. Und doch interessierte es mich aus irgendeinem Grunde. Jedenfalls beschloss ich, den ersten Akt abzuwarten! Es spielte ein schauderhaftes Orchester, das ein Judenjunge dirigierte, der an einem rasselnden Klavier saß, das mich fast zum Davonlaufen brachte; aber schließlich ging der Vorhang in die Höhe und das Stück fing an. Romeo war ein älterer vierschrötiger Herr mit stark bemalten Brauen, einer heiseren Tragödenstimme und einer Falstaff-Gestalt à la Biertonne. Mercutio war fast ebenso arg: Er wurde vom Komiker gespielt, der Mätzchen eigener Improvisation beisteuerte und in der freundschaftlichen Beziehung zur Galerie stand. Sie waren beide ebenso grotesk wie die Szenerie, und Sie sah aus, als stammte sie von einem Jahrmarktsrummel! Aber Julia! Harry, stell dir ein Mädchen vor, kaum siebzehn Jahre alt, mit einem blumenhaften niedlichen Gesichtchen, einem schmalen griechischen Kopf und dunkelbraunen Zöpfen, mit Augen, wie veilchenblaue Quellen glühender Leidenschaft, mit Lippen wie Rosenblätter! Das entzückendste, was ich je im Leben gesehen habe! Du sagtest einmal zu mir, Pathos rühre dich nicht, aber Schönheit, reine Schönheit könnte deine Augen wohl mit Tränen füllen! Ich sage dir, Harry, ich konnte dieses Mädchen kaum sehen vor dem Tränenflor in meinen Augen. Und ihre Stimme – ich habe nie solche Stimme gehört! Zuerst klang sie sehr leise in tiefen, vollen Molltönen, die langsam und jeder allein für sich in meinem Ohr zu träufeln schienen. Dann etwas lauter und wie eine Flöte oder eine ferne Hoboe erklingend. In der Gartenszene hatte sie jene zitternde Inbrunst, die man hört, wenn am frühesten Morgen die Nachtigallen singen. Es gab dann Augenblicke, wo ihre Stimme die Leidenschaftsglut von eigenen Tönen hatte. Du weißt, wie eine Stimme das Herz erschüttern kann. Deine Stimme und die Stimme von Sibyl Vane: *die beiden* werde ich nie vergessen! Wenn ich meine Augen schließe, höre ich sie, und jede von ihnen sagt etwas anderes. Ich weiß nicht, welcher ich folgen soll. Warum sollte ich Sibyl nicht lieben? Ja, Harry, ich liebe sie! Sie ist alles in meinem Leben! Abend für Abend gehe ich hin, um sie spielen zu sehen. An einem Abend ist sie Rosalinde, am nächsten Imogen. Ich hab sie sterben sehen im Düster eines italienischen Grabgewölbes, wie sie von den Lippen des Geliebten das Gift trinkt. Ich bin ihrer Wanderung durch die Ardennen gefolgt, wie sie als hübscher Knabe verkleidet war mit Hose, Wams und einem kleinen Barett. Sie war wahnsinnig und ist vor einen schuldbewussten König hingetreten und gab ihm Rauten zu tragen und bittere Kräuter zu kosten. Sie war unschuldig, und die schwarzen Hände der Eifersucht haben ihren zarten Hals gewürgt. Ich hab sie in jedem Jahrhundert gesehen und in jeder Tracht. Gewöhnliche Frauen erwecken unsere Fantasie nicht: Sie sind in ihre Zeit hineingebannt; kein Zauber kann sie verwandeln. Man kennt ebenso schnell ihren Geist wie ihre Güte! Man kennt sie immer heraus. Es gibt in ihnen kein Geheimnis. Sie reiten morgens in den Park und nachmittags schnattern sie beim Tee. Sie haben ihr stereotypes Lächeln und ihre leichten Modemanieren. Aber eine Schauspielerin! Wie anders eine Schauspielerin! Harry! Warum hast du mir nicht gesagt, dass nichts als eine Schauspielerin geliebt zu werden verdient?“

„Weil ich von ihnen so viele geliebt habe, Dorian."

„O, gewiss, grässliche Geschöpfe mit gefärbtem Haar und geschminkten Gesichtern."

„Schmähe nicht gefärbtes Haar und geschminkte Gesichter: zuweilen liegt ganz besonderer Reiz darin", sagte Lord Henry.

„Ich wollte, ich hätte dir nie etwas von Sibyl Vane gesagt."

„Du hättest gar nicht anders können, Dorian! Dein ganzes Leben lang wirst du mir alles sagen, was du tust."

„Ja, Harry, ich glaube, es ist wahr. Ich bin geradezu gezwungen, dir alles zu sagen. Du hast über mich eine seltsame Macht. Wenn ich Verbrechen beginge, käme ich gleich zu dir und beichtete es dir. Du würdest mich verstehen."

„Menschen wie du – die kühnen Sonnenstrahlen des Lebens – begehen keine Verbrechen, Dorian. Aber für dein Kompliment danke ich dir trotzdem. Und nun sag mir – bitte, gib mir mal die Streichhölzer her; danke – nun sag mir, wie sind deine wirklichen Beziehungen zu Sibyl Vane?"

Dorian Gray sprang mit geröteten Wangen und blitzenden Augen auf.

„Harry! Sibyl Vane ist mir heilig."

„Nur heilige Dinge sind wert, sie anzurühren, Dorian", sagte Lord Henry mit einem merkwürdigen pathetischen Anflug in seiner Stimme. „Aber warum fühlst du dich verletzt? Ich vermute, sie wird dir eines Tages gehören. Wenn man verliebt ist, fängt man immer damit an, sich selbst zu betrügen, und hört immer damit auf, andere zu betrügen. Das nennt die Welt eine Liebesgeschichte. Auf jeden Fall denke ich, du kennst sie?“

„Natürlich kenne ich sie! Schon am ersten Abend im Theater kam der grässliche alte Jude nach der Vorstellung in meine Loge und lud mich ein, hinter die Kulissen zukommen und mich ihr vorzustellen. Ich war wütend und sagte ihm, dass Julia Hunderte von Jahren tot sei und ihr Körper in einem Marmorgrabe in Verona liege. Nach dem bestürzten Ausdruck in seinem Gesicht vermute ich, dass er glaubte, ich hätte zu viel Champagner getrunken oder Ähnliches.“

„Kein Wunder!“

„Dann fragte er mich, ob ich für irgendeine Zeitung schreibe? Ich sagte ihm, dass ich nicht einmal eine lese. Das schien ihn furchtbar zu enttäuschen, und er vertraute mir an, alle Theaterkritiker hätten sich gegen ihn verschworen und jeder einzelne wäre käuflich.“

„Es sollte mich nicht wundern, wenn er ganz Recht hätte. Andererseits aber, nach ihrem Aussehen zu urteilen, können sie meistens gar nicht so teuer sein?“

„Einerlei, sie schienen über seine Mittel zu gehen“, fuhr Dorian lächelnd fort. „Inzwischen wurden aber die Lichter im Theater ausgedreht und ich musste fort. Er bat mich noch, einige Zigarren zu versuchen, die er mir sehr warm empfahl. Ich dankte. Am nächsten Abend ging ich natürlich wieder hin. Als er mich sah, machte er wieder seine tiefe Verbeugung und versicherte mir, ich sei ein edelmütiger Kunstmäzen. Er ist eine höchst abstoßende Kreatur, obwohl er eine ungewöhnliche Leidenschaft für Shakespeare hegt. Er erzählte mir einmal mit einem Anflug von Stolz, dass er seine fünf Bankerotte nur dem Barden verdanke: So nannte er nämlich hartnäckig Shakespeare. Er schien das für ein Verdienst zu halten."

„Es ist ein Verdienst, lieber Dorian – ein großes Verdienst. Die meisten Leute werden bankerott, weil sie zu viel in der Prosa des Lebens angelegt haben. Sich durch Poesie ruiniert zu haben, ist eine ehrenvolle Auszeichnung. Aber wann hast du Fräulein Sibyl Vane zum ersten Mal gesprochen?"

„Am dritten Abend. Sie hatte die Rosalinde gespielt. Da musste ich hinter die Bühne! Ich hatte ihr ein paar Blumen zugeworfen, und sie hatte zu mir hingesehen, wenigstens bildete ich es mir ein. Der alte Ebräer war beharrlich. Er schien entschlossen, mich mit nach hinten zu nehmen, und so gab ich nach. Es war eigentümlich, dass ich sie nicht kennen lernen wollte, nicht wahr?"

„Nein, ich glaube nicht."

„Warum, lieber Harry?"

„Ich erkläre dir das ein anderes Mal. Jetzt möchte ich gern von dem Mädchen hören."

„Von Sibyl? O, sie war so schüchtern und so lieb! Sie ist fast noch wie ein Kind. Ihre Augen öffneten sich in einem allerliebsten Staunen, als sich ihr sagte, was ich über ihr Spiel dachte, und sie schien sich gar nicht ihres Könnens bewusst zu sein. Ich glaube, wir waren beide recht nervös. Der alte Jude stand grinsend an der Tür der staubigen Garderobe und hielt wortreiche Reden über uns beide, während wir uns wie die Kinder anstarrten. Er bestand darauf, mich Herr Baron zu nennen, sodass ich Sibyl versichern musste, ich sei nichts der Art. Sie sagte in ganz schlichter Art zu mir: ‚Sie sehen mehr wie ein Prinz aus. Ich will sie Prinz Märchenschön nennen'."

„Mein Wort, Dorian! Fräulein Sibyl versteht sich auf Schmeicheleien."

„Du verstehst sie nicht, Harry. Sie betrachtete mich ja nur wie eine Figur in einem Theaterstück. Sie weiß gar nichts vom Leben. Sie wohnte bei ihrer Mutter, einer verblühten, ältlichen Frau, die am ersten Abend in einer Art türkischem Schlafrock die Lady Capulet spielte und den Eindruck machte, als hätte sie früher bessere Tage gesehen."

„Ich kenne diese Art auszusehen. Sie stimmt mich unbehaglich", sagte Lord Henry mit verhaltener Stimme und betrachtete seine Ringe.

„Der Jude wollte mir ihre Lebensgeschichte erzählen, aber ich bedeutete ihm, dass sie mich nicht interessiere."

„Da hattest du Recht: Die Tragödien anderer Leute haben immer etwas unglaublich Gewöhnliches an sich."

„Sibyl ist das Einzige, um dass ich mich kümmere. Was geht's mich an, woher sie stammt? Von ihrem kleinen Kopf bis zu ihren kleinen Füßen ist sie ein himmlisches Wesen! Jeden Abend, den ich erlebe, gehe ich hin, um sie spielen zu sehen, und jeden Abend ist sie entzückender."

„Ich vermute den Grund darin, weshalb du jetzt nie mehr mit mir isst? Ich dachte mir gleich, dass irgendeine merkwürdige Geschichte dahinter stecke. Das ist so, aber nicht ganz, wie ich erwartete."

„Lieber Harry, wir sind täglich beim Frühstück oder beim Abendessen zusammen, und ich bin mehrere Male mit dir in der Oper gewesen", sagte Dorian und öffnete seine blauen Augen mit Verwunderung.

„Du kommst immer furchtbar spät."

„Ja, ich muss Sibyl spielen sehen und wenn auch nur einen Akt lang. Ich hungere nach ihrem Anblick, und wenn ich an die göttliche Seele denke, die in diesem zierlichen Elfenbeinkörper eingeschlossen ist, so packt mich stille Ehrfurcht."

„Kannst du heute Abend mit mir essen, Dorian?"

Er schüttelte den Kopf.

„Heute Abend ist sie Imogen", antwortete er, „und morgen Abend wieder Julia."

„Wann ist sie Sibyl Vane?"

„Nie."

„Da wünsche ich dir Glück!"

„Wie schrecklich du bist! Sie verkörpert in sich alle die großen Frauengestalten der Weltgeschichte. Sie ist mehr als individuell! Du lachst: Aber ich sage dir, Sibyl ist ein Genie. Ich liebe sie und ich will es erreichen, dass sie auch mich liebt. Dir sind alle Geheimnisse des Lebens bekannt, du musst mir sagen, wie ich Sibyl Vane so bezaubern kann, dass sie mich liebt. Ich will Romeo eifersüchtig machen: Die toten Liebhaber der Welt sollen unser Lachen hören und sich grämen. Ich will, dass unsere strahlende Leidenschaft ihren Staub wieder belebe und ihre Asche zu Schmerzen auferwecke. O Gott, Harry, wie bete ich sie an!"

Er ging, während er sprach, im Zimmer auf und ab. Rote hektische Flecken brannten auf seinen Wangen, und er war furchtbar erregt.

Lord Henry betrachtete ihn mit stillem Wohlbehagen. Wie anders war er jetzt als jener verlegene, schüchterne Knabe, den er in Basil Hallwards Atelier getroffen hatte! Seine Natur hatte sich wie eine Blume entwickelt und trug Blüten von brennendem Scharlach. Seine Seele war aus ihrem geheimen Versteck hervorgekrochen, und auf halbem Wege war ihr die Wollust entgegengekommen.

„Und was hast du nun vor?", sagte Lord Henry endlich.

„Ich will, dass du und Basil mich eines Abends begleiten und sie spielen sehen sollt. Ich habe nicht die leiseste Furcht vor ihrer Wirkung auf euch. Ihr werdet zugeben müssen, dass sie Genie hat. Dann müssen wir sie dem Juden aus den Händen reißen. Sie ist noch drei Jahre – von heute an genau zwei Jahre und acht Monate – an ihn gebunden. Natürlich werde ich ihm etwas zahlen müssen. Wenn das alles erledigt ist, suche ich mir im Westen ein Theater und lassen sie dort erst einmal richtig debütieren. Sie wird die Welt ebenso toll machen wie mich."

„Das wird kaum möglich sein, lieber Junge."

„Ja, sie wird es, denn sie hat nicht nur Kunst, vollendetsten Kunstinstinkt, sondern auch Persönlichkeit, du selbst hast mir oft genug gesagt, dass nur Persönlichkeiten die Welt beherrschen, nicht Prinzipien."

„Schön, wann wollen wir also hingehen?"

„Lass mich mal nachdenken: heute ist Dienstag – wollen wir morgen festsetzen? Morgen spielt sie die Julia."

„Abgemacht! Morgen um acht im Bristol: Ich werde Basil mitbringen."

„Bitte nicht um acht Uhr, Harry. Halb sieben schon! Wir müssen da sein, ehe der Vorhang aufgeht. Du musst sie im ersten Akt sehen bei der Begegnung mit Romeo."

„Halb sieben Uhr! Was für eine Tageszeit! Das ist ja geradeso, wie Abendbrot am Nachmittag essen oder einen englischen Roman lesen. Vor sieben Uhr geht's nicht. Kein Gentleman speist vor sieben. Siehst du Basil bis dahin? Oder soll ich's ihm Schreiben?"

„Der liebe Basil! Ich hab mich eine ganze Woche lang nicht um ihn gekümmert. Das ist hässlich von mir, denn er hat mir mein Porträt in einem prachtvollen Rahmen geschickt, den er selbst entworfen hat; und obwohl ich etwas eifersüchtig auf das Bild bin, weil es einen ganzen Monat jünger ist als ich, muss ich doch zugeben, dass es mich ganz entzückt. Ich bitte, schreib du lieber. Ich möchte ihn nicht allein wiedersehen. Er sagt mir Dinge, die mich verstimmen, und gibt mir gute Lehren."

Lord Henry lächelte.

„Die Menschen haben eine Vorliebe, dass zu verschenken, was sie selbst am Nötigsten hätten. Ich nenne das den Gipfel der Freigebigkeit."

„O, Basil ist der beste Mensch, aber er scheint mir doch ein ganz klein bisschen Philister zu sein. Seit ich dich kenne, Harry, hab ich das herausgefühlt."

„Basil, mein lieber Junge, durchtränkt seine Werke mit allem, was an ihm entzückend ist. Daher bleibt ihm fürs

Leben nichts übrig als seine Vorurteile, seine Grundsätze und sein gesunder Menschenverstand. Alle Künstler, die ich kennen gelernt hab und die eine persönliche Anziehungskraft hatten, waren schlechte Künstler. Gute Künstler leben nur in ihren Schöpfungen und sind im Leben daher vollständig uninteressant. Ein großer Dichter, ein wirklich großer Dichter ist das unpoetischste Geschöpf auf der Welt. Aber untergeordnete Dichter bezaubern immer! Je schlechter ihre Reime sind, desto malerischer ist ihr Aussehen. Die bloße Tatsache, eine Sammlung mittelmäßiger Sonette verbrochen zu haben, macht solchen Menschen schon unwiderstehlich. Er lebt die Poesie, die er nicht schreiben kann. Die anderen schreiben die Poesie, die sie nicht zu leben wagen."

„Ich möchte wissen, ob das wirklich so ist, Harry", sagte Dorian Gray, der aus einem großen goldgefassten Flakon auf dem Tische inzwischen etwas Parfüm auf sein Taschentuch gegossen hatte. „Es wird wohl so sein, wenn du es sagst. Jetzt aber muss sich fort. Imogen wartet auf mich. Vergiss nicht, morgen! Adieu!"

Als er das Zimmer verlassen hatte, schloss Lord Henry die schweren Augenlider und begann nachzudenken. Gewiss hatten ihn bisher wenige Menschen so stark gefesselt wie Dorian Gray, und doch verursachte ihm die wahnsinnige Leidenschaft des Jünglings für eine andere Person nicht im geringsten Maße Ärger oder Eifersucht. Es freute ihn. Dorian wurde dadurch gerade interessanter. Die Methoden der Naturwissenschaft hatten ihn immer gefesselt, aber der gewöhnliche Gegenstand dieser Wissenschaft war ihm kleinlich und belanglos erschienen, und so hatte er denn begonnen, sich selbst zu vivisezieren, und hatte damit geendet, andere zu vivisezieren. Das Menschenleben schien ihm das einzige einer Untersuchung werte Ding zu sein. Damit verglichen war alles andere ohne Bedeutung. Wenn man freilich das Leben in dem seltsamen Schmelztiegel des Schmerzes und Vergnügens beobachtete, so konnte man keine Glasmaske über dem Gesicht tragen, noch sich die Schwefeldämpfe abhalten, die einem das Gehirn verwirrten und die Fantasie mit wilden Ausgeburten und verzerrten Träumen umwirbelten. Es gab so feine Gifte, dass man erst an ihnen erkrankt sein musste, um ihre Eigenheiten zu kennen. Es gab so seltsame Krankheiten, dass man sie zuvor durchgemacht haben musste, um ihr Wesen zu begreifen. Und doch, welchen Lohn empfing man dafür! Wie wunderbar verwandelt sich einem dann die ganze Welt? Die merkwürdig-strenge Logik der Leidenschaft und das buntgefärbte Trieb- und Gefühlsleben des Geistes aufzuzeichnen – zu beobachten, wo sich die beiden Linien schneiden und trennen, in welchem Punkte sie in Eintracht leben und wo sie sich wieder bekriegen – das ist ein Genuss! Was liegt an dem Preise dafür? Man kann niemals einen zu hohen Preis geben für ein Sinnenerlebnis.

Er war sich bewusst – und dieser Gedanke entzündete einen freudigen Glanz in seinen achatbraunen Augen – dass sich durch gewisse Worte, die er gesprochen hatte, musikalische Worte in melodischem Tonfall, Dorian Grays Seele diesem weißen Mädchen zugewendet und sich in Verehrung vor ihrer verbeugt hatte. In hohem Maße war dieser Jüngling seine Geschöpf. Er hatte ihn vor der Zeit reifen lassen. Das war schon etwas! Gewöhnliche Menschen warten, bis das Leben ihnen seine Geheimnisse aufschließt, aber den wenigen Auserwählten werden die Mysterien des Daseins enthüllt, bevor der Schleier weggezogen wird. Manchmal ist das die Wirkung der Kunst, besonders der Dichtung, die ja unmittelbar die Leidenschaften und den Intellekt behandelt, manchmal aber nimmt diesen Platz eine komplizierte Persönlichkeit ein und übt das Amt der Kunst aus, ist eigentlich in ihrer Weise ein richtiges Kunstwerk, denn das Leben schafft ebenso seine vollendeten Meisterwerke wie Poesie, Bildhauerkunst oder Malerei.

Ja, dieser Jüngling war vor der Zeit gereift! Er erntete, während es noch lenzte. Der Puls und die Leidenschaft der Jugend wohnten in ihm, und er fing an, sich seiner bewusst zu werden. Es war entzückend, ihn zu beobachten. Mit seinem schönen Antlitz und seiner schönen Seele war er ein Stück Leben zum Anstaunen. Es lag nichts daran, wie das alles enden sollte. Er glich einer der zierlichen Gestalten auf einem Gobelin oder in einem Schauspiel, deren Freuden den unseren fremd zu sein scheinen, deren Schmerzen aber unseren Schönheitssinn erregen und deren Wunden wie rote Rosen sind.

Seele und Leib, Leib und Seele – wie geheimnisvoll das alles ist! Animalisches wirkt in der Seele, und der Leib hat seine Augenblicke geistiger Natur! Die Sinne können sich läutern, und der Geist kann sich vergröbern. Wer kann sagen, wo die fleischlichen Triebe endigen und die psychischen beginnen? Wie oberflächlich sind die willkürlichen Erklärungen der handwerksmäßigen Psychologen! Und wie schwierig ist doch die Entscheidung zwischen den Lehren der einzelnen Schulen. Ist die Seele ein Schatten, der im Hause der Sünde wohnt? Oder ist der Körper wirklich in der Seele eingeschlossen, wie Giordano Bruno meinte? Die Trennung von Geist und Stoff ist ein Geheimnis, und die Vereinigung von Geist und Stoff ist wiederum ein Geheimnis.

Er begann darüber nachzugrübeln, ob wir je die Psychologie zu einer so ernsthaften Wissenschaft machen können, dass uns die Daseinsberechtigung auch des kleinsten Triebrädchens des Lebens offenbar würde? Wie heute die Dinge liegen, begreifen wir uns selbst nie und nur selten die andern. Die Erfahrung hat keinerlei ethische Bedeutung. Sie ist nur die Etikettierung, die die Menschen ihren Irrtümern anhängen. Die Moralisten haben sie meist als eine Art Warnung betrachtet, haben eine gewisse ethische Wirkung in der Bildung der Charaktere für sie beansprucht, haben sie als Mittel gepriesen, dass uns darüber aufgeklärt, was wir tun und lassen sollen. Aber es liegt keine bewegende Kraft in der Erfahrung. Sie ist ebenso wenig eine tätige Ursache wie das Gewissen. Alles, was sie in Wirklichkeit lehrt, ist, dass unsere Zukunft ebenso wie unsere Vergangenheit sein wird und dass wir die Sünde, die wir einst mit Abscheu und Widerwillen begangen haben, immer und immer wieder und dann mit Genuss wiederholen werden.

Er war sich darüber klar, dass die experimentelle Methode die einzige sei, mit Hilfe deren man zu irgendeiner wissenschaftlichen Erklärung der Leidenschaften kommen könne, und jedenfalls war ihm Dorian Gray ein bequemes Objekt und schien reiche und wertvolle Erfolge zu versprechen. Seine plötzliche sturmartige Liebe zu

Sibyl Vane war eine psychologische Tatsache von nicht geringem Interesse. Kein Zweifel, dass dabei die Neugier stark im Spiele war, Neugier und Lust an neuen Erlebnissen; doch das war keine einfache, sondern eher eine komplizierte Leidenschaft. Was in ihr noch vom rein sinnlichen Triebe des Knabenalters enthalten war, das hatte die Mitarbeit der Fantasie umgebildet, in irgendetwas umgewandelt, dass dem Jüngling selbst ganz fernliegend von aller Sinnlichkeit schien und gerade deshalb umso gefährlicher war. Alle Leidenschaften, über deren Ursprung wir uns selbst täuschen, üben gerade die stärkste Herrschaft auf uns aus. Unsere schwächsten Triebkräfte sind die, über deren Herkunft wir uns klar sind. Es kommt oft vor, dass wir mit uns selbst Experimente anstellen, wenn wir glauben, sie mit anderen zu versuchen.

Während Lord Henry noch dasaß und über diese Dinge nachsann, wurde an die Tür geklopft; ein Diener trat ein und erinnerte ihn, dass es Zeit sei, sich für das Souper umzukleiden. Er erhob sich und blickte auf die Straße hinab. Der Sonnenuntergang hatte die oberen Fenster der gegenüberliegenden Häuser in ein feuerfarbenes Gold getaucht. Die Scheiben glühten wie erhitzte Metallplatten, und der Himmel drüber glich einer verwelkten Rose. Es erinnerte ihn an das ganze Flammen lodernde Leben seines jungen Freundes, und er fragte sich, wie das wohl alles enden würde?

Als er gegen halb ein Uhr nachts nach Hause kam, fand er im Vorflur ein Telegramm auf dem Tische liegen. Er öffnete es und sah, dass es von Dorian Gray war. Es teilte ihm mit, dass er sich mit Sibyl Vane verlobt habe.

Fünftes Kapitel

„Mutter, Mutter, ich bin ja so glücklich!“, flüsterte das Mädchen und barg ihr Gesicht im Schoße der verblühten, müde aussehenden Frau, die mit dem Rücken gegen das grell einfallende Licht in dem einzigen Lehnstuhl saß, den das armselige Wohnzimmer enthielt. „Ich bin ja so glücklich!“, wiederholte sie, „und du musst auch glücklich sein!“

Frau Vane schreckte zusammen und legte ihre dünnen, wachsbleichen Hände auf den Kopf ihrer Tochter.

„Glücklich?“, wiederholte sie; „ich bin nur glücklich, Sibyl, wenn ich dich spielen sehe. Du darfst an nichts anderes als an deine Rollen denken. Herr Isaacs ist sehr gut gewesen gegen uns, und wir sind ihm Geld schuldig.“

Das Mädchen sah auf und zog die Lippen kraus.

„Geld, Mutter?“, rief sie, „Was liegt an Geld? Liebe ist mehr als Geld!“

„Herr Isaacs hat uns tausend Mark Vorschuss gegeben, damit wir unsere Schulden bezahlen und James anständig ausrüsten können. Das darfst du nicht vergessen, Sibyl. Tausend Mark sind ein sehr großer Betrag. Herr Isaacs zeigte sich sehr anständig.“

„Isaacs ist kein Gentleman, Mutter, und ich hasse die Art, wie er mit mir spricht“, sagte das Mädchen, erhob sich und trat ans Fenster.

„Ich wüsste nicht, wie wir ohne ihn auskämen“, antwortete die alte Frau weinerlich.

Sibyl Vane warf den Kopf zurück und lachte:

„Wir brauchen ihn nicht mehr, Mutter, Prinz Märchenschön wacht von jetzt an über unser Leben.“ Dann schwieg sie. Das Blut schoss ihr in die Wangen und tauchte sie in ein dunkles Rot. Ein rasches Atmen öffnete ihre blühenden Lippen. Sie zitterten. Ein leidenschaftlicher Südwind durchbrauste sie und bewegte die glatten Falten ihres Kleides. „Ich liebe ihn“, sagte sie mit schlichtem Ausdruck.

„Närrisches Kind! Närrisches Kind!“, waren die papageienhaften Worte, die ihr als Antwort entgegenkamen. Dabei machte die beschwörende Bewegung ihrer gekrümmten, mit unechten Ringen besteckten Finger diese Entgegnung noch komischer.

Das Mädchen lachte wieder. In ihrer Stimme lag etwas wie der Jubel eines gefangenen Vogels. Ihre Augen fingen die Melodie auf und wiederholten sie in ihrem Glanze: Dann schlossen sie sich einen Augenblick, als wollten sie ihr Geheimnis verbergen. Als sie sich wieder öffneten, war der Schimmer eines Traumes über sie dahingeflogen. Aus dem abgenutzten Stuhl sprach zu ihr die Weisheit mit schmalen Lippen, mahnte zur Besinnung und gab Ratschläge aus dem Buch der Feigheit, dem sein Verfasser den falschen Titel *Gesunder Menschenverstand* gegeben hatte. Sibyl hörte nicht hin: Im Kerker ihrer Leidenschaft fühlte sie sich frei. Ihr Prinz, Prinz Märchenschön war bei ihr. Sie hatte das Gedächtnis beschworen, ihn herbeizuschaffen: Sie hatte ihre Seele nach ihm auf die Suche geschickt, und die hatte ihn wieder hergebracht: Sein Kuss brannte von neuem auf ihrem Munde: Ihre Augenlider glühten wieder unter seinem Atem.

Dann äußerte die Weisheit ihr Verfahren und sprach von Erkundigen und Nachforschen. Es mochte sein, dass dieser junge Mann reich sei, und wenn dem so wäre, müsste man ans Heiraten denken. Um die Ohrmuscheln des Mädchens plätscherten die Wellen weltlicher Schlauheit; die Pfeile der Weltklugheit schwirrten an ihr vorüber und sie sah, wie sich die dünnen Lippen bewegten, und lächelte.

Plötzlich fühlte sie das Bedürfnis zu sprechen. Die wortreiche Schweigsamkeit verwirrte sie.

„Mutter, Mutter", rief sie, „warum liebt er mich so innig? Ich weiß, warum ich ihn liebe. Ich liebe ihn, weil er so ist, wie die Liebe selber sein muss. Aber was findet er an mir? Ich bin seiner nicht wert! Und doch – ich weiß nicht, warum – wenn ich mich wohl tief unter ihm fühle, fühlte ich mich dennoch nicht gering. Stolz bin ich, schrecklich stolz. Mutter, hast du meinen Vater so geliebt, wie ich den Prinzen Märchenschön liebe?"

Die alte Frau wurde blass unter dem gewöhnlichen Puder, womit ihre Wangen belegt waren, und ihre verwelkten Lippen zitterten in krampfigem Schmerz. Sibyl flog zu ihr hin, schlang ihr die Arme um den Hals und küsste sie.

„Verzeih mir, Mutter! Ich weiß, es schmerzt dich, von unserem Vater zusprechen. Aber es schmerzt dich nur, weil du ihn so lieb gehabt hast! Sieh nicht so traurig drein! Heute bin ich so glücklich, wie du es vor zwanzig Jahren warst. Ach, könnte ich doch für immer so glücklich sein!"

„Kind, du bist viel zu jung, um an eine Liebschaft zu denken. Was weißt du übrigens von diesem jungen

Mann? Du weißt nicht einmal seinen Namen. Die ganze Sache ist höchst unschicklich, und wirklich! Gerade jetzt, wo sich James nach Australien rüstet und ich an so vielerlei zu denken habe, muss ich sagen, du hättest mehr Überlegung zeigen sollen! Indessen, wie ich schon sagte, wenn er reich ist …“

„Ach Mutter, Mutter, lass mich glücklich sein!“

Frau Vane blickte sie an und schloss sie plötzlich in die Arme mit einer jener unwahren theatralischen Gebärden, wie sie den Schauspielern oft zur zweiten Natur werden. In diesem Augenblick öffnete sich die Tür, und ein junger Bursch mit braunem, etwas struppigem Haar trat in die Stube. Er war untersetzt, und seine Hände und Füße waren groß und bewegten sich ziemlich schwerfällig. Er war nicht so gut erzogen wie seine Schwester und man hätte die nahe Verwandtschaft kaum erraten können, die zwischen beiden bestand. Frau Vane richtete ihre Augen auf ihn, und ihr Lächeln verschärfte sich. In ihrem Geiste ließ sie ihren Sohn die Rolle des Publikums spielen. Sie war sicher, dass die Szene interessant war.

„Du könntest dir wohl für mich ein paar Küsse aufheben, Sibyl“, sagte der Bursche mit gutmütigem Knurren.

„Ach, Jim, du machst dir ja gar nichts aus Küssen!“, rief sie. „Du bist ein gräulicher alter Bär!“ Und sie lief durch das Zimmer zu ihm hin um umhalste ihn.

James Vane sah seiner Schwester zärtlich ins Gesicht.

„Ich möchte mit dir spazieren gehen, Sibyl. Ich glaube schwerlich, dass ich jemals dies schreckliche

London wiedersehe. Ich mache mir auch wirklich nicht das Geringste daraus."

„Mein Sohn, sprich doch nicht so schreckliche Dinge", sagt Frau Vane, während sie seufzend ein geschmackloses Theaterflitterkostüm zur Hand nahm und es auszubessern begann. Sie fühlte eine kleine Enttäuschung, dass er sich der Gruppe nicht angeschlossen hatte. Es hätte die malerische Wirkung des Tableaus erhöht.

„Warum nicht, Mutter? Ich spreche im Ernst."

„Du kränkst mich, mein Sohn. Ich hoffe, dass du von Australien als gemachter Mann zurückkehrst. Ich vermute, es gibt in den Kolonien sozusagen keine gute Gesellschaft, wenigstens nicht, was ich Gesellschaft nenne; wenn du also dein Glück gemacht hast, musst du zurückkommen und dich in London zur Geltung bringen."

„Gesellschaft", brummte der junge Mann. „Davon will ich nichts wissen. Möchte nur so viel Geld verdienen, um dich und Sibyl von der Bühne weg zu kriegen. Ich hasse den Theaterschwindel!"

„O Jim", sagte Sibyl lachend, „wie unfreundlich von dir! Aber du willst wirklich mit mir spazieren gehen? Das ist hübsch! Mir bangte schon, du wolltest dich von deinen Freunden verabschieden, von Tom Hardy, der dir diese grässliche Pfeife geschenkt hat, oder von Nell Langton, der dich auslacht, weil du daraus rauchst. Es ist sehr hübsch von dir, dass du mir deinen letzten Nachmittag schenkst. Wohin wollen wir? Komm, wir gehen in den Park."

„Dazu bin ich zu schäbig angezogen“, antwortete er mit gerunzelter Stirn. „Nur elegante Leute gehen in den Park.“

„Unsinn, Jim“, flüsterte sie und streichelte seinen Ärmel. Er zauderte einen Augenblick.

„Schön denn“, sagte er schließlich, „aber mach mit dem Anziehen nicht zu lange.“

Sie tanzte zur Tür hinaus. Man konnte sie singen hören, indem sie die Treppe hinaufsprang. Ihre kleinen Füße trippelten oben.

Jim ging zwei- oder dreimal durch die Stube hin und her, dann wandte er sich zu der schweigsamen Gestalt im Lehnstuhl.

„Sind meine Sachen in Ordnung, Mutter?“, fragte er.

„Alles fertig, James“, antwortete sie, ohne von ihrer Arbeit aufzusehen. Seit einigen Monaten war es ihr unbehaglich, wenn sie allein war mit ihrem finstern, rauen Sohn. Ihre oberflächliche Natur mit ihrem unterdrückten Geheimnis wurde beunruhigt, wenn sich ihre Augen begegneten. Sie fragte sich, ob er wohl einen Verdacht habe? Sein Schweigen wurde ihr unerträglich, weil er sonst keine Bemerkungen machte. Sie fing zu jammern an. Frauen verteidigen sich, indem sie angreifen, und greifen dadurch ebenso an, dass sie unvermutet die Waffen strecken.

„Ich hoffe, James, dein Seefahrerleben wird dich befriedigen. Du musst nie vergessen, dass es deine eigene Wahl war. Du hättest in das Büro eines Rechtsanwalts treten können. Anwälte sind ein sehr geachteter Stand und sie werden auf dem Lande oft von den besten Herrschaften eingeladen.“

„Ich hasse die Bureuas und ich hasse die Schreiber", brummte er. „Aber du hast ganz recht, ich habe mir mein Leben selbst gewählt. Alles, was ich sage, ist: Wache über Sibyl! Lass ihr kein Unglück zustoßen; du musst über sie wachen, Mutter!"

„James, du hast eine sonderbare Art, zu sprechen. Natürlich wache ich über sie."

„Ich höre, ein Herr kommt jeden Abend ins Theater und geht hinter die Kulissen und spricht mit ihr. Ist das wahr? Wie verhält es sich damit?"

„James, du sprichst von Sachen, die du nicht verstehst. Wir sind's gewöhnt, in unserem Beruf eine Menge wohltuender Aufmerksamkeiten zu empfangen. Ich selbst habe zu meiner Zeit viel Buketts bekommen. Damals verstand man noch etwas von der Schauspielkunst. Was Sibyl betrifft, so weiß ich im Augenblick noch gar nicht, ob ihr Verhältnis ernst ist oder nicht? Aber darüber besteht kein Zweifel: Der fragliche junge Mann ist ein vollendeter Kavalier. Er ist zu mir immer ausgesucht höflich. Auch sieht er aus, als wäre er reich, und die Blumen, die er schickt, sind ganz allerliebst."

„Aber du weißt nicht mal, wie er heißt?", warf der junge Mann kurz ein.

„Nein", antwortete seine Mutter mit gelassener Miene.

„Er hat uns noch nicht seinen wirklichen Namen verraten. Ich finde das von ihm sehr romantisch. Er ist wahrscheinlich ein Herr von Adel."

James Vane bis sich auf die Lippen.

„Wache über Sibyl!", schrie er. „Wache über sie!"

„Mein Sohn, du verletzt mich im höchsten Grade! Sibyl steht unter meiner besonderen Obhut. Natürlich, wenn dieser Herr vermögend ist, sehe ich nicht den Grund ein, um einer Beziehung mit ihm auszuweichen. Ich bin fest überzeugt, dass er zur Aristokratie gehört. Er sieht völlig so aus, das muss ich sagen. Es wird für Sibyl eine brillante Partie werden. Sie würden ein entzückendes Paar abgeben. Seine Schönheit ist unstreitig ganz bedeutend; er fällt jedem auf."

Der junge Mann brummte etwas in sich hinein und trommelte mit seinen dicken Fingern gegen die Fensterscheiben. Er hatte sich gerade umgewandt, etwas zusagen, als die Tür aufging und Sibyl eintrat.

„Was macht ihr den für ernste Gesichter?", rief sie; „was gibt's denn?"

„Nichts", antwortete er. „Man muss auch manchmal ernst sein. Adieu, Mutter; ich will um fünf Essen. Alles ist gepackt bis auf die Hemden, du brauchst dich also um weiter nichts zu kümmern."

„Adieu, mein Sohn", antwortete sie und verbeugte sich mit gemachter hoheitsvoller Würde.

Sie war durch den Ton, den er ihr gegenüber angeschlagen hatte, äußerst gekränkt, und es lag etwas in seinem Blick, dass ihr Angst eingeflößt hatte.

„Gib mir einen Kuss, Mutter", sagte das Mädchen. Ihre blütenhaften Lippen berührten die welke Wange und wärmten ihre Frostigkeit.

„Kind! Kind!", rief Frau Vane und blickte zur Decke auf, als suche sie eine Galerie in ihrer Einbildung.

„Komm, Sibyl“, sagte ihr Bruder ungeduldig. Er konnte die Posen seiner Mutter nicht ausstehen.

Sie traten hinaus in den windbewegten, flimmernden Sonnenschein und schlenderten durch die trostlose Euston Road. Die Vorübergehenden blickten verwundert auf den unfreundlichen, ungelenken jungen Menschen in den groben schlecht sitzenden Kleidern, den ein so fein aussehendes liebliches Mädchen begleitete. Er glich einem Gärtnerburschen, der eine Rose trägt.

Jim runzelte jedes Mal die Stirn, wenn er den forschenden Blick eines Vorübergehenden auffing. Er hatte jene Abneigung gegen das Angestarrtwerden, die geistreiche Menschen erst später im Leben bekommen und die den Herdenmenschen niemals verlässt. Sibyl dagegen merkte nichts von der Wirkung, die sie ausübte. Ihre Liebe zitterte auf ihren lächelnden Lippen. Sie dachte an ihren Märchenprinzen, und damit sie an ihn umso besser denken konnte, sprach sie nicht von ihm, sondern plauderte nur von dem Schiff, mit dem Jim abfahren sollte, von dem Gold, dass er sicher finden würde, sprach von der wunderhübschen Millionärin, deren Leben er vor verruchten rotblusigen Buschräubern retten sollte. Denn er würde nicht Matrose bleiben oder Schiffslader oder was er jetzt fürs Erste werden sollte. O nein! Solch Matrosendasein war schrecklich. Er sollte sich nur vorstellen, in einem schrecklichen Schiffe eingesperrt zu sein, wenn die brüllenden, sich bäumenden Wellen immer eindringen wollen und ein schwarzer Wind die Masten knicke und die Segel in lange, nasse

Streifen zerreiße. Er sollte das Schiff in Melbourne verlassen, dem Kapitän Lebewohl sagen und sofort in die Goldfelder reisen. Ehe noch eine Woche um sei: werde er auf einen großen Klumpen des reinsten Goldes stoßen, auf den größten, der je gefunden worden sei, und er werde ihn in einem großen Wagen an die Küste schaffen, den sechs berittene Polizisten bewachen sollten. Die Buschklepper überfielen sie dreimal, würden aber nach einem blutigen Gefecht zurückgeschlagen werden. Oder nein! Er sollte überhaupt nicht in die Goldfelder reisen. Das sind schreckliche Orte, wo sich die Leute betrinken, in den Kneipen gegenseitig totschössen und eine ordinäre Sprache führten. Er sollte lieber ein friedlicher Viehzüchter werden, und eines Abends, wenn er heim ritt, begegnete er der schönsten Erbin, die gerade von einem Räuber auf einem Rappen entführt wurde, und dann setzte er ihm nach und befreite sie! Natürlich würde sie sich schnurstracks in ihn verlieben und er eben so schnell in sie, und dann heirateten sie und kehrten heim und wohnten in einem großen Palais in London. Ja, es warteten entzückende Dinge auf ihn! Aber er müsse auch sehr brav sein, die Geduld nie verlieren oder sein Geld verschwenden. Sie sei nur ein Jahr älter, aber sie wisse schon viel mehr vom Leben als er. Er müsse ihr auch sicher an jedem Posttag schreiben und jeden Abend beten, wenn er schlafen gehe. Gott sei sehr gut und werde über ihn wachen. Auch sie werde beten für ihn, und in ein paar Jahren werde er nach Hause kommen, reich und glücklich.

Der Bursche hörte ihr brummig zu und gab keine Antwort. Ihm tat das Herz weh, weil er aus der Heimat weg musste.

Aber es war nicht das allein, was ihnen düster und verstimmt machte! So unerfahren er war, fühlte er doch deutlich die Gefahr, die in Sibyls Stellung lag. Dieser junge Stutzer, der ihr den Hof machte, konnte es nicht ehrlich meinen. Es war ein vornehmes Herrchen, und das trug ihm seinen Hass ein, einen Hass, der einen seltsamen Rasseninstinkt entstammte, von dem er sich keine Rechenschaft geben konnte und der ihn deshalb nur um so stärker beherrschte. Er kannte auch die Oberflächlichkeit und Eitelkeit seiner Mutter und sah darin starke Gefahren für Sibyl und ihr Glück. Kinder fangen damit an, ihre Eltern zu lieben; wenn sie älter werden, sitzen sie über sie Gericht, wobei sie ihnen auch manchmal vergeben.

Seine Mutter! Es brütete in ihm, über etwas mit ihr zu sprechen, was er viele schweigsame Monate hindurch mit sich herumgetragen hatte. Ein zufälliges Wort, das er im Theater aufgefangen hatte, ein hingeflüstertes Scherzwort, das er eines Abends hörte, als er an der Bühnentür wartete, hatte eine Reihe schrecklicher Gedanken in ihm entfesselt. Die Erinnerung daran schmerzte ihn wie ein Peitschenhieb ins Gesicht. Seine Brauen zogen sich in eine tiefe Furche zusammen und in schmerzlichem Krampf biss er sich auf die Lippen.

„Du hörst auch kein einziges Wort von allem, was ich sage, Jim!“, rief Sibyl, „und ich schmiede die entzückendsten Pläne für deine Zukunft. Sag doch mal etwas!"

„Was soll ich denn sagen?"

„Oh, dass du ein braver Bursche bleiben und uns nicht vergessen wirst", antwortete sie und lächelte ihn an.

Er zuckte die Schultern.

„Es wäre eher möglich, Sibyl, dass du mich vergisst, als dass ich dich vergesse."

Sie errötete.

„Wie meinst du das, Jim?", fragte sie.

„Du hast einen neuen Freund, wie ich höre. Wer ist es? Warum hast du mir von ihm noch nicht erzählt? Er meint es sicher nicht ehrlich mit dir."

„Hör auf, Jim", rief sie. „Du darfst gegen ihn nichts sagen. Ich liebe ihn."

„Und du weißt nicht mal seinen Namen?", erwiderte er. „Wer ist es? Ich hab ein Recht, es zu wissen."

„Er heißt Prinz Märchenschön. Gefällt dir der Name nicht? O, du törichtes Jungchen! Du solltest ihn nie vergessen! Wenn du ihn nur ein einziges Mal sähest, würdest du ihn für den entzückendsten Menschen auf Erden halten. Eines Tages wirst du ihn kennen lernen: wenn du von Australien zurückkommst. Er wird dir sehr gefallen. Allen Menschen gefällt er und ich … ich liebe ihn! Ich wollte, du könntest heute Abend im Theater sein. Er wird da sein, und ich spiele die Julia! Oh, wie ich sie spielen werde! Denk dir, Jim, lieben und die Julia spielen! Wissen, dass er dasitzt! Ihm zur Freude spielen! Ich werde meine Gegenspieler erschrecken, erschrecken oder hinreißen.

Lieben heißt, über sich selbst hinauswachsen. Der grässliche Isaacs wird seinen Kumpanen am Schenktisch zuschreien, ich sei ein Genie! Er hat mich ausposaunt wie eine Entdeckung; heute Abend wird er mich verkündigen als eine Offenbarung! Ich fühle es! Und das ist alles sein Werk, nur seins, des Prinzen Märchenschön, meines wunderbaren Geliebten, meines Gottes! Aber ich bin neben ihm ein armes Ding. Arm? Was liegt daran! Schleicht die Armut in ein Haus, fliegt die Liebe zum Schornstein hinaus. Unsere Sprichwörter müssen umgeändert werden! Sie sind im Winter erdacht worden, und jetzt ist Sommer; für mich freilich Frühling: ein Blütentanz unter blauem Himmel."

„Er ist ein Herr der feinen Gesellschaft?", fragte der Bursche finster.

„Ein Prinz!", rief sie mit melodischer Stimme. „Was willst du mehr?"

„Er wird dich zu seiner Sklavin machen."

„Ich erschrecke bei dem Gedanken, frei zu sein!"

„Ich rate dir, dich zu hüten vor ihm."

„Ihn sehen, heißt ihn anbeten, ihn kennen, heißt ihm vertrauen!"

„Sibyl, deine Liebe macht dich sinnlos."

Sie lachte und nahm seinen Arm.

„Lieber, alter Jim, du sprichst gerade, als wärst du hundert Jahre alt. Eines schönen Tages wirst du selbst verliebt sein! Dann wirst du wissen, was das heißt. Kuck mich nicht so mürrisch an. Du solltest dich freuen bei dem Gedanken, dass du mich, obwohl du fortgehst, glücklicher zurücklässt, als ich es je gewesen bin. Das Leben ist bislang hart für uns gewesen, furchtbar hart und schwer. Aber jetzt wird es anders. Du gehst in eine neue Welt, und ich hab eine neue gefunden. – Da sind zwei Stühle frei, wir wollen uns setzen und die elegante Welt Revue passieren lassen."

Sie setzten sich mitten unter eine Menge von Zuschauern. Die Tulpenbeete am Wegesrand flammten wie beschwörende Feuerglocken. Ein weißer Dunst hing in der schwülen Luft wie eine zitternde Wolke von Veilchenpuder. Die hellfarbigen Sonnenschirme tanzten auf und nieder wie Riesenschmetterlinge.

Sibyl brachte ihren Bruder dazu, dass er von sich, seinen Hoffnungen, Aussichten und Plänen sprach. Er redete zögernd und mühsam. Sie ließen beide ihre Worte langsam und silbenweise aufeinander folgen, wie Spieler ihre Züge machen. Sibyl fühlte sich niedergeschlagen: Sie konnte ihre Freude nicht mitteilen. Ein schwaches Lächeln, das seinen vergrämten Mund umspielte, war immer nur die einzige Antwort, die sie erhielt. Nach einiger Zeit verstummten beide. Plötzlich erblickte sie den Schimmer goldenen Haares und lachende Lippen, und in einem offenen Wagen fuhr Dorian Gray mit zwei Damen vorbei.

Sie sprang auf. „Da ist er!", rief sie.

„Wer?", fragte Jim Vane.

„Der Märchenprinz", antwortete sie und schaute dem Wagen nach.

Er sprang auf und fasste rau ihren Arm.

„Zeig ihn mir. Welcher ist es? Zeig ihn mir, ich muss ihn sehen!", rief er. Aber in diesem Augenblick fuhr das Viergespann des Herzogs von Berwick dazwischen, und als die Aussicht wieder frei war, hatte der Wagen schon den Park verlassen.

„Er ist weg", murmelte Sibyl traurig. „Ich wünschte, du hättest ihn gesehen."

„Ich wünschte es auch, denn so wahr ein Gott im Himmel ist, wenn er dir je ein Leides antut, bringe ich ihn um!"

Sie sah ihn erschrocken an. Er wiederholte seine Worte. Sie durchschnitten die Luft wie ein Dolch. Die Leute ringsherum fingen an, auf sie hinzustarren. Eine Dame, die sich in der Nähe befand, kicherte.

„Komm fort, Jim; komm fort", flüsterte sie. Er ging ihr verbissenen Mundes nach, als sie die Menge durchschritt. Er war zufrieden mit sich, dass er das gesagt hatte.

Als sie bei der Achillesstatue war, wandte sich die Schwester nach ihm um. In ihren Augen lag Mitleid, das sich auf ihren Lippen zu einem Lachen wandelte. Sie schüttelte den Kopf über ihn.

„Du bist verdreht, Jim, völlig verdreht; ein ungezogener Bube, sonst nichts. Wie kannst du so hässlich reden? Du weißt gar nicht, was du zusammensprichst. Du bist eifersüchtig und unfreundlich, das ist alles! Ach! Ich wollte, dass du dich einmal verliebst. Liebe macht die Menschen gut, und was du gesagt hast, war schlecht."

„Ich bin sechzehn", antwortete er, „und weiß, was ich zu tun habe. Mutter kann dir nicht helfen! Sie versteht es nicht, dich zu beschützen. Ich wünschte, ich ginge jetzt überhaupt nicht nach Australien. Ich hab nicht übel Lust, die ganze Sache bleiben zu lassen. Ich tät's, wenn nicht schon mein Kontrakt unterschrieben wäre."

„Ach, sei nicht so ernsthaft, Jim. Du bist wie einer von den Helden aus den albernen Melodramen, in denen Mutter so gerne gespielt hat! Ich will mich nicht mit dir streiten. Ich hab ihn gesehen, und ihn sehen, ist vollkommenes Glück. Wir wollen uns nicht streiten. Ich weiß, dass du einem, den ich liebe, nie etwas antun würdest, nicht wahr?"

„Solange du ihn liebst, wohl kaum", war die finstere Antwort.

„Ich werde ihn immer lieben!", rief sie.

„Und er?"

„Auch immer."

„Das wäre sein Glück!"

Sie schreckte vor ihm zurück. Dann lachte sie und legte die Hand auf seinen Arm: Er war ja doch nur ein Junge.

Am Marble Arch bestiegen sie einen Omnibus, der sie in die Nähe ihrer armseligen Wohnung in Euston Road brachte. Es war schon fünf Uhr durch, und Sibyl musste sich, bevor sie auftrat, noch ein paar Stündchen niederlegen. Jim bestand darauf, dass sie es täte. Er sagte, er würde lieber von ihr Abschied nehmen, wenn die Mutter nicht dabei wäre. Sie würde sicher wieder eine Szene aufführen, und er hasse nun einmal Szenen aller Art.

Sie nahmen in Sibyls Zimmer Abschied. Im Herzen des jungen Menschen nagte die Eifersucht und ein grimmer, mörderischer Hass auf den Fremden, der nach seiner Ansicht zwischen sie getreten war. Als sich ihre Arme aber um seinen Hals schlangen, und ihre Finger durch sein Haar fuhren, wurde er ruhiger und küsste sie mit wirklicher Zärtlichkeit. Als er die Treppe hinunterging, standen Tränen in seinen Augen.

Die Mutter wartete unten auf ihn. Als er eintrat, murrte sie über seine Unpünktlichkeit, aber er gab keine Antwort, sondern setzte sich an sein kärgliches Mahl. Die Fliegen summten um den Tisch und krochen über das fleckige Tischtuch. Durch das Gerassel der Omnibusse und das Geratter der Droschken konnte er die monotone Stimme hören, die ihm jede Minute wegstahl, die ihm noch übrig blieb.

Nach einer Weile schob er seinen Teller zurück und stützte den Kopf in die Hände. Er fühlte, dass er ein Recht habe, es zu wissen. Wenn die Dinge so lagen, wie er argwöhnte, hätte man ihm es längst sagen sollen. Von Furcht gepeinigt, beobachtete ihn die Mutter. Die Worte tropften ihr mechanisch von den Lippen. Ihre Finger zerknüllten ein zerrissenes Spitzentaschentuch. Als es sechs schlug, erhob er sich und ging zur Tür. Dann wandte er sich um und sah sie an. Ihre Augen begegneten sich. In den ihren las er ein inbrünstiges Flehen um Mitleid. Das machte ihn noch zorniger.

„Mutter, ich muss dich was fragen“, sagte er. Ihre Augen irrten im Zimmer umher. Sie gab keine Antwort. „Sag mir die Wahrheit! Ich hab ein Recht, es zu erfahren! Warst du mit meinem Vater verheiratet?“

Sie stieß einen tiefen Seufzer aus; einen Seufzer der Erleichterung. Der Augenblick, der schreckliche Augenblick, vor dem sie seit Wochen und Monaten Tag und Nacht gebangt hatte, war endlich gekommen, und doch empfand sie keine Furcht. Ja, es war gewissermaßen eine Enttäuschung für sie. Die grobe Unumwundenheit der Frage verlangte eine unumwundene Antwort. Die Situation war nicht kunstvoll gesteigert worden. Es war roh. Es erinnerte sie an eine misslungene Deklamation.

„Nein", antwortete sie, erstaunt über die harte Einfachheit des Lebens.

„Dann war mein Vater also ein Schuft!", schrie der Bursche und ballte die Faust.

Sie schüttelte den Kopf. „Ich wusste, dass er nicht frei war. Wir haben uns sehr lieb gehabt. Wenn er am Leben geblieben wäre, hätte er für uns gesorgt. Sage nichts gegen ihn, mein Sohn. Er war dein Vater und ein Gentleman. Und er hatte wirklich hohe Verbindungen!"

Ein Fluch kam über seine Lippen. „Es bekümmert mich nicht meinetwegen", rief er, „aber lass Sibyl nicht … Ist es ein Gentleman oder nicht, der sie liebt, oder so sagt? Mit hohen Verbindungen, vermute ich."

Einen Augenblick lang kam ein schreckliches Gefühl der Demütigung über die Frau. Ihr Kopf sank auf die Brust. Mit zitternden Händen wischte sie sich die Augen. „Sibyl hat eine Mutter", flüsterte sie, „ich hatte keine."

Der junge Mensch war gerührt. Er trat zu ihr hin, beugte sich über sie und küsste sie. „Es tut mir Leid, wenn ich dich mit der Frage nach meinem Vater verletzt habe", sagte er, „aber ich konnte nicht anders. Und jetzt muss ich fort. – Leb wohl! Vergiss nicht, dass du nur noch ein Kind zu beschützen hast, und glaube mir, wenn dieser Mann meiner Schwester ein Leid zufügt, dann bringe ich's schon heraus, wer es ist, spüre ihn auf und schlage ihn tot wie einen Hund. Das schwöre ich dir!"

Die wahnsinnige Übertreibung seines Schwurs, die leidenschaftlichen Handbewegungen, die ihn begleiteten, die tollen, melodramatischen Worte machten der alten Frau das Leben wieder interessanter. Die Atmosphäre war ihr vertraut. Sie atmete wie erlöst, und zum ersten Mal seit vielen Monaten bewunderte sie förmlich ihren Sohn. Sie hätte die Szene gerne auf derselben Höhe der Gefühle fortgesetzt, aber er brach sie kurz ab. Koffer mussten heruntergebracht und Decken beschafft werden. Der Hausknecht des Hauses rannte geschäftig hin und her. Mit dem Kutscher wurde der Preis vereinbart. Der Augenblick wurde in alltäglichen Einzelheiten verzettelt. Mit einem erneuten Gefühl der Enttäuschung stand sie am Fenster und ließ das zerrissene Spitzentaschentuch durch die Luft flattern, als ihr Sohn wegfuhr. Es war ihr zumute, als sei eine große Gelegenheit verpasst worden. Sie tröstete sich, indem sie Sibyl sagte, wie öde künftig ihr Leben sein werde, da sie jetzt nur noch ein Kind zu behüten habe. Diesen Satz hatte sie sich gemerkt. Er hatte ihr gefallen. Von seinem Schwur sagte sie nichts. Er war lebendig und dramatisch deklamiert worden. Sie hatte die Empfindung, dass sie eines Tages darüber alle lachen würden.

Sechstes Kapitel

„Du hast doch schon das Neueste gehört, Basil?", sagte Lord Henry am selben Abend, als Hallward in das kleine reservierte Zimmer im Bristol trat, wo zum Essen für drei Personen gedeckt war.

„Nein, Harry", antwortete der Künstler, während er dem Kellner Hut und Rock gab. „Was ist's? Nichts über Politik, hoffe ich. Die interessiert mich nicht. Im ganzen Unterhause gibt's keinen Menschen, den man malen möchte; wenn auch einigen von ihnen etwas Firnis zur Aufbesserung nicht schaden könnte."

„Dorian Gray hat sich verlobt", sagte Lord Henry und beobachtete ihn, während er sprach.

Hallward fuhr zurück und runzelte die Stirn. „Dorian verlobt?", rief er. „Unmöglich."

„Es ist wahrhaftig wahr."

„Mit wem?"

„Mit irgendeiner kleinen Schauspielerin."

„Kann ich nicht glauben! Dorian ist viel zu verständig."

„Dorian ist viel zu klug, um nicht von Zeit zu Zeit verrückte Sachen zu machen, lieber Basil."

„Heiraten ist kaum eine Sache, die man von Zeit zu Zeit tun kann, Harry."

„Außer in Amerika", erwiderte Lord Henry nachlässig. „Aber ich hab ja nicht gesagt, dass er verheiratet sei. Ich sagte, er sei verlobt. Das ist ein großer Unterschied. Ich erinnere mich deutlich, verheiratet zu sein, aber ich kann mich nicht erinnern, verlobt gewesen zu sein. Ich glaube fast, dass ich mich nicht verlobt habe."

„Aber denke doch an Dorians Geburt, an seine Stellung, sein Vermögen. Es wäre barer Unsinn, wenn er so tief unter seinem Stande heiraten würde.“

„Wenn du willst, dass er dies Mädchen heiratet, so brauchst du ihm das nur zu sagen, Basil. Dann tut er's gewiss. Wenn jemand etwas ausgesucht Dummes tut, tut er's immer aus den edelsten Beweggründen.“

„Ich hoffe, es ist ein gutes Mädchen, Harry. Ich möchte Dorian nicht an irgendein gewöhnliches Geschöpf gefesselt sehen, das ihn herabzieht und seinen Geist verdirbt.“

„Oh, sie ist mehr als gut – sie ist schön“, sagte Lord Henry und nippte an seinem Glas Wermut mit Pomeranzen. „Dorian sagt, sie ist schön, und in Dingen dieser Art irrt er nur selten! Dein Bild von ihm hat sein Urteil über die äußere Erscheinung anderer Menschen geschärft. Er hat neben anderem diesen glänzenden Erfolg gezeitigt. Wir sollen sie heute Abend sehen, wenn der Junge seine Abmachung nicht vergisst.“

„Ist das dein Ernst?“

„Vollständig, Basil! Es wäre schlimm für mich, wenn ich im Leben ernsthafter als jetzt sein müsste.“

„Aber billigst du es denn, Harry?“, fragte der Maler, der im Zimmer auf und ab ging und sich auf die Lippen biss. „Du kannst es doch unmöglich billigen? Es ist eine törichte Verblendung!“

„Ich billige oder missbillige nie mehr etwas! So was bringt einen in eine ganz verkehrte Stellungnahme zum Leben. Wir sind nicht in die Welt geschickt worden, um unsere moralischen Vorurteile glänzen zu lassen. Ich nehme nie Notiz von dem, was gewöhnliche

Leute sagen, und ich mische mich nie in Dinge, die angenehme Leute vorhaben. Wenn mich eine Persönlichkeit fesselt, ist mir jede Ausdrucksform erfreulich, die sich diese Persönlichkeit aussucht. Dorian Gray verliebt sich in ein schönes Mädchen, das die Julia spielt und will sie heiraten. Warum nicht? Wenn er Messalina heiraten wollte, würde er nicht weniger interessant sein. Du weißt ja, ich bin kein Eheapostel. Der eigentliche Nachteil der Ehe ist, dass sie uns selbstlos macht. Und selbstlose Menschen sind farblos. Sie werden unpersönlich! Jedoch, es gibt gewisse Temperamente, die komplizierter werden durch die Ehe. Sie behalten ihren Egoismus und vergrößern ihn durch eine Reihe anderer Ichs. Sie sehen sich genötigt, mehr als ein einzelnes Leben zu führen. Sie werden feiner organisiert, und es scheint mir der Zweck des menschlichen Lebens, feiner organisiert zu werden. Überdies hat jede Erfahrung ihren Wert, und was man auch gegen die Ehe sagen will: Eine Erfahrung ist sie sicher. Ich hoffe, Dorian Gray wird dies Mädchen heiraten, wird sie sechs Monate lang leidenschaftlich anbeten, und dann wird ihn plötzlich eine andere anziehen. Es wäre prachtvoll, dass zu beobachten."

„Du glaubst kein einziges Wort von alledem, Harry; und das weißt du auch. Wenn Dorian Grays Leben zerstört würde, wäre keiner trauriger als du. Du bist viel besser, als du dich stellst."

Lord Henry lachte. „Der Grund, weshalb wir alle so gut von anderen denken, ist der, dass wir alle vor uns selber Angst haben. Die Grundlage des Optimismus ist die pure Furcht. Wir halten uns für großherzig, weil wir unserem Nachbar Tugenden zuschreiben, aus denen für uns ein Nutzen herausschauen könnte. Wir loben den Bankier, damit wir unser Konto überschreiten können, und finden im Buschklepper gute Eigenschaften in der Hoffnung, dass er unsere Börsen verschonen wird. Ich glaube jedes Wort, das ich gesagt habe. Ich habe für den Optimismus die weitestgehende Verachtung. Was das zerstörte Leben betrifft, so ist kein Leben zerstört, wenn sein Wachstum nicht gehemmt wird. Wenn man eine Person verderben will, braucht man sie nur verbessern zu wollen! Die Ehe ist allerdings eine Narretei, aber es gibt andere und interessantere Bande zwischen Mann und Frau. Natürlich würde ich dazu eher raten. Sie haben den Reiz, modern zu sein. Aber da ist Dorian selbst. Er wird dir mehr sagen, als ich."

„Lieber Harry, lieber Basil, ihr müsst mir beide Glück wünschen", rief der Jüngling, indem er den Abendmantel mit der atlasgefütterten Pelerine abwarf und den Freunden die Hand schüttelte. „Ich war niemals so selig! Natürlich ist alles plötzlich gekommen; alles Entzückende kommt ja plötzlich. Und doch scheint mir's das Einzige gewesen zu sein, wonach ich mein Leben lang auf der Suche war." Er glühte vor Aufregung und Freude und sah außerordentlich hübsch aus.

„Ich hoffe, dass du immer glücklich sein wirst, Dorian", sagte Hallward, „aber ich kann es dir nicht ganz verzeihen, dass du mir deine Verlobung nicht mitgeteilt hast. Harry hast du sie mitgeteilt."

„Und ich kann es dir nicht verzeihen, dass du zu spät kommst“, fiel Lord Henry lächelnd ein und legte seine Hand auf die Schultern des jungen Mannes. „Komm, wir wollen uns setzten und versuchen, was hier der neue Küchenchef kann, und dann erzähle uns, wie alles gekommen ist.“

„Da ist wirklich nicht viel zu erzählen!“, sagte Dorian, als sie sich um den kleinen Tisch gesetzt hatten. „Die Sache war einfach so. Als ich dich gestern Abend verließ, Harry, zog ich mich an, aß in Rupert Street in dem kleinen italienischen Restaurant, dass ich durch dich kennen gelernt habe, und ging um acht ins Theater. Sibyl spielt die Rosalinde. Natürlich war die Dekoration gräulich und der Orlando zum Lachen. Aber Sibyl! Ihr hättet sie sehen sollen! Als sie in ihrem Knabenkostüm auftrat, war sie einfach wundervoll. Sie trug ein moosgrünes Sammetwams mit zimtbraunen Ärmeln, eine kurze, braune, überm Knie kreuzweis geschnürte Hose, ein niedliches grünes Barett mit einer Falkenfeder, die von einem funkelnden Stein gehalten wurde, und war in eine ziegelrote Kapuze gehüllt. Nie war sie mir schöner vorgekommen! Sie hatte all die zarte Grazie der Tanagrafigur, die in deinem Atelier steht, Basil. Das Haar schlang sich ihr ums Gesicht wie dunkles Laub um eine blasse Rose. Und ihr Spiel – nun, ihr werdet sie ja heut Abend sehn. Sie ist eine geborene Künstlerin! Ich saß ganz verzaubert in der schmierigen Loge, vergaß, dass ich in London war, dass ich im neunzehnten Jahrhundert lebe. Ich war mit meiner Geliebten weit fort in einem Walde, den noch kein Menschenauge gesehen hatte.

Nach der Vorstellung ging ich in ihre Garderobe und sprach mit ihr. Als wir nebeneinander saßen, trat plötzlich ein Ausdruck in ihre Augen, den ich nie vorher gesehen hatte. Meine Lippen fühlten sich zu ihr hingezogen. Wir küssten uns beide. Ich kann euch nicht beschreiben, was ich in diesem Augenblick gefühlt habe: Mir schien mein ganzes Leben in einen vollkommenen Moment rosenfarbiger Wonne zusammengepresst. Sie zitterte am ganzen Leibe und bebte wie eine weiße Narzisse. Dann warf sie sich auf die Knie und küsste meine Hände. Ich weiß, ich sollte euch nicht alles das erzählen, aber ich kann mir nicht helfen! Natürlich ist unsere Verlobung tiefstes Geheimnis. Sie hat selbst zu ihrer Mutter nicht davon gesprochen. Ich weiß nicht, was meine Vormünder dazu sagen werden. Lord Radley wird sicher wütend sein. Ist mir ganz gleichgültig! In weniger als einem Jahr bin ich volljährig und dann kann ich machen, was ich will. Hatte ich nicht Recht, Basil, meine Geliebte aus dem Reich der Poesie zu holen und meine Frau in Shakespeares Stücken zu finden? Lippen, die Shakespeares reden gelehrt hat, haben mir ihr Geheimnis ins Ohr geflüstert. Rosalindes Arme lagen um meinen Hals, und ich habe Julia auf den Mund geküsst."

„Ja, Dorian, ich glaube, du tatest recht", sagte Hallward langsam.

„Hast du sie heute schon gesehen?", fragte Lord Henry.

Dorian Gray schüttelte den Kopf. „Ich verließ sie im Ardennenwald und werde sie in einem Garten Veronas wiedersehen."

Lord Henry schlürfte nachdenklich seinen Champagner.

„Bei welcher Gelegenheit hast du von Heirat zu ihr gesprochen, Dorian? Und was erwiderte sie darauf? Vielleicht hast du das schon ganz vergessen?"

„Lieber Harry, ich hab die Sache nicht als Geschäft behandelt, noch ihr keinen förmlichen Antrag gemacht! Ich sagte ihr, dass ich sie liebe, und sie sagte, sie verdiene nicht, mein Weib zu sein. Nicht verdienen! Was gilt mir denn die ganze Welt, wenn ich sie mit ihr vergleiche."

„Die Frauen sind wunderbar prächtig", murmelte Lord Henry – „viel prächtiger als wir Männer! In solcher Art Situation vergessen sie oft, von Heirat was zu erwähnen, und sie erinnern uns immer daran."

Hallward legte die Hand auf seinen Arm. „Nicht doch, Harry. Du kränkst Dorian. Er ist nicht wie andere Männer. Er würde nie ein Mädchen unglücklich machen. Seine Natur ist zu edel dafür."

Lord Henry blickte über den Tisch. „Dorian fühlt sich durch mich nie gekränkt", antwortete er. „Ich habe aus dem denkbar triftigsten Grund gefragt, aus dem einzigen Grunde, der für eine Frage eine Entschuldigung ist – nämlich aus Neugier. Ich habe eine Theorie, nachdem es immer Frauen sind, die Männer einen Antrag machen und nicht umgekehrt! Natürlich ausgenommen die Mittelklasse. Aber die Mittelklasse geht eben nicht mit der Mode mit!"

Dorian Gray lachte und schüttelte den Kopf. „Du bist unverbesserlich, Harry; aber ich bin nicht böse. Man kann dir ja gar nicht böse sein. Wenn du Sibyl

Vane siehst, wirst du fühlen, dass der Mann, der ihr ein Leid antun kann, ein Tier sein müsste, ein herzloses Tier. Ich kann's nicht begreifen, wie man es über sich gewinnen kann, ein Wesen in Schande zu bringen, dass man liebt! Ich liebe Sibyl Vane. Ich möchte sie auf einen goldenen Sockel stellen und dann sehen, wie die ganze Welt das Weib anbetet, das mir gehört. Was ist Ehe? Ein unwiderrufliches Gelübde! Du spottest deshalb über die Ehe! Ach, spotte nicht! Ein unwiderrufliches Gelübde will ich ablegen. Ihr Vertrauen macht mich treu, ihr Glaube macht mich gut. Bin ich bei ihr, verleugne ich alles, was du mich gelehrt hast. Ich werde ein anderer Mensch als der, den du in mir siehst. Ich bin verwandelt, und die bloße Berührung von Sibyl Vanes Hand lässt mich alle deine falschen, bezaubernden, vergifteten, entzückenden Theorien vergessen."

„Und die wären?", fragte Lord Henry, während er sich Salat auf seinen Teller tat.

„Oh, deine Theorien über das Leben, deine Theorien über die Liebe, deine Theorien über den Genuss. In der Tat alle deine Theorien, Harry."

„Genuss ist das Einzige auf der Welt, dass eine Theorie verdient", antwortete er mit seiner musikalischen, sanften Stimme. „Aber ich fürchte, es ist nicht meine eigene Theorie. Sie gehört der Natur, nicht mir! Genuss ist das Siegel der Natur, ein Zeichen ihrer Zustimmung. Wenn wir glücklich sind, sind wir immer gut, aber wenn wir gut sind, sind wir nicht immer glücklich."

„Ah! Doch was verstehst du unter gut?", rief Basil Hallward.

„Ja“, wiederholte Dorian, indem er sich in seinem Stuhl zurücklehnte und über den großen Strauß dunkelroter Schwertlilien in der Mitte des Tisches zu Lord Henry blickte, „was verstehst du unter gut, Harry?“

„Gut sein, heißt im Einklang mit sich selbst sein“, antwortete er, den dünnen Stängel seines Glases mit seinen gelassenen, schmalspitzigen Fingern umfassend. „Missklang heißt, mit anderen übereinstimmen müssen! Das eigene Leben – das ist es, worauf es ankommt! Was das Leben unserer Nächsten betrifft, nun, wenn man durchaus ein Affe oder ein Puritaner sein will, so mag man ihnen ja seine moralischen Ansichten ins Gesicht sagen, aber schließlich gehen sie einen gar nichts an! Abgesehen davon hat der Individualismus in der Tat die höheren Ziele. Die moderne Sittlichkeit beruht darin, dass man den Maßstab seiner Zeit anerkennt. Ich bin der Meinung, dass es für jeden kultivierten Menschen, der den Maßstab seiner Zeit anerkennt, eine Form der gröbsten Unsittlichkeit ist!“

„Wenn man aber nur für sich selbst lebt, Harry, muss man dafür nicht einen furchtbaren Preis zahlen?“, fragte der Maler.

„Ja, heutzutage wird man in allem überteuert. Ich glaube, die wirkliche Tragödie der Armut ist die, dass sich die Armen nichts leisten können als Selbstverleugnung. Schöne Sünden sind, wie alle schönen Dinge, ein Vorrecht der begüterten Klassen.“

„Man muss in anderer Münze zahlen als mit Geld.“

„In welcher Münze, Basil?“

„Nun, ich meine mit Gewissensbissen, mit Schmerzen, mit … na eben mit dem Bewusstsein der Erniedrigung."

Lord Henry zuckte die Achseln. „Mein lieber Freund, die mittelalterliche Kunst ist entzückend, aber mittelalterliche Gefühle sind nicht mehr Mode. Man kann sie freilich in der Romandichtung gebrauchen. Aber die einzigen Dinge, die man in solchen Dichtungen verwerten kann, sind solche, um die man sich in Wirklichkeit nicht mehr kümmert. Glaube mir, kein zivilisierter Mensch bereut einen gehabten Genuss, und kein unzivilisierter Mensch weiß, was überhaupt ein Genuss ist."

„Ich weiß, was ein Genuss ist!", rief Dorian Gray. „Jemand anbeten."

„Das ist jedenfalls besser, als angebetet zu werden", antwortete Harry, mit einigen Früchten spielend. „Angebetet zu werden, ist peinlich. Die Weiber behandeln uns genau so wie die Menschheit ihre Götter. Sie beten uns an und quälen uns unaufhörlich, für sie irgendwas zu tun."

„Ich würde sagen, alles, was sie von uns erbitten, haben sie uns zuerst geschenkt", sagte der Jüngling ernst und leise. „Sie erzeugen die Liebe in uns. Sie haben also ein Recht, sie auch wiederzuverlangen."

„Das ist ganz richtig, Dorian", rief Hallward.

„Ganz richtig ist niemals etwas", sagte Lord Henry.

„Das ist es", unterbrach Dorian. „Du musst zugeben, Harry, dass die Frauen den Männern das reinste Gold des Lebens schenken."

„Vielleicht“, seufzte er, „aber unstreitig verlangen sie es dann in Kleingeld eingewechselt zurück! Das ist der Jammer dabei. Die Frauen, hat einmal ein witziger Franzose gesagt, regen uns an, Meisterwerke zu schaffen, und verhindern uns immer, sie auszuführen.“

„Harry, du bist schrecklich! Ich weiß gar nicht, warum ich dich so gern habe?“

„Du wirst mich immer gern haben, Dorian“, antwortete er. „Wollen wir Kaffee trinken, Kinder? – Kellner, bringen Sie Kaffee, fine Champagne und Zigaretten. Nein, lassen Sie die Zigarren, ich habe selbst bei mir. Basil, ich kann nicht erlauben, das zu Zigaretten geraucht. Du musst eine Zigarette nehmen. Eine Zigarette ist der vollendete Ausdruck eines vollendeten Genusses. Es ist köstlich und lässt dabei unbefriedigt. Was will man mehr verlangen? Ja, Dorian, du wirst mich immer lieb haben. Ich bin für dich der Inbegriff aller Sünden, die du nie den Mut haben wirst, zu begehen.“

„Was für einen Unsinn du redest, Harry!“, rief der junge Mann, während er an dem Feuer speienden Silberdrachen, den der Kellner auf den Tisch gestellt hatte, seine Zigarette anzündete. „Wir wollen jetzt ins Theater. Wenn Sibyl auftritt, werdet ihr ein neues Lebensideal bekommen: Sie wird euch etwas offenbaren, dass ihr bisher nicht gekannt habt.“

„Ich habe alles kennen gelernt“, sagte Lord Henry mit einem müden Ausdruck in den Augen, „aber ich bin immer willig, mir eine neue Erregung zu verschaffen. Nur fürchte ich, dass es derlei für mich kaum noch gibt. Immerhin wird mich dein wunderbares

Mädchen vielleicht erschüttern. Ich liebe die Schauspielkunst. Sie ist so viel wirklicher als das Leben. Wir wollen gehen. Dorian, du kannst bei mir einsteigen. Basil, es tut mir sehr Leid, aber in meinem Brougham ist nur für zwei Platz. Du musst schon in einer Droschke nachkommen."

Sie standen auf, zogen ihre Überzieher an und tranken den Kaffee im Stehen. Der Maler war schweigsam und bedrückt. Ein düsteres Gefühl lastete auf ihm. Er konnte diese Ehe nicht gutheißen, und sie schien ihm doch besser zu sein als manches andere, das hätte geschehen können. Nach einigen Minuten gingen sie miteinander die Treppe hinab. Er fuhr, wie verabredet, allein und sah auf die blitzenden Lichter des kleinen Broughams, der vor ihm dahinrollte. Das seltsame Gefühl eines großen Verlustes überkam ihn. Er fühlte, dass Dorian Gray für ihn nie wieder das sein würde, was er ihm früher gewesen war. Das Leben war zwischen sie getreten … Vor seinen Augen ward es dunkel, und die hell erleuchteten menschenvollen Straßen verschwammen vor seinem Blick. Als seine Droschke vor dem Theater hielt, schien es ihm, als sei er um viele Jahre gealtert.

Siebtes Kapitel

Aus irgendwelchem Grunde war an diesem Abend das Haus besonders dicht gefüllt, und der fette jüdische Direktor, den sie an der Tür trafen, strahlte von einem Ohr zum anderen in einem zuckenden öligen Lächeln. Er begleitete sie zu ihrer Loge mit einer gewissen prahlerischen Ehrerbietigkeit, die fleischigen, juwelenbedeckten Hände hastig bewegend und sich mit der Stimme beinahe überschlagend. Dorian verabscheute ihn heute mehr als je. Er hatte das Gefühl, als sei er gekommen, Miranda zu besuchen und werde von Caliban empfangen. Dagegen hatte Lord Henry etwas für ihn übrig: wenigstens erklärte er, dass er ihm gefiele, bestand darauf, ihm die Hand zu schütteln und versicherte ihm, er sei stolz darauf, einen Mann kennen zu lernen, der ein bedeutendes Genie entdeckt habe und an einem Dichter bankerott geworden sei. Hallward unterhielt sich damit, die Gestalten im Stehparterre zu betrachten. Die Hitze war drückend, und der riesige Kronleuchter flammte wie eine gigantische Dahlie mit Blättern aus gelbem Feuer. Die jungen Leute auf der Galerie hatten Rock und Weste ausgezogen und über die Brüstung gehängt. Sie riefen einander quer über das ganze Theater zu und fütterten die aufgeputzten Mädchen neben ihnen mit Orangen. Ein paar Weiber unten im Stehparterre lachten. Ihre Stimmen waren schrecklich schrill und unangenehm. Vom Büfett hörte man Flaschen knallen.

„Was für ein sonderbarer Ort, um seine Göttin zu finden!“, sagte Lord Henry.

„Ja!", erwiderte Dorian Gray. „Hier hab ich sie gefunden, und sie ist göttlicher als alles Lebendige. Wenn sie spielt, wirst du alles vergessen. Diese gewöhnlichen rohen Menschen mit ihren groben Gesichtern und brutalen Bewegungen werden ganz verwandelt, sobald sie auf der Bühne steht. Sie sitzen stumm da und betrachten sie. Sie weinen und lachen, wenn sie es will. Sie hält sie in Stimmung, wie man es mit einer Geige tut. Sie veredelt sie geistig und man fühlt, dass sie vom selben Fleisch und Blut sind wie man selbst."

„Vom selben Fleisch und Blut wie man selbst? Oh, ich hoffe nicht!", rief Lord Henry, der die Leute auf der Galerie durch sein Opernglas musterte.

„Höre nicht auf ihn, Dorian!", sagte der Maler; „ich begreife, was du meinst, und ich glaube an dies Mädchen. Das Wesen, das du liebst, muss wunderbar sein, und jedes Mädchen, das die von dir geschilderte Wirkung erzielt, muss auserlesen und edel sein. Seine Mitmenschen veredeln – das lohnt der Mühe! Wenn dies Mädchen die beseelen kann, die seelenlos lebten, wenn sie in Menschen, deren Dasein schmutzig und hässlich war, einen Sinn für Schönheit zu wecken vermag, wenn sie sie aus ihrem Eigennutze lösen und ihnen Tränen entlocken kann um Sorgen, die nicht ihre eigenen sind, dann ist sie deiner Verehrung wert, dann ist sie der Verehrung der ganzen Welt wert. Solche Ehe ist ganz das Rechte. Ich dachte zuerst nicht so, aber jetzt geb ich's zu. Die Götter haben Sibyl Vane für dich geschaffen. Ohne sie wirst du nur unvollständig gewesen."

„Danke, Basil", antwortete Dorian Gray und drückte ihm die Hand. „Ich wusste, dass du mich verstehst; Harry ist ein Zyniker, er erschreckt mich. Aber da kommt das Orchester. Es ist furchtbar, doch dauert es nur knappe fünf Minuten. Dann geht der Vorhang auf und du erblickst das Mädchen, dem ich mein ganzes Leben geben will, dem ich alles überantwortet habe, was gut in mir ist."

Eine Viertelstunde später betrat Sibyl Vane die Bühne unter einem geräuschvollen Beifallssturm. Ja, sie war wirklich entzückend – eins der entzückendsten Geschöpfe, dachte Lord Henry, die er je gesehen hatte. Es lag etwas von einem Reh in ihrer scheuen Anmut und in ihren erstaunten Augen. Ein schwaches Erröten trat auf ihre Wangen gleich dem Widerschein einer Rose in einem silbernen Spiegel, als sie das überfüllte und begeisterte Haus erblickte. Sie trat ein paar Schritte zurück, und ihre Lippen schienen zu zittern. Basil Hallward sprang auf und begann zu klatschen. Bewegungslos und wie in tiefem Traume, saß Dorian Gray da und sah sie an. Lord Henry starrte unverwandt durch sein Glas und murmelte: „Entzückend! Entzückend!"

Die Szene stellte die Halle in Capulets Hause dar, und Romeo im Pilgerkleid war mit Mercutio und seinen anderen Freunden aufgetreten. Die Musik präludierte mit ein paar Akkorden, so gut sie konnte, der Tanz fing an. Mitten in dem Gewimmel von ungeschickten, schäbig gekleideten Statisten bewegte sich Sibyl Vane wie ein Geschöpf aus einer schöneren Welt. Ihr Körper schwebte im Tanze wie eine Blume auf dem Wasser. Die Linien ihres Halses glichen denen einer weißen Lilie. Ihre Hände schienen aus kühlem Elfenbein zu sein.

Und doch schien sie von seltsamer Abwesenheit: Sie zeigte kein Zeichen der Freude, während ihr Auge auf Romeo ruhte. Die wenigen Worte, die sie zu sprechen hatte:

Nein, Pilger, lege nichts der Hand zuschulden
Für ihren sittsam andachtsvollen Gruß,
Der Heiligen Rechte darf Berührung dulden,
Und Hand in Hand ist frommer Waller Kuss –

mit dem kurzen sich daranschließenden Dialog sprach sie in einem ganz gekünstelten Ton. Die Stimme klang wundervoll, aber der Ton war ganz verfehlt. Er traf die Stimmung nicht, ja er nahm den Versen alles Leben und machte die Leidenschaft unwahr.

Dorian Gray erbleichte, als er es hörte. Er war verlegen und erschreckt. Seine beiden Freunde wagten nicht, etwas zu sagen. Sie schien ja ganz talentlos zu sein. Sie waren furchtbar enttäuscht.

Aber sie wussten, dass für jede Julia der wahre Prüfstein die Balkonszene im zweiten Akt sei. Darauf warteten sie. Wenn sie hier versagte, war nichts an ihrer Kunst.

Sie sah reizend aus, als sie im Mondschein auftrat: Das konnte niemand leugnen. Aber das Theatralische ihres Spieles zwar unerträglich und wurde im Verlauf immer schlimmer. Ihre Gesten waren gemacht und wirkten lächerlich. Sie übertrieb das Pathos von allem, was sie zu sagen hatte. Die wundervolle Stelle:

Du weißt, die Nacht verschleiert mein Gesicht,
Sonst färbte Mädchenröte nur die Wangen
Um das, was du vorhin mich sagen hörtest –

deklamierte sie mit der peinlichen Genauigkeit eines Schulmädchens, das einen mittelmäßigen Lehrer im Vortrag gehabt hat. Als sie sich über den Balkon lehnte und zu den herrlichen Versen kam:

Obwohl ich dein mich freuen,
Freue ich mich nicht des Bundes dieser Nacht;
Er ist so rasch, zu unbedacht, zu plötzlich,
Gleich allzu sehr dem Blitz, der nicht mehr ist,
Noch eh man sagen kann: Es blitzt. – Schlaf wohl!
Mag warmer Sommerhauch die Liebesknospe
Zur Blume bis zum Wiedersehen entfalten –

sprach sie die Worte, als enthielten sie gar keinen Sinn für sie. Es war nicht Befangenheit; nein, weit entfernt davon, schien sie ganz mit sich zufrieden. Es war einfach schlechte Kunst. Es war ein völliger Abfall.

Selbst das ungebildete, gewöhnliche Publikum auf Stehplatz und Galerie verlor das Interesse am Stück. Man wurde unruhig und begann zu sprechen und zu zischen. Der jüdische Direktor, der im Hintergrunde des ersten Ranges stand, stampfte mit den Füßen und fluchte vor Zorn. Einzig und allein unbewegt war Sibyl selbst.

Als der Akt vorüber war, brach ein heftiges Zischen los, und Lord Henry stand von seinem Stuhl auf und zog seinen Rock an.

„Sie ist wunderschön, Dorian", sagte er, „aber sie kann nicht spielen. Wir wollen gehen."

„Ich will das Stück zu Ende sehen", antwortete der junge Mann mit harter, bitterer Stimme. „Es tut mir schrecklich Leid, das ich dich veranlasst habe, einen Abend zu vergeuden, Harry. Ihr müsst beide entschuldigen!"

„Mein lieber Dorian, ich glaube, Miss Vane war krank“, unterbrach ihn Hallward. „Wir wollen an einem anderen Abend wiederkommen.“

„Ich wünschte, sie wäre krank“, erwiderte er; „aber ich glaube, sie hat kein Gefühl und ist kalt. Sie ist völlig verändert seit gestern Abend, wo sie eine große Künstlerin war. Heute Abend ist sie nur eine mittelmäßige gewöhnliche Schauspielerin.“

„Sprich nicht so über jemand, den du liebst, Dorian“, sagte Basil. „Liebe ist etwas viel Wunderbareres als Kunst.“

„Beides sind nur Formen der Nachahmung“, bemerkte Lord Henry. „Aber wir wollen gehen: Du darfst nicht länger hier bleiben, Dorian. Es schadet der Moral, schlechte Schauspielkunst zu sehen! Ich glaube übrigens nicht, dass du deine Frau auftreten lassen wirst. Was liegt also daran, ob sie die Julia spielt wie eine Holzpuppe? Sie ist jedenfalls bezaubernd, wenn sie so wenig vom Leben weiß wie vom Theaterspielen, wird sie dir ein köstliches Erlebnis sein! Es gibt nur zwei Arten wirklich fesselnder Menschen: solche, die alles wissen, und solche, die gar nichts wissen. Großer Gott, mach kein so tragisches Gesicht, mein lieber Junge! Das einfachste Rezept, jung zu bleiben, besteht darin, sich nie einer Erregung hinzugeben, die unerträglich ist. Komm mit Basil und mir in den Klub! Wir wollen Zigaretten rauchen und auf Sibyl Vanes Schönheit trinken. Sie ist schön! Was willst du noch mehr?“

„Geh, Harry!“, rief der Jüngling. „Ich will allein sein. Basil, geh! Ach, könnt ihr nicht sehen, dass mir das Herz bricht?“

Heiße Tränen traten ihm in die Augen. Seine Lippen bebten, er drückte sich in die dunkelste Ecke der Loge zurück, lehnte sich an die Wand und barg sein Gesicht in den Händen.

„Komm, Basil", sagte Lord Henry mit seltsam zärtlicher Stimme; und die beiden jungen Männer gingen zusammen hinaus.

Ein paar Augenblicke später flammten die Rampenlichter wieder auf, und der Vorhang rauschte zum dritten Akt in die Höhe. Dorian Gray setzte sich wieder auf seinen Platz. Er sah bleich aus, abwesend, gleichgültig. Das Spiel schleppte sich weiter und schien endlos zu sein. Die Hälfte des Publikums ging weg, lachend und auf schweren Stiefeln trampelnd. Das Ganze war ein riesiges Fiasko. Der letzte Akt wurde beinahe vor leeren Bänken gespielt. Der Vorhang fiel unter Zischen und höhnischem Grunzen.

Sobald es aus war, stürzte Dorian Gray hinter die Kulissen in die Garderobe. Das Mädchen stand allein da, mit einem triumphierenden Ausdruck im Antlitz. Die Augen leuchteten in merkwürdigem Feuer: Eine Art Glanz umschwebte sie. Ihre halb geöffneten Lippen lächelten wie ein Geheimnis, dass ihr allein bewusst war.

Als er eintrat, blickte sie ihn an und ein Ausdruck unsäglichen Glückes überkam sie. „Wie schlecht ich heute gespielt habe, Dorian!", rief sie.

„Schrecklich", antwortete er und sah sie voll Staunen an – „schrecklich. Es war geradezu fürchterlich. Bist du krank? Du hast keine Ahnung, wie es war; keine Ahnung, was ich dabei durchgemacht habe."

Das Mädchen lächelte.

„Dorian", antwortete sie und zog seinen Namen mit musikalischem Klange in die Länge, als wäre er der roten Blüte ihres Mundes süßer als Honig – „Dorian, du hättest es begreifen sollen. Aber jetzt begreifst du, nicht wahr?"

„Was?", fragte er heftig.

„Warum ich heute Abend so schlecht spielte. Warum ich von jetzt an immer schlecht spielen werde. Warum ich nie wieder gut spielen werde."

Er zuckte die Achsel.

„Du bist gewiss krank", sagte er. „Wenn du krank bist, solltest du nicht spielen! Du machst dich lächerlich. Meine Freunde haben sich gelangweilt. Ich ebenfalls."

Sie schien nicht zu hören, was er sagte; sie war wie verklärt vor Vergnügen. Eine Ekstase des Glücks beherrschte sie.

„Dorian, Dorian", rief sie, „bevor ich dich kannte, war Spielen in meinem Leben die einzige Wirklichkeit. Nur im Theater lebte ich. Ich hielt das alles für wahr. An einem Abend war ich Rosalinde und am andern Portia. Beatrices Glück war mein Glück, und Cordelias Tränen waren meine Tränen! Ich glaubte an alles. Dies gewöhnliche Volk, das mit mir spielte, schien mir göttlich. Die bemalten Kulissen bedeuteten mir die Welt. Ich kannte nichts als Schatten, und nahm sie für Wirklichkeit. Da kamst du – oh mein schöner Geliebter – und befreitest meine Seele aus ihrem Kerker. Du hast mich gelehrt, was wahre Wirklichkeit ist. Heute habe ich zum ersten Mal die ganze Hohlheit durchschaut, den Betrug, die Albernheit des falschen, verlogenen Flitterstandes, zwischen dem ich immer gespielt habe! Heute Abend wusste ich zum ersten Male, dass dieser Romeo abscheulich ist, alt und geschminkt, dass der Mond im Garten Blendwerk, die ganze Szenerie ordinär ist und dass die Worte, die ich zu sprechen hatte, nicht wahr, nicht meine Worte sind, nicht das ist, was ich hätte sagen müssen! Du hast mir etwas Höheres geschenkt, etwas, von dem alle Kunst nur Abglanz ist. Du hast mich begreifen gelehrt, was Liebe ist. Mein Geliebter! Mein Geliebter! Prinz Märchenschön! Prinz meines Lebens! Ich kann nicht mehr die Schatten ertragen: Du bist mir mehr, als mir alle Kunst je sein kann. Was hab ich mit den Puppen eines Spieles zu schaffen? Als ich heute Abend auftrat, konnte ich nicht begreifen, wie es gekommen war, das alles verschwunden sein sollte. Ich hatte geglaubt, ich würde wundervoll sein. Ich merkte, dass ich durchaus versagte. Plötzlich dämmerte es in meiner Seele auf, was das alles bedeutete: Es war ein herrliches Wissen. Ich hörte sie zischen und lächeln. Was konnten die von einer Liebe wissen wie die unsere? Nimm mich fort, Dorian – nimm mich mit dir irgendwohin, wo wir allein sein können. Ich hasse das Theater. Ich konnte vielleicht ein Gefühl, das ich nicht spüre, darstellen, aber ich kann noch nicht eins spielen, dass mich wie Feuer verbrennt. Ach, Dorian, Dorian, begreifst du jetzt, was das bedeutet? Selbst wenn ich es fertig brächte, wäre es Entweihung, zu spielen, während ich liebe. Du hast mich sehend gemacht."

Er warf sich aufs Sofa und wandte das Gesicht ab. „Du hast meine Liebe getötet", murmelte er.

Sie sah ihn staunend an und lachte. Er gab keine Antwort. Sie trat zu ihm hin und strich durch sein Haar mit ihren kleinen Fingern. Sie kniete nieder und presste seine Hände gegen ihre Lippen. Er schob sie weg, und ein Schauder überlief ihn.

Dann sprang er auf und schritt zur Tür.

„Ja“, rief er, „du hast meine Liebe getötet. Bisher hast du meine Fantasie gefesselt. Jetzt fesselst du nicht einmal meine Neugier mehr! Du wirkst einfach nicht! Ich liebte dich, weil du ein Wunder warst, weil du Genie und Geist hattest, weil du die Träume großer Dichter verkörperte und den Schattenbildern der Kunst Gestalt und Körper gabest! Alles das hast du weggeworfen. Jetzt bist du leer und seicht. Mein Gott! Was für ein Narr war ich, dich zu lieben? Wie verblendet war ich! Jetzt bist du mir nichts mehr! Ich will dich nie wiedersehen. Nie wieder an dich denken! Nie wieder deinen Namen aussprechen. Du weißt nicht, was du mir einmal warst. Ja, einmal, einmal ... O, ich ertrag es nicht, nur daran zu denken. Ich wünschte, ich hätte dich nie gesehen. Du hast die Poesie meines Lebens vernichtet. Wie wenig musst du von Liebe wissen, wenn du sagst, dass sie deine Kunst lähme! Ohne deine Kunst bist du nichts! Ich hätte dich berühmt gemacht, zu einem Stern, zu etwas Herrlichem. Die Welt hätte dich angebetet, und du hättest meinen Namen getragen. Was bist du jetzt? Eine Schauspielerin dritten Ranges mit einem hübschen Gesichtchen.“

Das Mädchen war totenblass geworden und zitterte. Sie presste die Hände zusammen, und die Sprache schien in ihr erstickt zu sein.

„Du meinst das nicht im Ernst, Dorian?“, flüsterte sie. „Du verstelltst dich nur.“

„Verstellen? Das überlass ich dir. Du verstehst es ja so gut“, entgegnete er bitter.

Sie erhob sich von ihren Knien und trat mit einem schmerzlichen, qualvollen Antlitz zu ihm hin. Sie legte ihm die Hand auf den Arm und sah ihm in die Augen. Er stieß sie zurück.

„Berühre mich nicht!“, schrie er.

Ein leises Stöhnen brach aus ihr hervor, und sie warf sich ihm zu Füßen und lag wie eine zertretene Blume dar.

„Dorian, Dorian, geh nicht fort von mir!“, rief sie leise. „Ich bin so betrübt, dass ich nicht gut gespielt habe. Ich dachte nur immer an dich. Aber ich will es aufs Neue versuchen – wirklich, ich will es versuchen. Sie kam so jäh über mich, die Liebe zu dir. Ich glaube, ich hätte von ihr nie etwas gewusst, wenn du mich nicht geküsst hättest – wenn wir uns nicht geküsst hätten. Küss mich wieder, Geliebter! Geh nicht von mir! Ich würde es nicht überleben. Oh, verlass mich nicht! Mein Bruder … nein, nichts darüber. Er meinte es nicht im Ernst. Er scherzte nur … Aber du, oh! Kannst du mir den heutigen Abend nicht verzeihen? Ich werde so fleißig sein und mir Mühe geben, besser zu spielen. Sei nicht grausam gegen mich, weil ich dich mehr als alles in der Welt liebe. Es ist doch nur ein einziges Mal, wo ich dir missfallen habe! Aber du hast ganz Recht, Dorian. Ich hätte mich mehr als Künstlerin zeigen sollen. Es war närrisch von mir, und doch konnte ich nicht anders. Ach, verlass mich nicht, verlass mich nicht.“

Leidenschaftliches Schluchzen durchschütterte sie. Sie kauerte sich wie ein wundes Tier nieder, und Dorian Gray sah zu ihr herab mit seinen schönen Augen, und seine fein geschnittenen Lippen kräuselten sich in tiefster Verachtung. Die Gefühlsregungen von Menschen, die man nicht mehr liebt, haben immer etwas Lächerliches an sich. Sibyl Vane schien ihm überspannt melodramatisch zu sein. Ihre Tränen und ihr Schluchzen ermüdeten ihn im höchsten Maße.

„Ich gehe", sagte er schließlich mit ruhiger, klarer Stimme. „Ich möchte nicht hart sein, aber ich kann dich nicht mehr sehen. Du hast mich enttäuscht."

Sie weinte still weiter und sagte nichts, sondern kroch näher. Ihre kleinen Hände streckten sich ins Leere und schienen ihn zu suchen. Er wandte sich auf dem Absatz herum und verließ die Garderobe. Wenige Augenblicke später hatte er das Theater hinter sich.

Wohin er ging, wusste er selbst kaum. Er erinnerte sich, durch schwach erleuchtete Gassen gewandert, an traurigen, in schwarzen Schatten getauchten Torwegen und an elend aussehenden Häusern vorbeigekommen zu sein. Weiber mit heiseren Stimmen und schrillem Lachen hatten hinter ihm her gerufen, Betrunkene waren fluchend und zu sich selber sprechend, wie gräuliche Affen, an ihm vorbei getaumelt. Er hatte putzig aussehende Kinder auf den Stufen kauern sehen und Schreien und Schimpfen aus düsteren Höfen gehört.

Als der Morgen graute, fand er sich bei Covent Garden. Die Dunkelheit entschwand, die Luft rötete sich in mattem Feuer, und der Himmel wölbte sich zu einer vollendeten Perle. Mächtige Wagen voll nickender Lilien rumpelten langsam die leere, gerade Straße hinab. Die Luft war schwer vom Dufte der Blumen, und die Schönheit schien Linderung seinem Schmerze zu bringen. Er trat in die Markthalle und sah den Männern zu, wie sie die Wagen ausluden. Ein Fuhrmann in weißem Kittel bot ihm von seinen Kirschen zum Kosten an. Er dankte, wunderte sich, warum er kein Geld dafür annehmen wollte, und begann zerstreut davon zu essen. Sie waren um Mitternacht gepflückt worden und hatten noch die Kühle des Mondes in sich. Burschen in langer Reihe schleppten Körbe mit gestreiften Tulpen und gelben und roten Rosen herbei, trotten an ihm vorüber, als sie sich ihren Weg durch die mächtigen gelbgrünen Gemüsestapel bahnten. Unter den grauen, in der Sonne bleichen Säulen der Vorhalle lungerte ein Trupp von schmutzigen Mädchen ohne Hüte und warteten, bis die Versteigerung vorbei war. Andere drängten sich um die auf- und zuschlagenden Türen des Kaffeehauses auf der Piazza. Die schweren Lastpferde glitten auf dem Pflaster aus und stampften über die holprigen Steine, ihre Glocken und Geschirre schüttelnd. Einige Fuhrmänner räkelten sich schlafend auf einem Haufen von Säcken. Mit regenbogenfarbenen Hälsen und grünlichen Füßen trippelten die Tauben mitten darin umher und pickten Körner auf.

Nach einer Weile rief er sich eine Droschke und fuhr nach Hause. Ein paar Augenblicke blieb er zaudernd auf der Schwelle stehen, blickte über den schweigenden Platz und auf die Häuser mit den geschlossenen Fenstern und den hellen Gardinen. Der Himmel war jetzt ein wirklicher Opal, und die Dächer der Häuser glitzerten zu ihm wie Silber empor. Von einem Schornstein gegenüber stieg eine dünne Rauchsäule in die Höhe und schlängelte sich durch die perlmuttfarbene Luft wie ein violettes Band.

In der großen venezianischen Goldlaterne, einer Beute von der Barke irgendeines Dogen, die an der Decke der eichengetäfelten Vorhalle hing, brannten noch drei flackernde Glaslichter: wie dünne blaue Feuerblüten, von weißen Flammen umsäumt. Er drehte sie aus, warf Hut und Mantel auf den Tisch und ging durch die Bibliothek zur Tür seines Schlafzimmers hin. Es war ein großer, achteckiger Raum zur ebenen Erde, den er erst unlängst in seinem neu erwachten Gefühl für Luxus hatte einrichten und mit einigen antiken Renaissancegobelins bespannen lassen, die er in einer nicht mehr benutzten Dachkammer in Selby Royal entdeckt hatte. Als er eben nach der Klinke griff, fiel sein Blick auf das Bildnis, das Basil Hallward von ihm gemalt hatte. Erstaunt schrak er zurück.

Dann ging er in sein Zimmer und sah nachdenklich und betroffen aus. Nachdem er die Blume aus einem Knopfloch genommen hatte, schien er zu zögern. Schließlich ging er zurück und trat noch einmal vor das Bild und musterte es. In dem unbestimmten, gedämpften Licht, das durch die matten gelben Seidenvorhänge drang, schien ihm das Gesicht ein wenig verändert. Der Ausdruck war anders. Man hätte sagen können, dass ein grausamer Zug um den Mund läge. Es war ganz seltsam.

Er drehte sich um, ging zum Fenster und zog den Vorhang auf. Der helle Morgen flutete in das Zimmer und fegte die fantastischen Schatten in düstere Winkel, wo sie zitternd liegen blieben. Aber der seltsame Ausdruck, den er im Gesicht des Bildes bemerkt hatte, schien nicht nur dableiben zu wollen, sondern sich noch verstärkt zu haben. Das strahlende, zitternde Sonnenlicht zeigt ihm so deutlich den grausamen Zug um den Mund, als sähe er, nachdem er etwas Furchtbares verübt hätte, in einen Spiegel.

Er fuhr zusammen und nahm einen ovalen Spiegel vom Tisch, dessen Fassung von elfenbeinernen Liebesgöttern gebildet wurde, eines der vielen Geschenke Lord Henrys, und blickte schnell in die glänzende Tiefe. Keine Linie solcher Art verunstaltete seine roten Lippen. Was sollte das bedeuten?

Er rieb sich die Augen und trat an das Bild ganz nahe heran, um es wiederum zu mustern. An der Technik der Malerei konnte man durchaus keine Spur von Veränderung bemerken, und doch war kein Zweifel, dass sich im Ganzen der Ausdruck verändert hatte. Es war keine bloße Einbildung. Die Sache war schrecklich klar.

Er warf sich in einen Stuhl und begann zu grübeln. Plötzlich überkam ihn die Erinnerung an die Worte, die er in Basil Hallwards Atelier an dem Tage, wo das Bild fertig geworden war, gesagt hatte. Ja, er erinnerte sich ganz deutlich! Er hatte den sinnlosen Wunsch ausgesprochen, dass er selbst jung bleiben und das Porträt altern solle, das seine eigene Schönheit fleckenlos bleiben und das Antlitz auf der Leinwand die

Last seiner Leidenschaften und Sünden tragen solle, dass das gemalte Bildnis von den Linien des Leidens und Denkens durchfurcht werden und er selbst den feinen Schmelz und alle Lieblichkeit seiner Jugend behalten solle, deren er sich gerade damals bewusst geworden war. Sein Wunsch war doch nicht etwa erfüllt worden? Solche Dinge sind ja unmöglich! Nur so etwas zu denken, schien ungeheuerlich. Und doch, da stand vor ihm das Bild und hatte den Zug von Grausamkeit um den Mund.

Grausamkeit? War er grausam gewesen? Das Mädchen hatte Schuld, nicht er. Er hatte von ihr als einer großen Künstlerin geträumt, hatte ihr seine Liebe geschenkt, weil er sie für groß gehalten hatte. Dann hatte sie ihn enttäuscht. Sie war wohl wertlos gewesen. Und doch überkam ihn ein unendliches Mitleidsgefühl, als er daran dachte, wie sie zu seinen Füßen gelegen und wie ein kleines Kind geweint hatte. Er erinnerte sich, mit welcher Gefühllosigkeit er sie angesehen hatte. Warum war er so geschaffen worden? Warum war ihm eine solche Seele gegeben worden? Aber auch er hatte gelitten. In den drei schrecklichen Stunden, die das Stück dauerte, hatte er Jahrhunderte von Schmerzen, eine Ewigkeit von Qualen durchlebt! Sein Dasein war gewiss so viel wert, als das ihre, wenn er sie für das ganze Dasein verwundet hatte! Sie hatte ihn für einen Augenblick vernichtet, wenn er sie für immer verletzt hatte! Außerdem sind die Frauen besser als Männer geeignet, Leiden zu ertragen. Sie leben von ihren Gefühlen; sie denken nur an ihre Gefühle. Wenn sie einen Geliebten haben, so ist es nur, um jemand zu haben, dem sie Szenen machen können. Lord Henry hatte ihm das gesagt, und Lord Henry wusste, wie es mit den Frauen bestellt war. Warum sollte er sich beunruhigen um Sibyl Vane? Sie war ihm jetzt nichts mehr.

Aber das Bildnis? Was sollte er dazu sagen? Es barg das Geheimnis seines Lebens in sich und erzählte seine Geschichte. Es hatte ihn die Liebe zur eigenen Schönheit gelehrt. Sollte es ihn lehren, seine eigene Seele zu verabscheuen? Konnte er es noch einmal wieder anblicken?

Nein; es war eine bloße Einbildung, ein Gewebe der verstörten Sinne. Die fürchterliche Nacht, die er durchleben musste, hatte Gespenster zurückgelassen. Der winzige rote Fleck, der die Menschen zum Wahnsinn treibt, war in seinem Gehirn plötzlich zum Vorschein gekommen. Das Bild war nicht anders geworden. Es war Wahnsinn, das zu denken!

Aber es blickte nach ihm hin mit seinem wunderschönen, entstellten Gesicht und seinem grausamen Lächeln. Sein helles Haar leuchtete im Sonnengold der Frühe; seine blauen Augen blickten in seine eigenen. Ein Gefühl grenzenlosen Mitleids nicht mit sich selbst, nein, mit dem gemalten Abbild durchdrang ihn. Schon hatte er sich verändert und würde sich noch mehr verändern. Sein Gold wird zum Grau erbleichen. Seine roten und weißen Rosen werden welken. Für jede Sünde, die er begehen würde, wird ein Fleck hervortreten und seine Schönheit besudeln. Aber er wird nicht sündigen. Das Bildnis, verwandelt oder unverwandelt, soll für ihn ein sichtbares Kennzeichen des Gewissens sein. Er wird jeder Versuchung widerstehen. Er wird Lord Henry nicht wiedersehen – wenigstens nicht mehr seinen blendenden, giftigen Theorien lauschen, die zum ersten Mal in Basil Hallwards Garten die Leidenschaft für unmögliche Dinge in ihm wachgerufen hatten. Er wird zurückeilen zu Sibyl Vane, sich bestreben, sie zu verfeinern in ihrer Kunst, sie heiraten und versuchen, sie wieder zu lieben. Ja, es war seine Pflicht, das zu tun. Sie musste ja mehr als er gelitten haben. Armes Kind! Er war selbstsüchtig und grausam gewesen gegen sie. Der Zauber würde wiederkehren, den sie auf ihn ausgeübt hatte. Sie würden miteinander glücklich werden. Sein Leben würde schön und rein sein mit ihr.

Er stand von seinem Stuhl auf und schob einen großen Wandschirm vor das Bild. Er fuhr zusammen, als er es anblickte.

„Wie schrecklich“, flüsterte er. Dann schritt er zur Glastür und öffnete sie. Als er hinaustrat in das Grüne, atmete er tief auf. Die frische Morgenluft schien alle düsteren Leidenschaften zu verjagen. Er dachte nur noch an Sibyl. Ein schwacher Glanz seiner Liebe kehrte wieder zurück. Er wiederholte ihren Namen immer wieder, immer wieder. Die Vögel, die in dem taubeperlten Garten sangen, schienen den Blumen von Sibyl zu erzählen.

Achtes Kapitel

Mittag war längst vorüber, als Dorian erwachte. Sein Diener war mehrmals auf den Fußspitzen in das Zimmer geschlichen, um zu sehen, ob er wach wäre, und hatte sich gewundert, weshalb sein junger Herr so lange schlief. Endlich klingelte es und Viktor trat leise ein mit einer Schale Tee und einem Stoß Postsachen auf einer schmalen Sevresplatte und zog vor den drei großen Fenstern die olivengelben Atlasvorhänge mit ihrem blau glänzenden Futter zurück.

„Monsieur hat heute Morgen gut geschlafen", sagte er lächelnd.

„Wie viel Uhr ist es?", fragte Dorian Gray, noch verschlafen.

„Ein Viertel auf zwei, Monsieur!"

Wie spät es war! Er setzte sich auf, schlürfte einige Züge Tee und durchblätterte die Briefe. Einer war von Lord Henry und erst diesen Morgen von einem Boten abgegeben worden. Er zögerte einen Augenblick und legte ihn dann beiseite. Die anderen öffnete er zerstreut. Sie enthielten die gewöhnlichen Karten, Einladungen zum Essen, Ausstellungsbilletts, Programme für Wohltätigkeitskonzerte und ähnliche Aufforderungen, wie sie während der Saison einem jungen Mann der Gesellschaft täglich ins Haus regnen. Es war auch eine recht große Rechnung dabei für ein Toiletteservice im Stil Louis des Fünfzehnten, aus getriebenem Silber, die er noch nicht mutig genug gewesen war, seinen Vormündern einzureichen, die außergewöhnlich altmodische Herren waren und nicht zu begreifen vermochten, dass man in einer Zeit lebe, wo die unnötigen Dinge unsere einzige Notwendigkeit sind; und außerdem waren einige sehr höflich, abgefasste Mitteilungen aus Jermyn Street da, in denen man sich erbot, ihm jeden Geldbetrag zu dem mäßigsten Zinsfuße in der kürzesten Zeit vorzustrecken.

Etwa nach zehn Minuten stand Dorian auf, schlüpfte in einen schicken Schlafrock aus Kaschmirwolle mit Seidenstickereien und ging in das onyrgepflasterte Badezimmer, wo ihn das kalte Wasser nach dem langen Schlaf erquickte. Er schien alles vergessen zu haben, was hinter ihm lag. Ein- oder zweimal durchzuckte ihn ein unklares Gefühl, als wäre er in eine sonderbare Tragödie irgendwie verwickelt gewesen, aber die Unwirklichkeit eines Traumes umnebelte dies Gefühl.

Sowie er angezogen war, ging er in das Bibliothekszimmer und setzte sich zu einem leichten französischen Frühstück nieder, das nahe beim offenen Fenster auf einem kleinen, runden Tische bereit stand. Es war ein entzückender Tag; die milde Luft schien mit Wohlgerüchen gewürzt. Eine Biene flog herbei und umsummte die Schale aus blauem Drachenporzellan, die mit schwefelgelben Rosen angefüllt vor ihm stand. Er fühlte sich restlos glücklich.

Plötzlich zuckte er zusammen, denn sein Blick fiel auf den Wandschirm, den er vor das Bild gestellt hatte.

„Ist es für den gnädigen Herrn zu kalt?“, fragte der Diener, während er eine Eierspeise auf den Tisch stellte.

„Soll ich das Fenster schließen?“

Dorian schüttelte den Kopf.

„Mir ist nicht kalt", antwortete er.

War es alles wahr? Hatte sich wirklich das Bild verändert? Oder war es nur seine Fantasie gewesen, die ihm einen Zug von Schlechtigkeit vorgespiegelt hatte, wo nur ein Zug von Freude gewesen war? Eine gemalte Leinwand konnte sich doch nicht derartig verändern? Das war doch Tollheit! Das würde er nächstens Basil als Märchen erzählen. Er würde darüber lächeln.

Und doch, wie lebendig die Erinnerung an die ganze Sache war! Zuerst in dem dämmernden Zwielicht, und dann in der strahlenden Morgenfrühe hatte er den Zug von Grausamkeit um die geschwungenen Lippen bemerkt. Er fürchtete sich ordentlich davor, dass der Diener hinausgehen könnte. Er wusste, er würde das Bild betrachten müssen, sowie er allein sei. Er fürchtete sich vor dieser Gewissheit, und als der Diener den Kaffee und die Zigaretten gebracht hatte und sich zum Gehen wandte, empfand er den heftigsten Wunsch, ihn dableiben zu lassen. Kaum dass sich hinter ihm die Tür geschlossen hatte, rief er ihn schon zurück. Der Mann stand da und wartete auf Dorians Befehle. Dieser sah ihn einen Augenblick an.

„Ich bin für niemand zu Hause, Viktor", sagte er mit einem Seufzer. Der Mann verbeugte sich und ging hinaus.

Dann stand Dorian vom Tische auf, steckte sich eine Zigarette an und warf sich auf einen weich gepolsterten Diwan, der gegenüber dem Wandschirme stand. Es war ein alter Schirm aus vergoldetem spanischem Leder, in das ein blumiges Louis-Quatorze-Muster eingepresst war. Er musterte ihn forschend und fragte sich, ob wohl dieser Schirm schon jemals das Geheimnis eines Menschenlebens verhüllt habe?

Sollte er ihn überhaupt wegschieben? Warum ihn nicht da stehen lassen? Was half die Gewissheit? War die Sache wahr, so war es schrecklich. War sie nicht wahr, wozu sich darum beunruhigen? Aber wie, wenn andere Augen als die seinen durch Zufallstücke oder irgendein infames Geschick dahinter blickten und die fürchterliche Veränderung sähen? Was sollte er tun, wenn Basil Hallward kam und sein eigenes Bild sehen wollte? Das würde Basil sicher tun. Nein, die Sache musste untersucht werden, und zwar sofort – sofort! Alles war besser als diese schreckliche Ungewissheit.

Er stand auf und verriegelte beide Türen, um wenigstens allein zu sein, wenn er die Maske seiner Schande lüftete. Dann schob er den Schirm zur Seite und sah sich selbst von Angesicht zu Angesicht. Es war vollständig wahr: Das Porträt hatte sich verändert.

Er erinnerte sich später oft, und jedes Mal mit nicht geringer Verwunderung, dass er das Bild zuerst mit einem Gefühl von wissenschaftlichem Interesse geprüft habe. Dass eine solche Veränderung möglich sei, schien ihm unglaublich. Und dennoch war es Tatsache. Gab es zwischen den chemischen Atomen, die auf der Leinwand zu Form und Farbe werden, und der Seele, die in ihm lebte, irgendeine geheime Verwandtschaft? Konnte es sein, dass sie in Wirklichkeit ausdrückten, was seine Seele dachte? Oder gab es eine andere entsetzliche Beziehung? Er schauderte zusammen und fühlte sich von Angst gepackt. Dann ging er zu dem Diwan zurück und lag nun da, das Bildnis in krankhaftem Schrecken anstierend.

Eine Wirkung aber hatte es gehabt, das fühlte er: Es hatte ihm klargemacht, wie ungerecht, wie grausam er gegen Sibyl Vane gewesen war. Noch war es nicht zu spät, das Unrecht wieder gutzumachen: Sie konnte noch sein Weib werden! Seine unwahre, selbstsüchtige Liebe sollte einer höheren Kraft den Platz einräumen, sollte sich erhöhen zu einer edleren Leidenschaft und das Bildnis, das Basil gemalt hatte, sollte sein Führer durchs Leben werden, sollte das für ihn sein, was für einige Heiligkeit, für andere Gewissen und für uns alle Gottesfurcht ist. Es gab Schlafmittel für Gewissensbisse, Medikamente, die das Sittlichkeitsgefühl in Schlaf versetzen konnten. Hier aber bestand ein durch Sündigkeit hervorgerufenes sichtbares Symbol der Erniedrigung! Hier bestand das ewig unauslöschliche Zeichen der Verderbnis, die Menschen der eigenen Seele zufügen.

Es schlug drei und vier, und noch eine halbe Stunde ließ die Uhrglocke erklingen, aber Dorian Gray rührte sich nicht vom Flecke. Er bemühte sich, die purpurnen Fäden des Lebens zu entwirren und sie in ein Muster zu verweben, seinen Weg zu finden aus dem blutroten Labyrinth der Leidenschaft, das er durchwanderte. Er wusste nicht, was er tun, noch, was er denken sollte. Endlich trat er an den Tisch und schrieb einen glühenden Brief an das Mädchen, dass er geliebt hatte, flehte sie an, ihm zu verzeihen, und beschuldigte sich des Wahnsinns. Er bedeckte Seite um Seite mit wilden Worten der Sorge und noch heftigeren des Schmerzes. Es gibt eine Wollust der Selbstanklage. Wenn wir uns selber tadeln, haben wir die Empfindung, dass uns kein anderer tadeln dürfe. Die Beichte, nicht der Priester, erteilt uns Absolution. Als Dorian den Brief beendet hatte, fühlte er, dass ihm verziehen worden sei.

Plötzlich pochte es an die Tür und er hörte draußen Lord Henrys Stimme.

„Lieber Junge, ich muss dich sehen. Lass mich sofort herein! Ich kann's nicht zugeben, dass du dich so absperrst!"

Er gab zuerst keine Antwort, sondern blieb ganz still. Das Klopfen wiederholte sich und wurde lauter. – Ja, es war besser, Lord Henry einzulassen und ihm zu erklären, dass er ein neues Leben führen wolle, mit ihm zu streiten, wenn Streit nötig wäre, und sich von ihm zu trennen, wenn Trennung unvermeidlich sein würde. Er sprang also auf, schob den Wandschirm hastig vor das Bild und entriegelte die Tür.

„Es tut mir alles so sehr Leid, Dorian", sagte Lord Henry, als er eintrat, „aber du darfst nicht zu viel daran denken."

„Meinst du das mit Sibyl Vane?", fragte der Jüngling.

„Aber natürlich", erwiderte Lord Henry, ließ sich in einen Stuhl nieder und zog langsam seine gelben Handschuhe aus. „Es ist, einerseits betrachtet, gewiss schrecklich, aber es war doch nicht deine Schuld. Sage mal, bist du hinter die Kulissen gegangen und hast du sie gesehen, als das Stück aus war?"

„Ja."

„Ich war davon überzeugt. Hast du ihr eine Szene gemacht"

„Ich war brutal, Harry – vollkommen brutal. Aber jetzt ist alles gut. Was geschehen ist, tut mir alles nicht mehr Leid. Es hat mich gelehrt, mich selber besser kennen zu lernen."

„Ach, Dorian, da bin ich ja wirklich froh, dass du es so auffasst. Ich fürchtete schon, dich in den schrecklichsten Gewissensbissen zu finden und wie du dir die hübschen Locken zerraufst."

„Das hab ich alles durchgemacht", sagte Dorian und schüttelte lächelnd den Kopf. „Jetzt bin ich vollkommen glücklich. Vor allem weiß ich jetzt, was es auf sich hat, ein Gewissen zu haben. Es ist nicht das, was du mir gesagt hast. Es ist das Göttlichste in uns. Spotte nicht darüber, Harry, nie wieder – wenigstens nie wieder in meiner Gegenwart. Ich will von jetzt an gut sein! Ich kann den Gedanken nicht ertragen, meine Seele befleckt zu haben."

„Wirklich entzückend, deine künstlerische Grundlage für die Moral, Dorian. Ich gratuliere dir dazu. Aber wie willst du damit beginnen?"

„Ich heirate Sibyl Vane."

„Sibyl Vane heiraten?", schrie Lord Henry auf, erhob sich und sah ihn mit der bestürztesten Verwunderung an. „Aber mein lieber Dorian –"

„Ja, Harry, ich weiß, was du sagen willst. Irgendetwas Hässliches über die Ehe. Sag es nicht. Sag mir nie wieder derartige Dinge. Vor zwei Tagen hab ich Sibyl gebeten, mich zu heiraten. Ich werde mein Wort halten, und sie soll meine Frau werden."

„Deine Frau? Dorian! ..... Hast du denn meinen Brief nicht erhalten? Ich hab dir doch heute früh geschrieben und schickte meinen Diener damit her."

„Deinen Brief? Ach ja, ich erinnere mich. Aber ich hab ihn noch nicht gelesen, Harry! Ich hatte Angst, dass etwas drinstände, was mir nicht gefallen könnte. Du zerstückelst das Leben mit deinen Aphorismen."

„Dann weißt du also nichts?"

„Wovon sprichst du?"

Lord Henry ging ein paar Mal durch das Zimmer, setzte sich dann neben Dorian Gray, ergriff seine beiden Hände und hielt sie fest.

„Dorian", sagte er, „mein Brief – erschrick nicht – sollte dir melden, dass Sibyl Vane tot ist."

Ein Schmerzensschrei gellte von den Lippen des Jünglings und er sprang auf und riss seine Hände aus Lord Henrys Umklammerung los.

„Tot! Sibyl tot! Es ist nicht wahr. Es ist eine furchtbare Lüge. Wie wagst du es, mir das zu sagen?"

„Es ist völlig wahr, Dorian", sagte Lord Henry ernst. „Es steht in allen Morgenausgaben. Ich schrieb es dir sofort und bat, niemand zu empfangen, bis ich käme. Es muss eine Untersuchung stattfinden, natürlich – und da darfst du nicht hineingezogen werden. Dinge solcher Art machen in Paris einen Mann zum Helden des Tages. Aber in London haben die Leute so viel Vorurteile! Hier darf man nie mit einem Skandal debütieren. Man muss sich das aufsparen, um noch im Alter interessant zu sein. Ich nehme an, dass man im Theater deinen Namen nicht weiß. Dann ist ja alles gut! Hat dich jemand in ihre Garderobe gehen sehen? Das ist ein wichtiger Umstand."

Ein paar Augenblicke lang blieb Dorian stumm. Er war gelähmt vor Entsetzen. Schließlich stammelte er mit erstickender Stimme:

„Harry, sagtest du: eine Untersuchung? Was meinst du damit? Hat sich Sibyl –? O Harry, ich kann es nicht ertragen! Mach es kurz! Sag mir alles auf einmal."

„Ich zweifle nicht im Geringsten daran, dass es kein Versehen war, Dorian, wenn man es dem Publikum auch so darstellen muss. Es scheint, sie hat mit ihrer Mutter das Theater verlassen, so gegen halb eins, und dann sagte sie plötzlich, sie habe oben etwas liegen lassen. Man wartete einige Zeit auf sie, aber sie kam nicht wieder herunter. Schließlich fanden sie sie tot in ihrem Ankleidezimmer liegen. Sie hatte aus Versehen etwas getrunken, irgend solche grässliche Flüssigkeit, die man in den Theatern braucht. Ich weiß nicht, was es war, aber es muss Blausäure oder Bleiweiß gewesen sein. Ich vermute, Blausäure, denn sie scheint sofort tot gewesen zu sein."

„Harry, Harry, es ist furchtbar!", schrie der Jüngling.

„Ja, natürlich ist es sehr tragisch, aber du musst danach trachten, nicht in die Sache verwickelt zu werden. Ich hab im Standard gelesen, dass sie siebzehn Jahre alt war. Ich hätte sie noch eher für jünger gehalten. Sie sah ganz aus wie ein Kind und schien so wenig von der Schauspielkunst zu verstehen. Dorian, du darfst dir die Sache nicht so an die Nerven gehen lassen. Du musst mitkommen und mit mir essen, und nachher gehen wir noch ein bisschen in die Oper. Die Patti singt, und alle Welt ist anwesend! Du kannst mit mir in die Loge von meiner Schwester kommen: Sie bringt ein paar famose Frauen mit."

„So hab ich Sibyl Vane also gemordet", sagte Dorian Gray, halb laut zu sich selbst – „sie gemordet, so sicher, als hätt ich mit einem Messer ihre zarte Kehle durchschnitten. Und doch sind darum die Rosen nicht weniger lieblich, und die Vögel im Garten singen genauso lustig. Und heut Abend geh ich essen mit dir und dann in die Oper und nachher irgendwo soupieren. Wie das Leben merkwürdig dramatisch ist! Wenn ich das alles in einem Buche gelesen hätte, Harry, so glaube ich, dass ich darüber geweint hätte. Aber jetzt, wo es tatsächlich geschehen ist, wo es mir selbst passiert ist, scheint es mir für Tränen zu wunderbar. Da liegt der erste leidenschaftliche Liebesbrief, den ich im Leben geschrieben habe. Seltsam, dass mein erster leidenschaftlicher Liebesbrief an ein totes Mädchen gerichtet ist! Ich möchte gern wissen, ob sie wohl noch ein Gefühl haben, die weißen, verstummten Menschen, die wir Tote nennen? Sibyl! Kann sie fühlen oder wissen oder hören? O Harry, wie hab ich sie einmal geliebt! Jetzt scheint mir's vor Jahren gewesen zu sein. Sie war mein alles! Dann kam dieser schreckliche Abend, – war es wirklich erst gestern? – wo sie so schlecht spielte und mir beinah das Herz zerriss. Sie hat mir alles erklärt. Es war furchtbar rührend; aber es machte auf mich nicht den mindesten Eindruck. Ich hielt sie für ein oberflächliches

Geschöpf. Dann geschah plötzlich etwas, was mir Furcht und Grauen einjagte. Ich kann dir's nicht sagen, was es war, aber furchtbar war es! Ich nahm mir vor, zu ihr zurückzukehren. Ich fühlte, dass ich Unrecht gehabt habe. Und jetzt ist sie tot. Mein Gott! Mein Gott! Was soll ich tun, Harry? Du kennst nicht die Gefahr, in der ich schwebe und es gibt nichts, was mich aufrecht halten könnte. Sie hätte es für mich getan. Sie hatte kein Recht, sich umzubringen. Es war selbstsüchtig von ihr."

„Mein lieber Dorian", antwortete Lord Henry, während er seinem Etui eine Zigarette entnahm und ein goldenes Streichholzbüchschen hervorholte, „die einzige Art, wie eine Frau einen Mann bessern kann, besteht darin, dass sie ihn so gründlich langweilt, dass er am Leben alles Interesse verliert. Hättest du dieses Mädchen geheiratet, wärst du verdorben worden. Selbstverständlich hättest du sie gütig behandelt. Menschen, für die man nichts empfindet, kann man immer gütig behandeln. Aber sie hätte bald herausgefunden, dass du gar nichts für sie empfindest. Und wenn eine Frau so was bei ihrem Mann spürt, so vernachlässigt sie sich entweder schrecklich, oder sie trägt übermoderne Hüte, die der Mann einer anderen Frau bezahlen muss. Ich will nichts über das soziale Missverhältnis sagen, dass schauderhaft gewesen wäre; ich hätte die Sache nie zugegeben, aber ich versichere dir, die Geschichte wär in jedem Falle total verfehlt gewesen!"

„Vermutlich", murmelte der junge Mann, während er furchtbar blass wurde und im Zimmer auf und ab schritt. „Aber ich glaubte, es sei meine Pflicht. Es ist nicht meine Schuld, dass mich dieses schreckliche Trauerspiel verhindert hat, dass Rechte zu tun. Ich besinne mich, dass du einmal gesagt hast: Ein sonderbares Verhängnis schwebe über guten Vorsätzen – dass man sie nämlich immer zu spät fasse. Bei meinem war es ohne Zweifel der Fall."

„Gute Vorsätze sind nutzlose Versuche, Naturgesetze umzustoßen. Ihr Ursprung ist reine Eitelkeit; ihr Erfolg ist gleich null. Sie flößen uns dann und wann etwas von jenen unfruchtbaren Lustempfindungen ein, die einen gewissen Reiz auf schwache Menschen ausüben. Das ist alles, was man zu ihren Gunsten vorbringen kann. Sie sind Schecks, die man auf eine Bank ausstellt, bei der man kein Konto hat."

„Harry", rief Dorian Gray, der sich näherte und neben ihn setzte. „Warum kann ich diese Tragödie nicht so stark empfinden, wie ich müsste? Ich kann mir nicht denken, dass ich herzlos bin; oder glaubst du das von mir?"

„Du hast in den letzten zwei Wochen zu viel törichte Streiche begangen, Dorian, als dass du auf diesen Ehrentitel einen Anspruch haben könntest", erwiderte Lord Henry mit seinem melancholischen, stillen Lächeln.

Der Jüngling furchte die Stirne.

„Diese Erklärung behagt mir nicht, Harry, aber dennoch bin ich froh, dass du mich nicht für herzlos hältst. Ich bin es auch gewiss nicht. Ich weiß, dass ich's nicht bin. Und doch muss ich einräumen, dass mich dies Ereignis nicht so ergreift, wie es sollte. Es kommt mir vor wie der wunderbare Aktschluss eines wunderbaren Dramas. Es hat die schreckliche Schönheit einer griechischen Tragödie, einer Tragödie, in der ich selber eine große Rolle gespielt habe, aber in der ich nicht verwundet worden bin."

„Es ist eine sehr interessante Frage", sagte Lord Henry, dem es ein ausgesuchtes Vergnügen verschaffte, mit dem unbewussten Egoismus des jungen Mannes zu spielen – „eine außerordentlich interessante Frage. Ich glaube, die wahre Erklärung ist wohl die: Es kommt oft vor, dass sich die Wirklichkeitstragödien des Lebens in einer so wenig künstlerischen Form abspielen, dass sie uns durch ihre rohe Gewalt, ihren völligen Mangel an Zusammenhang, durch ihre lächerliche Sinnlosigkeit und ihre gänzliche Stillosigkeit verletzen. Sie betrügen uns ebenso wie die Gemeinheit. Sie geben uns ein Gefühl einer jähen, brutalen Gewalt, und wir lehnen uns dagegen auf. Manchmal aber fällt eine Tragödie in unser Leben, die künstlerische Schönheitselemente an sich trägt. Wenn diese Schönheitselemente wahrhaft sind, so ergreifen sie nur unseren Sinn für dramatische Wirkung. Wir entdecken plötzlich, dass wir nicht mehr die Spieler des Stückes, sondern die Zuschauer sind. Oder richtiger, beides. Wir beobachten uns selbst und werden zugleich erschüttert von dem Wunder des Schauspiels. Was ist nun in vorliegendem Falle wirklich geschehen? Jemand hat sich aus Liebe zu dir umgebracht. Ich wollte, mir wäre jemals solch Erlebnis passiert! Ich wäre für den Rest meines Lebens in die Liebe verliebt gewesen. Die Menschen, die mich angebetet haben (es waren ihrer nicht sehr viele, doch immerhin einige), die pochten immer darauf, weiterzuleben, noch lange, nachdem ich aufgehört hatte, mich um sie zu kümmern, oder sie, sich um mich zu kümmern. Sie sind dann dick und hässlich geworden, und wenn ich sie jetzt einmal treffe, so schwelgen sie immer gleich in Erinnerungen. Dieses zähe Gedächtnis der Frauen! Was für eine schreckliche Sache ist das! Und was für einen geistigen Stillstand offenbart es! Man sollte die Farbe des Lebens in sich aufsaugen, sich aber nie an Einzelheiten erinnern. Einzelheiten sind immer gewöhnlich."

„Ich muss Mohnblumen in meinen Garten säen", seufzte Dorian.

„Das ist nicht notwendig", erwiderte sein Freund; „das Leben hat immer Mohnblumen vorrätig. Dann und wann halten die Dinge natürlich länger an. Einmal hab ich eine ganze Saison lang nur Veilchen getragen, als eine Art künstlerischer Trauer für einen Roman, der nicht sterben wollte. Schließlich ist er aber doch gestorben: Ich kann mich nicht mehr erinnern, woran? Ich vermute, es kam durch ihren Vorsatz, mir die ganze Welt aufzuopfern! Das ist immer ein grässlicher Augenblick. Er erfüllt einen mit den Schrecknissen der Ewigkeit. Nun – und würdest du es wohl glauben? Vorige Woche, bei Lady Hampshire, saß ich bei Tisch neben der bewussten Dame, und sie wusste wieder nicht anderes, als die ganze Sache abermals durchzusprechen, die Vergangenheit auszugraben und die Zukunft auszumalen. Ich hatte den ganzen Roman längst unter einem Asphodelosbeet beerdigt. Sie scharrte ihn wieder aus und versicherte mir, dass ich ihr Leben vernichtet habe. Ich fühle mich verpflichtet, festzustellen, dass sie trotzdem mit Staunen erregendem Appetite aß, sodass ich gar keine Reue empfand. Aber welche Taktlosigkeit bewies sie! Der ganze Reiz der Vergangenheit liegt eben darin, dass sie vergangen ist. Aber die Frauen wissen nie, wann der Vorhang gefallen ist. Sie wollen immer noch einen sechsten Akt, und sowie das ganze Interesse an dem Stück erlahmt ist, nehmen sie sich's vor, es weiter zu spielen. Wenn man ihnen den Willen ließe, so bekäme jede Komödie einen tragischen Schluss, und jede Komödie endete in einer Farce. Sie sind oft entzückende Kunstprodukte, aber sie haben für die Kunst keinen Sinn. Du bist glücklicher als ich! Ich versichere dir, Dorian, keine einzige Frau, die ich gekannt habe, hätte für mich das getan, was Sibyl Vane für dich tat! Gewöhnliche Frauen trösten sich immer. Einige tun es, indem sie sich in empfindsame Farben verlieben. Traue nie einer Frau, die Malven trägt, wie alt sie auch sein mag, oder eine Frau über fünfunddreißig, die rosa Bänder liebt. Das bedeutet immer, dass sie eine Geschichte haben! Andere finden darin starken Trost, dass sie plötzlich die Vorzüge ihrer Männer entdecken. Sie reiben einen ihr ehrliches Glück so stolz unter die Nase, als wäre es die reizendste Sünde. Einige wieder tröstet die Religion. Ihre Mysterien haben alle Reize einer Liebelei, hat mir einmal eine Frau versichert, und ich kann es wohl verstehen! Übrigens macht einen nichts so eitel, als wenn einem gesagt wird, man wäre ein Sünder. Das Gewissen macht aus uns allen Egoisten. Ja die Tröstungsarten, die die Frauen im modernen Leben finden, haben wirklich kein Ende. Die wichtigste hab ich dabei noch gar nicht mal erwähnt."

„Welche ist das?", fragte der junge Mann zerstreut.

„Oh, der alltägliche Trost! Einer andern den Anbeter nehmen, wenn man den Eigenen verloren. In der guten Gesellschaft wird eine Frau auf solche Weise immer wieder flott! Aber wirklich, Dorian, wie anders muss Sibyl Vane gewesen sein, als alle Frauen, denen man sonst begegnet! Für mich liegt in ihrem Tode etwas ganz Wunderschönes und es freut mich, dass ich in einem Jahrhundert lebe, wo noch solche Wunder geschehen. Sie geben uns einen neuen Glauben an die Wirklichkeit der Dinge, mit denen wir alle spielen, wie Romantik, Leidenschaft und Liebe."

„Ich war furchtbar grausam gegen sie. Du vergisst das."

„Ich fürchte, die Frauen schätzen die Grausamkeit, die alltägliche Grausamkeit, mehr als irgendwas anderes. Sie haben wundervoll primitive Instinkte! Wir haben sie emanzipiert, aber sie bleiben trotz allem Sklavinnen, die den Blick auf ihre Herren gerichtet halten. Sie lieben es, beherrscht zu werden. Ich bin überzeugt, dass du glänzend aufgetreten bist! Ich hab dich noch nie mal wirklich und heftig erzürnt gesehen, aber ich kann mir vorstellen, wie entzückend du ausgesehen haben musst. Und außerdem sagtest du vorgestern etwas zu mir, was mir damals nur ein fantastischer Einfall schien, aber jetzt sehe ich, dass es völlig wahr gewesen ist, und ich halte es für den Schlüssel zu dem ganzen Ereignis."

„Was war das, Harry?“

„Du hast gesagt, Sibyl Vane verkörpere dir alle Frauengestalten der Romantik – sie sei an einem Abend Desdemona und am anderen Ophelia; wenn sie als Julia sterbe, so erwache sie als Imogen wieder zum Leben.“

„Sie wird nie wieder zum Leben erwachen“, ächzte der Jüngling und barg sein Gesicht in den Händen.

„Nein, sie wird nie wieder zum Leben erwachen: Sie hat ihre letzte Rolle gespielt! Aber du musst an diesen einsamen Tod in dem ärmlichen Ankleidezimmer denken wie an ein seltsam schauriges Fragment aus einer Tragödie von den Zeiten König Jakobs her, wie an eine wunderbare Szene bei Webster oder Ford oder Cyril Tourneur. Das Mädchen hat nie wirklich gelebt, also ist es auch nie wirklich gestorben. Für dich war Sibyl ja nie mehr als ein bloßer Traum, ein Schatten, der durch Shakespeares Dramen huschte und sie noch reizvoller durch ihr Dasein machte, der Ton einer Flöte, durch die Shakespeares Musik noch süßer und freudiger tönte. Im Augenblick, wo sie das wirkliche Leben berührte, zerstörte sie es, und es zerstörte sie, und so schwand sie dahin. Trauere um Ophelia, wenn es dir behagt! Streu Asche auf dein Haupt, weil Kordelia erwürgt wurde. Schrei zum Himmel, weil Brabantios Tochter starb! Aber verschwende nicht deine Tränen um Sibyl Vane! Sie war weniger wirklich als es jene sind.“

Es entstand ein Schweigen. Der Abend dämmerte durch das Zimmer. Geräuschlos, auf silbernen Füßen, schlichen die Schatten aus dem Garten herein. Die Farben verschwanden müde aus allen Dingen.

Nach einer Weile blickte Dorian Gray auf.

„Du hast mich mir selber klar gemacht", sagte er mit einem Seufzer der Erleichterung. „Alles was du gesagt hast, hab ich auch gefühlt, nur hab ich mich geängstigt davor, und ich konnte es mir selbst nicht so klar ausdrücken. Wie gut du mich kennst! Aber wir wollen nie wieder von dem sprechen, was geschehen ist. Es war ein seltsames Erlebnis. Das ist alles! Ich möchte wissen, ob ich noch einmal etwas so Wunderbares erleben werde?"

„Das Leben hat alles vorrätig für dich, Dorian. Es gibt nichts, was du nicht tun könntest mit deiner außerordentlichen Schönheit."

„Aber stelle dir vor, Harry, wenn ich hager und alt und runzlig würde, was dann?"

„Ach dann", sagte Lord Harry und erhob sich zum Gehen – „dann, mein liebster Dorian, würdest du um deine Siege kämpfen müssen. Wie es jetzt ist, werden sie dir noch lange entgegentragen. Nein, du musst schön bleiben, wie jetzt. Wir leben in einer Zeit, die zu viel liest, als dass sie weise wäre, und die zu viel denkt, als dass sie schön wäre! Wir können dich nicht entbehren. Und jetzt tätest du besser, dich umzuziehen und mit mir in den Klub zu fahren. Wir kommen ohnehin schon recht spät."

„Ich meine, ich treffe dich lieber in der Oper, Harry. Ich bin zu müde, um zu essen. Welche Nummer hat die Loge deiner Schwester?"

„Siebenundzwanzig, glaub ich; sie ist im ersten Rang. Du findest ihren Namen an der Tür. Aber es tut mir Leid, dass du nicht mit essen kommst."

„Ich bin nicht aufgelegt dazu“, sagte Dorian zerstreut, „aber ich bin dir sehr dankbar für alles, was du mir gesagt hast. Du bist wirklich mein bester Freund; niemand hat mich je so richtig verstanden wie du.“

„Wir stehen erst am Anfang unserer Freundschaft, Dorian“, erwiderte Lord Henry und schüttelte ihm die Hand. „Adieu! Ich hoffe, dich noch vor halb zehn zu sehen. Vergiss nicht: Die Patti singt.“

Als sich hinter ihm die Tür schloss, klingelte Dorian Gray, und nach ein paar Minuten erschien Viktor mit den Lampen und ließ die Vorhänge herab. Er wartete ungeduldig, dass der Diener wieder verschwände. Der Mann schien für alles eine unglaubliche Zeit zu brauchen.

Sobald er wieder draußen war, stürzte Dorian auf den Schirm zu und schob ihn zurück. Nein, das Bild hatte sich nicht wieder verändert. Es hatte die Nachricht von Sibyl Vanes Tod schon gewusst, bevor er sie selbst bekommen hatte. Es kannte die Ereignisse des Lebens, sobald sie vorfielen! Dieser Zug böser Grausamkeit, der die feinen Linien des Mundes verunstaltete, war ohne Zweifel in dem Augenblick aufgetaucht, als das Mädchen das Gift genommen hatte. Oder kümmerte das Bild sich nicht um die Ereignisse und Tatsachen? Nahm es nur von den Vorgängen der Seele Kenntnis? Das hätte er gar zu gern gewusst und erhofft von seinen Augen, eines Tages solche Wandlung geschehen zu sehen, und er schauderte, während er es hoffte.

Die arme Sibyl! Wie sonderbar romantisch alles gewesen war! Sie hatte auf der Bühne oft den Tod dargestellt. Dann hatte sie der Tod selbst gepackt und geholt. Wie mochte sie die grauenvolle letzte Szene gespielt haben? Hatte sie ihn im Sterben verflucht? Nein; sie war aus Liebe zu ihm gestorben, und die Liebe sollte ihm von jetzt ab immer ein Heiligtum bleiben. Sie hatte durch das Opfer ihres Lebens alles gebüßt. Er wollte nicht mehr daran denken, was er an jenem schrecklichen Theaterabend ihretwegen durchgemacht hatte! Wenn er an sie dachte, sollte es sein wie an eine wundersam tragische Gestalt, die auf die Weltbühne gesandt worden war, um die höchste Verwirklichung der Liebe zu verkünden. Eine wundersame tragische Gestalt? Tränen traten ihm in die Augen, als er sich ihrer kindlichen Erscheinung, ihrer fantastischen, fröhlichen Art, ihrer zaghaften, scheuen Grazie erinnerte. Er verscheuchte hastig alle Erinnerungen und blickte wieder auf das Porträt.

Er fühlte, dass nun der Zeitpunkt da wäre, zu wählen. Oder war schon die Wahl getroffen? Ja, das Leben hatte entschieden für ihn – das Leben und seine unsägliche Neugier auf das Leben. Ewige Jugend, unendliche Leidenschaft, geheimnisvolle, ausgesuchte Genüsse, wilde Freuden und noch wildere Sünden – all das sollte er haben! Das Bildnis sollte die Last seiner Schmach tragen: Das war alles.

Ein peinigendes Gefühl beschlich ihn, als er an die Entweihung dachte, die dieses schöne Gesicht auf der Leinwand treffen sollte. Einmal hatte er in knabenhafter Parodie des Narzissus die gemalten Lippen, die jetzt so grausam zu ihm herniederlächelten, geküsst oder doch zum Schein geküsst. Morgen für morgen hatte er vor dem Bild gesessen und seine Schönheit angestaunt; ja zuzeiten war es ihm, als sei er in sein eigenes Bild verliebt. Sollte er sich nun mit jeder Laune verwandeln, der er nachgab? Sollte es ein ungeheuerliches, widerliches Ding werden, das man im verhängten Zimmer verschließen müsse vor dem Glanz der Sonne, die so oft das lockige Wunder seiner Haares noch goldiger hatte erglänzen lassen? Wie schade! Wie schade!

Einen Augenblick dachte er daran, zu beten, dass die entsetzliche Wechselwirkung zwischen ihm und dem Bilde aufhören möge. Es hatte sich verwandelt, weil er einst darum gebeten hatte; es könnte vielleicht auch wieder unverändert bleiben, wenn er darum bäte. Und doch, wer, wenn er eine Ahnung vom Leben hat, würde die Möglichkeit aufgeben, immer jung zu bleiben, mochte die Möglichkeit noch so fantastisch und mit noch so verhängnisreichen Folgen verknüpft sein? Stand es überdies wirklich in seiner Macht? War das Gebet wirklich die Ursache der Verwandlung? Konnte es nicht irgendeinen merkwürdigen wissenschaftlichen Grund für die ganze Sache geben? Wenn das Denken auf einen lebenden Organismus irgendwelche Wirkung ausüben konnte, konnte das Denken da nicht auch Einfluss haben auf tote unorganische Dinge? Ja, konnten nicht, abgesehen von Gedanken und bewussten Wünschen, Dinge, die ganz außerhalb unserer Person stehen, im Einklange erzittern mit unseren Launen und Leidenschaftsanfällen, konnte nicht in geheimer Neigung oder seltsamer Verwandtschaft Atom zu Atom sprechen? Aber schließlich waren die Ursachen gleichgültig. Er wollte nie wieder durch ein Gebet eine schreckliche Macht versuchen. Wenn sich das Bildnis verwandeln wollte, so sollte es sich verwandeln. Das war einmal so. Warum zu tief in ein Geheimnis eindringen?

Freilich müsste es ein starker Genuss sein, solchen Vorgang zu beobachten. Er würde befähigt werden, seinem Geist in die geheimsten Orte zu folgen. Dieses Bild sollte ihm ein Zauberspiegel werden! Wie es ihm seinen Körper offenbart hatte, sollte es ihm nun die Seele enthüllen. Und wenn der Winter über das Gemälde hereinbrach, dann stand er noch immer da, wo der Frühling überlegt, ob er die Schwelle zum Sommer überschreiten solle. Wenn das Blut aus seinem Antlitz schliche und eine kreideweiße Maske mit stummen Augen zurückließe, dann bewahrte er noch immer den Glanz des Jünglingsalters. Keine Blüte seiner Anmut sollte jemals welken, kein Pulsschlag seines Lebens jemals erlahmen. Wie die Götter der Griechen würde er stark und behänd und heiter bleiben. Was lag daran, was dem gemalten Abbild auf der Leinwand geschah? Er selbst war sicher. Darauf kam alles an.

Er schob den Schirm auf den alten Platz vor dem Bilde zurück und lächelte, indem er es tat. Dann ging er in sein Schlafzimmer, wo schon sein Diener auf ihn wartete. Eine Stunde später saß er in der Oper, und Lord Henry beugte sich über seinen Stuhl.

Neuntes Kapitel

Als er am nächsten Morgen beim Frühstück saß, trat Basil Hallward ins Zimmer.

„Es freut mich sehr, dass ich dich treffe, Dorian", sagte er mit ernstem Tone. „Ich war gestern Abend hier, und man sagte mir, du seist in der Oper. Ich wusste natürlich, dass dies ja unmöglich ist, aber es wär mir lieber gewesen, du hättest ein Wörtchen hinterlassen, wo du wirklich warst. Ich habe eine grässliche Nacht verbracht und fürchtete halb und halb, dass eine Tragödie der anderen folgen würde. Du hättest mir also wohl depeschieren können, sowie du die Nachricht erhieltst. Ich hab es durch einen Zufall im Abendblatt des Globe gelesen, das mir im Klub in die Hände viel, und eilte sofort hierher und war unglücklich, dich nicht zu Hause zu treffen. Ich kann dir gar nicht sagen, wie tief mir die ganze Sache zu Herzen geht. Ich weiß, was du leiden musst. Aber wo warst du denn eigentlich? Bist du bei der Mutter des Mädchens gewesen? Einen Moment dachte ich schon daran, dir dorthin zu folgen. In der Zeitung stand die Adresse. Irgendwo in Euston Road, nicht wahr? Aber ich fürchtete, zudringlich zu sein, in einem Schmerze, wo ich doch nicht helfen konnte. Die arme Frau! In welchem Zustand muss sie sein! Und ihr einziges Kind! Was hat sie zu allem gesagt"

„Mein lieber Basil, wie soll ich das wissen?", sagte Dorian Gray, kostete etwas hellgelben Wein aus einem reizenden bauchigen venezianischen Glase, das mit Goldperlen inkrustiert war, und sah ziemlich unwillig aus. „Ich war in der Oper. Du hättest auch kommen sollen. Ich habe dort Harrys Schwester kennen gelernt, Lady Gwendolen. Wir waren nämlich in ihrer Loge. Sie ist ein bezauberndes Weib; und die Patti hat göttlich gesungen. Sprich nicht von den schrecklichen Dingen! Wenn man über eine Sache nicht spricht, ist sie nicht geschehen. Nur was man äußert, sagt Harry, gibt den Dingen ihre Wirklichkeit. Erwähnen aber möchte ich, dass sie nicht das einzige Kind der Frau war. Es ist noch ein Sohn da, ein famoser Junge vermutlich. Aber er ist nicht beim Theater: Matrose oder so was Ähnliches. Und jetzt erzähl mir was von dir; was malst du?"

„Du warst in der Oper?", fragte Hallward gedehnt, und seine Stimme klang vor Schmerz gepresst; „in der Oper warst du, während Sibyl Vane tot in irgendeiner ärmlichen Stube lag? Du kannst mir von anderen bezaubernden Weibern sprechen, und berichten, dass die Patti göttlich gesungen hat, noch ehe das Mädchen, dass du geliebt hast, die Ruhe des Grabes gefunden hat, darin sie schlafen soll? Mensch, bedenkst du nicht, welche Schrecknisse des kleinen weißen Körpers warten?"

„Hör auf, Basil, ich will nichts davon hören!", rief Dorian und sprang auf. „Du darfst mir nichts über diese Dinge sagen. Was geschehen ist, ist geschehen, was vergangen ist, ist vergangen."

„Nennst du gestern die Vergangenheit?"

„Was hat die tatsächlich verstrichene Zeit damit zu tun? Nur leichtes Volk braucht Jahre, um ein Gefühl zu überwinden. Ein Mensch, der über sich selbst Herr ist, kann ebenso leicht einen Schmerz verwinden, wie er einen Genuss entdecken kann. Ich will nicht der Spielball meiner Empfindungen sein. Ich will meine Empfindungen ausnützen, mich an ihnen freuen und sie beherrschen."

„Dorian, es ist schauderhaft! Irgendetwas hat dich ganz verändert. Du siehst noch genauso aus wie der hübsche Junge, der tagtäglich in mein Atelier kam, um zu meinem Bilde zu sitzen; aber damals warst du einfach, natürlich, herzlich. Du warst das unverdorbenste Menschenkind auf der ganzen Welt. Ich weiß nicht, was jetzt über dich gekommen ist. Du sprichst, als hättest du kein Herz, kein Mitleid. Das ist Harrys Einfluss. Ich seh es."

Der junge Mensch errötete, trat ans Fenster und sah ein paar Augenblicke auf den grünschimmernden, von Sonnenlichtern übertupften Garten.

„Ich schulde Harry sehr, sehr viel, Basil", sagte er schließlich – „mehr als ich dir schulde. Du hast mir nur Eitelkeit eingeimpft."

„Ich bin dafür bestraft worden, Dorian – oder werde es eines Tages sein."

„Ich weiß nicht, was du meinst, Basil", rief Dorian und drehte sich nach ihm um. „Ich weiß nicht, was du willst"

„Ich will den Dorian Gray wieder, den ich gemalt habe", sagte der Künstler traurig.

„Basil", erwiderte der Jüngling, trat vor ihn hin und legte ihm die Hand auf die Schulter, „du bist zu spät gekommen. Als ich gestern hörte, dass sich Sibyl Vane getötet habe –"

„Sich getötet? Gott im Himmel, ist das ganz sicher", schrie Hallward und stierte ihn an mit dem Ausdruck äußersten Schreckens.

„Mein lieber Basil! Du glaubst doch wohl nicht, dass es ein gewöhnlicher Unglücksfall war? Natürlich hat sie sich selbst getötet?"

Der ältere Freund bedeckte sein Gesicht mit den Händen. „Wie schrecklich!", flüsterte er und ein Schauer durchrann ihn.

„Nein", sagte Dorian Gray, „es ist gar nichts Schreckliches daran: Es ist eine der großen romantischen Tragödien unserer Zeit. In der Regel leben Schauspieler das alltäglichste Leben; es sind gute Ehemänner oder treue Ehefrauen oder sonst irgendwas Langweiliges. Du verstehst, was ich meine – hausbackene Jugend und ähnliche solche Dinge. Wie anders war Sibyl! Sie lebte ihre beste Tragödie. Sie war immer eine Heldin. Am letzten Abend, wo sie spielte an dem Abend, wo du sie gesehen hast – spielte sie schlecht, weil sie die Liebe als Wirklichkeit erkannt hatte! Als sie die Unwirklichkeit ihrer Liebe erfuhr, starb sie wie Julia daran gestorben wäre. Sie entschwand wieder in das Reich der Kunst. Es schwebt um sie etwas von einer Märtyrerin. Ihr Tod hat die völlige pathetische Nutzlosigkeit der Märtyrerschaft und all seine verschwendete Schönheit. Aber du brauchst, wie gesagt, nicht zu glauben, dass ich nicht gelitten hätte. Wenn du gestern in einem bestimmten Augenblick, etwa um halb sechs oder um drei viertel sechs gekommen wärst – dann hättest du mich in Tränen aufgelöst gefunden. Selbst Harry, der hier war und mir erst die Nachricht brachte, hat keine Vorstellung von dem, was ich durchgemacht habe. Ich litt namenlos. Dann ging es vorüber. Ich kann dir das Gefühl nicht wiederholen. Niemand kann das, ausgenommen sentimentale Menschen. Und du, Basil, bist furchtbar ungerecht. Du kommst hierher, um mich zu trösten. Das ist gut von dir und lieb. Du findest mich getröstet und bist wütend. So sieht dein Mitgefühl aus! Du erinnerst mich an eine Geschichte, die Harry mir von einem Philanthropen erzählte, der sich zwanzig Jahre seines Lebens damit abquälte, irgendeinen Misstand aus der Welt zu schaffen oder ein ungerechtes Gesetz abzuändern – ich kann mich nicht mehr genau erinnern. Schließlich gelang es ihm, und nichts war größer als seine Enttäuschung. Er hatte nun absolut nichts mehr zu tun, starb beinah vor Langweile und wurde ein veritabler Menschenhasser. Und außerdem, mein lieber, alter Basil, wenn du mich wirklich trösten wolltest, so lehre mich lieber vergessen, was geschehen ist, oder lehre mich's von rein künstlerischer Seite anschauen. War es nicht Gautier, der gern über die *‚consolation des arts'* geschrieben hat? Ich entsinne mich, dass mir in deinem Atelier einmal ein kleines Pergamentbuch in die Hand fiel und ich darin auf diesen entzückenden Ausdruck stieß. Nun, ich bin ja nicht wie der junge Mann, von dem du mir mal in Marlow erzählt hast, und der immer sagte, gelber Atlas könne einen über alles Elend im Leben hinwegtrösten. Ich liebe schöne Dinge, die man in die Hand nehmen und anfühlen kann: alter Brokat, grün patinierte Bronzen, Lackarbeiten, Elfenbeinschnitzereien, auserlesene Zimmerkunst, Luxus, Prunk, das sind alles Dinge, die einem viel geben können. Aber die künstlerische Seelenstimmung, die sie erzeugen oder doch offenbaren, bedeutet mir noch viel mehr. Ein Zuschauer seines eigenen Lebens sein, das heißt, wie Harry sagt, den Schmerzen des Lebens entrinnen. Ich weiß, du bist erstaunt, dass ich so zu dir spreche; du hast noch nicht bemerkt, wie ich mich entwickelt habe. Als du mich kennen lerntest, war ich ein Schulknabe. Jetzt bin ich ein Mann mit neuen Leidenschaften, neuen Gedanken, neuen Vorstellungen. Ich bin anders, aber du musst mich dennoch nicht weniger lieb haben. Ich bin verändert, aber du musst immer mein Freund bleiben. Natürlich hab ich Harry sehr gern. Aber ich weiß auch, dass du besser bist als er. Du bist nicht stärker – dazu ängstigst du dich vor dem Leben zu viel – aber du bist besser. Und wie glücklich waren wir miteinander! Verlass mich nicht, Basil, und zanke nicht mit mir. Ich bin was ich bin. Mehr kann ich nicht dazu sagen."

Der Maler war merkwürdig bewegt. Der junge Mensch war ihm unsagbar teuer, und seine Erscheinung war der große Wendepunkt in seiner Kunst gewesen. Er konnte nicht den Gedanken ertragen, ihm weitere Vorwürfe zu machen. Am Ende war seine Gleichgültigkeit nur eine flüchtige Laune. Es steckte ja so viel Gutes in ihm, so viel Edles.

„Gut, Dorian", sagte er schließlich mit einem wehmütigen Lächeln, „ich will über diese furchtbare Sache von heute ab nie wieder sprechen. Ich hoffe nur, dein Name wird nicht in Verbindung damit gebracht. Die Leichenschau soll heute Nachmittag stattfinden. Bist du vorgeladen?“

Dorian schüttelte den Kopf, und eine unangenehme Empfindung glitt bei dem Wort Leichenschau über sein Gesicht. In all diesen Dingen lag etwas so Rohes und Gewöhnliches.

„Sie kennen meinen Namen nicht“, antwortete er.

„Aber sie wusste ihn doch?“

„Nur meinen Vornamen, und den hat sie gewiss niemanden gesagt. Sie erzählte mir mal, dass alle sehr neugierig seien, zu wissen, wer ich sei, und dass sie ihnen beständig sage, ich heiße Prinz Märchenschön. Das war hübsch von ihr. Du musst mir eine Zeichnung von Sibyl machen, Basil. Ich möchte von ihr gern etwas mehr haben als die Erinnerung an ein paar Küsse und einige gestammelte pathetische Worte.“

„Ich will versuchen, etwas zu machen, Dorian, wenn ich dir damit eine Freude bereite. Aber du musst zu mir kommen und mir selbst wieder sitzen. Ich komme ohne dich nicht vom Fleck.“

„Ich kann dir nie wieder sitzen, Basil. Das ist ganz unmöglich!“, rief Dorian und schreckte zurück.

Der Maler starrte ihn an.

„Mein lieber Junge, was für ein Unsinn“, rief er. „Willst du damit sagen, dass du mein Porträt nicht gut findest? Wo ist es? Warum hast du den Wandschirm vorgestellt. Lass mich’s mal sehen. Es ist die beste Arbeit, die ich je gemacht habe. Nimm den Schirm weg, Dorian! Es ist eine Schande, dass dein Bedienter mein Bild so versteckt. Ich merkte gleich beim Eintreten, dass das Zimmer ganz verändert sei.“

„Mein Diener hat damit nichts zu tun, Basil. Du glaubst doch nicht, dass ich ihm irgendeine Anordnung in meinem Zimmer überlasse? Er ordnet meine Blumen zuweilen – das ist alles. Nein, ich habe es selbst getan. Das Licht war zu stark für das Bild."

„Zu stark? Gewiss nicht, mein Freund: Es hat einen vorzüglichen Platz. Lass es mich mal sehen!" und Hallward schritt in die Zimmerecke.

Ein Schrei des Entsetzens rang sich von den Lippen Dorian Grays, und er stürzte sich zwischen den Maler und den Schirm. „Basil", sagte er und sah ganz blass aus, „du darfst es nicht sehen. Ich will es nicht!"

„Mein eigenes Bild nicht sehen? Du meinst das doch nicht im Ernst! Warum soll ich's nicht sehen?", rief Hallward lachend.

„Wenn du versuchst, es anzusehen, Basil, so gebe ich dir mein Ehrenwort, dass ich nie wieder in meinem Leben ein Wörtchen mit dir spreche! Es ist mein völliger Ernst! Ich gebe keine Erklärung, und du wirst um keine bitten! Aber denke daran, wenn du diesen Wandschirm anrührst, dann ist alles zwischen uns aus!"

Hallward war wie vom Donner gerührt. Er sah Dorian Gray ganz verblüfft an: So hatte er ihn nie vorher gesehen. Der junge Mann war wirklich ganz bleich vor Erregung. Sein Hände waren geballt, und die Pupillen seiner Augen sahen wie blaue Feuerräder aus. Er zitterte am ganzen Körper.

„Dorian!"

„Sprich nicht!"

„Aber was ist denn los? Ich seh das Bild natürlich nicht an, wenn du nicht willst", sagte der Maler ziemlich kühl, drehte sich um und ging zum Fenster. „Aber es scheint mir wirklich ganz verrückt, dass ich mein eigenes Werk nicht sehen soll, besonders, wo ich's im Herbst in Paris ausstellen will. Ich werde es vorher wahrscheinlich noch einmal firnissen müssen, würde es also doch eines Tages sehen, warum also nicht heute?"

„Es ausstellen? Du willst es ausstellen?", rief Dorian Gray, den ein seltsames Angstgefühl überkam. Sollte sein Geheimnis alle Welt erfahren? Sollte das Volk das Geheimnis seines Lebens begaffen? Unmöglich! Irgendetwas, er wusste nur noch nicht was, musste sofort geschehen!

„Jawohl, ich denke nicht, dass du etwas dagegen haben wirst. Georges Petit will nächstens für eine Sonderausstellung in der Rue de Sèze meine besten Bilder sammeln; die Ausstellung soll in der ersten Oktoberwoche eröffnet werden. Das Bild wird nur einen Monat lang von hier weg sein. Ich meine, so lange könntest du es leicht entbehren. Du bist ohnehin während dieser Zeit gar nicht in der Stadt. Und wenn du es überhaupt hinter einem Schirm versteckt hältst, kann dir ja nicht viel daran gelegen sein."

Dorian Gray fuhr sich mit der Hand über die Stirn. Schweißtropfen standen darauf. Er fühlte, dass er am Rande einer fürchterlichen Gefahr steht.

„Du hast mir vor einem Monat gesagt, dass du es nie ausstellen würdest", rief er. „Warum hast du dich anders entschlossen? Ihr Leute, die ihr von der Konsequenz so viel Aufhebens macht, habt genau die Launen wie andere. Der einzige Unterschied ist der, dass eure Launen weniger Sinn haben. Du kannst nicht vergessen haben, dass du mir ernsthaft versichert hast, nichts in der Welt könne dich veranlassen, das Bild auf eine Ausstellung zu bringen. Du sagtest zu Harry dasselbe."

Er stockte plötzlich, und ein Glanz belebte seine Augen. Er erinnerte sich, dass ihm Lord Henry einmal halb ernst, halb scherzend gesagt hatte: Willst du eine merkwürdige Viertelstunde erleben, dann lass dir von Basil sagen, warum er nicht dein Porträt ausstellen will; er hat mir den Grund erzählt, und es war für mich eine Offenbarung! – Ja, vielleicht hatte auch Basil sein Geheimnis. Er wollte ihn fragen und auf die Probe stellen.

„Basil", sagte er, und trat zu ihm ganz dich heran und sah ihn fest ins Gesicht, „jeder von uns hat sein Geheimnis. Sage mir das deine und ich lass dich meines wissen. Was für einen Grund hast du, die Ausstellung meines Bildes zu verweigern?"

Der Maler fuhr zusammen, ohne das er es wollte.

„Dorian, wenn ich's dir sagte, hättest du mich wahrscheinlich weniger lieb und würdest mich auslachen. Keines von beiden könnte ich ertragen. Wenn du willst, dass ich nie wieder dein Bild sehen soll, geb ich mich zufrieden. Ich kann dich ja immer selbst ansehen. Wenn du die beste Arbeit, die ich je gemacht habe, vor der Welt versteckt halten willst, soll mir's recht sein. Deine Freundschaft ist mir mehr wert als Anerkennung und Ruhm."

„Nein, Basil, du musst mir's sagen! Ich glaube, ich hab ein Recht, es zu wissen."

Sein Angstgefühl hatte ihn verlassen, und Neugier war an seine Stelle getreten. Er war entschlossen, hinter Hallwards Geheimnis zu kommen.

„Setzen wir uns, Dorian", sagte der Maler, der verwirrt aussah. „Setzen wir uns und beantworte mir eine Frage: Hast du an dem Bilde etwas Merkwürdiges bemerkt? – Etwas, das dir vielleicht im Anfang nicht aufgefallen ist, was sich dir dann aber plötzlich enthüllte?"

„Basil!", schrie der Jüngling, umklammerte die Armlehnen seines Stuhles mit zitternden Fingern und starrte den Maler mit aufgerissenen wilden Augen an.

„Ich seh, du hast es bemerkt. Sage nichts! Warte, bis du weißt, was ich zu sagen habe. Von dem Augenblick an, Dorian, wo ich dich kennen gelernt habe, übte deine Persönlichkeit den ungewöhnlichsten Einfluss auf mich aus. Ich war beherrscht von dir; meine Seele, mein Gehirn, meine ganze Kraft war von dir beherrscht. Du wurdest für mich die sichtbare Verkörperung eines unsichtbaren Ideals, dessen Vorstellung uns Künstler verfolgt wie ein köstlicher Traum. Ich habe dich angebetet. Ich wurde auf jeden Menschen eifersüchtig, mit dem du sprachst. Ich wollte dich für mich ganz allein haben. Ich war nur glücklich, wenn ich zusammen mit dir war. Wenn du von mir fort warst, lebtest du in meiner Kunst weiter. Natürlich ließ ich dich davon nie etwas wissen. Das wär unmöglich gewesen. Du hättest es auch nicht verstanden. Ich selbst hab es ja kaum verstanden. Ich wusste nur, dass ich Aug in Auge die Vollkommenheit gesehen hatte und dass sich meinen Augen die Welt als ein Wunder erschlossen hatte – vielleicht als ein zu mächtiges Wunder; denn in so wahnsinniger Anbetung liegt die Gefahr, dass die Anbetung aufhört, und die Gefahr, dass sie bleibt. – – Wochen und Wochen verstrichen, und ich ging immer mehr und mehr in dir auf. Dann kam ein neues Stadium. Ich hatte dich in strahlender Rüstung in Paris gemalt und im Jägergewand mit blitzendem Speer als Adonis. Mit schweren Lotusblüten bekränzt hast du auf dem Bug von Hadrians Gondel gesessen und in den grünen, schlammigen Nil geblickt. Du hast dich über das stille Gewässer einer griechischen Waldlandschaft gebeugt und das Wunder deines eigenen Antlitzes im stummen Silberspiegel gesehen. Und es war alles gewesen, wie die Kunst sein soll: unbewusst, ideal, weltentrückt. Eines Tages, manchmal denke ich, eines verhängnisvollen Tages, beschloss ich, von dir ein wundervolles Bildnis zu malen: so, wie du wirklich bist, nicht im Kostüm toter Zeiten, sondern in deiner eigenen Tracht und in deiner eigenen Zeit. Ob es nun die Realistik der Methode war, oder der Zauber deiner eigenen Persönlichkeit, der mir so ohne jeden Schleier und Nebel entgegentrat, kann ich nicht sagen. Aber ich weiß, dass mir jede Schicht Farben mein Geheimnis während der Arbeit zu enthüllen schien. Ich fürchtete mich, andere könnten die Abgötterei entdecken, die ich mit dir Trieb. Ich fühlte, Dorian, dass ich zu viel gesagt, dass ich zu viel von mir selber hineingelegt hatte. Damals beschloss ich das Bild nie auszustellen. Es verletzte dich ein wenig, aber damals verstandest du nicht, was es für mich bedeutete; Harry, dem ich davon erzählte, lachte mich aus.

Aber das machte mich nicht irrig. Als das Bild fertig war und ich allein vor ihm saß, fühlte ich, dass ich Recht hatte. – – Schön; ein paar Tage später, als es mein Atelier verlassen und ich den unerträglichen Zauber seiner Gegenwart verwunden hatte, schien mir's, dass es von mir verrückt gewesen war, darin mehr zu erblicken, als das du sehr hübsch seist und ich gut malen könne. Selbst jetzt kann ich nicht umhin, zu fühlen, dass es ein Irrtum sein muss, wenn man glaubt, dass die Begeisterung des Schaffens in dem Werke, das man schafft, leibhaft zum Ausdruck käme. Die Kunst ist stets abstrakter, als wir uns einbilden. Form und Farbe erzählen uns von Form und Farbe – weiter nichts. Es scheint mir oft, dass die Kunst den Künstler viel mehr verbirgt als zeigt! Und als ich nun die Aufforderung aus Paris bekam, entschloss ich mich, dein Bild zum Hauptstück meiner Ausstellung zu machen. Es fiel mir nie ein, dass du es nicht erlauben würdest. Ich sehe jetzt, dass du Recht hast. Das Bild darf nicht ausgestellt werden. – Du musst mir also nicht böse sein, Dorian, wegen der Dinge, die ich gesagt habe. Früher hab ich mal zu Harry gesagt, du bist dazu geschaffen, angebetet zu werden."

Dorian Gray atmete tief auf: Seine Wangen bekamen die Farbe zurück, und ein Lächeln umspielte seine Lippen. Die Gefahr war vorüber; für den Augenblick war er gerettet! Doch er musste unendliches Mitleid mit dem Maler fühlen, der ihm diese seltsame Beichte abgelegt hatte, und er fragte sich, ob er selbst von der Persönlichkeit eines Freundes je so stark könnte beherrscht werden. Lord Henry hatte den Reiz, sehr gefährlich zu sein. Aber das war alles. Er war zu klug und zu zynisch, dass man ihn wirklich lieben könnte. Würde es überhaupt jemals einen Menschen geben, den er abgöttisch anbeten könnte? War das eine von den Überraschungen, die ihm das Leben noch aufsparte?

„Es ist mir wirklich ein Rätsel“, nahm Hallward das Gespräch wieder auf, „dass du dem Porträt das angesehen haben willst. Hast du es wirklich gesehen?“

„Ich hab darin etwas gesehen“, antwortete er, „etwas, das mit sehr sonderbar vorkam.“

„Und jetzt hast du wohl nichts mehr dagegen, dass ich mir's einmal ansehe?“

Dorian schüttelte den Kopf.

„Das darfst du nicht von mir verlangen, Basil. Es ist mir unmöglich, dich vor dem Bild stehen zu sehen.“

„Aber doch ein andermal?“

„Nie!“

„Schön, vielleicht hast du Recht. Und jetzt adieu, Dorian. Du bist in meinem Leben der einzige Mensch gewesen, der auf meine Kunst wirklich Einfluss geübt hat. Was ich Gutes gemacht habe, dank ich dir. Ach! Du kannst dir nicht vorstellen, was es mich gekostet hat, dir das alles zu sagen, was ich gesagt habe.“

„Mein lieber Basil“, sagte Dorian, „was hast du mir denn gesagt? Nichts, als dass du das Gefühl habest, mich zu sehr zu bewundern. Das ist nicht mal ein Kompliment.“

„Es soll auch kein Kompliment sein: Es war eine Beichte. Jetzt, wo ich sie abgelegt habe, kommt mir's so vor, als ob ich etwas verloren hätte. Man sollte seiner Verehrung nie das Kleid der Worte umhängen."

„Deine Beichte hat mich enttäuscht."

„Ja, was hast du denn erwartete, Dorian? Du hast doch nicht noch was anderes in dem Bilde gesehen? Es war doch nicht sonst noch was anderes zu sehen?"

„Nein, es war sonst nichts anderes zu sehen. Warum fragst du? Aber du solltest nicht von Verehrung reden. Das ist Narrheit. Du und ich, Basil, wir sind Freunde, und wollen es immer bleiben."

„Du hast jetzt Harry", sagte der Maler traurig.

„O, Harry!", rief der junge Mann mit einem hellen Lachen. „Harry verbringt seine Tage damit, unglaubliche Dinge zu reden, und seine Abende damit, unwahrscheinliche Dinge zu tun. Das ist genau das Leben, wie ich es führen möchte! Indessen glaub ich nicht, dass ich je zu Harry ginge, wenn mich ein Kummer drückte. Ich würde dann eher zu dir kommen."

„Du willst mir wieder sitzen?"

„Unmöglich!"

„Du vernichtest meine Künstlereiexistenz, wenn du dich sträubst. Kein Mensch begegnet zwei Idealen. Wenige finden nur eines."

„Ich kann dir's nicht erklären, Basil, aber ich darf dir nie mehr sitzen. Es schwebt um das Bildnis eines Menschen etwas Verhängnisvolles. Es hat sein Leben für sich! Ich werde zu dir kommen und mit dir Tee trinken, das wird ebenso hübsch sein."

„Für dich hübscher, fürcht ich", sagte Hallward bekümmert vor sich hin. „Und nun adieu! Es tut mir sehr Leid, dass du mich nicht noch einmal das Bild sehen lassen wolltest. Aber dagegen ist nichts zu tun. Ich verstehe zu gut, was du dabei fühlst."

Als er das Zimmer verlassen hatte, lächelte Dorian Gray in sich hinein. Der arme Basil! Wie wenig ahnte der doch von dem wahren Grunde! Und wie seltsam es war, dass er es, statt sein eigenes Geheimnis verraten zu müssen, fast durch einen bloßen Zufall erreicht hatte, dem Freunde das seine zu entreißen. Wie vieles ihm doch diese merkwürdige Beichte erklärte! Die unverständlichen Eifersüchteleien des Malers, seine maßlose Verehrung, seine übertriebenen Lobeshymnen, sein merkwürdiges Verstummen: das alles verstand er jetzt, und Basil tat ihm Leid. Einer Freundschaft, die mit Romantik so stark gefärbt war, schien eine gewisse Tragik innezuwohnen.

Er seufzte und drückte auf die Klingel. Das Porträt musste um jeden Preis versteckt werden. Er konnte sich der Gefahr solcher Entdeckung nicht zum zweiten Male aussetzen. Es war leichtsinnig, geradezu verrückt von ihm gewesen, das Bild überhaupt nur eine Stunde lang in einem Zimmer zu lassen, wo hier jeder seiner Freunde Zutritt hatte.

Zehntes Kapitel

Als sein Bedienter eintrat, blickte Dorian ihn forschend an und fragte sich, ob es ihm schon eingefallen sei, einmal hinter den Schirm zu blicken. Der Mann aber sah ganz harmlos aus und wartete nur auf seine Befehle. Dorian zündete sich eine Zigarette an, ging zum Spiegel und blickte hinein. Er konnte Viktors Gesicht genau darin sehen. Es war eine bewegungslose Maske der Unterwürfigkeit. Von dieser Seite war also nichts zu fürchten! Doch er hielt es für das Beste, immer auf der Hut zu sein.

In sehr leisem Tone trug er ihm auf, die Haushälterin zu rufen und dann zum Einrahmer zu gehen, damit er sogleich zwei Gehilfen schicke. Es schien ihm, dass die Augen des Mannes in die Richtung des Schirmes gingen, als er das Zimmer verließ. Oder war das nur Einbildung?

Nach einigen Minuten trat Frau Leaf in ihrem schwarzseidenen Kleid, altmodische Zwirnhandschuhe auf den faltigen Händen, in die Bibliothek. Er verlangte den Schlüssel zum Schulzimmer von ihr.

„Das alter Schulzimmer, Herr Dorian?“, rief sie aus. „Ei, das ist ja voller Staub. Es muss erst, bevor Sie hinein können, aufgeräumt und in Ordnung gebracht werden. Es ist jetzt in keinem solchen Zustand, dass Sie es sehen könnten, gnädiger Herr; wirklich nicht.“

„Es braucht nicht aufgeräumt zu werden, gute Leaf. Ich will nur den Schlüssel haben.“

„Aber gnädiger Herr, Sie werden sich voll Spinnweben machen, wenn Sie hineingehen. Ei, es ist ja seit fast fünf Jahren, seit seine Gnaden gestorben sind, nicht aufgeschlossen worden."

Er zuckte zusammen bei der Erwähnung seines Großvaters. Er hatte an ihn nur gehässige Erinnerungen.

„Das macht nichts", erwiderte er. „Ich will das Zimmer nur sehen – das ist alles. Geben Sie mir ruhig den Schlüssel."

„Hier ist der Schlüssel schon, gnädiger Herr", sagte die alte Dame, die mit zitternden, unsicheren Händen ihren Schlüsselbund durchmustert hatte. „Hier ist der Schlüssel, ich werde ihn gleich vom Ringe abhaben. Aber Sie haben doch nicht die Absicht, dort hinaufzuziehen, gnädiger Herr, wo Sie es hier so gemütlich haben?"

„Bewahre, nein!", sagte er ungeduldig. „Ich danke, gute Leaf; ich brauche sonst nichts."

Sie blieb noch ein paar Augenblicke stehen und wollte über irgendeine Angelegenheit in der Haushaltung sich zu verbreiten anfangen, aber er seufzte und sagte: Sie solle alles so erledigen, wie sie es fürs Beste halte. Mit strahlenden Mienen verließ sie darauf das Zimmer.

Als die Tür geschlossen war, steckte Dorian den Schlüssel in die Tasche, und blickte im Zimmer umher. Sein Auge fiel auf eine große purpurne Atlasdecke mit schweren Goldstickereien, ein wertvolles Zeugnis venezianischer Arbeit vom Ende des siebzehnten Jahrhunderts, das sein Großvater aus einem Kloster nahe bei Bologna entführt hatte. Ja, die Decke passte trefflich, um damit das schreckliche Bild zu verhüllen. Sie hatte vielleicht oft als Bahrtuch für Tote gedient und jetzt sollte sie etwas verhüllen, das eine Art Verwesung für sich hatte, eine ärgere als die Verwesung des Todes, etwas, das Schrecknisse erzeugen und doch niemals sterben würde. Was für einen Leichnam die Würmer sind, das würden für das gemalte Antlitz auf der Leinwand seine Sünden werden. Sie würden seine Schönheit zerstören und seine Grazie auffressen! Sie würden es beschmutzen und schänden. Und doch würde das Bild weiterleben, immer, immer am Leben bleiben!

Er schauderte, und für einen Moment tat es ihm Leid, dass er Basil nicht den wahren Grund mitgeteilt habe, warum er das Porträt verstecken wolle. Basil hätte ihm helfen können, sowohl dem Einfluss Lord Henrys zu widerstehen, als auch den noch viel giftigeren Einflüssen seiner eigenen Natur. Die Liebe, die Basil für ihn hatte, denn es war wirklich Liebe, schloss nichts ein, was nicht edel und vergeistigt wäre. Es war nicht jene rein physische Bewunderung, die eine Geburt der Sinne ist und mit der Ermüdung der Sinne dahinstirbt; nein, es war eine Liebe, wie sie Michelangelo gekannt hat und Montaigne und Winckelmann und Shakespeare. Ja, Basil hätte ihn retten können, aber nun war es zu spät. Die Vergangenheit konnte immer vernichtet werden: Reue, Verleugnung oder Vergessenheit konnten das bewirken, aber die Zukunft war unabwendlich. Er hatte in sich Leidenschaften, die bei ihm ihr fürchterliches Ventil finden würden, Träume, die ihre sündigen Schatten zur Wirklichkeit umschaffen würden.

Er griff nach der großen Decke aus Purpur und Gold, die auf dem Diwan lag, hob sie mit beiden Händen auf und ging damit hinter den Wandschirm. War das Gesicht auf der Leinwand jetzt hässlicher als vorher? Es schien ihm unverändert; und doch war sein Abscheu davor noch verstärkt! Goldiges Haar, blaue Augen, rosenrote Lippen: – alles war vorhanden! Nur der Ausdruck hatte sich verwandelt. Der war erschreckend in seiner Grausamkeit. Wie nichts sagend waren im Vergleich zu den Vorwürfen, die er in dem Bilde sah, Basils Vorhaltungen über Sibyl Vane gewesen – nichts sagend und ohne Belang! Seine eigene Seele sah ihn aus der Leinwand an und forderte ihn vors Gericht. Ein schmerzlicher Zug legte sich über sein Gesicht, und er warf die prunkvolle Sofadecke über das Porträt. Noch indem er dies tat, klopfte es an die Tür, und er kam hinter dem Wandschirm hervor, als sein Diener eintrat.

„Die Leute sind da, Monsieur."

Er hatte das Gefühl, dass er den Mann jetzt los werden müsse: Er durfte nicht wissen, wohin das Bild sollte. Er hatte etwas Verschlagenes an sich und verräterische, nachdenkliche Augen. Er setzte sich an den Schreibtisch, kritzelte ein paar Zeilen an Lord Henry, worin er ihn bat, ihm etwas zum Lesen zu schicken, und worin er ihn daran erinnerte, dass sie sich heute Abend um viertel nach acht treffen wollten.

„Warten Sie auf Antwort", sagte er, indem er ihm den Brief übergab, „und lassen Sie die Leute herein."

Nach zwei bis drei Minuten klopfte es wieder, und Herr Hubbard, der berühmte Rahmenfabrikant aus South Audley Street, trat mit einem borstenhaarigen Gehilfen ein. Herr Hubbard war ein gesund aussehender rotbärtiger, kleiner Mann, dessen Kunstenthusiasmus bedeutend vermindert worden war durch den chronischen Geldmangel bei den meisten Künstlern, die mit ihm zu tun hatten. In der Regel verließ er seine Werkstatt nie: Er wartete, bis die Leute zu ihm kamen. Aber bei Dorian Gray machte er immer eine Ausnahme. Es war etwas an Dorian, was jeden entzückte. Ihn nur zu sehen, war schon eine Freude.

„Was steht zu Diensten, Herr Gray?", fragte er und rieb seine dicken, sommersprossigen Hände. „Ich dachte, ich wollte selbst die Ehre haben, herüberzukommen. Ich habe gerade ein Prachtstück von Rahmen da. Bei einer Auktion geerntet! Alt-Florentiner! Stammt aus Fonthill, vermute ich. Wundervoll passend für einen religiösen Gegenstand, Herr Gray."

„Es tut mir Leid, dass Sie sich selbst herbemüht haben, Herr Hubbard. Ich werde gelegentlich gern vorbeikommen und mir den Rahmen ansehen – obwohl ich mich augenblicklich nicht gerade sehr für religiöse Kunst interessiere – aber jetzt möchte ich nur ein Bild nach oben getragen haben, und da es ziemlich schwer ist, dachte ich, dass Sie mir zwei von Ihren Leuten schicken würden."

„Hat gar nichts zu sagen, Herr Gray, freue mich, wenn ich Ihnen einen Dienst leisten kann. Wo ist das Kunstwerk, gnädiger Herr?"

„Hier!", antwortete Dorian und rückte den Schirm zurück. „Können Sie es so hinaufbringen, Decke und Bild zusammen? Ich möchte nicht, dass es auf den Treppen zerschrammt wird."

„Das werden wir leicht besorgen", sagte der joviale Rahmenmacher und begann mit Unterstützung von seinem Gesellen das Bild von den langen Messingketten loszumachen, an denen es aufgehängt war. „Und wo soll's jetzt hingebracht werde, Herr Gray?"

„Ich will Ihnen den Weg zeigen, Herr Hubbard, wenn Sie mir nur folgen wollen. Oder vielleicht gehen Sie lieber voraus? Es tut mir Leid, aber es ist ganz oben. Wir wollen über die Vordertreppe gehen, die ist breiter."

Er machte ihnen die Tür auf, und sie gingen in den Vorflur hinaus und fingen an, hinaufzusteigen. Die ausladenden Verzierungen des Rahmens hatten das Bild sehr breit gemacht, und hin und wieder legte Dorian selbst mit Hand an, um den Leuten zu helfen, nicht achtend der unterwürfigen Einwände des Herrn Hubbard, der des echten Handwerkers lebhafte Abneigung gegen jede nützliche Beschäftigung eines vornehmen Herrn hatte.

„Da hat man ja ein anständiges Gewicht zu schleppen", pustete der kleine Mann, als sie auf dem letzten Treppenabsatz angekommen war, und trocknete sich die glänzende Stirn.

„Es tut mir Leid, dass es so schwer ist", entgegnete Dorian, indem er die Tür zu dem Zimmer aufschloss, dass dieses sonderbare Geheimnis seines Lebens bewahren und seine Seele vor den Blicken der Menschen schützen sollte.

Er hatte wohl länger als vier Jahre die Stube nicht betreten – in Wahrheit nicht, seitdem sie ihm in seiner Kindheit zuerst als Spielzimmer, und dann, als er etwas älter geworden war, als Studierzimmer gedient hatte. Es war ein großer Raum von guten Verhältnissen, den der verstorbene Lord Kelso zur Benutzung für seinen kleinen Enkel eigens angebaut hatte, den er wegen seiner unheimlichen Ähnlichkeit mit seiner Mutter und aus anderen Gründen immer gehasst hatte, und möglichst weit weg haben wollte. Das Zimmer schien Dorian wenig verändert. Da war der mächtige italienische Cassone mit den fantastisch ausgemalten Füllungen und den verblichenen Goldornamenten, in dem er sich als Junge oft versteckt hatte. Das stand der polierte Bücherschrank aus Satinholz mit den Schulbüchern voll Eselsohren. An der Wand darüber hing noch derselbe fadenscheinige flämische Gobelin, auf dem ein ausgeblasster König und eine Königin in einem Garten Schach spielten, während ein Trupp von Falkenieren vorbeiritt, die auf ihren Panzerfäusten Vögel mit kappenverhüllten Köpfen trugen. Wie er sich an alles so gut erinnerte! Jeder Augenblick seiner einsamen Kindheit kam ihm ins Gedächtnis, während er sich hier umsah. Er entsann sich der blütenweißen Reinheit seines Knabenlebens, und es schien ihm schrecklich, dass gerade hier das verhängnisvolle Bild verborgen werden sollte. Wie wenig hatte er in diesen längst vergangenen Tagen von alledem geahnt, was seiner warten sollte!

Aber es war im ganzen Hause kein anderer Ort so sicher vor neugierigen Augen wie dieser. Er hatte den Schlüssel, und jetzt konnte sonst niemand mehr hinein. Hinter dem purpurnen Bahrtuch konnte nun das Gesicht auf der Leinwand tierisch, aufgedunsen und lasterhaft werden. Was lag ihm daran? Niemand konnte es sehen. Er selbst wollte es nicht sehen. Warum sollte er die grässliche Verderbnis seiner Seele verfolgen? Er behielt seine Jugend – das musste genügen. Und konnte sein Wesen übrigens trotz allem nicht geläutert werden? Es war kein Grund, dass die Zukunft so angefüllt sein müsse mit Lastern. Die Liebe konnte in sein Leben treten und ihn reinen und vor Sünden beschützen, die ihm schon in Geist und Blut zu gären schienen – diese seltsamen, ungeahnten Sünden, deren Fremdheit ihnen eben den Reiz und die Verführung lieh. Eines Tages verschwand vielleicht der grausame Zug von den empfindlichen Scharlachlippen, und dann würde er der Welt Basil Hallwards Meisterwerk zeigen können.

Nein, das war unmöglich! Stunde für Stunde und Woche für Woche musste das Antlitz auf der Leinwand altern. Es mochte den Gräueln der Sünde entfliehen, aber die Gräuel des Alters mussten es einholen. Die Wangen würden hohl oder schlaff werden. Gelbe Krähenfüße würden sich um die glanzlosen Augen ringeln und sie fürchterlich machen. Das Haar musste seinen Glanz verlieren, der Mund klaffen oder einfallen, blöde oder gewöhnlich aussehen, wie eben der Mund alter Männer aussieht. Der Hals musste verrunzeln, die Hände mussten kalt und von blauen Adern durchschlängelt werden, der Rücken musste sich krümmen, wie er es bei seinem Großvater gesehen hatte, der gegen ihn so streng gewesen war in der Knabenzeit. Das Bildnis musste verborgen bleiben. Dagegen konnte nichts helfen.

„Bitte, Herr Hubbard, bringe Sie es herein“, sagte er abgespannt und wandte sich um. „Es tut mir Leid, dass ich Sie so lange aufhielt. Ich sann gerade über etwas nach.“

„Immer angenehm, mal ausruhen zu können, Herr Gray“, antwortete der Rahmenmacher, der noch immer nach Luft schnappte. „Wo sollen wir es hinstellen?“

„Ach, irgendwo! Hier zum Beispiel wird es gut stehen. Ich will's nicht aufgehängt haben. Lehnen Sie's nur an die Wand. Danke!“

„Darf man das Bild mal ansehen?"

Dorian erschrak.

„Es würde Sie nicht interessieren, Herr Hubbard", sagte er und sah den Mann fest an. Er fühlte sich imstande, auf ihn loszustürzen und ihn zu Boden zu schlagen, wenn er es wagen sollte, die glänzende Hülle zu lüften, die das Geheimnis seines Lebens verbarg. „Ich will Sie nicht länger aufhalten. Vielen Dank, dass Sie so freundlich waren, herüber zu kommen."

„Kein Anlass, kein Anlass, Herr Gray! Es ist mir immer ein Vergnügen, für Sie was tun zu können." Und Herr Hubbard stapfte die Treppe hinab, sein Gehilfe hinterher, der sich noch einmal mit einem Ausdruck scheuer Bewunderung in dem unschönen Alltagsgesicht nach Dorian umsah. Er hatte nie einen Menschen gesehen, der so wunderhübsch war.

Als das Geräusch ihrer Fußtritte verhallt war, verschloss Dorian die Tür und steckte den Schlüssel in die Tasche. Jetzt fühlte er sich gerettet! Nie würde jemand das Schrecknis sehen. Kein Auge als seines würde seine Schande erblicken.

Als er wieder in die Bibliothek kam, sah er, dass es gerade fünf Uhr war und der Tee schon bereit stand. Auf einem kleinen Tisch aus wohlriechendem, dunklem Holz, das mit Perlmutter reich ausgelegt war – einem Geschenk der Frau seines Vormundes, Lady Radley, einer hübschen Kranken von Beruf und Gewohnheit, die den vergangenen Winter in Kairo zugebracht hatte – lag ein Briefchen von Lord Henry und daneben ein Buch in gelbem, leicht abgenutzten und an den Kanten nicht mehr ganz sauberem Umschlag. Ein Exemplar der dritten Tagesausgabe der St.-James-Zeitung lag auf dem Teebrett. Offenbar war Viktor zurückgelehrt. Er fragte sich, ob er in der Vorhalle die Leute getroffen hatte, als sie das Haus verließen, und ob er sie nach dem Grunde ihres Kommens ausgeforscht hätte? Er würde sicher das Bild vermissen – hatte es offenbar schon vermisst, als er den Teetisch zurechtmachte. Der Schirm war noch nicht an seinen Platz zurückgeschoben worden, und der leere Raum an der Wand war auffallend. Vielleicht würde er ihn eines Nachts ertappen, wie er hinaufschlich und die Tür des Bodenzimmers zu öffnen suchte. Es war schrecklich, im Hause einen Spion zu haben. Er hatte von reichen Leuten gehört, die ihr ganzes Leben lang von den Erpressungen so eines Bedienten ausgesaugt wurden, der einmal irgendeinen Brief gelesen oder unter einem Kissen eine verwelkte Blume oder ein Stückchen zerknitterter Spitze entdeckt hatte.

Er seufzte, goss sich den Tee ein und öffnete Lord Henrys Billett. Es stand nur darin, dass er ihm die Abendzeitung schicke und ein Buch, das ihn möglicherweise interessiere, und dass er ihn um viertel neun im Klub zu treffen hoffe. Dorian öffnete langsam die St. James und durchflog sie. Ein Strich mit Rotstift auf der fünften Seite fiel ihm auf. Er machte auf die folgende Notiz aufmerksam:

„Leichenschau einer Schauspielerin. Eine gerichtliche Untersuchung wurde heute Morgen von Herrn Danby, dem Bezirks-Leichenbeschauer in der Bell Tavern, Horton Road, über den Leichnam von Sibyl Vane, einer jungen Schauspielerin, die seit kurzem am Royal Theater in Holborn engagiert war, abgehalten. Es wurde auf Tod durch

Unglücksfall erkannt. Allgemeines Mitgefühl erweckte die Mutter der Toten, die während ihrer Aussage und der des Dr. Birrel, der die Obduktion der Leiche vorgenommen hatte, ihrem Schmerz einen erschütternden Ausdruck gab."

Er runzelte die Stirn, zerriss die Zeitung, schritt im Zimmer ein paar Mal auf und ab und warf die Papierfetzen weg. Wie hässlich das alles war! Und was für eine schreckliche Wirklichkeit die Hässlichkeit allem gab! Er ärgerte sich über Lord Henry ein wenig, weil er ihm den Bericht geschickt hatte. Und sicher war es unvorsichtig von ihm, ihn mit Rotstift anzustreichen. Viktor konnte ihn gelesen haben: Der Mann verstand dafür mehr als genug Englisch.

Vielleicht hatte er ihn schon gelesen und angefangen, Verdacht zu schöpfen. Aber wenn schon, was lag daran? Was hatte Dorian Gray mit Sibyl Vanes Tod zu tun? Es war zur Furcht kein Grund. Dorian Gray hatte sie nicht getötet.

Sein Blick fiel auf das gelbe Buch, das ihm Lord Henry geschickt hatte. Er war gespannt, was es sein mochte, und trat an den kleinen perlfarbenen, achteckigen Hocker – der ihm von jeher wie ein Produkt seltsamer ägyptischer Bienen vorgekommen war, die ihre Waben in Silber trieben – nahm den Band auf, warf sich in einen Lehnsessel und begann zu blättern. Nach einigen Minuten kam er davon nicht mehr los. Es war das merkwürdigste Buch, das er je gelesen hatte. Es schien ihm, als zögen die Sünden der Welt in köstlichen Prachtgewändern und zum Klang von Flöten in stummem Reigentanze an ihm vorbei. Dinge, die er unbestimmt geträumt hatte, wurden plötzlich zur grellen

Wirklichkeit. Dinge, von denen er nun und nimmer geträumt hatte, wurden ihm allmählich enthüllt.

Es war ein Roman ohne rechte Handlung, der sich lediglich um einen einzigen Charakter drehte, eigentlich eine bloße psychologische Studie über einen gewissen jungen Pariser, der sein Leben mit dem Versuche hinbrachte, im neunzehnten Jahrhundert alle Leidenschaften und Wandlungen der Denkungsart, die jedem Jahrhundert außer seinem eigenen, angehört hatten, in Wirklichkeit umzusetzen und so die verschiedenartigen psychischen Zustände, die die Weltseele einmal durchgemacht hatte, in sich selbst gewissermaßen zu summieren, indem er jene Entsagung, die die Menschen in ihrer Torheit Tugend genannt haben, ihrer bloßen Künstlichkeit wegen ebenso heftig liebte wie jene Auflehnung gegen die Natur, die weise Menschen noch immer Sünden nennen. Der Stil, in dem das Buch geschrieben war, bestand in jener sonderbaren preziösen Diktion, die zugleich lebendig und dunkel ist, von Argotausdrücken und archaistischen Wendungen voll ist, von technischen Ausdrücken und mühsam gesuchten Umschreibungen strotzt, wie sie die Arbeiten einiger der feinsten Künstler aus der französischen Symbolistenschule kennzeichnet. Es waren darin Metaphern, an Form so abenteuerlich wie Orchideen, aber auch so fein angehaucht wie Farbentöne dieser Blumen. Das Leben der Sinne war beschrieben mit einer Terminologie mystischer Philosophie. Man wusste manchmal kaum, ob man die vergeistigten Entzückungen eines mittelalterlichen Heiligen oder die krankhaften Beichtbekenntnisse eines modernen Sünders las. Es war ein Buch voll Gift. Ein dicker Weihrauchduft schien die

Seiten zu umnebeln und sein Gehirn zu betäuben. Schon der melodische Fall der Sätze, die erklügelte Monotonie ihrer Musik mit der Fülle von komplizierten Leitmotiven und Taktgefügen, die sich in der raffiniertesten Weise wiederholten, erzeugten im Gemüte des Jünglings, als er von Kapitel zu Kapitel kam, eine Art Träumerei, ja eine förmliche Traumkrankheit, sodass er den sinkenden Tag und die hereinbrechenden Schatten nicht bemerkte.

Wolkenlos, und nur von den Strahlen eines einzigen Sternes durchstochen, schillerte ein kupfergrüner Himmel durch die Fensterscheiben. Dorian las bei diesem matten Lichte weiter, bis er nicht mehr lesen konnte. Nachdem ihn sein Diener mehrere Male an die späte Stunde erinnert hatte, stand er auf, ging ins Nebenzimmer, legte das Buch auf das Florentiner Tischchen, das immer neben seinem Bett stand, und begann sich zum Diner umzukleiden.

Es war fast neun Uhr, als er im Klub ankam, wo er Lord Henry antraf, allein und sehr verdrießlich, im Frühstückszimmer sitzend.

„Es tut mir Leid, Harry", rief er, „aber es ist nur deine eigene Schuld! Das Buch, das du mir geschickt hast, hat mich so gefesselt, dass ich wirklich gar nicht merkte, wo die Zeit geblieben ist."

„Ja, ich dachte mir, dass es dir gefallen wird", antwortete der Freund, sich von seinem Stuhle erhebend.

„Ich habe nicht gesagt, dass es mir gefällt, Harry. Ich habe gesagt, es fesselte mich. Das ist ein großer Unterschied."

„Ah, das hast du entdeckt?", fragte Lord Henry. Und sie gingen zusammen in den Speisesaal.

Elftes Kapitel

Jahrelang konnte sich Dorian Gray von dem Einfluss dieses Buches nicht freimachen. Oder es wäre vielleicht richtiger zu sagen, er versuchte gar nicht, sich davon freizumachen. Er ließ sich aus Paris nicht weniger als neun Luxusexemplare der ersten Auflage kommen und ließ sie verschiedenfarbig einbinden, damit sie zu den veränderlichen Stimmungen und wechselnden Launen seiner Natur passten, über die er bisweilen jede Herrschaft verloren zu haben schien. Der Held des Romanes, der wunderbare junge Pariser, bei dem das romantische und das wissenschaftliche Temperament so merkwürdig miteinander verquickt waren, wurde für ihn eine Art vorbildlichen Ideales seiner selbst. Und in der Tat schien ihm das ganze Buch die Geschichte seines Lebens zu enthalten, aufgeschrieben, bevor er selbst es gelebt hatte.

In einer Beziehung aber war er glücklicher als der fantastische Romanheld: er kannte nie – hatte wirklich auch nie einen Grund dazu – das beinahe groteske Grauen vor Spiegeln, polierten Metallflächen und unbewegten Wassern, das den jungen Pariser so früh im Leben überfiel und das durch den jähen Verfall einer Schönheit verursacht worden war, die allem Anschein nach vorher ganz außerordentlich gewesen sein musste. Mit einer fast grausamen Lust – und vielleicht liegt in jeder Lust, wie sicherlich in jedem Genuss, eine gewisse Grausamkeit – pflegte er den letzten Teil des Buches zu lesen mit dem wirklich tragischen, wenn auch etwas übertrieben erzählten Bericht von den Leiden und der Verzweiflung eines Menschen, der selbst verloren hatte, was er an anderen und an der Welt am höchsten zu schätzen pflegte.

Denn die wundervolle Schönheit, die Basil Hallward und manchen anderen auch so stark gefesselt hatte, schien ihn nie zu verlassen. Selbst jene, die über ihn die hässlichsten Dinge gehört hatten – und von Zeit zu Zeit schlichen seltsame Gerüchte über seine Lebensweise durch London und wurden das Gespräch des Klubs – konnten nichts glauben, was ihm hätte zur Unehre gereichen können, wenn sie ihn sahen. Er schien immer wie einer, der sich unbefleckt in der Welt erhalten hatte. Männer, die anstößige Dinge erzählten, verstummten, wenn Dorian Gray ins Zimmer trat. In der Reinheit seines Antlitzes lag ein Etwas, das sie in die Schranken des Anstandes zurückwies. Seine bloße Gegenwart schien die Erinnerung an die Unschuld, die sie beschmutzt hatten, in ihnen zu erwecken. Sie staunten, dass ein so reizender und anmutiger Mensch der Befleckung durch eine Zeit hatte entgehen können, die zugleich schmutzig und sinnlich war.

Oft, wenn er von einer der geheimnisvollen längeren Abwesenheiten zurückkehrte, die so merkwürdige Vermutungen bei seinen Freunden oder bei jenen erregten, die sich für seine Freunde hielten, – oft schlich er hinauf in die verschlossene Dachkammer, öffnete sie mit dem Schlüssel, der ihn nie mehr verließ, und stand mit einem Handspiegel vor dem Bildnis, das Basil Hallward gemalt hatte, und sah bald auf das schändliche, gealterte Antlitz, bald auf das junge, schöne Gesicht, das ihm aus der glatten Spiegelfläche entgegenlächelte.

Gerade die Stärke dieses Gegensatzes pflegte seine Lustempfindungen zu erhöhen. Er verliebte sich in seine eigene Schönheit mehr und mehr und empfand mehr und mehr Teilnahme für die Verderbnis seiner Seele. Er untersuchte mit peinlicher Genauigkeit und oft genug mit ungeheuerlichem und schrecklichem Wonnegefühl die hässlichen Linien, die sich durch die runzlige Stirn furchten oder um den üppigen sinnlichen Mund schlängelten, und fragte sich manchmal, ob wohl die Merkmale der Sünde schrecklicher seien oder die Spuren des Alters? Er legte seine weißen Hände neben die gedunsenen, rohen Hände auf der Leinwand und lächelte dann. Er machte sich lustig über den verunstalteten Leib und die welkenden Glieder.

Dann aber gab es wieder Augenblicke, wenn er des Nachts schlaflos in seinem parfümdurchdufteten Zimmer lag oder in der unsauberen Stube der kleinen berüchtigten Kneipe nahe der Docks, die er nur verkleidet und unter angenommenem Namen zu besuchen pflegte, wo er mit einem Mitgefühl, das um so schmerzhafter war, als es einen rein ethischen Ursprung hatte, an das Elend dachte, das er über seine Seele gebracht hatte. Aber diese Augenblicke waren selten! Jene Neugier auf das Leben, die zuerst Lord Henry in ihm aufgestört hatte, als sie im Garten ihres Freundes saßen, schien mit ihrer Befriedigung nur zu wachsen. Je mehr er kennen lernte, desto mehr wollte er wissen. Er hatte tolle Hungergelüste, die immer ungestillter wurden, je mehr er sie nährte.

Und doch war er nicht gerade liederlich geworden, wenigstens nicht in seinen Beziehungen zur Gesellschaft. Ein oder zweimal in jedem Wintermonat und jeden Mittwochabend während der Saison öffnete er sein schönes Haus der Welt, und immer waren die berühmtesten Musiker da, um mit ihrer erlesenen Kunst seine Gäste zu begeistern. Seine kleinen Diners, bei deren Vorbereitung ihm Lord Henry half, waren ebenso berühmt wegen der sorgsamen Auswahl der Geladenen und der Tischordnung, wie des ausgesuchten Geschmackes wegen, der sich in der Tafeldekoration mit ihren fein abgetönten, symphonischen Anordnungen exotischer Früchte, gestickter Decken und antiker Gold- und Silbergeräte aussprach.

Es gab in der Tat eine große Zahl, besonders von ganz jungen Menschen, die in Dorian Gray die vollkommene Verkörperung eines Typus sahen oder zu sehen wähnten, von dem sie oft in den Tagen von Eton oder Oxford geträumt hatten, eines Typus, der etwas von der gediegenen Bildung des Gelehrten mit der Grazie, Vornehmheit und den vollendeten Manieren eines Weltmannes vereinigte. Ihnen erschien er als einer aus jener Menschengruppe, von denen Dante sagt, „sie suchten sich durch den Kultus der Schönheit zu vervollkommnen." Gleich Gautier war er einer von denen, „für die die sichtbare Welt da war".

Und gewiss war das Leben für ihn die oberste und größte Kunst, und alle übrigen Künste schienen nur die Dorfschule dazu zu sein! Natürlich übte auch die Mode, durch die das wirklich Fantastische einen Augenblick lang zum Gemeingut wird, und das Dandytum, das auf seine Weise einen Versuch bildet, eine absolut moderne Art von Schönheit zu verkörpern, ihren

Reiz auf ihn aus! Seine Art, sich zu kleiden, und die Stilabtönungen, die er dann und wann sehen ließ, hatten einen ausgesprochenen Einfluss auf die jungen Stutzer der Bälle in Mayfair und der Fenster des Pall-Mall-Klubs, die ihm im allem, was er tat, nachahmten und jede Exzentrizität aufgegriffen, die seine Anmut erhöhte, aber ihm selbst nur teilweise ernst war.

Denn er war nur zu schnell bereit, die Stellung einzunehmen, die ihm fast unmittelbar nach seiner Volljährigkeit geboten wurde, und er fand in Wahrheit einen besonderen Genuss in dem Gedanken, er könne für das London seiner Zeit das werden, was für das Rom des Kaisers Nero der Verfasser des *Satyrikon* gewesen war, aber er wünschte doch im innersten Herzen mehr zu werden als ein *arbiter elegantiarum*, und nicht nur über das Tragen eines Schmuckstückes oder das Binden einer Krawatte oder die Haltung eines Spazierstockes um Rat gefragt zu werden. Er suchte ein neues Schema für die Lebensführung zu entwerfen, das seine philosophische Grundlage und seine geordneten Leitsätze haben und seine höchste Vervollkommnung in der Vergeistigung der Sinne erreichen sollte.

Die Pflege der Sinne ist oft und mit vielem Recht geschmäht worden, da die Menschen einen natürlichen, intuitiven Abscheu vor Leidenschaften und Triebkräften haben, die stärker als sie selbst scheinen und die sie mit weniger hoch organisierten Formen des Lebendigen gemein zu haben sich bewusst sind. Doch kam es Dorian Gray so vor, als sei die wahre Natur nie verstanden worden und als ob sie nur darum wild und tierisch geblieben seien, weil die Welt versuchte, sie durch Hunger zur

Unterwerfung zu bringen oder durch Schmerzen zu töten, statt bestrebt zu bleiben, sie zu Bestandteilen einer neuen geistigen Welt zu machen, in der ein edles Schönheitsbewusstsein die vorherrschende Triebfeder sein sollte. Wenn er zurückblickte auf den Gang der Menschheit durch die Weltgeschichte, so verfolgte ihn ein Gefühl des Verlustes. So vielem war entsagt worden und zu so niedrigem Zwecke! Es hatte freiwillige, wahnsinnige Entsagungen gegeben, ungeheuerliche Formen der Selbstquälerei und Selbstverleugnung, deren Ursprung die Furcht und deren Ergebnis eine Erniedrigung von unaussprechlich schrecklicher Art war, als jene nur eingebildete Erniedrigung, vor der sie sich in ihrer Unwissenheit flüchten wollten, wie die Natur in ihrer sonderbaren Ironie den Anachoreten hinausjagte, damit er sich in Gesellschaft der Wüstentiere nährte, und dem Einsiedler die Tiere des Feldes zu Gefährten gab.

Ja! Es musste, wie Lord Henry prophezeit hatte: ein neuer Hedonismus kommen, um das Leben zu erneuern und es von jenem strengen, hässlichen Puritanismus zu erlösen, der in unseren Tagen seine seltsame Auferstehung feierte. Gewiss, er würde dem Intellekt gehorsam sein müssen, aber nie dürfte er eine Theorie anerkennen oder ein System, das irgendein leidenschaftliches Erlebnis zum Opfer verlangte. Sein wahres Ziel sollte gerade die Erfahrung sein und nicht die Früchte der Erfahrung, so süß oder bitter sie sein möchten. Von dem Aszetentum, das die Sinne tötet, oder von der gewöhnlichen Liederlichkeit, die sie abstumpft, würde er nichts wissen wollen. Aber er wollte die Menschen lehren, sich für die Momente des

Lebens zu sammeln, da das Leben selbst doch auch nur ein Moment ist.

Es gibt wenige unter uns, die nicht manchmal vor Tagesgrauen erwacht wären, entweder nach einer jener traumlosen Nächte, die uns fast den Tod lieben lassen, oder nach einer Nacht voll Schrecken und wollüstigem Albdrücken, wo durch Gespenster die Kammern des Gehirns flattern, die schrecklicher als die Wirklichkeit selbst und erfüllt sind von dem lebendigen Dasein, das in allem Grotesken lauert und das der gotischen Kunst ihre ewige lebendige Kraft gibt, weil diese Kunst grade, wie man sagen könnte, die besondere Kunst jener ist, deren Geist durch Krankheit und Fieberträume verwirrt worden ist. Ganz langsam strecken sich bleiche Finger zwischen den Vorhängen durch und scheinen zu zittern: in schwarzen, abenteuerlichen Formen und kauern dort nieder: draußen regen sich die Vögel im Laube, oder man hört den Schritt der Menschen, die zur Arbeit gehen, oder das Heulen und Schluchzen des Windes, der von den Bergen kommt und das schweigsame Haus umwandelt, als fürchte er, die Schläfer zu wecken, und müsse dennoch den Schlaf aus seiner purpurnen Höhle herausrufen. Schleier um Schleier aus seinen dunkelfarbenen Floren heben sich, und allmählich erhalten die Dinge ihre Formen und Farben wieder, und wir sehen es mit an, wie die Frühdämmerung der Welt ihre alte Gestalt zurückgibt. Die verschwommenen Spiegel bekommen ihr Scheinleben wieder; die verlöschten Lampen stehen da, wo wir sie gelassen haben, und neben ihnen liegt das halb aufgeschnittene Buch, darin wir gelesen, oder die verwelkte Blume, die wir auf dem Ball getragen, oder der Brief, den wir uns zu lesen gefürchtet oder den wir zu oft gelesen haben. Nichts scheint uns verwandelt zu sein! Aus den unwirklichen Schatten der Nacht tritt das wirkliche Leben hervor, das wir kennen. Wir haben es da wieder aufzunehmen, wo wir es unterbrochen haben, und das fürchterliche Gefühl der Notwendigkeit beschleicht uns, unsere Energien weiter verbrauchen zu müssen in der gleichen ermüdenden Tretmühle gefrorener Gewohnheiten, oder vielleicht überrieselt uns eine zähe Sehnsucht, dass sich unsere Augen eines Morgens für eine Welt öffnen möchten, die im nächtigen Dunkel zu unserer Lust neu erschaffen worden sei, für eine Welt, in der die Dinge abweichende Linien und Farben hätten, verändert seien oder sonst wie Geheimnisse in sich bergen, für eine Welt, in der die Vergangenheit nur einen unbedeutenden oder gar keinen Platz hätte oder sich wenigstens in keiner bewussten Form von Verpflichtung oder Reue weiterdrehte, wo die Erinnerung selbst an die Freude ihre Bitterkeit hat und wo dem Gedächtnis an den Genuss ein leiser Schmerz beigemischt ist.

Die Schaffung solcher Welten schien für Dorian Gray der wahre oder wenigstens sein hauptsächlicher Lebensinhalt zu sein; und auf seiner Suche nach Sinnenerlebnissen, die zugleich neu und genussreich sein sollten und jenes Element der Seltsamkeit besäßen, die für die Romantik so wesentlich ist: eignete er sich oft gewisse Arten zu denken an, von denen ihm wohl bewusst war, dass sie in Wirklichkeit seinem Wesen fremd waren: gab er sich ihren feinstrahligen Einflüssen hin und verließ sie dann, wenn er sozusagen ihre Farbe in sich eingesogen und seine geistige Neugier befriedigt hatte, mit jener merkwürdigen Gleichgültigkeit, die nicht unvereinbar ist mit einem wirklich glühenden Temperament, und die nach der Meinung gewisser moderner Psychologen in der Tat oft eine Bedingung dafür ist.

Einmal lief ein Gerücht über ihn um, er wolle katholisch werden; und gewiss hatte der katholische Kult eine große Anziehungskraft für ihn. Das tägliche Messopfer, das freilich viel ehrfurchterweckender als alle Opfer der antiken Welt ist, regte ihn ebenso sehr durch seine prachtvolle Unbekümmertheit des sinnlichen Augenscheins an wie durch die primitive Einfachheit seiner Elemente und das ewige Pathos der menschlichen Tragödie, für die es ein Symbol zu sein versuchte. Er liebte es, hinzuknien auf das kalte Marmorpflaster und den Priester zu beobachten, der langsam in seiner stimmungsvollen, blumengestickten Stola und mit weißen Händen den Vorhang vom Tabernakel hinwegzog, oder die edelsteingeschmückte Monstranz gleich einer Laterne hob, die jene weiße Hostie enthielt, von der man zuzeiten wirklich denken konnte, es sei *panis coelestis*, des Engels Brot, oder der, in die Gewänder der Christuspassion, die Hostie in den Kelch tauchte und sich um seiner Sünde willen die Brust schlug! Die rauchenden Weihrauchkessel, die ernste Knaben in Spitzen- und Scharlachmänteln hin und her schwangen und die wie große, goldene Blumen aussahen, übten einen tiefen Zauber auf ihn aus. Wenn er hinaustrat, pflegte er die dunkeln Beichtstühle staunend anzublicken und empfand eine Sehnsucht, im düsteren Schatten eines solchen zu sitzen und den Männern und

Frauen zu lauschen, die durch das abgenutzte Gitter die wahre Geschichte ihres Lebens flüsterten.

Aber er fiel nie in den Irrtum, seine geistige Entwicklung durch die äußerliche Annahme irgendeines Glaubens oder Systems zu hindern oder irrtümlich ein Haus, in dem man sein Leben verbringt, gleichsam für eine Herberge zu halten, die nur zu kurzem Aufenthalt während einer Nacht, oder nur für ein paar Stunden während einer Nacht taugt, wenn grade keine Sterne schimmern und der Mond im Wechsel begriffen ist. Die Mystik mit ihrer wunderbaren Kraft, uns gewöhnliche Dinge seltsamlich erscheinen zu lassen, und jene tiefe Ketzersucht, die sie immerzu begleiten scheint, reizte ihn eine Saison hindurch, und dann neigte er sich eine andere Saison hindurch wieder den materialistischen Lehren der Darwinistischen Bewegung in Deutschland zu und fand einen besonderen Genuss darin, die Gedanken und Leidenschaften der Menschen bis auf irgendeine perlgroße Zelle im Gehirn oder auf irgendeinen weißen Nerv im Körper zurückzuführen, schwelgte förmlich in der Vorstellung einer absoluten Abhängigkeit des Geistes von gewissen physischen Bedingungen, mochten sie krankhaft oder gesund, normal oder pathologisch sein. Aber es schien, wie schon früher von ihm berichtet wurde, keine Lebenstheorie von irgendeiner Bedeutung für ihn zu sein, im Vergleich mit dem Leben selbst. Er war sich in aller Klarheit bewusst, in welchen Irrgarten jede geistige Spekulation führen musste, wenn sie von Tat und Versuch getrennt ist. Er wusste, dass die Sinne ebenso wie die Seele ihre geistigen Geheimnisse offenbaren mussten.

Und so ergab er sich zeitweilig dem Studium der Wohlgerüche, bemühte sich um die Geheimnisse ihrer Herstellung, destillierte schwer duftende Öle und verbrannte wohlriechendes Gummi aus dem Orient. Er erkannte, dass es keine Stimmung des Geistes gab, die nicht ihr Seitenstück im Leben der Sinne hatte, und bemühte sich, die wahre Beziehung zwischen beiden zu entdecken, um herauszubekommen, warum der Weihrauch den Menschen mystisch stimmte, warum die Ambra die Leidenschaften stachele, warum Veilchenduft die Erinnerung an gestorbene Romantik erwecke, warum Moschus das Gehirn betäube, und warum der Tschampak die Fantasie verunreinige: und so versuchte er oft genug, eine genaue Psychologie der Wohlgerüche auszuarbeiten und ihre verschiedenen Wirkungen zu definieren, zum Beispiel süß riechender Wurzeln, duftiger, Samen tragender Blüten, aromatischer Balsame, dunkler, stark riechender Hölzer, des Baldrians, der zum Erbrechen reizt, der Hovenia, die einen toll macht, und der Aloe, die imstande sein soll, die Schwermut aus der Seele zu vertreiben. – –

Ein andermal widmete er sich wieder ganz der Musik und gab öfter Konzerte in einem langen, dämmerigen Saal, dessen Wände mit olivgrünem Lack überzogen waren, und dessen Decke aus einem Rot-Gold-Muster bestand, wobei tolle Zigeuner auf kleinen Zithern spielten oder ernste, in gelbe Tücher gehüllte Tunesen die straffen Saiten seltsam großer Lauten zupften, während grinsende Neger auf kupferne Trommeln eintönig schlugen und schlankhüftige turbanbedeckte Inder auf scharlachroten Matten hockten und aus langen

Rohr- und Messingpfeifen bliesen und große Brillenschlangen oder schreckliche Hornvipern damit beschworen oder zu beschwören schienen. Die kreischenden Intervalle und die schrillen Misstöne barbarischer Musik reizten ihn zuweilen, wenn Schuberts Lieblichkeit oder Chopins süßes Schmachten und die gewaltigen Harmonien des großen Beethoven machtlos an sein Ohr schlugen. Aus allen Weltteilen sammelte er die sonderbarsten Instrumente, die sich auftreiben ließen, entweder in den Gräbern toter Völker oder unter den wenigen wilden Stämmen, die noch die Berührung mit der westlichen Zivilisation überlebt haben, und er liebte es, sie zu befühlen und spielend zu versuchen. Er besaß das mysteriöse Juruparis der Rio-Negro-Indianer, das die Frauen nicht ansehen dürfen und selbst die jungen Männer erst dann, wenn sie gefastet und sich gegeißelt haben, er besaß die irdenen Klappern der Peruaner, die einen schrillen Vogelschrei wiedergeben, und hatte Flöten aus Menschenknochen, wie sie Alfonso de Ovalle in Chile gehört hat, und die wohlklingenden grünen Jaspissteine, die bei Euzco gefunden werden und einen Ton von absonderlicher Süße hervorbringen. Er hatte bemalte, mit Kieselsteinen gefüllte Kürbisse, die beim Schütteln rasselten, die langen Zinken der Mexikaner, in die der Spieler nicht hineinbläst, sondern durch die er die Luft einzieht, er hatte das raue Ture der Amazonenstämme, das die Wachen erschallen lassen, wenn sie den ganzen Tag lang auf hohen Bäumen sitzen, und das, wie man sagt, auf eine Entfernung von drei Seemeilen gehört werden kann, er hatte das Teponaztli, das zwei zitternde Holzungen hat, auf die man mit Stöcken schlägt, die mit einer Art elastischen Kautschuks eingesalbt werden, das aus dem Milchsaft von Pflanzen gewonnen wird, er hatte die Yotlglocken der Azteken, die wie Trauben in Büscheln hängen, und er hatte eine große zylindrische Trommel, die mit den Häuten großer Schlangen bespannt ist, gleich der, die Bernal Diaz sah, als er mit Cortez in den mexikanischen Tempel trat und von deren wehklagendem Tone er eine so anschauliche Schilderung hinterlassen hat. Das fantastische Wesen dieser Instrumente wirkte auf ihn bezaubernd, und er empfand einen besonderen Genuss bei dem Gedanken, dass Kunst und Natur ihre Ungeheuer hatten, Dinge von tierischer Form und mit abscheulichen Stimmen. Aber nach einiger Zeit wurde er dieser Instrumente müde und saß wieder in der Oper in seiner Loge, entweder allein oder mit Lord Henry, lauschte hingerissen dem Tannhäuser und erkannte in dem Vorspiel zu diesem großen Kunstwerk eine Verkörperung des Trauerspiels seiner eigenen Seele. – –

Wieder ein andermal warf er sich auf das Studium der Edelsteine und erschien auf einem Kostümfest als Anne de Joyeuse, Admiral von Frankreich, in einem Gewand, das mit fünfhundertsechzig Perlen bestickt war. Diese Geschmacksrichtung hielt ihn jahrelang fest, ja man kann sagen, dass sie ihn eigentlich nie verlassen hat. Er verbrachte oft einen ganzen Tag damit, die verschiedenen Steine, die er gesammelt hatte, aus ihren Schachteln zu nehmen und wieder umzuordnen, so den olivgrünen Chrysoberyll, der im Lampenlicht rot wird, den Cymophan mit seinen haarfeinen Silberlinien, den pistazienfarbenen Peridot, dann rosenfarbige und weingelbe

Topase, scharlachfeurige Karfunkelsteine mit zitternden, vierfach ausstrahlenden Sternen, glutrote Kaneelsteine, orangenfarbene und violette Spinelle und Amethyste mit ihren regelmäßig wechselnden Schichten von Rubin und Saphir. Er liebte das rote Gold des Sonnensteins, die perlfarbene Weiße des Mondsteins, den gebrochenen Regenbogen des milchflockigen Opals. Er verschrieb sich aus Amsterdam drei Smaragde von außergewöhnlicher Größe und in wunderbarem Farbenreichtum erglänzend und nannte einen Türkis de la vieille roche sein Eigen, um den ihn alle Kenner beneideten.

Er fand auch wunderbare Geschichten über Edelsteine. In Alfonsos *Clericalis disciplina* wurde eine Schlange erwähnt mit Augen aus wirklichen Hyazinthsteinen, und in der romantischen Alexandersage hieß es von dem Eroberer Emathias, er habe Schlangen gefunden im Jordantale „mit Halzgeschmeiden aus wirklichen Smaragden, die ihnen auf dem Rücken angewachsen waren." Im Gehirn des Drachen war nach dem Bericht des Philostratus ein Edelstein, und „durch das Entgegenhalten goldener Runen und eines scharlachroten Gewandes" konnte das Untier in einen magischen Schlaf versetzt und getötet werden. Nach der Meinung des großen Alchimisten Pierre de Boniface sollte der Diamant den Menschen unsichtbar und der indische Achat ihn beredt macht. Der Karneol beschwichtigte den Zorn, der Hyazinth schläferte ein, der Amethyst verscheuchte die Trunkenheit. Der Granat trieb Teufel aus, der Hdyrophyt beraubte den Mond um seine Farbe. Der Selenit nahm mit dem Monde zu und ab, der Meloceus, der die Diebe entdeckte, verlor nur seine Kraft, wenn man ihn mit dem Blut junger Ziegen beträufelte. Leonardus Camillus hatte einen weißen Stein gesehen, den man aus dem Gehirn einer frisch getöteten Kröte genommen hatte und der ein sicheres Mittel gegen Gift war. Der Bezoar, den man im Herzen des arabischen Hirsches fand, besaß einen Zauber, der die Pest zu heilen vermochte. In den Nestern arabischer Vögel fand sich der Aspilates, der nach Angabe des Demokrit seinen Träger vor jeder Feuersgefahr schützte.

Der König von Seilan ritt bei seiner Krönungsfeier durch die Stadt, mit einem großen Rubin in der Hand. Die Tore zum Palaste des Johannes, des Priesters, waren „aus Sarder verfertigt; wozu das Horn der Hornviper verarbeitet war, sodass kein Mensch Gift in das Haus bringen konnte." Über dem Giebel waren „zwei goldene Äpfel, die zwei Karfunkelsteine enthielten", sodass am Tage das Gold glänzen konnte und die Karfunkelsteine bei Nacht. In Lodges seltsamen Roman *Eine amerikanische Perle* heißt es, dass man in dem Zimmer der Königin „alle keuschen Frauen der Welt, wie in Silber getrieben, sehen konnte, wenn man durch fleckenlose Spiegel aus Chrysolithen, Karfunkelsteinen, Saphiren und grünen Smaragden blickte." Marco Polo hatte gesehen, wie die Einwohner von Zipangu den Toten rosenfarbige Perlen in den Mund steckten. Ein Seeungeheuer war in die Perle verliebt, die ein Taucher dem König Perozes brachte, und es hatte den Dieb getötet und sieben Monate lang über den Verlust getrauert. Als die Hunnen den König in den großen Hinterhalt lockten, warf er die Perle weg (Prokopius erzählt die Geschichte) und sie wurde nie wieder gefunden, obwohl

Kaiser Anastasius als Belohnung fünf Zentner Goldstücke aussetzte. Der König von Malabar hatte einem Venezianer einen Rosenkranz aus dreihundertvier Perlen gezeigt, eine Perle für jeden Gott, den er anbetete.

Als der Herzog von Valentinois, der Sohn Alexanders des Sechsten, Ludwig den Zwölften von Frankreich besuchte, war (nach Brantôme) sein Pferd mit goldenen Blättern bedeckt, und sein Barett trug eine doppelte Reihe von Rubinen, die ein blendendes Licht ausstrahlten. Karl von England ritt in Steigbügeln, die mit vierhunderteinundzwanzig Brillanten besetzt waren. Richard der Zweite hatte ein Gewand, das mit Balasrubinen besetzt war und auf dreißigtausend Mark geschätzt wurde. Hall beschrieb in seiner Chronik Heinrich den Achten auf seinem Wege zur Krönung nach dem Tower folgendermaßen: er trug ein „Panzerkleid aus getriebenem Gold, die Brust war bestickt mit Diamanten und anderen Edelsteinen, und um den Hals hing ihm eine mächtige Kette aus schweren Balasrubinen." Die Günstlinge Jakobs des Ersten trugen Ohrringe aus Smaragden, die mit Goldfiligran gefasst waren. Eduard der Zweite schenkte dem Piers Gaveston eine vollständige Rüstung aus rotem Golde, die mit Hyazinthsteinen besetzt war, eine Halsberge aus goldenen Rosen, in die Türkise eingelassen waren, und eine Sturmhaube mir Perlen übersät. Heinrich der Zweite trug Handschuhe bis zum Ellbogen hinauf, die mit Edelsteinen bestickt waren, und er hatte einen Falkenierhandschuh, den zwölf Rubinen und zweiundfünfzig große Perlen zierten. Der Herzogshut

Karls des Kühnen, des letzten Burgunderherzogs seines Geschlechtes, war mit birnenförmigen Perlen behängt und mit Saphiren überstreut.

Wie köstlich doch das Leben einst gewesen war! Wie schwelgerisch in seinem Pomp und Schmuck! Von dem Reichtum der Toten auch nur zu lesen war schon wunderbar! –

Dann wandte er seine Aufmerksamkeit wieder den Stickereien und den Gobelins zu, die in den frostigen Räumen der nördlichen Völker Europa die Stelle der Freskogemälde vertraten. Als er sich in dieses Gebiet vertiefte – und er hatte immer eine außerordentliche Fähigkeit, sich für den Augenblick von allem, was er in Angriff nahm, absorbieren zu lassen – wurde er ordentlich traurig bei dem Gedanken an die Vernichtung, die die Zeit schönen und wundervollen Dingen zu bereiten verstand. Er wenigstens war dieser Vernichtung entronnen. Sommer folgte dem Sommer, die gelben Jonquillen hatten geblüht und waren viele Male verwelkt, und schreckliche Nächte wiederholten die Geschichte ihrer Schande, aber er blieb unverändert. Kein Winter entstellte sein Antlitz oder beschädigte seinen blumengleichen Schmelz. Wie anders war das mit den stofflichen Dingen! Wohin waren sie entschwunden? Wo war das große krokusfarbene Gewand, auf dem die Götter die Giganten bekämpft hatten, das von braunen Mädchen der Athene zur Freude gewirkt worden war? Wo war das große Velarium, das Nero über das Kolosseum in Rom hatte ausspannen lassen, dieses gigantische Purpursegel, auf dem der Sternenhimmel und Apollo abgebildet war, wie er einen Wagen lenkt, den weiße, von goldenen Zügeln gebändigte Stuten ziehen? Er sehnte sich danach, die sonderbaren Tischdecken zu sehen, die für den Sonnenpriester gewebt worden, und in die alle Leckerbissen und Speisen eingewirkt waren, die man für ein Festmahl wünschen konnte, das Sterbekleid des Königs Hilperich mit seinen dreihundert goldenen Bienen, die fantastischen Gewänder, die die Entrüstung des Bischofs von Pontus erregten und auf denen „Löwen, Panther, Bären, Hunde, Wälder, Felsen, Jäger – kurz alles dargestellt war, was ein Maler der Natur ablauschen kann", und den Rock, den Karl von Orleans einst getragen hatte, auf dessen Ärmel die Verse eines Gedichtes gestickt waren, das begann: Madame, je suis tout joyeur, während die Roten mit Goldfäden eingestickt waren und jeder Notenknopf, damals noch viereckig, aus vier Perlen gebildet war. Er las von dem Zimmer, das man im Palast von Reims für den Gebrauch der Königin Johanna von Burgund hergerichtet hatte, „und das mit dreizehnhunderteinundzwanzig gestickten Papageien geschmückt war, die das Wappen des Königs trugen, und mit fünfhunderteinundsechzig Schmetterlingen, deren Flügel auf dieselbe Weise mit dem Wappen der Königin geschmückt waren, das Ganze in Gold gearbeitet." Katharine von Medici hatte sich ein Trauerbett machen lassen, das aus schwarzem Samt gearbeitet und bestickt war mit Halbmonden und Sonnen. Die Vorhänge waren aus Damast, und auf Gold- und Silbergrund waren Zweige und Girlanden gestickt, und die Bordüren bestanden aus Fransen mit Perlen, und das Bett selbst stand in einem Zimmer, das mit Silbertuch bespannt war, auf dem die Wahlsprüche der

Königin in schwarzem, geschorenem Samt reihenweise eingestickt waren. Ludwig der Vierzehnte hatte in seinem Gemach fünfzehn Fuß hohe goldgestickte Karyatiden. Das Staatsbett Sobieskis, des Königs von Polen, bestand aus Smyrna-Goldbrokat, und aus Türkisen waren Verse aus dem Koran hineingestickt. Die Füße waren aus vergoldetem Silber, herrlich getrieben und mit Medaillons aus Email und Edelsteinen verschwenderisch besetzt. Es war bei der Belagerung von Wien aus dem türkischen Lager erbeutet worden, und die Fahne Mohammeds war unter dem blitzenden Gold seines Baldachins angebracht. – –

Und so suchte er ein ganzes Jahr lang die erlesensten Proben zusammen, die er von Webekunst und Stickereiarbeiten auftrieben konnte. Er verschaffte sich die duftigen Delhimusselins, die zart mit goldenen Palmblättern und mit irisierenden Käferflügeln bestickt waren; die Gazestoffe aus Dhaka, die man im Orient ihrer Durchsichtigkeit wegen „gewebte Luft“, „rieselndes Wasser“ und „Abendtau“ nennt: Tücher aus Java mit seltsamen Figuren: feine, gelbe chinesische Gardinen: Bücher, in lohfarbigen Atlas oder hellblaue Seide gebunden und eingepresst heraldische Lilien, Vögel und Schildereien zeigend: Points lace-Schleiergewebe aus Ungarn: sizilianische Brokate und steife spanische Sammete: georgische Arbeiten mit goldenen Münzen: japanische Fukusas mit grünen Goldtönen und gefiederten Vögeln wunderbarster Arbeit.

Er hatte schließlich noch eine besondere Neigung für kirchliche Gewänder wie für alles, was mit dem religiösen Ritus zusammenhing. In langen Kästen aus

Zedernholz, die auf der Westgalerie seines Hauses standen, hatte er viel schöne seltene Proben des wahrhaften Kleides der Christusbraut gesammelt, die sich in Purpur, in Edelsteine und feines Linnen kleiden muss, um den bleichen, abgezehrten Leib darin zu verhüllen, der von den Leiden erschöpft ist, die sie sucht, und von selbst zugefügten Schmerzen verwundet. Er besaß einen prachtvollen Chorrock aus karminroter Seide und goldgewirktem Damast, der mit einem sich wiederholenden Muster von goldenen Granatäpfeln geziert war, die auf sechsblättrigen, regelmäßigen Blüten saßen, worunter auf jeder Seite ein in Staubperlen gestickter Tannenzapfen war. Die Goldstickereien waren in Felder eingeteilt, worin Szenen abgebildet waren aus dem Leben der Jungfrau und die Krönung der Jungfrau war in der dazu gehörigen Kappe in farbiger Seide eingestickt. Es war italienische Arbeit aus dem fünfzehnten Jahrhundert. Ein anderer Chorrock war aus grünem Sammet, mit herzförmigen Bündeln von Akanthusblättern bestickt, aus denen weiße langgestielte Blüten hervorsprossten, die mit silbernen Fäden und farbigen Kristallperlen zart ausgearbeitet waren. Auf der Spange war der Kopf eines Seraphs in erhabener Goldstickerei zu sehen. Die Borten waren fortlaufend auf blumengemustertem Tuch in roter und goldener Seide eingewebt und mit den Medaillonbildnissen vieler Heiligen und Märtyrer geschmückt, unter denen sich der heilige Sebastian befand. Er hatte auch Messgewänder aus bernsteinfarbiger Seide und blauer Seide und goldenem Brokat und aus gelbem Seidendamast und goldenem Tuch, die alle bedeckt waren mit Darstellungen aus der Passion und der Kreuzigung Christi, und bestickt mit Löwen, Pfauen und anderen Emblemen. Er hatte Dalmatikas aus weißem Atlas und rosarotem Seidendamast mit Tulpen, Delfinen und heraldischen Lilien geziert; Altarbecken aus karmesinrotem Sammet und blauen Linnen und viele Decken für Messgeräte, Kelchhüllen und Schweißtücher. In den mystischen Diensten, zu denen diese Dinge bestimmt waren, lag etwas, das seine Einbildungskraft anregte.

Denn diese Schätze und alles, was er in seinem wunderhübschen Hause ansammelte, waren für ihn Mittel zum Vergessen, Liebhabereien, durch die er zeitweise der Angst entrinnen konnte, die ihm oft zu groß erschien, um sie zu ertragen. An die Wand des verlassenen, verschlossenen Zimmers, worin er einen so großen Teil seiner Knabenzeit verbracht hatte, hatte er mit eigener Hand das fürchterliche Porträt aufgehängt, dessen Züge ihm in ihrer Veränderung die wahrhafte Erniedrigung seines Lebens zeigten, und darüber hatte er als Vorhang das Bahrtuch aus Gold und Purpur angebracht. Wochenlang mochte er nicht hinaufgehen, vergaß er das grässliche Gemälde und gewann dann wieder sein leichtes Herz zurück, seine wunderbare Fröhlichkeit und seine Kraft zu leidenschaftlicher Versenkung ins Leben. Dann aber schlich er plötzlich in einer Nacht aus dem Hause, besuchte schaurige Orte in der Nähe von Blue Gate Fields und blieb dort Tage um Tage, bis es ihn aufs Neue hinwegtrieb. Nach seiner Rückkehr saß er dann wohl wieder vor dem Bilde, manchmal voll Ekel davor und vor sich selber, ein andermal aber erfüllt von dem Stolze, der den halben Reiz der Sünde ausmacht, und dann lächelte er mit geheimem Vergnügen das verunstaltete Abbild an, das die Last zu tragen hatte, die eigentlich für ihn bestimmt war.

Nach einigen Jahren konnte er es nicht mehr aushalten, lange von England weg zu sein, und gab das Landhaus auf, das er gemeinsam mit Lord Henry in Trouville gepachtet hatte, und ebenso das kleine von weißer Mauer umfriedete Haus in Algier, wo sie mehr als einen Winter verbracht hatten. Er konnte es nicht ertragen, von dem Porträt getrennt zu sein, das jetzt gewissermaßen ein Teil seines Lebens geworden war, und er fürchtete auch, es könne in seiner Abwesenheit irgendjemand Zutritt in das Gemach bekommen trotz den kunstvollen Sicherheitsschlössern, die er an der Türe hatte anbringen lassen.

Er war sich indessen bewusst, dass das Bild an niemand etwas verraten könne. Allerdings bewahrte es unter all der Gemeinheit und Hässlichkeit seines Antlitzes noch eine deutliche Ähnlichkeit mit ihm, aber was konnten die Leute daraus entnehmen? Er würde jeden auslachen, der es versuchen wollte, ihn zu schmähen. Er hatte es ja nicht gemalt. Was ging es ihn an, wie abscheulich und schändlich es aussah? Selbst wenn er jemand die Wahrheit erzählte: Konnte sie einer glauben?

Und doch hatte er Angst. Wenn er manchmal auf seiner großen Besitzung in Nottinghamshire war und die eleganten jungen Leute bewirtete, die meistens seine Gesellschaft bildeten, und die Bewohner der Grafschaft durch den ausschweifenden Luxus und verschwenderischen Glanz seines Lebens in Erstaunen setzte, dann verließ er wohl plötzlich seine Gäste und eilte zurück in die Stadt, um nachzusehen, ob sich niemand an der Türe zu schaffen gemacht habe und ob das Bild noch da sei? Wie, wenn es jemand gestohlen hätte? Der bloße Gedanke erfüllte ihn mit kaltem Entsetzen! Gewiss würde dann die Welt sein Geheimnis erfahren. Vielleicht hatte sie schon Verdacht geschöpft?

Denn ebenso wie er viele bezauberte, gab es auch nicht wenige, die ihm misstrauten. Er wäre in einem Westendklub fast schwarz ballotiert worden, zu dessen Mitgliedschaft ihn soziale Stellung und Geburt vollständig berechtigten, und es hieß, dass einmal, als er mit einem Freunde in das Rauchzimmer des Churchill-Klubs eintrat, der Herzog von Berwick und ein anderer Herr in auffallender Weise aufgestanden und hinausgegangen wären. Sonderbare Geschichten waren im Umlauf, als er sein fünfundzwanzigstes Jahr erreicht hatte. Man munkelte, dass man ihn in einer schmutzigen Spelunke in einem entlegenen Winkel Whitechapels mit fremden Matrosen habe zechen sehen und dass er mit Dieben und Falschmünzern umgehe und die Geheimnisse ihres Gewerbes kenne. Seine auffallende Gewohnheit, zu bestimmten Zeiten irgendwo unterzutauchen, war bekannt, und wenn er dann wieder in der Gesellschaft erschien, flüsterte man sich in den Ecken Bemerkungen zu oder man ging an ihm mit einem unzweideutigen Lächeln oder mit kühlen, forschenden Blicken vorbei, als wäre man entschlossen, hinter sein Geheimnis zu kommen.

Von diesen Dreistigkeiten und versuchten Beleidigungen nahm er natürlich keine Notiz, und in den Augen der meisten Leute war sein freundliches, offenes

Wesen, sein reizendes Knabenlächeln und die vollendete Anmut seiner wundervollen Jugend, die ihn nie zu verlassen schien, an sich eine genügende Antwort auf die angeblichen Verleumdungen, die über ihn im Umlauf waren. Indessen bemerkte man, dass einige von denen, die früher mit ihm sehr innig verkehrt hatten, ihn nach einiger Zeit zu meiden anfingen. Frauen, die ihn glühend geliebt, um seinetwillen allem Tadel der Gesellschaft getrotzt und die Konvention verachtet hatten, konnte man vor Scham oder Grauen erblassen sehen, wenn Dorian Gray ins Zimmer trat.

Doch dieses Skandalgeflüster erhöhte in den Augen vieler nur Dorians seltsamen und gefährlichen Reiz. Auch sein großer Reichtum bot ein gewisses Element der Sicherheit. Die Gesellschaft, wenigstens die zivilisierte Gesellschaft, ist niemals so leicht geneigt, etwas Schlechtes von denen zu glauben, die reich und interessant zugleich sind. Sie begreift instinktiv, dass Manieren wichtiger sind als Moral, und ihrer Meinung nach ist die höchste Ehrbarkeit weniger wert als der Besitz eines vorzüglichen Küchenchefs. Und schließlich ist es auch nur ein schwacher Trost, wenn einem gesagt wird, dass der Mann unantastbar in seinem Privatleben dasteht, bei dem es ein schlechtes Diner oder einen elenden Wein gegeben hat. Selbst die Kardinaltugenden können nicht mit kalt gewordenen Entrees versöhnen, bemerkte Lord Henry einmal, als man über dieses Thema sprach; und für seine Ansicht spricht sicherlich sehr viel. Denn die Gesetze der guten Gesellschaft sind oder sollten wenigstens dieselben sein, wie die Regeln der Kunst. Form ist unbedingt wesentlich für sie. Sie sollte ebenso die

Würde wie die Unwirklichkeit einer Zeremonie haben und sollte den unaufrichtigen Schein eines romantischen Schauspiels mit dem Witz und der Schönheit verknüpfen, die das Entzücken solcher Spiele für uns ausmachen. Ist denn Unaufrichtigkeit etwas so Furchtbares? Ich glaube nicht. Sie ist nur ein Mittel, wodurch wir unsere Persönlichkeit vervielfachen können.

Das war jedenfalls die Meinung von Dorian Gray! Er pflegte sich über die seichte Psychologie der Leute zu verwundern, die sich das Ich eines Menschen als etwas Einfaches, Beständiges, Verlässliches und Einheitliches vorstellen. Für ihn war der Mensch ein Wesen mit Myriaden von einzelnen Leben und Myriaden von besonderen Gefühlen: ein kompliziertes, vielgestaltetes Geschöpf, das in seinen Gedanken und Leidenschaften seltsame Erbschaften mit sich herumtrug und dessen Fleisch von den ungeheuerlichen Krankheiten der Verstorbenen angesteckt war. Er liebte es, die kleine, kalte Bildergalerie auf seinem Landsitze zu durchschlendern und die verschiedenen Porträts der Menschen zu betrachten, deren Blut in seinen Adern floss. – Hier war Philip Herbert, den Francis Osborne in seinen *Memoiren über die Herrscherzeit der Königin Elisabeth und des Königs Jakob* als einen Mann beschrieb, „den der Hof seines hübschen Gesichtes wegen lieb hatte, das ihm aber nicht lange Gesellschaft leistete." War es das Leben des jungen Herbert, das er manchmal führte? Hatte sich irgendein merkwürdiger Gift tragender Keim von Körper zu Körper übertragen, bis er seinen eigenen erreicht hatte? War es an diesen verwelkten Liebreiz eine dumpfe Erinnerung gewesen, die in Basil Hallwards Atelier so jäh und fast ohne Grund damals über ihn hereinbrach, als er jenes wahnsinnige Gebet ausrufen musste, das sein Leben so sehr verändert hatte? – Hier stand in goldgesticktem rotem Wams, in einem mit Juwelen ausstaffierten Überrock und mit goldgefassten Hals- und Ärmelkrausen Sir Anthony Sherard, die Beine gepanzert mit silbernen und schwarzen Schienen. Was war das Vermächtnis dieses Mannes gewesen? Hatte ihm der Geliebte der Giovanna von Neapel ein Erbteil der Sünde und Schande hinterlassen? Waren seine eigenen Handlungen nur die Träume, die sich der Tote nicht zu verwirklichen getraut hatte? – Hier lächelte von verblasster Leinwand Lady Elisabeth Devereux in ihrer Gazehaube, in perlenbesticktem Brustschmuck und mit roten Schlitzärmeln. Sie hielt eine Blume in der rechten Hand, und die linke umfasste einen emaillierten Halsschmuck aus weißen und Damaszener Rosen. Auf einem Tisch neben ihr lag eine Mandoline und ein Apfel. Auf ihren kleinen, spitzen Schnabelschuhen saßen große, grüne Rosetten. Er kannte ihr Leben und die seltsamen Histörchen, die man über ihre Liebhaber erzählte. Hatte er von ihrem Temperament etwas in sich? Diese ovalen Augen mit den schweren Lidern schienen ihn so eigentümlich anzublicken. – Wie stand es um George Willoughby mit seinem gepuderten Haar und seinen fantastischen Schönheitspflästerchen? Wie böse er aussah! Das Gesicht war melancholisch und bräunlich, und die sinnlichen Lippen schienen verächtlich zusammengekniffen. Kostbare Spitzenmanschetten bauschten sich über den mageren gelben Händen, die so mit Ringen überladen waren. Er war im achtzehnten Jahrhundert ein Dandy und in seiner Jugend ein Freund von Lord Ferrars gewesen. – Wie war es mit dem zweiten Lord Beckenham gewesen, dem Gefährten des Prinzregenten in seinen wildesten Tagen und auch einem der Zeugen bei seiner heimlichen Eheschließung mit Frau Fitzherbert? Wie stolz und hübsch war er mit seinen kastanienbraunen Locken und der herausfordernden Haltung! Welche Leidenschaften hatte er ihm vererbt? Die Welt hatte ihn für schändlich gehalten. Er hatte den Vorsitz geführt bei den Orgien in Carlton House. Der Stern des Hosenbandordens strahlte auf seiner Brust. – Neben ihm hing das Bild seiner Gemahlin, einer blassen, dünnlippigen Frau in schwarzem Klcide. Auch ihr Blut flutete in ihm. – Wie merkwürdig das alles schien! Und seine Mutter mit ihrem Lady Hamilton-Gesicht und ihren feuchten, wie von Wein benetzten Lippen? Er wusste, was er von ihr mitbekommen hatte! Von ihr hatte er seine Schönheit geerbt und seine Leidenschaft für die Schönheit anderer. Sie lachte ihn an in ihrem losen Bacchantinnenkleide. In ihrem Haare waren Weinblätter eingeflochten. Über den Becher, den sie in Händen hielt, schäumte der Purpur. Die Fleischfarbe des Gemäldes war verblasst, aber die Augen waren in ihrer Tiefe und ihrem Farbenglanz noch wunderbar. Sie schienen ihm überall hinzufolgen, wo er auch ging.

Aber man hatte ebenso Vorfahren in der Literatur wie im eigenen Geschlecht, und viele standen einem in ihrem Menschentum und in ihrem Temperament vielleicht näher und hatten sicher einen Einfluss, von dem man sich bestimmtere Rechenschaft zu geben vermochte. Es gab Zeiten, wo Dorian Gray den Eindruck hatte, als wäre die ganze Weltgeschichte nur ein Bericht seines eigenen Lebens, nicht wie er es nach Taten und Umständen gelebt, sondern wie es seine Fantasie für ihn erschaffen hatte, wie es in seinem Gehirn und in seinen Sinnentrieben gewesen war. Er fühlte, dass er sie alle gekannt hatte, diese merkwürdigen schrecklichen Gestalten, die über die Weltenbühne geschritten waren und die Sünde so glänzend und das Böse so tief und so fein gemacht hatten. Es wollte ihm scheinen, als sei auf irgendeine geheimnisvolle Weise ihr Leben auch sein eigenes gewesen.

Der Held des wunderbaren Romans, der seine Entwicklung so mächtig beeinflusst hatte, war auch von diesem seltsamen Einfall ergriffen gewesen. Im siebenten Kapitel erzählt er: Wie er, mit Lorbeer bekränzt, damit ihn nicht der Blitz treffe, in einem Garten von Capri als Tiberius gesessen und die schändlichen Bücher von Elephantis gelesen habe, während um ihn herum Zwerge und Pfauen stolzierten und der Flötenspieler den Weihrauchschwinger verspottete. Und wie er als Caligula mit den grün beschürzten Stallknechten in ihren Ställen gezecht und aus einer elfenbeinernen Krippe ein Mahl genommen habe mit einem Rosse, das ein edelsteingeschmücktes Stirnband trug: Und wie er als Domitian durch einen Korridor gewandert sei, dessen Wände mit Marmorspiegeln bedeckt waren, in denen er mit verstörten Augen auf den Reflex des Dolches gesehen habe, der seine Tage enden sollte, krank an der Langeweile, dem schrecklichen *taedium vitae*, das alle befällt, denen das Leben nichts versagt. Und wie er durch einen hellen Smaragd dem blutrünstigen Schlächtergemetzel im Zirkus zugeschaut habe und dann in einer Karosse aus Perlen und Purpur, die von silberfarbig gesprenkelten Maultieren gezogen wurde, durch eine Straße mit Granatbäumen zu einem goldenen Hause gefahren sei und gehört habe, wie ihm die Menschenmenge, als er vorbeifuhr, zurief: Kaiser Nero! Und wie er sich als Heliogabal das Gesicht geschminkt, mit den Weibern am Spinnrocken gesessen und den Mond aus Karthago geholt und ihn in mystischer Ehe mit der Sonne vermählt habe.

Wieder und wieder las Dorian dieses fantastische Kapitel und die zwei unmittelbar folgenden, in denen wie auf wunderlichen Gobelins oder kunstvoll gearbeiteten Emaillen die gräulich schönen Gestalten jener dargestellt waren, die Laster und Blut und Übersättigung zu Ungeheuern oder Narren gemacht hatte: Er sah Filippo, den Herzog von Mailand, der sein Weib getötet und ihre Lippen mit scharlachrotem Gift gefärbt hatte, damit ihr Geliebter von dem Leichnam den Tod saugen möge, wenn er ihn liebkoste; den Venezianer Pietro Barbi, bekannt als Paul den Zweiten, der den Beinamen Formosus in seiner Eitelkeit annehmen wollte und dessen Tiara, die zweihunderttausend Gulden Wert hatte, mit einer furchtbaren Sünde erkauft worden war; er sah den Gian Maria Visconti, der sich Hunde hielt, um Jagd auf lebende Menschen zu machen, und dessen Leichnam nach seiner Ermordung von einer Dirne, die ihn geliebt hatte, mit Rosen bedeckt wurde; den Borgia auf seinem Schimmel, neben dem der Brudermord hoch zu Rosse saß, und dessen Mantel mit dem Blute Perottos befleckt war; Er sah den Pietro Riario, den jungen Kardinal-Erzbischof von Florenz, das Kind und den Liebling Sixtus des Sechsten, dessen Schönheit nur von seiner Lasterhaftigkeit übertroffen wurde, und der die Leonore von Aragonien in einem Zelt aus weißer und karmesinfarbener Seide empfing, das voll von Nymphen und Zentauren war, und der einen Knaben vergolden ließ, damit er bei dem Feste als Ganymed oder Hylas aufwarten konnte; er sah den Etzelin, dessen Schwermut nur durch das Schauspiel des Todes geheilt werden konnte und der eine wilde Leidenschaft für rotes Blut hatte, wie andere Menschen für roten Wein – den man den Sohn des Satans hieß und der seinen Vater beim Würfeln betrogen hatte, als er mit ihm um seine Seele spielte; den Giambattista Cibo, der den Namen Innozentius aus Hohn annahm und in dessen verseuchte Adern ein jüdischer Arzt das Blut von drei Jünglingen einpumpte; er sah den Sigismondo Malatesta, den Liebhaber der Isotta und den Herrn von Rimini, der im Bilde als ein Feind Gottes und der Menschen zu Rom verbrannt wurde, die der Polyssena mit einer Serviette erwürgte und der Ginevra d'Este aus einem Smaragdbecher Gift zu trinken gab und, zu Ehren einer schändlichen Leidenschaft einen heidnischen Tempel zur Anbetung für die Christen baute; er sah Karl den Sechsten, der für das Weib seines Bruders so sinnlos erglühte, dass ihm ein Aussätziger den Irrtum prophezeite, der über ihn kommen werde, und der, als sein Geist erkrankt war und sich verwirrt hatte, nur durch sarazenische Spielkarten, auf denen Liebe, Tod und Wahnsinn abgebildet waren, besänftigt werden konnte; und er sah in seinem prächtigen Kamisol und in seinem edelsteingeschmückten Barett und den akanthusgleichen Locken den Grifonetto Baglioni, der Astorre bei seiner Braut und Simonetto bei seinem Pagen erschlug, und dessen Liebreiz so groß war, dass selbst seine Hasser das Schluchzen nicht unterdrücken konnten, als er sterbend auf der gelben Piazza in Perugia lag, und Atalanta ihn segnete, die ihn verflucht hatte.

Ein grauenhafter Zauber lag in alledem. Er sah diese Gestalten bei Nacht, und sie verwirrten während des Tages seine Vorstellungen. Die Renaissance kannte seltsame Arten, zu vergiften –: zu vergiften durch einen Helm und eine angezündete Fackel, mit einem bestickten Handschuh und einem edelsteinbesetzten Fächer, durch ein vergoldetes Riechbüchschen und eine Bernsteinkette. Dorian Gray war durch ein Buch vergiftet worden. Es gab Augenblicke, wo er die Sünde einzig und allein als eine Möglichkeit ansah, seinen Schönheitsbegriff zu verwirklichen.

Zwölftes Kapitel.

Es war am neunten November, am Vorabend seines achtunddreißigsten Geburtstages, wie er sich dessen später oftmals erinnerte.

Er ging gegen elf Uhr aus Lord Henrys Wohnung, bei dem er zu Abend gegessen hatte, nach Hause und war in einen dicken Pelz gehüllt, weil die Nacht kalt und neblig war. In der Ecke von Grosvenor Square und South Audbley Street ging im Nebel jemand sehr eilig an ihm vorbei, der den Kragen seines grauen Ulsters hochgeschlagen hatte. Er trug eine Reisetasche. Dorian erkannte ihn. Es war Basil Hallward. Ein seltsames Angstgefühl, über das er sich keine Rechenschaft zu geben vermochte, überkam ihn. Er ließ nicht merken, dass er ihn erkannt hatte und setzte seinen Weg rasch fort in der Richtung seines Hauses zu.

Aber Hallward hatte ihn gesehen. Dorian hörte, wie er zuerst auf dem Trottoir stehen blieb und ihm dann nacheilte. Einige Augenblicke später lag eine Hand auf seinem Arm.

„Dorian! Was für ein glücklicher Zufall! Ich habe in deiner Bibliothek seit neun Uhr auf dich gewartet! Schließlich tat mir dein verschlafener Diener Leid, und als er mich hinunterließ, sagte ich ihm, er solle zu Bett gehen. Ich fahre mit dem Mitternachtszuge nach Paris und ich hatte den lebhaften Wunsch, dich vor meiner Abreise noch einmal zu sehen. Ich dachte, als du vorbeigingst, das musst du sein, oder mindestens dein Pelz! Aber ich war doch nicht ganz sicher. Hast du mich denn nicht erkannt?“

„Bei so einem Nebel, lieber Basil? Ich kann nicht mal Grosvenor Square erkennen. Ich vermute, mein Haus ist hier irgendwo in der Nähe, aber ich bin mir nicht ganz sicher. Es tut mir Leid, dass du reist, denn ich hab dich ja eine Ewigkeit nicht gesehen. Aber ich denke, du kommst doch bald wieder?“

„Nein, ich bleibe sechs Monate von England weg! Ich will mir ein Atelier in Paris mieten und mich darin einkapseln, bis ein großes Bild fertig ist, das ich im Kopf habe. Aber ich wollte nicht über mich reden. Da sind wir gerade an deiner Tür. Lass mich einen Augenblick mit herein. Ich hab dir etwas zu sagen!“

„Es wird mir eine große Freude sein. Aber versäumst du auch deinen Zug nicht?“, sagte Dorian Gray mit schläfriger Stimme, als er die Treppe hinaufstieg und die Tür mit seinem Drücker öffnete.

Das Lampenlicht kämpfte flackernd gegen den Nebel, und Hallward sah auf die Uhr.

„Ich hab noch eine Unmasse Zeit“, antwortete er. „Der Zug geht erst zwölf Uhr fünfzehn, und es ist gerade elf. Offen gesagt, ich war gerade auf dem Weg in den Klub, um dich zu suchen, als ich dich traf. Mein Gepäck wird mich nicht sehr aufhalten, wie du siehst, weil ich die schweren Sachen vorausgeschickt habe. Hier in der Tasche ist alles, was ich mitnehme, und bis Victoria Station kann ich bequem in zwanzig Minuten kommen!“

Dorian sah ihn lächelnd an.

„Für einen berühmten Maler eine komische Art, zu reisen! Eine Handtasche und ein Ulster! Komm herein, sonst wirbelt der Nebel ins Haus! Und bitte, sprich über nichts Ernsthaftes mit mir. Nichts ist ernsthaft heutzutage. Sollte es wenigstens nicht sein."

Hallward schüttelte den Kopf, als er eintrat und folgte Dorian ins Bibliothekzimmer. Dort brannte ein helles Holzfeuer, und ein geöffneter holländischer Likörkasten aus Silber stand neben ein paar Sodawassersiphons und geschliffenen großen Gläsern auf einem eingelegten Tischchen.

„Wie du siehst, hat mir's dein Diener gemütlich gemacht, Dorian. Er hat mir alles gegeben, was ich brauchte, sogar deine besten Zigaretten mit Goldmundstück. Es ist ein recht gastfreundlicher Mensch. Ich mag ihn viel lieber als den Franzosen, den du vor ihm hattest. Was ist übrigens aus dem Franzosen geworden?"

Dorian zuckte die Achseln.

„Ich glaube, er hat Lady Radleys Kammermädchen geheiratet und sie in Paris als englische Schneiderin etabliert. Ich höre, dass zurzeit Anglomanie drüben sehr Mode ist. Scheint mir recht töricht von den Franzosen, nicht? Aber weißt du noch? Er war wirklich kein schlechter Bedienter. Ich mochte ihn nie so recht leiden, aber er gab mir doch keinen Grund zur Klage. Man bildet sich oft Dinge ein, die ganz sinnlos sind. Er war mir wirklich sehr ergeben und schien ganz traurig, als er wegging. Willst du noch Soda mit Kognak? Oder lieber Schorlemorle? Ich nehme das immer mit Selter. Es ist gewiss etwas im Nebenzimmer."

„Danke, ich trinke nichts mehr", sagte der Maler, legte Mütze und Überrock ab und warf sie auf die Reisetasche, die er in die Zimmerecke gestellt hatte.

„Und jetzt, lieber Freund, möchte ich mal ernsthaft mit dir sprechen. Du musst nicht so böse aussehen. Du machst es mir dadurch nur schwerer."

„Was soll das alles?", rief Dorian, seine Verdrießlichkeit ungescheut zeigend und warf sich auf das Sofa. „Ich hoffe, es handelt sich nicht um mich. Ich habe heute Abend genug von mir. Ich wünschte, ich wäre ein anderer."

„Es handelt sich um dich", antwortete Hallward mit seiner tiefen, ernsten Stimme, „und ich muss es dir sagen. Ich werde dich kaum ein halbes Stündchen aufhalten."

Dorian seufzte und steckte sich eine Zigarette an. „Ein halbes Stündchen", murrte er.

„Das ist nicht viel von dir verlangt, Dorian, und ich spreche wirklich nur deinetwillen. Ich halte es für richtig, dass du endlich die schrecklichen Dinge erfährst, die über dich in London geredet werden."

„Ich will davon nicht das Mindeste wissen! Ich habe Tratsch über andere Leute recht gern, aber Tratsch über mich interessiert mich ganz und gar nicht. Es hat für mich nicht mal den Reiz der Neuheit."

„Es muss dich interessieren, Dorian! Jeder anständige Mensch ist an seinem guten Ruf interessiert. Du darfst doch die Leute nicht von dir reden lassen, wie von einem gesunkenen und abscheulich lasterhaften Menschen. Natürlich hast du deine gesellschaftliche Stellung, deinen Reichtum und all dergleichen! Aber auf Stellung und Reichtum kommt's nicht allein an. Auf mein Wort: Ich glaube von diesen Gerüchten nichts. Wenigstens kann ich nichts davon glauben, wenn ich dich sehe! Die Sünde steht jedem Menschen auf der Stirn geschrieben. Man kann sie nicht verbergen. Die Menschen schwatzen manchmal von geheimen Lastern. So etwas gibt's nicht! Wenn ein unseliger Mensch ein Laster hat, so zeigt sich's in den Linien seinen Mundes, in seinen herabgesunkenen Augenlidern, selbst in der Form seiner Hände. Jemand – ich will seinen Namen nicht nennen, aber du kennst ihn – jemand kam voriges Jahr zu mir und wollte sich malen lassen. Ich hatte ihn vorher nie gesehen und damals nie etwas von ihm gehört, seitdem aber hat man mir von ihm eine Menge erzählt. Er bot mir einen fabelhaften Preis an. Ich habe abgelehnt. An der Form seiner Finger war etwas, das mich ekelhaft berührte! Jetzt weiß ich, dass ich mit meiner Vermutung recht hatte! Sein Leben ist fürchterlich! Aber von dir, Dorian, mit deinem reinen, unschuldigen Gesicht und deiner wunderbaren unberührten Jugend – ich kann nicht das Grässliche glauben, das man gegen dich vorbringt! Und doch, ich sehe dich jetzt so selten, und in mein Atelier kommst du gar nicht mehr, und wenn ich nicht mit dir zusammen bin und alle die widerwärtigen Dinge höre, die sich die Leute über dich zuflüstern, dann weiß ich nicht, was ich dazu sagen soll. Woher kommt es, Dorian, dass ein Mann wie der Herzog von Berwick aufsteht und das Klubzimmer verlässt, wenn du eintrittst? Warum wollen so viele Männer in London nicht zu dir kommen und warum laden sie dich niemals zu sich ein? Du warst doch mit Lord Staveley befreundet? Ich traf ihn vorige Woche bei einem Diner. Dein Name fiel zufällig im Gespräch in Verbindung mit den Miniaturen, die du der Dudley-Ausstellung hergeliehen hast. Staveley verzog die Lippen und meinte: Es wäre ja möglich, dass du einen äußerst künstlerisch gebildeten Geschmack habest, aber du seist ein Mann, den kein reines Mädchen kennen lernen sollte und mit dem keine anständige Frau im selben Zimmer sein dürfte. Ich gab ihm zu verstehen, dass ich dein Freund sei, und fragte ihn, was er damit meine? Er sagte es mir. Er sagte es mir vor allen Leuten geradeheraus. Es war scheußlich! Warum ist deine Freundschaft für junge Männer solch Unglück? Da war der unselige Bursche in der Leibgarde, der Selbstmord begangen hat. Du warst sein bester Freund! Da war Sir Henry Ashton, der England mit einem besudelten Namen verlassen musste. Du und er, ihr wart beide unzertrennlich! Wie ist es mit Adrian Singleton bestellt und seinem furchtbaren Ende? Was war das mit Lord Kents einzigem Sohne und seiner Karriere? Ich traf seinen Vater gestern in St. James Street. Er schien vor Schande und Herzleid gebrochen! Was hattest du mit dem jungen Herzog von Perth? Was für ein Leben führt er jetzt? Welcher anständige Mensch wollte noch mit ihm Umgang haben?“

„Hör auf! Basil; du sprichst von Dingen, von denen du nichts weißt“, sagte Dorian Gray, der sich auf die Lippen biss und in seine Stimme einen Ton unsäglicher Verachtung legte. „Du fragst mich, warum Berwick aus dem Zimmer geht, wenn ich eintrete? Er tut es, weil ich sein Leben durch und durch kenne, nicht weil er etwas von mir wüsste. Wie könnte er bei dem Blute, das in seinen Adern rollt, nicht viel auf dem Kerbholz haben? –

Du fragst mich nach Henry Ashton und dem jungen Perth? Hab ich dem einen seine Laster, dem anderen seine Ausschweifungen beigebracht? Wenn sich Kents idiotischer Sohn sein Weib von der Straße holt, was geht das mich an? Wenn Adrian Singleton den Namen seines Freundes auf einen Wechsel schreibt, bin ich sein Warner? Ich weiß, wie die Leute in England klatschen! Die Mittelklassen spreizen sich bei ihren endlosen Diners mit ihren moralischen Vorurteilen und munkeln von etwas, das sie die Ausschweifungen von Leuten nennen, denen es besser geht, und um sich damit zu brüsten, dass sie in der feinen Gesellschaft Verkehr haben und mit den Personen intim sind, die sie durchhecheln. Bei uns zulande genügt es, wenn einer Vornehmheit und Geist hat, dass sich an ihm jede gemeine Zunge wetzt. Und was für eine Art Leben führen denn diese Menschen selber, die sich so großartig auf die Moral hinausspielen? Mein lieber Junge, du vergisst wohl ganz, dass wir in der Heimat der Heuchelei leben?"

„Dorian", rief Hallward, „darum handelt es sich nicht! Wie schlecht es um England bestellt ist, und wie die englische Gesellschaft verrottet ist, weiß ich selbst. Gerade deshalb wünsche ich, dass du gut bleibst! Du bist nicht gut geblieben! Man hat ein Recht darauf, einen Menschen nach der Wirkung zu beurteilen, die er auf seine Freunde ausübt. Deine Freunde scheinen aber jedes Gefühl für Ehre, Anstand und Reinheit zu verlieren. Du hast sie mit einer wahnsinnigen Genusssucht erfüllt. Sie sind tief gesunken! Ja, und d u hast sie da hinabgeführt, und doch kannst du lächeln, und du lächelst noch jetzt. Und es gibt noch Schlimmeres!

Ich weiß, du und Harry – ihr seid unzertrennlich. Schon aus diesem Grunde, wenn aus keinem anderen, hättest du den Namen seiner Schwester gewiss nicht zum Spott machen dürfen!“

„Nimm dich in Acht, Basil! Du gehst zu weit.“

„Ich muss sprechen, und du musst mich anhören. Als du Lady Gwendolen kennen lerntest, hatte sie auch nicht der leiseste Hauch übler Nachrede berührt. Gibt es eine einzige anständige Frau in London, die jetzt mit ihr im Park spazieren fahren würde? Ja, nicht einmal ihre Kinder dürfen mit ihr leben. Dann gibt es andere Geschichten – Geschichten, dass man dich gesehen hat, wie du in der Dämmerung aus scheußlichen Häusern herausgeschlichen bist, dass du dich verkleidet in den niederträchtigsten Höhlen Londons umhertriebst! Ist das wahr? Kann das wahr sein? Als ich das erste Mal so etwas hörte, lachte ich. Jetzt hör ich es mit Schaudern! Wie steht es mit deinem Landhause und dem Leben, das dort geführt wird? Dorian, du weißt nicht, was man über dich spricht. Ich will dir das nicht vorhalten, ich will dir keine Predigt halten. Ich erinnere mich, dass Harry einmal gesagt hat: Jeder Mensch, der als Moralprediger dilettieren will, fängt damit an, dass er behauptet, er wolle nicht predigen und dann sein Wort bricht. Also schön: Ich will dir eine Predigt halten! Ich möchte dich ein solches Leben führen sehen, dass die Welt vor dir Achtung haben soll. Ich will, dass du einen reinen Namen und einen guten Ruf hast! Ich will, dass du dich losmachst von den grässlichen Menschen, mit denen du jetzt auf dem Freundesfuße stehst! Zucke nicht mit den Achseln. Sei nicht so gleichgültig. Du hast einen mächtigen Einfluss. Lass ihn zum Guten wirken und nicht zum Bösen. Man sagt, du verderbest jeden Menschen, mit dem du intim wirst, und es sei völlig hinreichend, dass du ein Haus betrittst, damit dir irgendeine Art Schande auf dem Fuße nachfolge! Ich weiß nicht, ob dem so ist oder nicht. Wie sollt ich's auch wissen? Aber man sagt es von dir. Man erzählte mir Dinge, die ich unmöglich länger bezweifeln kann. Lord Gloucester war einer meiner liebsten Freunde in Oxford. Er hat mir den Brief gezeigt, den ihm seine Frau geschrieben hat, als sie allein auf dem Sterbebette in ihrer Villa in Mentone lag. Dein Name war da verwickelt in die fürchterlichste Beichte, die ich je gelesen habe. Ich sagte ihm, dass es Tollheit wäre, dass ich dich durch und durch kennte und dass du zu irgendetwas Derartigem gänzlich unfähig wärest! Kenne ich dich? Ich frage mich, kenne ich dich? Bevor ich darauf antworten kann, müsste ich deine Seele sehen!"

„Meine Seele sehen?", murmelte Dorian Gray, stand vom Sofa auf und wurde beinahe weiß vor Angst.

„Ja", antwortete Hallward ernst und ein tief schmerzlicher Klang bebte in seiner Stimme – „deine Seele sehen. Aber das kann nur Gott!"

Ein bitterhöhnisches Gelächter schrillte aus dem Munde des Jüngeren.

„Du sollst sie selbst sehen, noch heute Nacht!", rief er aus und nahm eine Lampe vom Tisch. „Komm!" Sie ist das Werk deiner eigenen Hand. – Warum solltest du es nicht sehen? Du kannst nachher davon aller Welt erzählen, wenn du willst. Niemand würde dir glauben. Wenn sie dir glaubten, hätten sie mich deswegen nur um so lieber! Ich kenne unsere Zeit besser als du, obwohl du darüber so langweilig reden kannst. Komm, sag ich dir. Du hast genug über Verderbnis geschwatzt. Jetzt sollst du sie sehen von Angesicht zu Angesicht."

In jedem Wort, das er sprach, lag der Wahnsinn des Hochmuts. Er stampfte in seiner knabenhaften, lauten Art mit dem Fuß auf die Diele, und empfand ein furchtbares Vergnügen bei dem Gedanken, dass jetzt ein anderer sein Geheimnis teilen solle und dass der Mann, der sein Bild gemalt hatte, das der Ursprung all seiner Schande war, für den Rest seines Lebens die Last der grässlichen Erinnerung an seine Tat mit sich herumschleppen müsse.

„Ja", fuhr er fort und trat näher an ihn heran und blickte ihn starr in die ernsten Augen, „ich werde dir meine Seele zeigen! Du sollst das Machwerk sehen, von dem du glaubst, dass es nur Gott sehen kann."

Hallward schrak zurück.

„Das ist Gotteslästerung, Dorian! Du darfst solche Dinge nicht sagen. Sie sind schrecklich und unverständig."

„Glaubst du?" Er lachte wieder.

„Ich weiß es! Was ich dir vorhin sagte, hab ich zu deinem Besten gesagt. Du weißt, ich war dir immer ein guter Freund."

„Werde nur nicht rührselig! Mach Schluss mit dem, was du noch zu sagen hast."

Ein wehes Zucken ging durch das Gesicht des Malers. Er schwieg einen Augenblick und ein heftiger Mitleidsschmerz befiel ihn. Welches Recht hatte er auch schließlich, in Dorian Grays Leben hineinzuleuchten? Wenn er nur den zehnten Teil von dem getan hatte, wovon die Gerüchte gingen: Wie qualvoll musste er gelitten haben! – Dann richtete sich Basil auf, schritt zum Kamin hinüber und blieb da stehen, versunken in den Anblick der brennenden Holzscheite, die wie bereift aussahen mit ihrer weißen Asche und stierte ihre zuckenden Feuerherzen an.

„Ich warte, Basil", sagte der junge Mann mit harter, spitzer Stimme.

Der Maler drehte sich um.

„Was ich noch zu sagen habe, ist das", rief er. „Du musst mir eine Antwort auf diese fürchterlichen Anklagen geben, die gegen dich erhoben werden. Wenn du mir sagst, dass sie erlogen sind von Anfang bis zu Ende, werde ich dir glauben! Leugne sie ab, Dorian, leugne sie ab! Kannst du nicht sehen, was ich durchmache? Mein Gott, sage mir nicht, dass du schlecht und verderbt und schändlich bist!"

Dorian Gray lächelte. Seine Lippen kräuselten sich in Verachtung.

„Komm hinauf, Basil", sagte er ruhig. „Ich führe da ein Tagebuch meines Lebens, Tag für Tag, und es verlässt niemals das Zimmer, in dem es geschrieben wird. Ich will es dir zeigen, wenn du mit mir kommst."

„Ich komme, Dorian, wenn du es haben willst. Ich sehe, dass ich meinen Zug versäumt habe! Das tut nichts. Ich kann morgen fahren. Aber verlange nicht, dass ich heute Nacht noch etwas lese. Was ich will, ist eine klare Antwort auf meine Frage."

„Die soll dir oben zuteil werden. Hier kann ich sie dir nicht geben. Du wirst nicht lange zu lesen haben."

Dreizehntes Kapitel

Er verließ das Zimmer und begann die Treppe emporzusteigen; Basil Hallward folgte dicht hinter ihm. Sie gingen leise, wie man es instinktiv bei Nacht tut. Die Lampe warf auf Wand und Treppe fantastische Schatten. Im Winde, der sich erhoben hatte, klirrten einige Fensterflügel.

Als sie den obersten Treppenabsatz erreicht hatten, stellte Dorian die Lampe auf den Boden, nahm den Schlüssel aus seiner Tasche und schloss auf.

„Du bestehst auf einer Antwort, Basil?“, fragte er mit gedämpfter Stimme.

„Ja.“

„Das freut mich“, antwortete er lächelnd. Dann fügte er ziemlich scharf hinzu: „Du bist der einzige Mensch in der Welt, der über mich alles wissen darf. Du hast mit meinem Leben mehr zu schaffen gehabt, als du dir denkst“, und mit diesen Worten nahm er die Lampe auf, öffnete die Tür und trat ein. Ein kalter Luftzug strich an ihnen vorbei, und das Licht zuckte einen Augenblick in einer dunkeln Orangeflamme auf. Er schauderte. „Schließ die Tür hinter dir“, flüsterte er, während er die Lampe auf den Tisch stellte.

Hallward blickte erstaunt umher. Das Zimmer sah aus, als wäre es seit langen Jahren nicht bewohnt gewesen. Ein fadenscheiniger flämischer Gobelin, ein verhängtes Bild, ein alter italienischer Cassone und ein fast leerer Bücherschrank: Das war außer einem Stuhl und einem Tisch alles, was darin zu sein schien. Als

Dorian Gray eine halb heruntergebrannte Kerze, die auf dem Kamin stand, angezündet hatte, sah der Maler, dass der ganze Raum mit Staub bedeckt und der Teppich durchlöchert war. Eine Maus lief erschreckt hinter die Täfelung. Ein modriger Schimmelgeruch machte sich bemerkbar.

„Du glaubst also, dass nur Gott die Seele sieht, Basil? Zieh den Vorhang weg, und du wirst die meine sehen."

Die Stimme, die das sprach, klang kalt und grausam.

„Du bist wahnsinnig, Dorian, oder spielst Komödie", sagte Hallward und runzelte die Stirn.

„Du willst nicht? Dann muss ich es selber tun", rief der junge Mann, riss den Vorhang von seiner Stange und schleuderte ihn zu Boden.

Ein Schrei des Entsetzens kam von des Malers Lippen, als er in der dämmrigen Beleuchtung das grässliche Gesicht auf der Leinwand erblickte, das ihm entgegengrinste. In seinem Ausdruck lag etwas, das ihn mit Ekel und Abscheu erfüllte. Gott im Himmel! Es war Dorian Grays Antlitz, das er sah! Das Schreckliche, was es auch sein mochte, hatte noch nicht ganz die wundervolle Schönheit zerstört. Noch war in dem gelichteten Haar etwas Gold und auf dem sinnlichen Mund etwas Purpur. Die stumpf gewordenen Augen hatten von ihrem lieblichen Blau noch etwas behalten, der edle Linienschwung um die fein geformten Nasenflügel und den plastischen Hals war noch nicht ganz verschwunden. Ja, es war Dorian selbst! Aber wer hatte das gemalt? Er glaubte seines eigenen Pinsels Werk zu erkennen, und der Rahmen war von ihm selbst gezeichnet. Die Vorstellung war ungeheuerlich, und er fürchtete sich. Er nahm die brennende Kerze und hielt sie dicht an das Bild. In der linken Ecke stand sein Name in hellroten, langen Lettern.

Es war irgendeine niederträchtige Parodie, eine infame, elende Satire! Er hatte das niemals gemalt! Und doch, es was sein eigenes Bild! Er wusste es und ihm war, als ob sich in einem Augenblick sein Blut aus Feuer in starrendes Eis verwandelt hätte. Sein eigenes Bild! Was sollte das bedeuten? Warum hatte sich's verändert? Er wandte sich um und sah Dorian Gray mit kranken Augen an. Sein Mund zuckte, seine trockene Zunge klebte am Gaumen und schien jedes Lautes unfähig zu sein. Er fuhr sich mit der Hand über die Stirn. Kalte Schweißperlen standen darauf.

Der junge Mann stand gegen den Kamin gelehnt und beobachtete Basil mit dem merkwürdigen Ausdruck, den man in den Mienen von Menschen sieht, die vom Spiele eines großen Schauspielers völlig hingerissen sind. In seinem Gesicht war weder wirklicher Schmerz noch wirkliche Freude: nur die Leidenschaft des Zuschauers, und es flackerte höchstens in den Augen ein triumphierendes Leuchten. Er hatte die Blume aus seinem Knopfloch genommen und roch daran oder tat anscheinend so.

„Was bedeutet das?", rief Hallward endlich. Seine eigene Stimme klang ihm fremd und schrill in den Ohren.

„Vor vielen Jahren, als ich noch ein Knabe war", sagte Dorian Gray, während er die Blume in seiner Hand zerdrückte, „hast du mich kennen gelernt, hast mir geschmeichelt und mich gelehrt, eitel auf meine Schönheit zu sein. Eines Tages stelltest du mich einem deiner Freunde vor, der mir das Wunder der Jugend erklärte, und damals beendetest du von mir ein Porträt, das mir das Wunder der Schönheit offenbarte. In einem verrückten Augenblick – und ich weiß jetzt noch nicht, ob ich ihn bedaure oder nicht – sprach ich einen Wunsch aus, einen Wunsch, den du vielleicht Gebet nennen würdest."

„Ich besinne mich! O, wie gut besinn' ich mich! Nein, so etwas ist unmöglich! Das Zimmer ist feucht. Die Leinwand ist stockig geworden. In den Farben, die ich benutzte, war irgendein mineralisches schädliches Gift. Ich sage dir, so etwas ist unmöglich."

„Pah! Was ist unmöglich?", murmelte der junge Mann, ging zum Fenster und presste seine Stirn an die kühle, nebelfeuchte Scheibe.

„Du sagtest mir, du hättest das Bild zerstört."

„Ich habe mich geirrt: Es hat mich zerstört."

„Ich kann nicht glauben, dass es mein Bild ist."

„Kannst du darin nicht dein Ideal erkennen?", fragte Dorian bitter.

„Mein Ideal, wie du es nennst –"

„Wie du es nanntest,"

„– hatte nichts Schlimmes in sich, nichts Schmachvolles! Du warst für mich ein Ideal, wie ich ihm nie wieder begegnen werde. Dies ist das Gesicht eines Fauns!"

„Es ist das Gesicht meiner Seele!"

„Mein Jesus! Was für ein Ding hab ich angebetet! Es hat die Augen eines Satans!"

„Jeder von uns hat Himmel und Hölle in sich, Basil!“, rief Dorian mit einer wilden, verzweifelten Bewegung.

Hallward wandte sich wieder dem Bilde zu und starrte es an.

„Mein Gott! Es ist wahr“, rief er aus, „und das hast du aus deinem Leben gemacht und danach, o wehe, musst du noch schlechter sein, als die es ahnen, die schlimm von dir sprechen.“ Er hielt das Licht wieder nahe gegen die Leinwand und musterte sie genau. Die Oberfläche schien ganz unzerstört, wie sie aus seiner Hand gekommen war. Von innen also war die Fäulnis und das Entsetzliche hervorgekommen. Durch einen rätselhaften inneren Zeugungsvorgang fraß der Aussatz der Sünde die ganze Malerei langsam hinweg. Die Verwesung eines Leichnams in einem nassen Grabe konnte nicht grauenvoller sein.

Basils Hand zitterte und die Kerze fiel aus dem Leuchter auf den Boden und lag qualmend da. Er trat mit dem Fuße darauf und erstickte sie. Dann warf er sich selbst in den wackligen Stuhl vor dem Tische und barg das Gesicht in seinen Händen.

„Großer Gott, Dorian, was für eine Lehre! Was für eine furchtbare Lehre!“ Es kam keine Antwort, aber er konnte den jungen Mann am Fenster schluchzen hören. „Bete, Dorian, bete“, mahnte er eindringlich leise. „Was war's doch, was man uns in der Kindheit hersagen gelehrt hat? – *Führe uns nicht in Versuchung! Vergib uns unsere Sünden! Nimm unsere Missetaten von uns!* – Wir wollen das zusammen aufsagen! Das Gebet deines Übermutes ist erhört worden; das Gebet deiner Reue wird auch erhört werden! Ich hab dich zu sehr geliebt; ich bin bestraft worden dafür. Du hast dich selbst zu sehr geliebt. Wir haben beide unsere Strafe!" Dorian Gray drehte sich langsam um und blickte ihn mit Tränen schimmernden Augen an.

„Es ist zu spät, Basil", flüsterte er.

„Es ist nie zu spät, Dorian! Wir wollen niederknien und versuchen, ob wir uns nicht an ein Gebet erinnern können. Steht nicht irgendwo ein Vers: *Und wären deine Sünden wie Scharlach, ich will sie weiß machen wie Schnee?*"

„Solche Worte haben keinen Sinn mehr für mich."

„Still! Sage so etwas nicht. Du hast genug Böses getan im Leben. Mein Gott! Siehst du nicht, wie höhnisch uns das fürchterliche Ding anstiert?"

Dorian Gray blickte nach dem Bilde, und plötzlich durchschüttelte ihn ein unüberwindliches Hassgefühl auf Basil Hallward, als sei es ihm von dem Bild auf der Leinwand eingeflößt, von diesen grinsenden Lippen in sein Ohr geflüstert worden. Die wilde Zornwut eines gehetzten Tieres kochte in ihm, und den Mann, der da am Tische saß, hasste er, mehr als er irgendetwas in seinem ganzen Leben gehasst hatte. Er spähte wild um sich. Auf der Platte der bemalten Truhe gegenüber glitzerte etwas. Sein Blick fiel darauf und er erkannte, was es war. Ein Messer, das er vor einigen Tagen mit hinaufgenommen hatte, um ein Stück Schnur durchzuschneiden, und das er wieder mit hinunter zu nehmen vergessen hatte. Er ging langsam darauf zu und musste dabei an Hallward vorüber. Sobald er vorbei war und hinter dem Maler stand, ergriff er das Messer und drehte sich um. Hallward rührte sich in seinem Stuhle, als ob er aufstehen wollte. Dorian aber stürzte sich auf ihn und bohrte ihm das Messer tief in die Schlagader hinter dem Ohr, presste den Kopf des Mannes auf den Tisch herunter und stieß immer und immer wieder zu.

Es gab ein unterdrücktes Röcheln und den fürchterlichen Ton eines Menschen, der in seinem Blute erstickt. Dreimal fuhren die krampfhaft ausgestreckten Arme nach oben, und die Hände reckten sich mit eigentümlich steifen Fingern durch die Luft. Dorian stieß noch zweimal zu, aber der Mann rührte sich nicht mehr. Etwas begann auf die Dielen zu tröpfeln. Er wartete einen Augenblick und drückte immer noch den Kopf nach unten. Dann warf er das Messer auf den Tisch und horchte.

Er konnte nichts hören, als nur das Tropf-Tropf auf den abgenutzten Teppich. Er öffnete die Tür und ging bis an den Treppenabsatz. Im Hause war's vollständig ruhig. Niemand war wach. Über das Geländer gebeugt, stand er ein paar Sekunden da und lauschte hinab in den schwarzen brodelnden Schacht der Dunkelheit. Dann zog er den Schlüssel ab, kehrte in das Zimmer zurück und schloss sich darin ein.

Das Wesen saß noch in dem Stuhle und hing mit gebeugtem Kopf und gekrümmten Rücken und langen grotesken Armen über den Tisch. Wäre im Nacken nicht der rote, klaffende Riss gewesen und die dunkle, geronnene Lache, die sich auf dem Tische nach und nach vergrößerte, so hätte man glauben können, der Mann schlafe nur.

Wie schnell das alles geschehen war! Er fühlte sich wunderlich ruhig, ging zur Balkontür, öffnete sie und trat hinaus. Der Wind hatte die Nebelschleier auseinander gefegt, und der Himmel sah aus wie der Schweif eines gigantischen Pfaus, der mit Myriaden goldener Augensterne besetzt war. Er blickte hinunter und sah, wie ein Polizist seine Runde machte und über die Türen der schweigenden Häuser das lange Streiflicht seiner Laterne gleiten ließ. Der rotgelbe Lichtpunkt einer vorbeizottelnden Droschke blitzte an der Straßenecke auf und verschwand dann wieder. Ein Weib in flatterndem Kopftuch schob sich schwerfällig an dem Gitter des Platzes entlang und taumelte im Gehen. Dann und wann stand sie still und sah sich um. Plötzlich begann sie mit heiserer Stimme zu singen. Der Schutzmann schlenderte über den Damm und sagte etwas zu ihr. Sie trottete lachend weiter. Ein scharfer Luftzug fegte über den Platz. Die Gasflammen zuckten und wurden blau, und die entlaubten Bäume schüttelten ihr schwarzes Geäst, das wie ein Eisengeflecht aussah, auf und nieder. Ihn fröstelte und er trat, das Balkonfenster schließend, wieder zurück.

Als er sich an der Türe befand, drehte er den Schlüssel und öffnete. Er blickte den Ermordeten mit keinem Blicke an: Er empfand, dass das Geheimnis der ganzen Geschichte darin beruhe, sich nicht die Sachlage zu vergegenwärtigen. Der Freund, der das verhängnisvolle Bild, von dem all sein Elend herrührte, gemalt hatte, war aus dem Leben gelöscht. Das war genug!

Dann fiel ihm die Lampe ein. Es war eine ziemlich merkwürdige maurische Arbeit: mattes Silber mit eingelegten Arabesken aus dunklem Stahl und mit ungeschliffenen Türkisen besetzt. Sie konnte vielleicht von seinem Diener vermisst werden und er könnte danach fragen. Er zögerte einen Moment, dann ging er zurück und nahm sie vom Tisch. Dabei musste er die tote Gestalt sehen. Wie ruhig sie war! Wie furchtbar weiß die langen Hände aussahen! Es schien eine grässliche Wachsfigur zu sein!

Er schloss die Tür hinter sich und schlich langsam die Treppe hinab. Das Holz knarrte, als schiene es vor Schmerz aufzustöhnen. Er blieb einmal stehen und wartete. Nein, alles war still. Er hörte nur den Schall seiner eigenen Schritte.

Als er wieder in seinem Bibliothekszimmer war, erblickte er Tasche und Überrock in der Ecke. Die mussten irgendwo verborgen werden! Er öffnete einen Geheimschrank in der Holztäfelung, worin er seine eigenen Verkleidungen aufbewahrte, und schob die Sachen hinein. Er konnte sie gelegentlich leicht einmal verbrennen. Dann zog er seine Uhr. Es war zwanzig Minuten vor zwei.

Er setzte sich nun und begann nachzudenken. – Jahr für Jahr, fast jeden Monat, werden Leute in England für so etwas gehenkt, wie er jetzt getan hatte. Irgendeine wahnwitzige Mordlust hatte in der Luft gelegen. Irgendein blutroter Stern war der Erde zu nahe gekommen – – Aber wie wollte man es ihm beweisen? Basil Hallward hatte um elf Uhr das Haus verlassen. Niemand hatte ihn noch einmal zurückkommen sehen.

Die meisten Diener waren in Selby Royal. Sein Diener war schlafen gegangen – – Paris! Ja. Basil war nach Paris gefahren, und zwar mit dem Mitternachtszug, wie es seine Absicht war. Bei seinen merkwürdigen Gewohnheiten, sich zurückzuziehen, würden Monate vergehen, ehe ein Verdacht entstehen konnte. Monate! Alle Spuren konnten vorher längst beseitigt sein.

Ein plötzlicher Einfall durchzuckte ihn. Er zog seinen Pelz an, setzte seinen Hut auf und ging in die Vorhalle. Dort blieb er stehen und belauschte den langsamen, schweren Tritt des Schutzmannes draußen auf dem Pflaster und betrachtete den Widerschein seiner Blendlaterne im Türfenster. Er wartete und hielt den Atmen an.

Nach einigen Sekunden schob er den Riegel zurück und schlüpfte hinaus, das Tor ganz leise hinter sich schließend. Dann zog er einige Mal an der Klingel. Nach etwa fünf Minuten erschien sein Diener, halb angezogen und recht verschlafen.

„Es tut mir Leid, dass ich Sie wecken musste, Francis“, sagte er beim Eintreten und ging die Stufen hinauf, „aber ich habe meinen Hausschlüssel vergessen. Wie viel Uhr ist es?“

„Zehn Minuten nach zwei, gnädiger Herr“, sagte der Mann und sah mit einem blinzelnden Blick auf die Uhr.

„Zehn Minuten nach zwei? Schrecklich spät! Sie müssen mich morgen um neun wecken. Ich habe zu tun.“

„Zu Befehl, gnädiger Herr.“

„War jemand hier heute Abend?“

„Herr Hallward, gnädiger Herr. Er hat bis elf Uhr hier gewartet und ging dann, um seinen Zug nicht zu versäumen."

„Schade, dass ich ihn nicht getroffen habe. Sollen Sie mir etwas bestellen?"

„Nein, gnädiger Herr, nur, dass er von Paris aus schreiben würde, wenn er Sie im Klub nicht treffen sollte."

„Es ist gut, Francis. Vergessen Sie nicht, mich morgen um neun zu wecken."

„Nein, gnädiger Herr!"

Der Mann schlürfte in seinen Pantoffeln durch den Torweg die Dienertreppe hinab.

Dorian Gray warf Hut und Rock auf den Tisch und trat ins Bücherzimmer. Eine Viertelstunde lang ging er auf und ab, biss sich auf die Lippen und überlegte. Dann nahm er das Adressbuch von einem Regal und begann zu blättern. „Alan Campbell, Hertford Street 152, Mayfair". Ja, das war der Mann, den er brauchte!

Vierzehntes Kapitel

Am nächsten Morgen um neun Uhr kam sein Diener mit einer Tasse Schokolade auf einem Servierbrett und öffnete die Fensterläden. Dorian lag auf der rechten Seite und schlief ganz friedlich, eine Hand unter seiner Wange. Er sah wie ein Knabe aus, der beim Spiel oder Lernen müde geworden ist.

Der Mann musste ihn zweimal an der Schulter berühren, bevor er erwachte, und als er die Augen öffnete, huschte ein leichtes Lächeln über seine Lippen, als wär er von einem schönen Traum umfangen gewesen. Aber er hatte gar nicht geträumt. Seine Nacht war weder von Bildern der Freude noch des Grauens gestört worden. Aber die Jugend lächelt auch ohne Grund. Das ist einer ihrer besonderen Reize.

Er wandte sich um, stützte sich auf den Ellbogen und fing an, seine Schokolade zu trinken. Die blasse Novembersonne strömte in das Zimmer; der Himmel war wolkenlos und eine frohe Wärme lag in der Luft. Es war fast wie ein Maimorgen.

Allmählich schlichen auf lautlosen, blutbefleckten Sohlen die Vorgänge der vergangenen Nacht in sein Gehirn und bauten sich dort mit furchtbarer Deutlichkeit wieder auf. Er erschauerte bei der Erinnerung an alles, was er durchlitten hatte, und für einen Moment kehrte bei ihm derselbe sonderbare Hass auf Basil Hallward zurück, der ihn zu seiner Ermordung getrieben hatte, als er im Stuhl saß, und er wurde kalt vor Wut. Und noch immer saß der Tote da oben und jetzt noch dazu im Sonnenlicht. Wie das schrecklich war! So grässliche Dinge gehörten in die Dunkelheit, nicht an den Tag!

Er fühlte, dass er krank oder wahnsinnig würde, wenn er über das, was er hinter sich hatte, grübelte. Es gibt Sünden, deren Zauber mehr in der Erinnerung als in der Ausführung liegt, seltsame Siege, die mehr dem Stolz Genüge tun, als der Leidenschaft und die dem Geiste ein Lustgefühl verschaffen, das stärker als jede Wonne ist, die sie den Sinnen bringen oder jemals bringen können. Aber diesmal war es von diesen keine. Dies war eine, die man aus dem Gedächtnis verjagen, die man mit Schlafmitteln vergiften, die man ersticken musste, ehe sie einen selbst ersticken würde!

Als es halb zehn schlug, fuhr er sich mit der Hand über die Stirn, stand dann rasch auf und zog sich mit beinahe noch größerer Sorgfalt als gewöhnlich an, indem er viel Aufmerksamkeit auf die Wahl seiner Krawatte und seiner Nadel verwandte und mehr als einmal seine Ringe wechselte. Er verbrachte auch längere Zeit beim Frühstück, kostete von den verschiedenen Gerichten, sprach mit seinem Bedienten über neue Livreen, die er für die Dienerschaft in Selby machen lassen wollte, und sah seine Briefschaften durch. Bei einigen Zuschriften lächelte er. Drei langweilten ihn. Einen Brief las er mehrmals durch und zerriss ihn dann mit einem leichten Ärger. „Was für ein grässliches Ding das Gedächtnis einer Frau ist“, hatte Lord Henry einmal gesagt.

Als er seine Schale schwarzen Kaffees geleert hatte, wischte er langsam die Lippen an einer Serviette ab, gab dem Diener ein Zeichen zu warten, ging zum Schreibtisch, setzte sich und schrieb zwei Briefe. Einen steckte er in die Tasche, den anderen reichte er dem Diener.

„Bringen Sie den nach Hertford Street 142, Francis, und wenn Herr Campbell nicht zu Hause ist, lassen Sie sich seine Adresse geben."

Sobald er allein war, zündete er sich eine Zigarette an und begann auf einem Papierborgen Skizzen zu machen: zeichnete zuerst Blumen, dann Architekturstücke und endlich menschliche Gesichter. Plötzlich fiel ihm auf, dass jedes Gesicht, das er entwarf, eine fantastische Ähnlichkeit mit Basil Hallward zu haben schien. Er runzelte die Stirn, stand auf, trat zum Bücherschrank und nahm auf gut Glück irgendeinen Band heraus. Er war fest entschlossen, an das Geschehene nicht eher zu denken, als es unbedingt notwendig war.

Als er sich auf dem Sofa ausgestreckt hatte, sah er auf den Titel des Buches. Es waren Gautiers *Emaux et Camées*, Charpentiers Ausgabe auf Japan-Papier, mit Radierungen von Jacquemart. Der Einband war aus zitronengelbem Leder mit Blinddruckmuster von goldenem Laubwerk und Granatäpfeln in Schrotmanier. Es war ein Geschenk Adrian Singletons. Als er darin blätterte, fiel sein Auge auf das Gedicht über die Hand Lacenaires, die kalte gelbe Hand „du supplice encore mal lavée", mit ihren rötlichen Flaumhärchen und den „doigts de faune". Er blickte auf seine eigenen weißen, spitzen Finger, schauderte leicht zusammen und las dann weiter, bis er zu den lieblichen Versen auf Venedig kam:

„Sur une gamme chromatique,
Le sein de perles ruisselant,

La Vénus de l'Adriatique
Sort de l'eau son corps rose de blanc.

Les dômes, sur l'azur des ondes
Suivant la phrase au pur contour,
S'enflent comme des gorges rondes
Que soulève un soupir d'amour.

L'esquif aborde et me dépose,
Jetant son amarre au pilier,
Devant une façade rose,
Sur le marbre d'un escalier."

Wie entzückend doch diese Verse waren! Wenn man sie las, hatte man das Gefühl, durch die grünen Wasserstraßen dieser roten und perlfarbigen Stadt in einer schwarzen Gondel mit silbernem Schnabel und langen bauschigen Vorhängen dahinzugleiten. Schon die Zeilen sahen wie die graden, türkisblauen Kiellinien aus, die einem folgen, wenn man nach dem Lido hinüberrudert. Die schnellen Farbenblitze erinnerten ihn an den Schimmer jener Vögel mit ihren opal- und regenbogenfarbenen Hälsen, die um den schlanken, bienenzellartig durchbrochenen Kampanile flattern oder mit wichtiger Grazie durch die staubigen, düsteren Arkaden trippeln. Zurückgelehnt mit halb geschlossenen Augen, sagte er immer und immer wieder zu sich:

„Devant une façade rose,
Sur le marbre d'un escalier."

In diesen zwei Versen war das ganze Venedig enthalten! Er dachte an den Herbst, den er dort verbracht hatte, und an eine himmlische Liebelei, die ihn zu wahnsinnigen, entzückenden Torheiten getrieben hatte. Es gab Romantik an jedem Orte auf Erden. Aber Venedig hatte noch den Hintergrund für Romantik wie Oxford bewahrt, und für den wahren Romantiker ist der Hintergrund alles oder beinahe alles! Basil war damals eine lange Zeit bei ihm gewesen und ganz wild vor Bewunderung für Tintoretto. Der arme Basil! Was für eine schreckliche Art, so zu sterben!

Er seufzte, griff wieder zu dem Buche und suchte zu vergessen. Er las von den Schwalben zu Smyrna, die in dem kleinen Café aus und ein fliegen, wo die Hadjis sitzen und Bernsteinperlen durch die Hand laufen lassen, und wo die beturbanten Kaufleute ihre langen, quastenbehängten Pfeifen rauchen und miteinander ernsthaft sprechen – er las von dem Obelisken auf der Place de la Concorde, der in seiner einsamen, formenlosen Verbannung granitene Tränen weint und sich nach dem heißen lotusbewachsenen Nil zurücksehnt, wo die Sphinxe sind, und rosenrote Ibisse und weiße Geier mit goldgelben Klauen und Krokodile mit niedlichen Beryllaugen, die durch den grünen dampfenden Schlamm dahinkriechen – er fing an, den Versen nachzusinnen, die ihre Musik dem Marmor zu entlocken scheinen, der fleckig geworden ist von Küssen, und die uns von der sonderbaren Statue berichten, die Gautier einer Altstimme vergleicht, von dem „monstre charmant", das in dem Porphyrsaal des Louvre liegt. Aber nach kurzer Zeit entfiel das Buch seinen Händen. Er wurde nervös, und ihn schüttelte ein grässlicher Angstanfall. Was tun, wenn Alan Campbell nicht in England war? Möglicherweise könnten Tage verstreichen, ehe er zurückkam.

Vielleicht weigerte er sich, zu kommen? Was war dann zu tun? Jeder Augenblick war von tödlicher Bedeutung.

Sie waren früher sehr befreundet gewesen, sogar fast unzertrennlich – vor fünf Jahren! Dann hatte die Innigkeit plötzlich ein Ende. Wenn sie sich jetzt in Gesellschaft trafen, war es nur noch Dorian, der lächelte, niemals Alan Campbell.

Er war ein außerordentlich begabter junger Mann, obgleich er in keinem eigentlichen Verhältnis zu den sichtbaren Künsten stand und der geringe Sinn für die Poesie, den er hatte, vollständig von Dorian Gray herrührte. Die geistige Leidenschaft, die ihn beherrschte, erstreckte sich ganz auf die Wissenschaft. In Cambridge hatte er einen großen Teil seiner Zeit mit Arbeiten im Laboratorium zugebracht und sein Examen in den Naturwissenschaften mit Vorzüglich bestanden. Noch jetzt war er dem Studium der Chemie aufs Wärmste ergeben und hatte ein eigenes Laboratorium, in das er sich oft genug ganze Tage einzuschließen pflegte, zum großen Kummer seiner Mutter, die ganz darauf erpicht war, dass er für das Parlament kandidieren sollte, und die so eine undeutliche Vorstellung hatte, dass ein Chemiker ein Mensch sei, der Rezepte anfertige. Indessen war er ein ausgezeichneter Musiker und spielte Geige und Klavier besser als die meisten Dilettanten. Die Musik war es denn auch wirklich, die Dorian und Campbell zueinander gebracht hatte: die Musik und die unerklärliche Anziehungskraft, die Dorian, wenn er wollte, ausüben konnte, und auch oft, ohne es zu wissen, ausübte. Sie hatten sich bei Lady Berkshire an jenem Abend kennen gelernt, als Rubinstein dort spielte, und man sah sie von da ab häufig zusammen; in der Oper und überall, wo es gute Musik gab. Achtzehn Monate lang dauerte diese Freundschaft. Campbell war regelmäßig in Selby Royal oder in Grosvenor Square; denn für ihn und für viele andere war Dorian Gray die Verkörperung alles dessen, was bezaubernd und wunderbar im Leben ist. Ob einmal ein Streit zwischen ihnen vorgekommen war oder sonst was, wusste kein Mensch. Aber plötzlich sahen die Leute, dass sie kaum mehr miteinander sprachen, wenn sie sich trafen, und dass Campbell jede Gesellschaft alsbald verließ, wo Dorian anwesend war. Er war auch anders geworden, bisweilen merkwürdig melancholisch; schien kaum noch Musik hören zu können, spielte nicht mehr selber und gab, wenn man ihn zum Spielen aufforderte, als Entschuldigung an, dass ihn die Wissenschaft so stark in Anspruch nähme, dass er zum Üben keine Zeit mehr habe. Und das war auch der Fall. Er schien jeden Tag mehr Interesse für biologische Studien zu gewinnen, und sein Name erschien in Verbindung mit gewissen außergewöhnlichen Experimenten ein- oder zweimal in wissenschaftlichen Zeitschriften.

Das war der Mann, den Dorian Gray erwartete. Fast jede Sekunde blickte er auf die Uhr, und als Minute um Minute verstrich, wurde er furchtbar aufgeregt. Schließlich erhob er sich und begann im Zimmer hin- und herzugehen wie irgendein schönes Raubtier in seinem Käfig. Er machte weite, fast sprunghafte Schritte und trat leise auf. Seine Hände waren eigentümlich kalt.

Das Warten wurde unerträglich: Die Zeit schien mit bleiernen Füßen zu schleichen, während er von gewaltigen Wirbelwinden zum schwindelhohen Grat einer schwarzen Luft hingefegt wurde. Er wusste, was seiner dort harrte, er sah es und presste schaudernd mit feuchten Händen seine brennenden Lider zusammen, als wolle er sein Gehirn der Sehkraft berauben und die Augäpfel in ihre Höhlen zurückdrücken. Es war umsonst! Das Gehirn hatte seine eigene Nahrung, mit der es sich mästete, und die durch Angst und Schrecken grotesk gemachte Fantasie krümmte sich wie ein lebendes Wesen vor Schmerz, tanzte gleich einer widerwärtigen Marionette in einer Schaubude und grinste ihm durch bewegliche Masken entgegen. Dann blieb die Zeit auf einmal für ihn stehen. Ja, dieses blinde, langsam atmende Wesen kroch nicht mehr, und da sie tot war, stürzten sich mit Blitzesschnelle grässliche Gedanken auf ihn her und wühlten eine scheußliche Zukunft aus ihrem Grabe auf und zeigten sie ihm! Er starrte darauf hin; ihre Entsetzlichkeit versteinerte ihn.

Endlich öffnete sich die Tür und ein Bedienter trat ein. Er wandte ihm seine gläsernen Augen zu.

„Herr Campbell, gnädiger Herr", sagte der Mann.

Ein Seufzer der Erleichterung fiel von seinen trockenen Lippen, und die Farbe kehrte in seine Wangen zurück.

„Bitten Sie ihn sogleich herein, Francis."

Er fühlte, dass er wieder er selbst war. Den Anfall von Feigheit hatte er glücklich überwunden.

Der Diener verbeugte sich und ging. Nach einigen Augenblicken trat Alan Campbell ein, mit sehr strengem Gesicht und etwas bleich, und seine bleiche Farbe wurde durch das kohlschwarze Haar und die dunklen Augenbrauen noch verstärkt.

„Alan! Das ist freundlich von dir. Ich danke dir, dass du gekommen bist.“

„Ich hatte mir vorgenommen, dein Haus nie wieder zu betreten, Gray. Aber du schreibst, es handle sich um Leben und Tod.“

Seine Stimme war kalt und hart. Er sprach langsam und überlegt. Ein Schimmer von Verachtung lag in dem festen, forschenden Blick, den er auf Dorian richtete. Er behielt die Hände in den Taschen seines Astrachanpelzes und schien die Bewegung, mit der ihm Dorians Hand entgegenstreckt worden war, nicht zu sehen.

„Ja, um Leben und Tod handelt sich's und für mehr als einen Menschen, Alan! Setze dich.“

Campbell nahm einen Stuhl am Tisch, und Dorian setzte sich ihm gegenüber. Die Augen der beiden Männer kreuzten sich; in Dorians Blicken lag unendliches Mitleid: er wusste, was er jetzt tun müsse, war schrecklich.

Nach einem Augenblick peinlichen Schweigens beugte er sich nach vorn und sagte sehr ruhig, die Wirkung jedes Wortes auf dem Gesicht des Mannes beobachtend, den er hatte holen lassen:

„Alan, in einem verschlossenen Dachzimmer meines Hauses, in einem Zimmer, zu dem außer mir kein einziger Mensch Zutritt hat, sitzt an einem Tisch ein toter Mann. Er ist jetzt seit zehn Stunden tot. Bleib ruhig sitzen und sieh mich nicht so an! Wer der Mann ist, warum er starb, wie er starb, sind Dinge, die dich nicht kümmern. Was du zu tun hast, ist –“

„Halt, Gray! Ich will nichts mehr wissen. Ob das wahr ist oder nicht, was du mir gesagt hast, geht mich nichts an. Ich lehne es entschieden ab, in dein Leben verwickelt zu werden. Behalte deine fürchterlichen Geheimnisse für dich! Sie interessieren mich nicht mehr im Mindesten!"

„Alan, du wirst Interesse dafür haben müssen! Dies eine Geheimnis wird dich interessieren müssen! Es tut mir furchtbar Leid um dich, Alan, aber ich kann dir nicht helfen: Du bist der einzige Mensch, der mich zu retten vermag. Ich bin gezwungen, dich in diese Sache hineinzuziehen. Ich hab keine andere Wahl. Alan! Du bist ein Mann der Naturwissenschaft: verstehst dich auf Chemie und diese Dinge. Du hast Experimente gemacht. Was du zu tun hast, ist: das Wesen da oben zu vernichten, so zu vernichten, dass davon auch nicht eine Spur mehr übrig bleibt. Niemand hat diesen Menschen in mein Haus kommen sehen. Man vermutet ihn in diesem Augenblick schon in Paris. Monatelang wird er nicht vermisst werden. Wenn er vermisst wird, darf hier von ihm keine Spur entdeckt werden! Alan! Du musst ihn und alles, was zu ihm gehört, in ein Häufchen Asche verwandeln, das ich in die Luft streuen kann."

„Du bist wahnsinnig, Dorian."

„Ah! Darauf hab ich gewartet, dass du mich wieder Dorian nennst."

„Du bist wahnsinnig, sag ich dir, wahnsinnig, dir einzubilden, dass ich auch nur einen Finger rühren würde, dir zu helfen, wahnsinnig, dass du mir dieses ungeheuerliche Geständnis ablegst! Ich will nichts damit zu tun haben, was es auch sein möge! Glaubst du, ich setze für dich meine Ehre aufs Spiel? Was geht mich's an, mit welchem Teufelswerk du zu tun hast."

„Es war ein Selbstmord, Alan.“

„Das freut mich; aber wer hat ihn dazu getrieben? Du höchstwahrscheinlich.“

„Weigerst du dich noch immer, das für mich zu tun?“

„Natürlich weigere ich mich! Ich will um alles in der Welt nichts damit zu schaffen haben. Es liegt mir gar nichts daran, welch eine Schande über dich kommt! Du verdienst sie vollauf. Es würde mir nicht Leid tun, wenn ich dich entehrt, öffentlich entehrt sähe. Wie kannst du es überhaupt wagen, mich, von allen Menschen in der Welt gerade mich in diese Scheußlichkeit mit verwickeln zu wollen? Ich hätte geglaubt, du verständest mehr vom Charakter eines Menschen. Lord Henry Wotton, dein Freund, kann dich über Psychologie nicht sehr aufgeklärt haben, worüber er dich auch sonst aufgeklärt haben mag! Nichts wird mich dazu bringen, auch nur einen Schritt zu tun, um dir zu helfen. Du bist an den Falschen gekommen. Geh zu einem deiner Freunde, nicht zu mir.“

„Alan, es war Mord! Ich habe ihn umgebracht. Du weißt nicht, welche Qualen ich durch ihn gelitten habe. Mein Leben mag sein, wie es wolle, er hatte mehr als der arme Harry damit zu tun, es zu erschaffen und zu zerstören. Er mag es nicht gewollt haben, die Wirkung kommt auf eins heraus!“

„Mord! Guter Gott, Dorian, bist du schon so weit gekommen? Ich werde dich nicht anzeigen. Das ist meines Amtes nicht! Im Übrigen wird man dich schon fassen, auch ohne dass ich mich in die Sache mische. Niemand begeht ein Verbrechen, ohne eine Dummheit dabei zu machen. Also ich will nichts damit zu tun haben.“

„Du musst etwas damit zu tun haben! Warte, warte noch einen Augenblick; hör mich an. Nur anhören, Alan! Alles, was ich von dir will, ist bloß ein bestimmtes wissenschaftliches Experiment. Du gehst in Leichenhäuser und Spitäler, und das Grässliche, was du dort tust, berührt dich nicht! Wenn du diesen Mann in irgendeinem schrecklichen Seziersaal oder in einem übel duftenden Laboratorium auf einem rohen Tische liegen sähest, mit roten Röhren, die man in ihn hineingebohrt hat, damit das Blut herausfließen kann, dann würdest du ihn einfach als bewundernswertes Objekt betrachten! Kein Härchen würde sich dir sträuben. Du hättest nicht im Geringsten die Empfindung, etwas Unrechtes zu tun. Im Gegenteil würdest du wahrscheinlich denken, der Menschheit eine Wohltat zu erweisen, oder die Summe des Wissens zu vermehren oder den intellektuellen Wissensdrang zu befriedigen oder so etwas Ähnliches! Was ich von dir fordere, ist nichts anderes, als was du schon oft getan hast. Wahrhaftig, es muss weit weniger grässlich sein, einen Leichnam aus der Welt zu befördern, als was du gewöhnlich tust. Und bedenke, er ist der einzige Beweis gegen mich. Wenn der Leichnam entdeckt wird, bin ich verloren; und sicher muss er entdeckt werden, wenn du mir nicht hilfst."

„Ich hab keine Lust, dir zu helfen. Das vergisst du! Die ganze Sache ist mir gleichgültig. Ich habe damit nichts zu tun."

„Alan, ich beschwöre dich! Denke an die Lage, darin ich bin. Jetzt gerade, ehe du kamst, war ich fast ohnmächtig vor Angst. Du kannst selbst einmal eines

Tages die Angst kennen lernen. Nein, denke nicht daran! Betrachte die Sache vom rein wissenschaftlichen Standpunkte aus! Du forschst doch sonst nicht danach, woher die toten Wesen kommen, an denen du herumexperimentierst? Forsche auch jetzt nicht danach. Ich hab dir ohnehin schon zu viel gesagt. Aber ich bitte dich, tu, was ich dich bat. Wir waren doch einmal Freunde, Alan."

„Sprich nicht von jenen Tagen, Dorian; sie sind tot."

„Die Toten verweilen manchmal! Der Mann da oben geht nicht weg. Er sitzt am Tische mit hinabgebeugtem Kopf und ausgestreckten Armen. Alan! Alan! Wenn du mir nicht hilfst, so bin ich verloren. Alan! Man wird mich hängen, für das, was ich getan habe – hängen!"

„Es hat keinen Sinn, diese Szene weiter auszudehnen. Ich weigere mich ganz entschieden, damit etwas zu tun zu haben. Es ist Tollheit von dir, mich darum zu bitten."

„Du weigerst dich?"

„Ja."

„Ich beschwöre dich, Alan!"

„Es ist nutzlos."

Derselbe mitleidige Ausdruck trat in Dorian Grays Augen. Dann reckte er die Hand aus, nahm ein Stück Papier und schrieb etwas darauf. Er las es zweimal durch, faltete es genau zusammen und schob es über den Tisch. Nachdem er dies getan hatte, stand er auf und trat ans Fenster.

Campbell sah ihn verwundert an, nahm dann das Papier und öffnete es. Als er es gelesen hatte, wurde sein Gesicht totenbleich und er sank in seinen Stuhl zurück. Ein fürchterliches Schwächegefühl überwältigte ihn: Ihm war, als ob sich sein Herz in einer leeren Höhle zu Tode hämmere.

Nach zwei oder drei Minuten furchtbaren Schweigens wandte sich Dorian um, ging auf ihn zu, stellte sich hinter ihn, legte ihm seine Hand auf die Schulter und flüsterte: „Es tut mir um dich so Leid, Alan, aber du lässt mir keine andere Wahl. Ich hab den Brief schon geschrieben. Hier ist er! Du siehst die Adresse. Wenn du mir nicht hilfst, so muss ich ihn abschicken. Du weißt, was darauf erfolgt. Aber du wirst mir helfen; es ist ja unmöglich, dass du jetzt noch nein sagst. Ich wollte dir das ersparen. Du musst mir die Gerechtigkeit widerfahren lassen, das zuzugeben. Du warst bitter, hart, beleidigend! Du hast mich behandelt, wie mich zu behandeln nie ein Mensch gewagt hat! Wenigstens kein lebender Mensch. Ich ertrug alles. Jetzt ist es an mir, Bedingungen zu diktieren."

Campbell vergrub sein Gesicht in den Händen und ein Frösteln lief über seinen Rücken.

„Ja, jetzt ist die Reihe an mir, Bedingungen zu diktieren, Alan! Du weißt, was ich will! Die Sache ist ganz einfach. Komm, grüble dich nicht in solch Fieber hinein! Die Sache muss geschehen. Schau ihr ins Gesicht und vollbringe sie."

Ein Stöhnen klang von Campbells Lippen, und er zitterte am ganzen Körper. Das Ticken der Uhr auf dem Kaminsims schien ihm die Zeit in einzelne Atome eines verzweifelten Todeskampfes zu zerstückeln, von denen schon das kleinste zu schrecklich war, um es zu tragen. Er hatte die Empfindung, als ob um seine Stirn nach und nach ein eiserner Ring festgespannt würde, als ob die Schande, mit der man ihn bedrohte, schon über ihn käme. Die Hand auf seiner Schulter beschwerte ihn wie ein Bleigewicht. Sie war unerträglich; schien in zu zermalmen!

„Komm, Alan, du musst dich gleich entscheiden."

„Ich kann's nicht tun", sagte er mechanisch, als könnten Worte etwas ändern.

„Du musst! Du hast keine Wahl! Zaudere nicht!"

Er schwankte einen Augenblick.

„Ist ein Ofen da oben?"

„Ja, ein Gasofen mit Asbest."

„Dann muss ich nach Hause gehen und einiges aus dem Laboratorium holen."

„Nein, Alan, du darfst das Haus nicht verlassen. Schreib, was du brauchst auf ein Blatt Papier und mein Diener nimmt eine Droschke und wird dir die Sachen holen."

Campbell warf ein paar Zeilen hin, trocknete ab und adressierte ein Kuvert an seinen Assistenten. Dorian nahm das Briefchen und las es aufmerksam. Dann klingelte er und gab es seinem Diener mit dem Auftrag, so rasch als möglich zurückzukommen und die im Schreiben bezeichneten Sachen mitzubringen.

Als die Haustüre ins Schloss fiel, zuckte Campbell nervös zusammen, stand vom Stuhl auf und ging zum Kamin: Er schüttelte sich in einer Art kalten Fiebers. Fast zwanzig Minuten lang sprach keiner auch nur ein Wort. Eine Fliege summte durch das

Zimmer, und das Ticktack der Uhr klang wie der Fall eines Hammers.

Als es eins schlug, drehte sich Campbell um, blickte auf Dorian Gray und sah, dass sich seine Augen mit Tränen gefüllt hatten. Es lag etwas in den reinen, edlen Zügen dieses traurigen Gesichts, was ihn wütend zu machen schien.

„Du bist einsam, ganz einsam", rief er mit halber Stimme.

„Ruhig, Alan; du hast mir das Leben gerettet", sagte Dorian.

„Dein Leben? Gott im Himmel! Was für ein Leben ist das? Du bist von Verderbnis zu Verderbnis geschritten, und jetzt hast du den Gipfel erreicht mit Mord. Wenn ich tue, was ich tun werde, was du mich zu tun zwingst, so denk ich dabei wahrhaftig nicht an dein Leben."

„Ach, Alan", flüsterte Dorian seufzend, „ich wünschte, du hättest den tausendsten Teil des Mitleids mit mir, das ich mit dir habe."

Er wandte sich während dieser Worte ab und stand da und sah hinaus in den Garten. Campbell gab keine Antwort.

Nach etwa zehn Minuten klopfte es an die Tür, und der Diener trat ein und brachte einen großen Mahagonikasten mit Chemikalien, eine lange Rolle Stahl und Platindraht und zwei Eisenklammern von seltsamer Form.

„Soll ich die Sachen hier lassen, gnädiger Herr?", fragte er Campbell.

„Ja", antwortete Dorian. „Und ich bedaure, Francis, aber ich habe für Sie noch einen Weg. Wie heißt doch der Mann in Richmond, der Selby mit Orchideen versorgt?“

„Harden, gnädiger Herr.“

„Richtig – Harden. Sie müssen gleich nach Richmond fahren, Harden selbst sprechen und ihm sagen, er solle doppelt so viel Orchideen schicken, als ich bestellt habe und möglichst wenig weiße dabei. Oder nein – ich will überhaupt keine weißen. Es ist ein schöner Tag, Francis, und Richmond ein hübscher Ort, sonst würde ich Sie damit nicht behelligen.“

„Nichts zu sagen, gnädiger Herr! Bis wann muss ich zurück sein?“

Dorian sah Campbell an.

„Wie lange wird dein Experiment dauern, Alan?“, fragte er mit ruhiger, gleichgültiger Stimme. Die Gegenwart eines Dritten im Zimmer schien ihm außerordentlichen Mut einzuflößen. Campbell runzelte die Stirn und biss sich auf die Lippen.

„Es wird etwa fünf Stunden beanspruchen“, antwortete er.

„Dann ist es früh genug, wenn Sie um sieben zurück sind, Francis. Oder halt: Legen Sie mir erst meine Sachen zum Umkleiden zurecht, dann können Sie den Abend für sich verwenden. Ich esse nicht zu Hause, brauche Sie also nicht.“

„Danke, gnädiger Herr“, sagte der Mann und verließ das Zimmer.

Als sie den obersten Treppenabsatz erreicht hatten, nahm Dorian den Schlüssel aus der Tasche und schloss auf. Dann blieb er stehen, und ein Ausdruck von Unruhe zeigte sich in seinem Blick. Er schauderte.

„Ich glaube, ich kann nicht hineingehen, Alan“, flüsterte er.

„Das ist mir ganz gleich. Ich brauche dich nicht“, sagte Campbell kalt.

Dorian öffnete die Tür zur Hälfte, und als er es tat, sah er seinem Porträt, das im hellen Sonnenlicht hing, gerade ins Gesicht. Davor lag auf dem Boden der herhabgerissene Vorhang: Er erinnerte sich, dass er zum ersten Male in seinem Leben in der vergangenen Nacht vergessen hatte, die verhängnisvolle Leinwand zu verhüllen und wollte eben nach vorn stürzen, als er schaudernd zurückprallte.

Was war das für ein grausiger, roter Fleck, der nass und glänzend an einer der Hände klebte, als hätte die Leinwand Blut ausgeschwitzt? Wie schrecklich das war! – schrecklicher schien es ihm in diesem Augenblick, schrecklicher als das schweigende Ding, das, wie er wusste, noch auf den Tisch gebeugt dasaß, das Ding, dessen unglückseliger, grotesker Schatten auf dem fleckigen Teppich ihm zeigte, dass es sich nicht bewegt hatte, sondern noch dasaß, wo er es gelassen hatte.

Er atmete tief auf, öffnete die Tür etwas mehr und trat mit halb geschlossenen Augen und abgewandten Kopf rasch hinein, entschlossen, keinen einzigen Blick nach dem Toten zu werfen. Dann bückte er sich, hob den in Gold und Purpur schimmernden Vorhang auf und warf ihn gerade über das Bild.

Dann blieb er stehen, voller Angst, sich umzudrehen und seine Augen wandten sich auf die verschlungenen Muster des Vorhangs. Er hörte Campbell den schweren Kasten hereinbringen, und die Eisenklammern und die anderen Sachen, der er sich für seine entsetzliche Arbeit hatte kommen lassen. Er begann sich zu fragen, ob Campbell und Basil Hallward einander jemals gekannt hätten, und wenn, welche Meinung sie voneinander gehabt hätten?

„Lass mich allein jetzt“, sagte eine raue Stimme hinter ihm.

Er kehrte sich um und lief hinaus, gerade noch wahrnehmend, dass der Tote in seinen Stuhl zurückgelehnt worden war und dass Campbell in ein wächsernes, gelbes Gesicht starrte. Als er die Treppenstufen hinabging, hörte er, wie der Schlüssel umgedreht wurde.

Es war lange nach sieben Uhr, als Campbell wieder in die Bibliothek hinunterkam. Er war blass, aber vollständig ruhig.

„Ich habe getan, was du von mir verlangt hast“, sagte er leise. „Und jetzt adieu. Wir wollen uns nie wieder sehen.“

„Du hast mich vor dem Untergang gerettet, Alan“, sagte Dorian ganz schlicht. „Ich werde dir das nie vergessen.“

Sobald ihn Campbell verlassen hatte, ging er hinauf. Ein schrecklich penetranter Geruch von Salpetersäure lagerte im Zimmer. Aber das Wesen, das da am Tisch gesessen hatte, war fort.

Fünfzehntes Kapitel

Am selben Abend um halb neun wurde Dorian Gray in sorgfältiger Toilette, im Knopfloch einen Strauß großer Parmaveilchen tragend, von dienernden Lakaien in den Salon Lady Narboroughs geführt. Er hatte äußerst starkes Kopfweh und war furchtbar überreizt, aber seine Gebärde war ebenso leicht und anmutig wie sonst, als er sich über die Hand seiner Gastgeberin beugte. Vielleicht sieht man nie gleichgültiger aus, als wenn man eine Rolle zu spielen hat. Gewiss hätte niemand, der Dorian Gray an diesem Abend sah, geglaubt, dass er eine Tragödie hinter sich habe, die so schrecklich war, wie irgendeine unserer Zeit. Diese fein geformten Finger konnten doch, glaubte man, nie ein Messer gezückt zu haben, um eine Sünde zu begehen, diese lächelnden Lippen nie Gott und Gottes Güte geschmäht haben. Er selbst musste sich über die Gelassenheit seines Benehmens wundern und eine Sekunde lang spürte er den grauenvollen Genuss eines Doppeldaseins in ganzer Stärke.

Es war eine kleine Gesellschaft, die Lady Narborough ziemlich schnell zusammen geladen hatte, und die Gastgeberin war eine sehr gescheite Frau mit ansehnlichen Überbleibseln einer unleugbaren Hässlichkeit, wies es Lord Henry auszudrücken liebte. Sie hatte sich einem unserer langweiligsten Botschafter als ausgezeichnete Frau erwiesen, und nachdem sie, wie sich's ziemte, ihren Gemahl in einem marmornen Mausoleum beigesetzt hatte, das nach ihren eigenen

Entwürfen erbaut war, und seitdem sie ihre Töchter an einige reiche, etwas angejahrte Herren verheiratet hatte, widmete sie sich den Genüssen französischer Romane, französischer Kochkunst und – französischen Geistes, wenn sie ihn auftreiben konnte.

Dorian war einer ihrer erklärten Lieblinge, und sie sagte ihm immer, sie sei äußerst froh darüber, ihn nicht in früheren Jahren kennen gelernt zu haben.

„Ich weiß, mein Lieber, ich hätte mich sinnlos in Sie verliebt", pflegte sie zu sagen, „und wäre ihretwillen der größten Dummheit fähig gewesen. Es ist ein großes Glück, dass man damals noch gar nichts von Ihnen wusste! Zu meiner Zeit waren Tollheiten eine so seltene Sache, dass ich nicht einmal eine harmlose Liebelei gehabt habe. Indessen war das nur Narboroughs Schuld! Er war schrecklich kurzsichtig, und es ist alles andere als ein Vergnügen, einen Ehemann zu betrügen, der nie etwas sieht."

Ihre Gäste waren an diesem Abend ziemlich langweilig. Die Sache nämlich, wie sie Dorian hinter einem ziemlich schäbigen Fächer erklärte, war so: dass plötzlich eine ihrer verheirateten Töchter zu Besuch gekommen war, und obendrein ihren Mann mitgebracht hatte, was die Sache noch ärgerlich machte.

„Ich finde das ziemlich unliebenswürdig von ihr, mein Lieber", flüsterte sie ihm zu. „Natürlich bin ich jeden Sommer bei ihnen, wenn ich von Homburg komme, aber eine alte Frau wie ich muss eben manchmal frische Luft atmen, und außerdem rüttle ich sie dann immer etwas auf. Sie ahnen gar nicht, was für ein Leben die dahinten führen: das reine, unverfälschte

Landleben. Sie stehen früh auf, weil sie so viel zu tun haben. In der ganzen Gegend hat es seit der Zeit der Königin Elisabeth keinen Skandal gegeben, und deshalb schlafen sie alle nach dem Essen ein. Sie sollen aber nicht neben einem von beiden sitzen; Sie sollen neben mir sitzen und mich amüsieren."

Dorian brummelte ein anmutiges Kompliment und blickte sich im Zimmer um: ja, es war wirklich eine öde Gesellschaft! Zwei von den Anwesenden hatte er bisher nie gesehen, und die anderen waren Ernest Harrowden, eine der Mittelmäßigkeiten in mittleren Jahren, denen man in Londoner Klubs so häufig begegnet, die zwar keine Feinde haben, die aber keiner ihrer Freunde leiden kann; dann Lady Kuxton, eine aufgeputzte Dame mit einer Adlernase, etwa siebenundvierzig Jahre alt, die sich unablässig bemühte, sich zu kompromittieren, aber so sonderbar hässlich war, dass zu ihrer großen Enttäuschung niemals einer etwas Schlechtes von ihr glauben wollte. Da war ferner Frau Erlynne, eine zudringliche Nichtigkeit mit einem niedlichen Lispeln und venezianischrotem Haar, Lady Alice Chapman, die Tochter der Wirtin, eine schlecht gekleidete, bedeutungslose Person mit einem der charakteristischen englischen Gesichter, an die man sich, wenn man sie einmal gesehen hat, nie wieder erinnert, und ihr Mann, ein rotbäckiges, weißbärtiges Geschöpf, das, wie so viele seiner Kaste, der Überzeugung war, dass unpassende Liebenswürdigkeit einen vollständigen Gedankenmangel ersetzen könne.

Es tat ihm beinah Leid, dass er hergekommen war, bis Lady Narborough einen Blick auf die große goldene Pendeluhr warf, die sich mit ihren albern verschnörkelten Zieraten auf dem malvenfarbig behängten Kamin spreizte, und ausrief:

„Wie unartig von Henry Wotton, so spät zu kommen! Ich schickte zu ihm heute früh auf gut Glück hinüber und er hat fest zugesagt, mich nicht im Stich zu lassen."

Es war ein Trost, dass Harry kommen sollte, und als sich die Tür öffnete und er seine musikalische sanfte Stimme vernahm, die irgendeine läppische Ausrede bezaubernd hervorbrachte, wich seine Verdrießlichkeit.

Aber er konnte bei Tisch dennoch nicht essen; Platte nach Platte wurde, unberührt von ihm, weggetragen. Lady Narborough schalt ihn unaufhörlich, weil sie darin „eine Beleidigung für den armen Adolphe sah, der das ganze Menu eigens für ihn komponiert hätte", und ab und zu blickte Lord Henry zu ihm herüber und wunderte sich über sein Schweigen und zerstreutes Wesen. Von Zeit zu Zeit füllte der Diener sein Glas mit Champagner, und sein Durst schien zu wachsen, je heftiger er trank.

„Dorian", sagte Lord Henry endlich, als das Chaudfroid herumgereicht wurde, „was ist heut Abend mit dir los? Du bist ja so verstimmt."

„Ich glaube, er ist verliebt", sagte Lady Narborough, „und er hat Angst, es mir zu erzählen, aus Furcht, dass ich eifersüchtig würde. Er hat auch ganz Recht: Ich würde es sicher werden!"

„Teure Lady Narborough", flüsterte Dorian lächelnd, „ich bin seit einer vollen Woche nicht verliebt gewesen – genau gesagt, seitdem Madame de Ferrol aus der Stadt weg ist."

„Dass ihr Männer euch in diese Frau verlieben könnt!", rief die alte Dame; „ich kann es wirklich nicht verstehen."

„Das kommt einfach daher, weil sie Sie an die Zeit erinnert, wo Sie ein kleines Mädchen waren, Lady Narborough", sagte Lord Henry. „Sie ist das einzige Bindeglied zwischen uns und Ihren kurzen Röckchen."

„Sie erinnert mich aber nicht im Geringsten an meine kurzen Röcke, Lord Henry! Ich entsinne mich indessen ihrer sehr gut vor dreißig Jahren in Wien und wie sie sich damals dekolletierte."

„Sie dekolletiert sich noch immer", antwortete Lord Henry und nahm eine Olive in seine langen Finger, „und wenn sie sehr elegant gekleidet ist, sieht sie aus wie die Luxusausgabe eines schlechten, französischen Romans. Sie ist tatsächlich wunderbar und voller Überraschungen. Ihr Talent für Familienliebe ist außerordentlich! Als ihr dritter Mann starb, wurde ihr Haar aus Gram ganz goldblond."

„Wie kannst du so etwas sagen, Harry?", rief Dorian.

„Das ist eine höchst romantische Erklärung", lachte die Gastgeberin. „Aber ihr dritter Mann, Lord Henry! Sie wollen doch nicht sagen, dass Ferrol der Vierte wäre"

„Doch, Lady Narborough."

„Ich glaube davon kein Wort."

„Gut, dann fragen Sie Herrn Gray; er ist einer ihrer intimsten Freunde."

„Ist das wahr, Herr Gray?"

„Sie versichert es mir, Lady Narborough“, gab Dorian zur Antwort. „Ich fragte sie, ob sie, wie Margarete von Navarra, ihre Männerherzen einbalsamiert am Gürtel trage? Sie sagte mir, sie täte das nicht, weil keiner von ihnen überhaupt ein Herz gehabt hätte.“

„Vier Männer! Auf mein Wort, das ist trop de zêle.“

„Trop d'audace, sagte ich ihr“, entgegnete Dorian.

„O, sie ist mutig genug für alles, mein Lieber! Und wie ist Ferrol? Ich kenne ihn nicht.“

„Die Männer sehr schöner Frauen gehören zur Verbrecherklasse“, sagte Lord Henry und schlürfte seinen Wein.

Lady Narborough schlug ihn mit dem Fächer.

„Lord Henry, ich bin nicht im Mindesten überrascht, dass alle Welt über Ihre große Ruchlosigkeit klagt.“

„Aber welche Welt tut das?“, fragte Lord Henry, seine Brauen hochziehend. „Es kann nur die Nachwelt sein! Denn diese Welt und ich wir stehen brillant miteinander!“

„Alle meine Bekannten sagen, dass Sie sehr ruchlos sind!“, rief die alte Dame den Kopf schüttelnd.

Lord Henry sah einige Augenblicke ernsthaft aus.

„Es ist ganz abscheulich“, sagte er schließlich, „wie die Leute heutzutage herumgehen und einem Dinge hinterm Rücken nachsagen, die ganz und gar – auf Wahrheit beruhen!“

„Ist er nicht unverbesserlich?“, rief Dorian und neigte sich in seinem Stuhl vor.

„Ich hoffe“, sagte die Wirtin lachend. „Aber wenn Sie alle in dieser lächerlichen Weise Madame de Ferrol anbeten, so muss ich wirklich auch wieder heiraten, um in Mode zu kommen."

„Sie werden nie wieder heiraten, Lady Narborough", unterbrach Lord Henry; „Sie waren viel zu glücklich! Wenn eine Frau wieder heiratet, so tut sie es, weil sie ihren ersten Mann verabscheute. Wenn ein Mann wieder heiratet, so tut er es, weil er seine erste Frau anbetete! Frauen versuchen ihr Glück, Männer setzen es aufs Spiel!"

„Narborough war nicht vollkommen!", rief die alte Dame.

„Wenn er es gewesen wäre, meine teure Lady, hätten Sie ihn nicht geliebt", war die Antwort. „Frauen lieben uns um unserer Fehler willen. Wenn wir genug davon haben, vergeben sie uns alles, selbst unsern Geist! Ich fürchte, Sie werden mich nie wieder zu einem Diner einladen, nachdem ich das gesagt habe, Lady Narborough; aber es ist völlig wahr."

„Natürlich ist es wahr, Lord Henry. Wenn wir Frauen euch nicht eurer Fehler halber liebten, wo wäret ihr alle? Nicht ein einziger von euch Männern würde verheiratet sein, und ihr wäret eine Sekte unglücklicher Junggesellen. Das würde aber an euch nicht viel ändern. Heutzutage leben alle Ehemänner wie Junggesellen und alle Junggesellen wie Ehemänner."

„Fin de siècle", flüsterte Lord Henry.

„Fin du globe", entgegnete die Gastgeberin.

„Ich wollte, es wäre fin du globe", sagte Dorian mit einem Seufzer. „Das Leben ist eine große Enttäuschung."

„Ah, mein Lieber!“ rief Lady Narborough aus und zog sich die Handschuh an. „Sagen Sie mir nicht, dass Sie das Leben erschöpft hat. Lord Henry ist im höchsten Maße ruchlos, und ich wünsche manchmal, ich wär es auch gewesen; aber Sie sind geschaffen, um gut zu sein – Sie sehen so gut aus! Ich muss Ihnen eine hübsche Frau verschaffen. Meinen Sie nicht, Lord Henry, dass Herr Gray heiraten sollte?“

„Ich sage ihm das immer, Lady Narborough“, erwiderte Lord Henry mit einer Verbeugung.

„Schön, so wollen wir uns nach einer guten Partie umsehen. Ich werde diese Nacht aufmerksam den Adelskalender durchgehen und eine Liste aller in Frage kommenden jungen Damen aufstellen.“

„Mit Altersangabe, Lady Narborough?“, fragte Dorian.

„Natürlich mit ihrem Alter, ein bisschen retuschiert. Aber man darf nichts übereilen. Ich will, dass es genau das wird, was die Morning Post eine passende Verbindung nennt, und Sie müssen beide glücklich werden.“

„Was doch die Menschen für einen Unsinn über glückliche Ehen reden!“, rief Lord Henry. „Ein Mann kann mit jeder Frau glücklich werden, so lange er sie nicht liebt!“

„Oh! Was sind Sie für ein Zyniker!“, rief die alte Dame, schob ihren Stuhl zurück und nickte Lady Kuxton zu. „Sie müssen bald wiederkommen und bei mir essen. Sie sind wirklich ein wunderbarer Anreger zu Esslust, viel besser als das, was mir mein Hausarzt, Sir Andrew, verschreibt. Sie müssen mir sagen, was für Leute Sie gern treffen würden. Es soll ein entzückendes Beisammensein werden."

„Ich liebe Männer, die eine Zukunft haben, und Frauen, die eine Vergangenheit haben", antwortete er. „Oder beabsichtigen Sie, eine Damengesellschaft zustande zu bringen?"

„Ich fürchte fast", sagte sie lachend, indem sie sich erhob. „Ach, verzeihen Sie tausendmal, Lady Kuxton", fuhr sie fort, „ich habe nicht gesehen, dass Sie noch nicht mit Ihrer Zigarette fertig waren."

„Macht nichts, Lady Narborough. Ich rauche viel zu viel. Ich muss mich darin in Zukunft einschränken."

„Bitte, tun Sie das nicht, Lady Kuxton", sagte Lord Henry: „Mäßigung ist eine fatale Sache. Genug ist nicht besser als eine Mahlzeit. Mehr als genug ist so gut wie ein Festessen!"

Lady Kuxton sah ihn neugierig an.

„Lord Henry, Sie müssen mich mal nachmittags besuchen und mir das erklären. Es klingt wie eine verlockende Theorie", sagte sie, während sie aus dem Zimmer rauschte.

„Jetzt bitte, sitzt mir nicht zu lange bei eurer Politik und euern Skandalgeschichten!", rief Lady Narborough von der Tür aus. „Wenn ihr das tut, schelten wir sicher mit euch, wenn ihr nach oben kommt."

Die Männer lachten, und Herr Chapman stand feierlich am unteren Ende der Tafel auf und setzte sich neben Lord Henry. Herr Chapman begann mit erhobener Stimme über die parlamentarische Lage zu sprechen. Er bellte laut auf über seine Widersacher.

Das Wort Doktrinär – ein Wort voller Schrecken für den britischen Geist – tauchte in seinen Lachausbrüchen von Zeit zu Zeit auf. Eine doppelt ausgesprochene Vorsilbe diente seiner Rede als schmückende Alliteration. Er hisste den Union Jack auf dem Mast seiner Gedanken auf. Die angeborene Dummheit der Rasse – er nannte sie wohlwollend: gesunden englischen Menschenverstand – wurde als das Hauptfundament der Gesellschaft hingestellt.

Ein Lächeln kräuselte Lord Henrys Lippen, als er sich umdrehte und zu Dorian hinblickte.

„Geht dir's jetzt besser, lieber Junge?", fragte er. „Du schienst gar nicht recht wohl zu sein bei Tische."

„Mir ist ganz wohl. Ich bin müde. Sonst nichts."

„Du warst entzückend gestern Abend. Die kleine Herzogin hat dich ganz in ihr Herz geschlossen, und mir erzählt, sie käme nach Selby."

„Sie hat mir versprochen, am Zwanzigsten zu kommen."

„Wird Monmouth auch da sein?"

„Na gewiss, Harry!"

„Er langweilt mich entsetzlich, fast ebenso sehr, wie er sie langweilt. Sie ist sehr gescheit, fast zu sehr für eine Frau. Es fehlt ihr der unbeschreibliche Reiz der Schwäche. Die tönernen Füße sind es, die erst das Gold der Bildsäule wertvoll machen. Ihre Füße sind allerliebst, aber es sind keine Tonfüße. Weiße Porzellanfüße, wenn du willst. Sie sind schon im Feuer gewesen, und was das Feuer nicht zerstört, macht es hart. Sie hat etwas hinter sich!"

„Wie lange ist sie verheiratet?", fragte Dorian.

„Sie nennt es eine Ewigkeit. Nach dem Adelskalender, glaub ich, sind es wohl zehn Jahre, aber zehn Jahre mit Monmouth müsse wie eine Ewigkeit gewesen sein, wenn man die Zeit mitrechnet. Wer kommt sonst noch?“

„Nun: die Willoughbys, Lord Rugby und Frau, unsere Wirtin, Geoffrey Clouston, die gewöhnliche Aufmachung. Ich hab auch noch bei Lord Grotrian angefragt.“

„Den hab ich recht gern“, sagte Lord Henry. „Viele Leute können ihn nicht leiden, aber ich finde ihn reizend. Den Umstand, dass seine Kleidung manchmal übertrieben elegant ist, kompensiert er dadurch, dass er immer übertrieben gebildet ist. Es ist ein ganz moderner Typ.“

„Ich weiß nicht, ob er kommen kann, Harry: Es ist möglich, dass er mit seinem Vater nach Monte Carlo muss.“

„Ach, was für ein Kreuz ist doch diese öde Familiensimpelei! Versuch es nur, dass er kommt! Übrigens, Dorian, du bist gestern Abend sehr früh weggelaufen? Du hast uns vor elf Uhr sitzen lassen. Was hast du denn noch vorgehabt? Bist du gleich nach Hause gegangen?“

Dorian blickte ihn hastig an und runzelte die Stirn.

„Nein, Harry“, sagte er endlich, „es war fast drei, als ich nach Hause kam.“

„Warst du noch im Klub?“

„Ja“, antwortete er. Dann biss er sich auf die Lippen: „Nein, das wollte ich nicht sagen. Ich war nicht im Klub! Ich ging nur so herum. Ich weiß nicht mehr, was ich getan habe – – Wie du einen ins Verhör nimmst, Harry! Du willst immer wissen, was man getan hat? Ich will immer vergessen, was ich getan habe. Wenn du aber die genaue Zeit wissen willst: Ich kam um halb drei nach Hause. Ich hatte meinen Hausschlüssel vergessen, und musste meinen Diener herausklingeln. Wenn du vielleicht noch einen Zeugen über mein Alibi wünschst, kannst du ihn ja fragen."

Lord Henry zuckte die Achseln.

„Aber, lieber Junge, als ob mir etwas daran läge? Wir wollen in den Salon hinauf! Keinen Sherry, Herr Chapman, nein, danke. Dir ist etwas zugestoßen, Dorian. Sage mir, was es ist. Du bist heute Abend nicht du selber."

„Sei nicht böse, Harry. Ich bin gereizt und übler Laune. Ich komme morgen zu dir oder übermorgen. Bitte, entschuldige mich bei Lady Narborough. Ich geh nicht mehr hinauf. Ich geh nach Hause. Ich muss nach Hause gehen."

„Schön, Dorian. Ich hoffe, dich morgen zum Tee zu sehen. Die Herzogin kommt."

„Ich will versuchen da zu sein, Harry", sagte Dorian und verließ das Zimmer.

Als er nach Hause fuhr, spürte er, dass das Angstgefühl zurückgekehrt sei, das er erstickt zu haben glaubte. Lord Henrys zufällige Frage hatte ihm momentan die Fassung genommen und ihn nervös gemacht und er brauchte seine Nerven noch. Dinge, die Gefahr bringen konnten, mussten vernichtet werden. Er schauerte zusammen. Der Gedanke, sie auch nur anzufassen, war ihm furchtbar.

Und doch musste es sein! Er war sich darüber ganz klar! Als er die Tür seines Bibliothekzimmers verschlossen hatte, öffnete er den geheimen Schrank, darin er Basil Hallwards Mantel und Tasche versteckt hatte. Es loderte ein mächtiges Feuer, doch er legte noch ein Stück Holz nach. Der Geruch der sengenden Kleider und des schwelenden Leders war scheußlich. Er brauchte drei viertel Stunden, um alles zu verbrennen. Als er fertig war, fühlte er sich schwach und krank, und nachdem er einige algerische Räucherkerzen in einer Kupferpfanne angezündet hatte, wusch er sich Hände und Stirn in Moschus duftendem, kaltem Essig.

Plötzlich schreckte er zusammen: seine Augen bekamen einen merkwürdigen Glanz und er nagte nervös an der Unterlippe. Zwischen zwei Fenstern stand ein großer Florentiner Ebenholzschrank mit Elfenbein und Lapislazuli eingelegt. Er starrte ihn an, als wär er ein Etwas, das fesseln und ängstigen könne, als berge er etwas, das er sehnsüchtig begehrte und doch beinahe verabscheute. Sein Atem ging schneller. Eine wilde Gier überkam ihn. Er zündete eine Zigarette an und warf sie gleich wieder weg. Seine Augenlider senkten sich, bis die langen Wimpern fast die Wangen berührten. Aber er sah noch immer nach dem Schranke hin. Endlich erhob er sich vom Sofa, worauf er gelegen hatte, ging zu dem Schrank hinüber, schloss ihn auf und drückte an einer geheimen Feder. Ein dreieckiges Schubfach kam langsam zum Vorschein. Seine Finger zuckten mechanisch danach hin, griffen hinein und fassten etwas. Es war ein kleines chinesisches Kästchen aus schwarzem, goldbetupftem Lack, das sehr kunstvoll gearbeitet war, und dessen Seiten kleine Wellenlinien zierten, und an dessen seidenen Schnüren runde Kristalle mit Quasten aus geflochtenen Metallfäden hingen. Er öffnete das Kästchen. Eine grünlich glänzende, wachsartige Pasta von seltsam schwerem und durchdringendem Geruch lag darin.

Er zögerte ein paar Augenblicke mit einem merkwürdig unbeweglichen Lächeln in seinem Antlitz. Dann schauerte er zusammen, obwohl es im Zimmer außergewöhnlich heiß war, raffte sich auf und sah nach der Uhr. Es fehlten zwanzig Minuten an zwölf. Er legte das Kästchen zurück, schloss die Türen des Schrankes zu und ging in sein Schlafzimmer.

Als die Mitternacht ihre metallenen Schläge durch die dunkle Luft schickte, schlich Dorian Gray in ordinärer Kleidung und ein Tuch um den Hals geschlungen, leise aus dem Hause. In Bond Street sah er eine Droschke mit einem guten Pferde. Er ließ halten und sagte dem Kutscher mit leiser Stimme eine Adresse.

Der Mann schüttelte den Kopf.

„Das ist mir zu weit“, brummte er.

„Da haben Sie ein Goldstück. Sie sollen noch eines kriegen, wenn Sie rasch fahren“, sagte Dorian.

„Schön, Herr!“, antwortete der Mann, „Sie sollen in einer Stunde da sein.“ Und nachdem sein Fahrgast eingestiegen war, lenkte er um und fuhr rasch nach der Themse zu.

Sechzehntes Kapitel

Ein kalter Regen fing zu rieseln an und die flackernden Laternen sahen geisterhaft aus im herabsickernden Nebel. Die Schenken wurden eben geschlossen, Männer und Frauen drängten sich vor den Türen in schattenhaften Gruppen. Aus einigen Wirtschaften scholl ein entsetzliches Lachen, in anderen lärmten und grölten Betrunkene.

In die Droschke zurückgelehnt, den Hut tief in die Stirn gezogen, schaute Dorian Gray gleichgültig auf das Elend und den Schmutz der Großstadt, und dann und wann wiederholte er sich die Worte, die ihm Lord Henry am ersten Tage, wo sie sich kennen gelernt hatten, gesagt hatte: „die Seele durch die Sinne und die Sinne durch die Seele zu heilen.“ Ja, das war das Geheimnis! Er hatte es oft versucht und wollte es jetzt wieder versuchen. Es gab Opiumkneipen, wo man Vergessenheit kaufen konnte, Schlupfwinkel des Grauens, wo die Erinnerung an alte Sünden durch den Wahnsinn neuer ausgelöscht werden konnte.

Der Mond hing wie eine gelbe Schale tief am Himmel. Von Zeit zu Zeit streckte eine dicke, plumpe Wolke einen langen Arm nach ihm aus und verdeckte ihn. Die Gaslaternen standen spärlich und die Straßen wurden enger und düster. Einmal verlor der Kutscher seinen Weg und musste einige hundert Meter zurückfahren. Das Pferd dampfte, während es durch die Pfützen patschte. Die Fenster des Wagens waren wie mit grauem Flanell verhängt.

„Die Seele durch die Sinne und die Sinne durch die Seele zu heilen –!“ Wie ihm die Worte in den Ohren klangen! Seine Seele war jedenfalls todkrank! War es denkbar, dass die Sinne sie heilen konnten? Unschuldig Blut war vergossen worden! Welche Sühne konnte es dafür geben? Ach! Dafür gab es keine Sühne; aber wenn auch Vergebung unmöglich war, Vergessen war doch möglich, und er war entschlossen, zu vergessen, die Sache wie eine Natter, die einen gebissen hat, zu Boden zu treten und zu vernichten! Welches Recht hatte denn Basil gehabt, so zu ihm zu sprechen, wie er es getan hatte? Wer hatte ihn zum Richter über andere gesetzt? Er hatte Dinge gesprochen, die schrecklich waren, entsetzlich, nicht zu ertragen!

Weiter und weiter rollte die Droschke und es schien ihm, als trödele sie mit jedem Schritt mehr. Er riss das Schubfenster auf und rief dem Kutscher hinter sich zu, schneller zu fahren! Der grässliche Hunger nach Opium fing an, in ihm zu nagen. Die Kehle brannte ihm und seine zarten Fingern spielt nervös miteinander. Er schlug mit seinem Spazierstock wie toll auf den Gaul ein. Der Kutscher lachte und hieb mit seiner Peitsche zu. Dorian lachte jetzt auch und der Mann verstummte.

Der Weg schien endlos zu sein und die Straßen dehnten sich aus wie ein durcheinander gewirrtes schwarzes Spinnengewebe. Die Eintönigkeit wurde unerträglich, und als der Nebel dichter herabnieselte, empfand er Furcht.

Dann fuhren sie an einsamen Ziegeleien vorüber. Der Nebel war hier durchsichtiger, und er konnte die merkwürdigen, flaschenartigen Brennöfen erkennen mit ihren orangegelben fächerartigen Feuerzungen. Ein Köter schlug an, als sie vorbeiratterten, und weit hinten in der Dunkelheit schrie eine unruhige Möwe. Das Pferd stolperte in einer Vertiefung, scheute und verfiel in Galopp.

Nach einiger Zeit verließen sie den Lehmweg und ratterten wieder über holpriges Straßenpflaster. Die meisten Fenster waren dunkel, aber hier und da sah man fantastische Schatten wie Silhouetten hinter einem erleuchteten Vorhang. Er spähte neugierig darauf hin. Sie bewegten sich wie riesenhafte Marionetten und gestikulierten wie lebendige Wesen. Eine Art Hass gegen sie überkam ihn: Dumpfer Zorn kochte in seinem Herzen. Als sie um eine Ecke bogen, kreischte ihnen aus einer offenen Tür ein Weib etwas zu, und zwei Männer rannten ein paar hundert Schritt hinter der Droschke her. Der Kutscher schlug mit seiner Peitsche nach ihnen.

Man sagt, die Leidenschaft wirble einem die Gedanken im Kreise umher: jedenfalls formten die zerbissenen Lippen Dorian Grays in ewiger Wiederholung die fein gesetzten Worte von der Seele und den Sinnen, bis er in diesen Worten sozusagen den vollsten Ausdruck seiner Stimmung gefunden und durch die Einwilligung des Verstandes Leidenschaften gerechtfertigt hatte, die sein Temperament auch ohne solche Rechtfertigung beherrscht hätten. Von Zelle zu Zelle seines Gehirns kroch dieser selbe Gedanke und die wilde Lebensgier, das schrecklichste aller menschlichen Hungergelüste, ließ sich jeden zuckenden Nerv und Muskel gewaltsam emporbäumen. Das Hässliche, das er einst gehasst hatte, weil es den Dingen Wirklichkeit verlieh, wurde ihm jetzt aus dem gleichen Grunde lieb. Das Hässliche war das einzig Wirkliche. Das rohe Geschrei, die ekelhafte Kneipe, die ordinäre Gewalttätigkeit eines liederlichen Lebens, die widerliche Verworfenheit der Diebe und Verbrecher waren in der strotzenden Wirklichkeit ihrer Eindrücke von mehr Leben erfüllt, als all die anmutigen Formen der Kunst, die träumerischen Schatten der Dichtung. Das war es, was er zum Vergessen brauchte. In drei Tagen würde er frei sein.

Plötzlich hielt der Mann auf dem Bocke am Ende einer finstern Gasse mit einem Ruck an. Über die niedrigen Dächer und gezackten Schornsteine der Häuser hinaus ragten die schwarzen Maste der Schiffe. Weiße Nebelfetzen hingen über den Werften wie gespensterhafte Segel.

„Irgendwo hier, nicht wahr, Herr?", ertönte die heisere Stimme des Kutschers durch das Schiebefenster.

Dorian fuhr auf und blickte sich um.

„Schon gut!", antwortete er, stieg rasch aus, gab dem Kutscher das versprochene Trinkgeld und ging eilig dem Kai zu. Hier und da flimmerte eine Laterne am Heck eines großen Kauffahrers. Das Licht zitterte und zersplitterte sich in den Pfützen. Ein rotes Geflimmer kam von einem weit draußen ankernden Dampfer, der Kohlen einlud. Das schlüpfrige Pflaster sah aus wie ein regenglänzender Gummimantel.

Er hastete nach links weiter und blickte sich dann und wann um, ob ihm niemand folgte. Nach sieben oder acht Minuten stand er vor einem kleinen elenden Hause, das zwischen zwei großen Faktoreien eingequetscht war. In einem Giebelfenster brannte eine Lampe. Er blieb stehen und klopfte wie auf eine verabredete Art.

Nach einem Weilchen hörte er Schritte im Flur und wie die Türkette losgemacht wurde. Die Tür öffnete sich vorsichtig und er trat herein, ohne ein Wort zu der kleinen, erbärmlichen Gestalt zu sagen, die sich in den Schatten drückte, als er vorbeischritt. Am Ende des Flurs hing ein zerlumpter grüner Vorhang, der sich hin und her bauschte in dem starken Luftzug, der von der Straße her mit ihm hereingekommen war. Er schob ihn beiseite und trat in einen langen, niedrigen Raum, der so aussah, als wäre er früher ein Tanzlokal allerletzten Ranges gewesen. Grell flackernde Gasflammen, die in den gegenüberhängenden fliegenbeschmutzten Spiegeln matt und verzehrt erschienen, brannten rings an den Wänden. Schmierige Reflektoren aus Wellblech waren dahinter angebracht und warfen tanzende Lichtstreifen. Der Boden war mit ockerfarbigem Sägespanmehl bestreut, das an einigen Stellen zu Schmutzklumpen zertreten war und worauf sich schwarze Ringe von vergossenen Getränken abzeichneten. Ein paar Malaien hockten mit untergeschlagenen Beinen an einem kleinen Kohlenofen, spielten mit knöchernen Würfeln und zeigten beim Sprechen ihre weißen Zähne. In einem Winkel, den Kopf auf die Hände gestützt, räkelte sich ein Matrose an einem Tische, und an dem grellbunt bemalten Büfett, das eine ganze Seite des Saales einnahm, standen zwei heruntergekommene Weibsbilder und verhöhnten einen alten Mann, der mit einem Ausdruck des Ekels die Ärmel seines Rockes bürstete. „Er denkt, er hat sich Läuse geholt", lachte die eine, als Dorian vorüberging. Der Mann sah sie erschreckt an und begann zu wimmern.

Am Ende des Raumes war eine kleine Treppe, die in eine verdunkelte Kammer führte. Als Dorian die verwackelten Stufen hinaufging, schlug ihm der schwere Dunst des Opiums entgegen. Er holte tief Atem, und seine Nasenflügel zitterten vor Wollust. Als er eintrat, blickte ein junger Mann mit glatt gescheiteltem Blondhaar, der sich über eine Lampe bückte, an der er eine lange, dünne Pfeife anzündete, zu ihm auf, und nickte zögernd.

„Du hier, Adrian?“, flüsterte Dorian.

„Wo soll ich sonst sein?“, antwortete er gleichgültig. „Kein Mensch mehr will jetzt mit mir sprechen.“

„Ich dachte, du wärst aus England weg?“

„Darlington wird nichts gegen mich unternehmen. Mein Bruder hat den Wechsel schließlich eingelöst. George spricht auch nicht mehr mit mir – – Ist mir auch schnuppe“, fügte er seufzend hinzu. „So lange man noch das Zeugs da hat, braucht man keine Freunde. Ich glaube sowieso, ich habe zu viel Freunde gehabt.“

Dorian zuckte zusammen und sah sich nach den grotesken Gestalten um, die da in so fantastischen Stellungen auf den zerlumpten Matratzen lagen. Die gekrümmten Glieder, die offenen Mäuler, die glanzlosen, stieren Augen übten auf ihn eine starke Anziehungskraft aus. Er kannte die absonderlichen Paradiese, in denen sie litten, und welche nächtige Höllen sie in das Geheimnis neuer Genüsse einweihten. Sie waren besser daran als er. Er saß in seinen Gedanken eingekerkert! Die Erinnerung fraß an seiner Seele wie eine fürchterliche Krankheit. Von Zeit zu Zeit glaubte er auf sich die Augen Basil Hallwards gerichtet zu sehen. Aber er fühlte, dass er hier nicht bleiben konnte:

Die Anwesenheit Adrian Singletons war ihm peinlich. Er wollte irgendwo sein, wo ihn niemand kannte. Er wollte sich selbst entfliehen.

„Ich gehe in das andere Lokal“, sagte er nach einer Pause.

„Auf der Werft?“

„Ja.“

„Die tolle Katze ist sicher da. Sie wollen sie hier nicht mehr haben.“

Dorian zuckte die Achsel:

„Ich hab die Weiber, die einen lieben, satt. Weiber, die einen hassen, sind viel interessanter. Übrigens ist der Stoff dort besser.“

„Ganz derselbe.“

„Mir schmeckt er da besser. Kommen, wir wollen was trinken. Ich muss was trinken.“

„Brauche nichts“, murmelte der junge Mann.

„Macht nichts.“

Adrian Singleton stand schläfrig auf und folgte Dorian an den Schenktisch. Ein Mischling mit zerrissenem Turban und schäbigem Mantel grinste ihnen einen widerlichen Gruß zu, als er vor sie zwei Gläser und eine Branntweinflasche hinstellt. Die Weiber kamen herbei und begann zu schwatzen. Dorian kehrte ihnen den Rücken zu und sagte leise etwas zu Adrian Singleton.

Ein Grinsen gleich einem krummen malaiischen Dolch verzerrte das Gesicht des einen Weibes.

„Wir sind sehr stolz heute“, höhnte sie lachend.

„Um Gottes willen, rede mit mir nicht!“, schrie Dorian und stampfte mit dem Fuß auf den Boden. „Was willst du? Geld? Da! Aber spricht mit mir kein Wort mehr!“

Zwei rote Funken blitzten über eine Sekunde in den wässrigen Augen des Weibes auf, dann verloschen sie wieder und ließen sie trübe und gläsern erscheinen. Sie warf den Kopf zurück und grapste mit gierigen Fingern die Münzen auf dem Büfetttisch zusammen. Ihre Gefährtin beobachtete sie neidisch.

„Es hat keinen Zweck“, sagte Adrian Singleton seufzend. „Will nicht mehr zurück. Was macht’s auch? Fühle mich hier ganz wohl.“

„Du wirst mir doch schreiben, wenn du was brauchst?“, sagte Dorian nach einer Weile.

„Vielleicht.“

„Dann gute Nacht!“

„Gute Nacht!“, antwortete der junge Mann, ging die Stufen empor und wischte sich dabei den trockenen Mund mit seinem Taschentuch ab.

Dorian schritt mit einem qualvollen Zug im Gesicht zur Tür. Als er den Vorhang beiseite schob, wieherte ein grässliches Lachen von den geschminkten Lippen des Weibes, das sein Geld genommen hatte:

„Da geht er hin, der Seelenverschacherer!“, stieß sie mit heiser glucksender Stimme hervor.

„Der Satan hole dich!“, antwortete er, „du sollst mich nicht so nennen!“

Sie schnippte mit den Fingern:

„He? Willst wohl Prinz Märchenschön genannt werden, das passte dir, he?“, kreischte sie hinter ihm her.

Bei diesen Worten sprang der schläfrige Matrose auf und blickte sich um. Das Geräusch der zufallenden Haustür traf sein Ohr. Er stürzte hinaus, um ihn zu verfolgen.

Dorian Gray eilte durch den herabstäubenden Regen rasch den Kai entlang. Sein Zusammentreffen mit Adrian Singelton hatte ihn sonderbar bewegt, und er dachte darüber nach, ob der Zerfall dieses jungen Lebens wirklich sein Werk war, wie ihn Basil Hallward mit so schändlicher Beschimpfung dessen verklagt hatte. Er biss sich auf die Lippe, und sein Auge sah für einen Augenblick traurig aus. Aber schließlich, was ging's ihn an? Das bisschen Leben war zu kurz, als dass man sich noch die Sünden anderer auf die Schultern laden könnte! Jeder lebte sein eigenes Leben und zahlte seinen Preis dafür. Das einzige Unglück war, dass man für ein einziges Vergehen so oftmals zahlen musste. Man musste immer und immer wieder zahlen. In seinem Handel mit dem Menschen glich das Schicksal sein Schuldbuch nie aus. –

Die Psychologen sagen, dass es Augenblicke gibt, wo der Antrieb zu Sünden oder zu dem, was die Welt Sünden nennt, eine Natur so beherrscht, dass jede Körperfaser und jede Gehirnzelle von fürchterlichen Kräften gestachelt zu sein scheint. Männer und Frauen verlieren die Willensfreiheit in solchen Augenblicken und bewegen sich ihrem schrecklichen Ende zu wie Automaten. Die Wahl ist ihnen genommen, und das Gewissen ist tot oder, wenn es noch lebt, so lebt es nur, um der Auflehnung ihren Reiz und dem Ungehorsam ihren Zauber zu verleihen. Denn alle Sünden sind, wie die Theologen nicht müde werden, uns einzuschärfen, Früchte des Ungehorsams. Als jener hohe Geist, der Morgenstern alles Bösen, vom Himmel fiel, da fiel er, weil er ein Rebell gewesen war. – –

Unempfindlich, nur mit dem Gedanken ans Böse erfüllt, mit verblendetem Geist, mit einer Seele, die nach Empörung lechzte, eilte Dorian Gray weiter, und beschleunigte seine Schritte immer mehr. Als er aber in einen dunkeln Torweg einbog, der ihm oft als kürzerer Weg zu dem berüchtigten Ort diente, den er jetzt aufsuchen wollte, fühlte er sich plötzlich von rückwärts gepackt, und noch ehe er Zeit hatte, sich zu wehren, wurde er gegen die Mauer geschleudert und fühlte seinen Hals von einer derben Hand umklammert.

Er kämpfte wie ein Wilder um sein Leben, und mit furchtbarer Anstrengung glückte es ihm, sich aus den umschnürenden Fingern loszuwinden. Einen Augenblick darauf hörte er das Knacken eines Revolvers, sah den Glanz eines blanken Laufes gerade auf seinen Kopf gerichtet und erkannte vor sich die dunkle Gestalt eines untersetzten Mannes.

„Was wollen Sie?“, keuchte Dorian.

„Sei still“, sagte der Mann. „Wenn du dich rührst, knall ich dich nieder!“

„Sie sind toll! Was hab ich mit Ihnen zu tun?“

„Du hast das Leben Sibyl Vanes zugrunde gerichtet!“, war die Antwort. „Und Sibyl Vane war meine Schwester. Sie hat sich getötet. Ich weiß es! Ihr Tod ist deine Schuld! Ich hab geschworen, dich dafür zu töten! Jahrelang suchte ich dich. Aber ich hatte keinen Anhaltspunkt, keine Spur! Die zwei Menschen, die dich hätten beschreiben können, sind längst tot. Ich wusste nichts von dir als den Kosenamen, den sie dir gab. Heute Nacht habe ich ihn durch Zufall gehört. Mach deinen Frieden mit Gott, denn jetzt musst du sterben.“

Dorian Gray wurde fast ohnmächtig vor Furcht: „Ich hab sie nie gekannt“, stammelte er. „ich hab nie von ihr gehört. Sie sind verrückt.“

„Gesteh lieber deine Sünden! Denn so wahr ich James Vane heiße, so gewiss musst du sterben.“

Es war ein entsetzlicher Augenblick. Dorian wusste nicht, was er sagen oder beginnen sollte.

„Auf die Knie!“, brüllte der Mann. „Ich geb dir eine Minute, deinen Frieden zu machen – mehr nicht! Ich muss heute Nacht an Bord nach Indien und muss vorher meine Arbeit beendet haben. Eine Minute! Mehr nicht!“

Dorians Arme sanken herab: von Todesfurcht gelähmt, wusste er nicht, was er anfangen sollte. Plötzlich zuckte eine jähe Hoffnung in seinem Gehirn auf.

„Halt!“, schrie er. „Wie lang ist es her, dass Ihre Schwester gestorben ist? Rasch, sagen Sie es!“

„Achtzehn Jahre“, sagte der Mann. „Warum fragst du? Was machen die Jahre?“

„Achtzehn Jahre!“, lachte Dorian mit einem triumphierenden Ton in seiner Stimme. „Achtzehn Jahre! Bringen Sie mich unter die Laterne und sehen Sie mein Gesicht an!“

James Vane zögerte einen Augenblick und begriff nicht, was er meinte. Dann packte er Dorian Gray und zog ihn aus dem Torweg heraus.

So dunkel und flackernd auch das windbedrohte Licht war, so genügte es doch, ihm den furchtbaren Irrtum zu zeigen, in den er geraten zu sein schien: Denn das Antlitz des Mannes, den er töten wollte, wies die ganze Blütenweichheit der Jugend auf, zeigte all ihre unbefleckte Reinheit. Er schien kaum älter als ein Jüngling von zwanzig Sommern, kaum älter, als seine Schwester gewesen war, als sie vor so vielen Jahren Abschied voneinander genommen hatten. Es war klar, dass dies nicht der Mann war, der ihr Leben vernichtet hatte.

James ließ seine Faust von ihm los und taumelte zurück.

„Mein Gott, mein Gott!“, rief er aus. „Und ich hätte Sie fast getötet!“

Dorian Gray schöpfte tief Atem.

„Sie waren dicht daran, ein furchtbares Verbrechen zu begehen, Mann“, sagte er mit einem strengen Blick. „Lassen Sie sich das eine Warnung sein, nicht mit eigener Hand eine Rache zu übernehmen.“

„Verzeihen Sie mir, Herr!“, stammelte James Vane. „Ich habe mich täuschen lassen. Ein zufälliges Wort, das ich in der verfluchten Kneipe hörte, brachte mich auf die falsche Spur.“

„Sie sollten lieber nach Hause gehen und Ihre Pistole wegtun, sonst haben Sie noch Unannehmlichkeiten“, sagte Dorian, drehte sich um und ging langsam die Straße hinunter.

James Vane stand voller Entsetzen auf dem Pflaster: Er zitterte am ganzen Leibe. Nach einer kleinen Weile bewegte sich ein dunkler Schatten, der längs der regennassen Wand hingeschlichen war, ins Licht hervor und glitt mit leisen Schritten an seine Seite. Er spürte eine Hand auf seinem Arm und drehte sich mit jähem Schrecken um. Es war eines der Weiber, die am Büfett getrunken hatten.

„Warum hast du ihn nicht umgebracht?“, zischte sie und brachte ihr verlebtes Gesicht ganz nahe an das seine. „Ich wusste, dass du ihm folgtest, als du aus Dalys Haus fortranntest. Du Narr! Du hättest ihn totschlagen sollen. Er hat einen Haufen Geld und ist schlechter als der Schlechteste!“

„Er ist nicht der Mann, den ich suche“, antwortete er, „und ich suche keines Menschen Geld. Ich suche eines Menschen Leben. Der Mann, dessen Leben ich suche, muss jetzt an die vierzig sein. Der da war fast ein Knabe! Ich danke Gott, dass nicht sein Blut an meinen Händen klebt.“

Das Weib stieß ein bitteres Lachen aus.

„Fast ein Knabe!“, höhnte sie. „Wahrhaftig, Mensch, es ist fast achtzehn Jahre her, dass Prinz Märchenschön aus mir das gemacht hat, was ich heute bin!“

„Du lügst!“, schrie James Vane.

Sie hob ihre Hand gen Himmel: „Bei Gott, ich sag die Wahrheit!“, rief sie.

„Bei Gott?“

„Du kannst mich kaltmachen, wenn's anders ist. Er ist der Schlechteste von allen, die herkommen. Sie sagen, er hätte dem Teufel für sein hübsches Gesicht seine Seele verkauft. Es sind fast achtzehn Jahre, dass ich ihn kennen lernte. Er hat sich seitdem wenig verändert. Ich um so mehr“, fügte sie mit einem traurigen Blinzeln hinzu.

„Schwörst du das?“

„Ich schwöre es“, klang es wie ein heiseres Echo aus ihrem verfallenen Mund. „Aber verrate mich ihm nicht“, winselte sie; „ich habe Angst vor ihm. Gib mir ein paar Groschen zum Nachtquartier.“

Mit einem Fluch riss er sich von ihr los und stürzte an die Straßenecke; aber Dorian Gray war weg. Als er zurückblickte, war auch das Weib schon verschwunden.

Siebzehntes Kapitel

Eine Woche danach saß Dorian Gray zu Selby Royal im Gewächshaus und plauderte mit der hübschen Herzogin von Monmouth, die sich mit ihrem Gatten, einem abgelebt aussehenden Manne von sechzig Jahren, unter seinen Gästen befand. Es war zur Teezeit, und das milde Licht der großen, mit einem Spitzenschleier verhängten Lampe, die auf dem Tisch stand, schimmerte über das kostbare Porzellan und das getriebene Silberservice, das neben der Herzogin stand. Ihre weißen Hände machten sich zierlich zwischen den Tassen zu schaffen, und ihre roten, vollen Lippen lächelten über etwas, das ihr Dorian zugeflüstert hatte. Lord Henry lag in einem mit Silberseide bezogenen Rohrsessel zurückgelehnt und sah beide an. Auf einem pfirsichfarbenen Diwan saß Lady Narborough und tat so, als ob sie der Beschreibung des Herzogs zuhörte, die den brasilianischen Käfer betraf, den er zuletzt seiner Sammlung einverleibt hatte. Drei junge Leute in eleganter Gesellschaftstoilette boten den Damen Teekuchen an. Die Gesellschaft bestand aus zwölf Personen, und für den nächsten Tag wurden noch einige erwartet.

„Worüber sprecht ihr beide?", fragte Lord Henry, während er gemächlich zu dem Teetisch ging und seine Tasse niederstellte. „Ich hoffe, Dorian hat dir von meinem Plan erzählt, alles umzutaufen, Gladys. Es ist eine allerliebste Idee."

„Aber ich will nicht umgetauft werden, Harry", erwiderte die Herzogin und sah ihn mit ihren wunderschönen Augen an. „Ich bin ganz zufrieden mit meinem Namen und denke, Herr Gray kann mit seinem auch zufrieden sein."

„Meine teure Gladys, ich würde einen der beiden Namen um keinen Preis der Welt umändern wollen. Sie sind beide vollendet. Ich dachte an Blumen. Gestern schnitt ich mir für mein Knopfloch eine Orchidee. Es war eine wunderschön gesprenkelte Blume, so wirkungsvoll wie die sieben Todsünden. In einem Anfall von Gedankenträgheit fragte ich einen Gärtner, wie sie heiße. Er sagte, es sei ein schönes Exemplar der Robinsoniana oder irgendeine andere grässliche Bezeichnung. Es ist eine traurige Wahrheit, aber wir haben die Gabe verloren, den Dingen schöne Namen zu geben. Und Namen sind alles. Ich kämpfe nie gegen Taten an. Mein einziger Kampf richtet sich gegen Worte. Das ist der Grund, weshalb ich den gewöhnlichen Realismus in der Literatur verabscheue! Der Mann, der es fertig bekommt, einen Spaten einen Spaten zu nennen, sollte gezwungen werden, selbst einen zur Hand zu nehmen. Es ist das Einzige, wozu er tauglich wäre."

„Wie sollen wir dich also nennen, Harry?", fragte sie.

„Sein Name ist Prinz Parador", sagte Dorian.

„Der wird sofort anerkannt!", rief die Herzogin.

„Ich will ihn nicht hören", lachte Lord Henry und ließ sich in ein Fauteuil fallen. „Vor solchem Etikett kann man sich nicht mehr retten. Ich weise den Titel zurück."

„Fürchterlichkeiten können nicht abdanken", warnten schöne Lippen.

„Du willst also, dass ich meinen Thron verteidige?"

„Ja."

„Ich sage die Wahrheiten von Morgen."

„Ich ziehe die Irrtümer von heute vor", antwortete sie.

„Du entwaffnest mich, Gladys!", rief er, entzückt von ihrem Übermut.

„Deines Schildes, Harry, nicht deines Speeres."

„Ich kämpfe niemals gegen die Schönheit", sagte er mit einer huldigenden Handbewegung.

„Das ist dein F e h l e r, Harry, glaube es mir. Du überwertest die Schönheit."

„Wie kannst du das sagen? Ich geb zu, dass ich es für besser halte, schön zu sein als gut, aber trotzdem wird niemand eher als ich zugegeben, dass es besser ist, gut zu sein als hässlich."

„Dann ist Hässlichkeit also eine der sieben Todsünden?", rief die Herzogin. „Wie steht es denn mit deinem Orchideengleichnis?"

„Hässlichkeit ist eine von den sieben Todtugenden, Gladys. Du darfst sie als gute Tory nicht unterschätzen. Das Bier, die Bibel und die sieben Todtugenden haben aus unserm England das gemacht, was es heute ist."

„Du liebst also dein Vaterland nicht?", fragte sie.

„Ich lebe darin."

„Damit du es besser tadeln kannst."

„Sähest du es lieber, dass ich mir das Urteil Europas über unser Land aneigne?", fragte er.

„Was sagt man von uns?"

„Dass Tartüff nach England ausgewandert sei und dort einen Laden aufgemacht habe."

„Ist das von dir, Harry?"

„Ich schenke es dir."

„Ich kann es nicht gebrauchen. Es ist zu wahr."

„Du brauchst dich nicht zu ängstigen! Unsere Landsleute erkennen sich in ihren Steckbriefen niemals."

„Sie sind so praktisch."

„Mehr geschäftsschlau als praktisch! Wenn sie ihr Kontokorrent abschließen, dann saldieren sie Dummheit mit Reichtum und Laster mit Heuchelei."

„Und doch haben wir große Dinge vollbracht."

„Große Dinge sind uns auferlegt worden, Gladys."

„Wir haben ihre Last zu tragen vermocht."

„Nur bis zur Börse."

Sie schüttelte den Kopf.

„Ich glaube an unsere Rasse!", rief sie.

„Sie vertritt das Überleben rücksichtsloser Streberei."

„Sie hat Entwicklung."

„Verfall reizt mich mehr."

„Und die Kunst?", fragte sie.

„Eine Krankheit."

„Liebe?"

„Einbildung."

„Religion?"

„Modesurrogat für Glauben."

„Du bist ein Skeptiker!"

„Niemals! Skeptizismus ist des Glaubens Anfang."

„Was bist du?"

„Definieren heißt beschränken."

„Reich mir einen Faden!"

„Fäden zerreißen! Du würdest deinen Weg im Labyrinth verlieren."

„Du machst mich wirre. Lass uns von was anderm sprechen."

„Unser Wirt ist ein entzückendes Thema. Vor vielen Jahren nannte man ihn den Prinzen Märchenschön."

„Ach! Erinnere mich nicht daran!", rief Dorian Gray.

„Unser Wirt ist heute Abend wenig nett", antwortete die Herzogin und errötete. „Er denkt wohl, Monmouth habe mich aus rein wissenschaftlichen Gründen geheiratet, weil ich das beste Musterbeispiel eines modernen Schmetterlings bin."

„Ich hoffe aber, Frau Herzogin, er wird Sie nicht auf Stecknadeln spießen", lachte Dorian.

„Oh! Das besorgt schon meine Kammerjungfer, Herr Gray, wenn sie sich über mich ärgert."

„Und worüber ärgert sie sich, Frau Herzogin?"

„Über die geringsten Dinge, Herr Gray, glauben Sie nur! Gewöhnlich, weil ich zehn Minuten vor neun nach Hause komme und ihr sage, dass ich bis halb neun angezogen sein muss."

„Wie unvernünftig von ihr! Sie sollten ihr den Laufpass geben!"

„Das wag ich nicht, Herr Gray! Sie erfindet nämlich meine Hüte. Sie erinnern sich an den Hut, den ich auf Lady Hilstones Gartenfest getragen habe? Natürlich nicht; aber es ist nett von Ihnen, so zu tun. Also der war geradezu aus nichts gemacht. Alle guten Hüte werden aus nichts gemacht."

„Wie jeder gute Ruf, Gladys!", unterbrach Lord Henry. „Jede Wirkung, die man erzielt, verschafft uns einen Feind. Man muss eine Alltagsnatur sein, wenn man eine Beliebtheit sein will."

„Nicht unter Frauen", entgegnete die Herzogin und schüttelte den Kopf; „und Frauen regieren die

Welt. Ich behaupte fest, wir können Alltagsnaturen nicht vertragen. Wir Frauen, hat jemand einmal gesagt, lieben mit den Ohren, gerade so, wie ihr Männer mit den Augen liebt, wenn ihr überhaupt liebt.“

„Es erscheint mir, wir tun überhaupt nie etwas anderes“, flüsterte Dorian.

„Ach! Herr Gray, dann lieben Sie in Wirklichkeit nie“, antwortete die Herzogin wie in spöttischer Trauer.

„Meine liebe Gladys!“, rief Lord Henry. „Wie kannst du das sagen? Die Romantik lebt von Wiederholung, und die Wiederholung verwandelt jeden Anreiz in eine Kunst. Übrigens ist es jedes Mal, wenn man liebt, das erste Mal, dass man geliebt hat. Die Verschiedenheit des Objektes verändert die Einzigkeit der Leidenschaft nicht: Sie macht sie nur stärker. Wir können im Leben bestenfalls nur ein einziges großes Erlebnis haben, und das Geheimnis des Lebens besteht darin, dieses Erlebnis so oft als möglich zu wiederholen.“

„Selbst wenn es einen verwundet hat, Harry?“, fragte die Herzogin nach einer Pause.

„Gerade, wenn es einen verwundet hat“, entgegnete Lord Henry.

Die Herzogin wandte sich um und sah Dorian an mit einem seltsamen Ausdruck in ihren Augen:

„Was sagen Sie dazu, Herr Gray?“, forschte sie.

Dorian zögerte einen Augenblick. Dann warf er den Kopf zurück und lachte:

„Ich stimme mit Harry immer überein, Frau Herzogin.“

„Auch wenn er Unrecht hat?“

„Harry hat nie Unrecht, Frau Herzogin."

„Und macht Sie seine Philosophie glücklich?"

„Glück habe ich nie gesucht! Wer braucht Glück? Ich habe Vergnügen gesucht."

„Und gefunden, Herr Gray?"

„Oft. Zu oft!"

Die Herzogin seufzte:

„Ich suche Frieden", sagte sie, „und wenn ich jetzt nicht gehe und mich anziehe, hab ich ihn heute Abend nicht."

„Lassen Sie mich Ihnen ein paar Orchideen holen, Frau Herzogin!", rief Dorian, sprang auf und ging ins Gewächshaus hinunter.

„Du liebelst ganz schändlich mit ihm", sagte Lord Henry zu seiner Cousine. „Du solltest dich bei ihm mit Flirten in Acht nehmen. Er kann sehr gefährlich werden."

„Wenn er es nicht könnte, gäbe es ja keinen Kampf."

„Also Griechen kämpfen dann gegen Griechen?"

„Ich bin aufseiten der Trojaner. Sie kämpften für eine Frau!"

„Sie wurden besiegt."

„Es gibt ärgere Dinge als Gefangenschaft", erwiderte sie.

„Du galoppierst mit verhängtem Zügel."

„Das Tempo macht das Leben aus", war die Antwort.

„Ich will mir das heute Abend in mein Tagebuch schreiben."

„Was?"

„Dass ein gebranntes Kind das Feuer liebt."

„Ich bin noch nicht mal versengt. Meine Flügel sind unberührt."

„Du verwendet sie zu allem, nur nicht zur Flucht."

„Der Mut ist von den Männern zu den Frauen gewandert. Das ist für uns ein neues Erlebnis."

„Du hast eine Rivalin."

„Wen?"

Er lachte. „Lady Narborough", flüsterte er. „Sie betet ihn an."

„Du machst mir Angst. Eine Berufung auf das Altertum ist für uns Romantiker stets gefährlich."

„Romantiker! Du hast alle Methoden der Wissenschaft."

„Männer haben uns erzogen."

„Aber nicht erklärt."

„Gib uns eine Definition unseres Geschlechts", forderte sie ihn heraus.

„Sphinxe ohne Geheimnisse."

Sie sah ihn lächelnd an:

„Wie lange Herr Gray wegbleibt", sagte sie. „Wir wollen ihm helfen. Ich habe ihm noch nicht einmal die Farbe meines Kleides angegeben."

„Ah! Du musst dein Kleid seinen Blumen anpassen, Gladys."

„Das wäre eine zu rasche Übergabe."

„Die Romantik beginnt mit dem Gipfelpunkt."

„Ich muss mir die Möglichkeit des Rückzuges offen halten."

„Wie die Parther?"

„Sie fanden in der Wüste Schutz. Mir wäre das nicht möglich."

„Man lässt den Frauen nicht immer die Wahl“, entgegnete er; aber kaum hatte er den Satz zu Ende gesprochen, als von dem äußersten Winkel des Treibhauses ein unterdrücktes Stöhnen zu hören war, dem das dumpfe Geräusch eines schweren Falles folgte. Alles sprang auf. Die Herzogin stand regungslos da vor Schreck. Mit ängstlichen Augen stürzte Lord Henry durch die wehenden Palmenfächer und fand Dorian Gray in einer todesähnlichen Ohnmacht am Boden liegen, mit dem Gesicht auf den kühlen Fliesen.

Er wurde schnellstens in den blauen Salon gebracht und auf ein Sofa gelegt. Nach einer kleinen Weile kam er wieder zu sich und sah sich verstört um.

„Was ist geschehen?“, fragte er … „Ach! Jetzt fällt es mir wieder ein. – Bin ich hier sicher, Harry?“ Er begann zu zittern.

„Mein lieber Dorian“, antwortete Lord Henry, „es war ein Ohnmachtsanfall. Weiter nichts. Du musst dich wohl überanstrengt haben. Komm lieber nicht zum Diner herunter. Ich werde dich vertreten.“

„Nein, ich will herunterkommen“, sagte er und bemühte sich aufzustehen. „Ich komme lieber herunter! Ich darf nicht allein sein.“

Er ging in sein Zimmer und zog sich um. Als er bei Tisch saß, war in seinem Benehmen eine wilde, übermütige Lustigkeit, aber dann und wann überlief ihn ein Angstschauer, wenn er sich erinnerte, dass er, gegen die Fensterscheiben des Treibhauses gepresst, wie ein weißes Tuch das lauernde Gesicht von James Vane erblickt hatte.

Achtzehntes Kapitel

Am nächsten Tage verließ er das Haus nicht und brachte den größten Teil der Zeit in seinem Zimmer zu; durchschüttelt von einer wahnsinnigen Todesfurcht und doch dem Leben gegenüber gleichgültig. Das Bewusstsein, gehetzt, umzingelt, aufgestöbert zu werden, begann ihn völlig zu beherrschen. Schon, wenn die Vorhänge im Winde rauschten, schreckte er zusammen. Die falben Blätter, gegen die verbleiten Scheiben gefegt wurden, schienen ihm seine eigenen vergeblichen Vorsätze und hastigen Gewissensbisse zu sein. Wenn er die Augen schloss, sah er das Gesicht des Matrosen wieder vor sich, wie es durch das feucht beschlagene Glas stierte, und das Entsetzen schien ihm noch einmal mit kalter Hand ans Herz zu packen.

Aber vielleicht war es nur seine Fantasie gewesen, die aus der Nacht die Rache heraufbeschworen und ihm die grässliche Gestalt der Strafe vorgetäuscht hatte. Das wirkliche Leben war ein Chaos, aber es war eine furchtbare Logik in der Fantasie. Die Fantasie jagte die Gewissensbisse hinter den flüchtigen Sohlen der Sünde her. Die Fantasie ließ jedes Verbrechen in sich seine missgestaltete Brut reifen. In der gewöhnlichen Welt der Tatsachen wurden die Schlechten so wenig bestraft wie die Guten belohnt. Der Erfolg gehörte den Starken, der Misserfolg den Schwachen. Das war alles. Wenn übrigens ein Fremder um das Haus herumgestrichen wäre, so hätten ihn die Diener oder Pförtner entdeckt. Wären in den Beeten irgendwelche Fußstapfen bemerkt worden, so hätten es die Gärtner gemeldet. Ja: Es war die reine Einbildung! Sibyl Vanes Bruder war nicht zurückgekehrt, um ihn zu ermorden. Er war mit seinem Schiff abgesegelt, um in irgendeinem arktischen Meere zu ertrinken. Vor ihm war er also sicher. Der Mann wusste ja gar nicht, wer er war und konnte es auch nicht wissen. Die Maske der Jugend hatte ihn gerettet.

Und doch, wenn es eine bloße Gestalt der Einbildung gewesen war, wie schrecklich war immerhin der Gedanke, dass so fürchterliche Hirngespinste durch das Gewissen entstehen und ihnen sichtbare Form und Bewegung geben können! Welch eine Art Leben würde er führen, wenn ihn Tag und Nacht aus düsteren Winkeln die Schatten seines Verbrechens umlauerten, ihn von geheimen Stellen aus neckten, ihm ins Ohr raunten, wenn er beim Mahle saß, ihn mit eifrigen Fingern weckten, wenn er schlief! Als dieser Gedanke durch sein Gehirn kroch, wurde er vor Schrecken blass, und die Luft schien im plötzlich kälter geworden zu sein. Oh! In welch einer wilden Wahnsinnsstunde hatte er seinen Freund umgebracht! Wie haarsträubend war nur die Erinnerung an diese Szene! Er sah alles wieder: Jede grässliche Einzelheit kam wieder mit vermehrtem Entsetzen zu ihm. Aus dem schwarzen Grabe der Zeit stieg das Bild seiner Sünden empor, schrecklich in Scharlachrot gehüllt. Als Lord Henry um sechs Uhr eintrat, traf er ihn so sehr weinend an, als wolle ihm das Herz brechen.

Erst am dritten Tage wagte er auszugehen. Es lag etwas in der klaren, tannenduftigen Luft dieses Wintermorgens, dass ihm seine Fröhlichkeit und seine Lebenslust zurückzuschenken schien. Aber nicht nur die physischen Bedingungen der Umgebung hatten diese Wandlung zuwege gebracht: Seine eigene Natur hatte sich empört gegen das Übermaß der Angst, die ihre friedliche Ruhe zu stören und zu vernichten versucht hatte. Mit feinen und zart organisierten Temperamenten ist es immer so. Ihre heftigen Leidenschaften können nur vernichten oder vergehen. Entweder töten sie den Menschen oder sterben selbst. Oberflächliche Sorgen, oberflächliche Liebesempfindungen können weiterleben, tiefe Liebesempfindungen und große Sorgen gehen an ihrem eigenen Übermaß zugrunde. Zudem hatte er sich jetzt überzeugt, dass er das Opfer einer schreckhaften Einbildungskraft gewesen war, und sah nun schon mit einer Art Mitleid und nicht kleiner Verachtung auf seine Ängste zurück.

Nach dem Frühstück ging er mit der Herzogin ein Stündchen im Garten spazieren und fuhr dann durch den Park, um mit der Jagdgesellschaft zusammenzutreffen. Der Reif lag wie Salz auf dem Rasen; der Himmel erschien wie ein umgestülpter Pokal aus blauem Metall. Eine dünne Eisschicht säumte den seichten, schilfumwachsenen Teich.

An der Ecke des Tannenwaldes sah Dorian Sir Geoffrey Clouston, den Bruder der Herzogin, der eben zwei verschossene Patronen aus seiner Flinte stieß. Dorian sprang aus dem Wagen, sagte dem Groom, er solle nach Hause fahren, und ging durch das welke Farngeraschel und das struppige Unterholz auf seinen Gast zu.

„Gute Jagd gehabt, Geoffrey?“, fragte er.

„Nicht besonders, Dorian! Die meisten Vögel sind scheinbar aufs Feld geflüchtet. Vielleicht wird es am Nachmittag besser, wenn wir auf frisches Revier kommen."

Dorian schlenderte mit ihm weiter. Die starke, aromatische Luft, die braunen und roten Lichter, die den Wald durchleuchteten, das laute Geschrei der Treiber, das von Zeit zu Zeit herüberschallte, und der kurze Knall der Flinten, der dann folgte: das alles fesselte ihn und erfüllte ihn mit einem Gefühl entzückender Freiheit. Er war von einem sorglosen Glück beherrscht, von einem großartigen Gleichmut der Freude.

Plötzlich brach aus einem dichten Büschel alten Grases, etwa zwanzig Meter vor ihm, ein Hase aus, die schwarz gesprenkelten Löffel hoch aufgerichtet und die langen Läufe nach vorn werfend. Er flitzte auf ein Erlendickicht los. Sir Geoffrey riss das Gewehr an die Backe, aber in der anmutigen Bewegung des Tieres lag etwas, das Dorian Gray seltsam entzückte, und er rief hastig:

„Schieß nicht, Geoffrey. Lass ihn laufen!"

„Ach Unsinn, Dorian", lachte der Jäger; und ehe der Hase noch in das Dickicht entspringen konnte, schoss er zu. Man hörte zwei Schreie: den Schrei eines verwundeten Hasen, der schrecklich ist, und den Schrei eines sterbenden Menschen, der noch schrecklicher ist.

„Gott im Himmel, ich hab einen Treiber getroffen!", rief Sir Geoffrey aus. „Was für ein Esel das sein muss, einem gerade vors Gewehr zu laufen! Hört auf mit Schießen!", rief er mit lauter Stimme. „Ein Mann ist getroffen worden!"

Der Wildmeister kam mit einem Stock herbeigelaufen.

„Wo, Herr? Wo ist er?“, rief er.

Im selben Augenblick hörte auf der ganzen Linie das Schießen auf.

„Hier!“, entgegnete Sir Geoffrey ärgerlich und rannte auf das Dickicht zu. „Warum, zum Henker, halten Sie Ihre Leute nicht mehr zurück? Für heute hab ich von der ganzen Jagd genug!“

Dorian sah ihnen nach, wie sie in die Erlenbüsche drangen und die Zweige zur Seite bogen. Nach einigen Augenblicken kamen sie wieder zum Vorschein und zogen einen Körper ins Freie. Dorian wandte sich entsetzt ab. Es schien ihm, als folge ihm das Missgeschick überallhin. Er hörte, wie Sir Geoffrey fragte, ob der Mann wirklich tot wäre, und vernahm die bejahende Antwort des Wildmeisters. Es schien ihm, als wimmele der Wald plötzlich vor Gesichtern: Er hörte das Getrappe unzähliger Füße und das gedämpfte Flüstern von Stimmen. Ein großer Fasan mit kupferfarbener Brust rauschte über ihm durch die Äste dahin.

Nach einigen Augenblicken, die ihm in seiner Fassungslosigkeit wie viele peinvolle Stunden vorkamen, fühlte er eine Hand auf seiner Schulter. Er zuckte zusammen und wandte sich um.

„Dorian“, sagte Lord Henry, „es wäre richtiger die Jagd für heute zu beenden. Es würde nicht gut aussehen, sie fortzusetzen.“

„Ich wollte, sie wäre für immer beendet, Harry!“, antwortete er bitter. „Die ganze Geschichte ist grässlich und grausam. Ist der Mann …“, er konnte den Satz nicht vollenden.

„Leider, ja“, entgegnete Lord Henry. „Er hat die ganze Ladung in die Brust gekriegt; er muss augenblicklich gestorben sein. Komm, wir wollen nach Hause.“

Sie schritten nebeneinander auf die Allee zu und sprachen etwa fünfzig Meter lang kein Wort. Dann sah Dorian Lord Henry an und sagte mit einem tiefen Seufzer:

„Das ist ein böses Omen, Harry, ein sehr böses Omen.“

„Was denn?“, fragte Lord Henry. „O! Diesen Unglücksfall meinst du? Lieber Junge, daran ist nichts zu ändern. Der Mann hatte doch selbst Schuld. Warum lief er in die Schusslinie? Überdies ist es nicht unsere Sache. Für Geoffrey ist es natürlich nicht sehr angenehm! Es ist peinlich, einen Treiber so niederzupuffen. Die Leute denken gleich, man wäre ein Sonntagsjäger. Und das ist Geoffrey nicht; er schießt sogar famos! Aber es hat keinen Zweck, über die Geschichte weiter zu reden.“

Dorian schüttelte den Kopf:

„Es ist ein böses Omen, Harry. Ich habe die Empfindung, als müsste einem von uns etwas Schreckliches zustoßen. Mir selbst vielleicht“, fügte er hinzu und legte die Hand mit einer schmerzlichen Bewegung über die Augen.

Der Ältere lachte.

„Das einzig Schreckliche in der Welt ist Langeweile, Dorian. Das ist die einzige Sünde, für die es Vergebung nicht gibt. Aber wir werden darunter schwerlich leiden, wenn nicht die Gesellschaft bei Tisch etwa noch viel Aufhebens über die Sache macht. Ich muss den Leuten sagen, dass dieses Thema einfach Tabu bleibt! Und Omen – so was wie Omen gibt es nicht. Das Geschick sendet uns keine Herolde: es ist zu weise oder zu grausam dazu. Übrigens, was in aller Welt sollte dir geschehen, Dorian? Du hast alles, was sich ein Mensch unterm Monde wünschen kann. Ich wüsste niemand, der nicht aufs Bereitwilligste mit dir tauschen möchte."

„Es gibt keinen, mit dem ich nicht tauschen möchte, Harry. Lach nicht darüber! Ich spreche die Wahrheit. Der elende Bauer, der da gestorben ist, ist besser dran als ich. Ich habe keine Angst vor dem Tode: Das Sterben ist es, wovor ich mich ängstige. Ungeheure Todesflügel scheinen mich rings in der bleiernen Luft zu umflattern. – Gott im Himmel, siehst du nicht, dass mich da hinter den Bäumen ein Mann beobachtet und auf mich lauert?"

Lord Henry sah in die Richtung, wohin die behandschuhte Hand zitternd wies.

„Ja", sagte er lächelnd, „ich sehe den Gärtner da auf dich warten: Er will dich vermutlich fragen, welche Blumen du heute auf der Tafel haben willst? Wie lächerlich nervös du bist, lieber Junge! Du musst gleich meinen Doktor konsultieren, wenn wir wieder in London sind."

Dorian seufzte erleichtert auf, als er den Gärtner herankommen sah. Der Mann legte die Hand an die Mütze, blickte erst verlegen auf Lord Henry und zog dann einen Brief hervor, den er seinem Herrn überreichte.

„Ihre Gnaden hat mir aufgetragen, auf Antwort zu warten", sagte er halblaut.

Dorian steckte den Brief in die Tasche.

„Sagen Sie Ihrer Gnaden, ich würde kommen", sagte er kühl. Der Mann kehrte um und schritt rasch dem Hause zu.

„Wie gern die Frauen gefährliche Dinge begehen!", sagte Lord Henry lachend. „Das ist eine von ihren Eigenschaften, die ich am meisten bewundere. Eine Frau ist mit jedem auf Erden zu flirten bereit, so lange andere dabei Zuschauer sind."

„Wie gern du gefährliche Dinge sprichst, Harry! In diesem Fall bist du aber total auf dem Holzweg. Ich habe die Herzogin sehr gern, aber ich liebe sie nicht."

„Und die Herzogin liebt dich sehr, aber sie hat dich nicht gern: also passt ihr beide großartig zusammen."

„Du machst Klatschereien, Harry, und diesmal ist zum Klatschen gar kein Grund vorhanden."

„Grund für jeden Klatsch ist eine unmoralische Verlässlichkeit", sagte Lord Henry und zündete sich eine Zigarette an.

„Du würdest jeden aufopfern können, Harry, um einen Witz zu machen."

„Die Welt legt sich freiwillig auf den Opferaltar", war die Antwort.

„Ich wollte, ich könnte lieben!", rief Dorian Gray mit einem tief pathetischen Klang in seiner Stimme. „Aber es scheint, ich habe die Glut der Leidenschaft verloren und die Sehnsucht verlernt. Ich bin zu sehr in mich selber konzentriert. Meine eigene Person ist eine Last für mich geworden. Ich möchte fliehen, weggehen, vergessen. Es war albern von mir, überhaupt herzukommen. Ich denke, ich telegrafiere an Harvey, dass er die Jacht instand setzt. Auf einer Jacht ist man sicher."

„Wovor sicher, Dorian? Dich foltert eine Unruhe. Warum sagst du mir nicht, was es ist? Du weißt, dass ich dir helfen könnte."

„Ich kann dirs nicht sagen", erwiderte er traurig. „Und es mag wohl alles nur Einbildung sein. Der unglücklichste Zwischenfall hat mich aus dem seelischen Gleichgewicht gebracht. Ich habe eine schreckliche Vorahnung, dass mir etwas Ähnliches zustößt."

„Was für Unsinn!"

„Ich hoffe, es ist Unsinn, aber ich habe nun einmal immer dies Gefühl. Ah! Da kommt die Herzogin und sieht aus wie Diana in einem Tailor made-Kleide. – Sie sehen, wir sind zurück, Frau Herzogin."

„Ich hab schon alles gehört, Herr Gray", antwortete sie. „Der arme Geoffrey ist ganz fassungslos. Und es heißt, Sie hätten ihn noch gebeten, nicht auf den Hasen zu schießen? Wie seltsam!"

„Ja, es war sehr seltsam. Ich kann nicht einmal sagen, warum ich es getan habe? Eine Eingebung, vermute ich! Er sah so niedlich aus, der kleine Kerl. Aber ich bedaure sehr, dass man Ihnen von der Sache erzählt hat. Es ist ein peinliches Thema."

„Es ist ein langweiliges Thema", unterbrach ihn Lord Henry. „Es hat keinerlei psychologischen Wert! Wenn es Geoffrey noch mit Vorsatz getan hätte, wie interessant wär es dann! Ich würde gerne jemand kennen lernen, der wirklich einen Mord begangen hat."

„Wie abscheulich von dir, Harry“, schrie die Herzogin auf. „Nicht wahr, Herr Gray? Harry, Herrn Gray ist wieder unwohl. Er wird ohnmächtig.“

Dorian hielt sich nur mühsam aufrecht und lächelte:

„Es ist nichts, Frau Herzogin“, murmelte er, „meine Nerven sind schrecklich in Unordnung. Nichts weiter! Ich fürchte, ich bin heut Morgen zu viel gegangen. Ich hab gar nicht gehört, was Harry eigentlich gesagt hat. War es sehr toll? Sie müssen es mir ein andermal erzählen. Ich halte es fürs Beste, mich jetzt etwas hinzulegen. Sie entschuldigen mich, nicht wahr?“

Sie hatten die große Treppe erreicht, deren Stufen vom Gewächshaus auf die Terrasse führten. Als sich die Glastür hinter Dorian geschlossen hatte, wandte sich Lord Henry um und sah die Herzogin mit seinen schläfrigen Augen an.

„Bist du sehr verliebt in ihn?“, fragte er.

Sie gab eine Weile keine Antwort, sondern stand da und blickte auf die Landschaft:

„Ich möchte es selbst wissen“, sagte sie endlich.

Er schüttelte den Kopf:

„Wissen wäre ein Verhängnis! Die Ungewissheit hat für uns Reiz. Ein Nebel macht die Dinge wunderbar.“

„Man kann seinen Weg darin verlieren.“

„Alle Wege enden am selben Punkt, meine liebe Gladys.“

„Wie heißt der?“

„Enttäuschung.“

„So war mein Debut im Leben“, seufzte sie.

„Es kam mit einer Krone zu dir.“

„Ich bin ihrer Erdbeerblätter müde."

„Sie steht dir gut."

„Nur in der Öffentlichkeit."

„Sie würden dir fehlen", sagte Lord Henry.

„Ich werde mich von keinem Blättchen trennen."

„Monmouth hat Ohren."

„Das Alter ist schwerhörig."

„War er nie eifersüchtig?"

„Ich wollte, er wäre es gewesen!" Dabei lachte sie. Ihre Zähne sahen aus wie weiße Kerne in einer scharlachroten Frucht.

Indessen lag Dorian Gray oben in seinem Zimmer auf einem Sofa, Schrecken in jeder Fiber seines Körpers. Das Leben war plötzlich eine so schreckliche Last für ihn geworden, dass er sie nicht mehr tragen konnte. Der grässliche Tod des unglücklichen Treibers, der wie ein wildes Tier im Dickicht niedergeknallt worden war, schien ihm selbst den Tod vorauszusagen. Er war beinah in Ohnmacht gefallen bei dem zynischen Scherz, den Lord Henry in einer zufälligen Laune gemacht hatte.

Um fünf Uhr klingelte er nach seinem Diener und hieß ihn seine Sachen für den Nachtschnellzug nach London packen und den Wagen für halb neun vorfahren zu lassen. Er war willens, keine Nacht mehr in Selby Royal zu schlafen. Es war ein Ort voll böser Vorzeichen. Der Tod ging hier am lichten Tage um. Das Gras des Waldes war mit Menschenblut getränkt worden.

Dann schrieb er ein Billett an Lord Henry, in dem er ihm mitteilte, dass er in die Stadt fahre, um den Arzt zu befragen, und ihn bat, die Gäste in seiner Abwesenheit zu unterhalten. Als er die Zeilen gerade in ein Kuvert legte, klopfte es an die Tür, und sein Diener meldete ihm, dass ihn der Wildmeister sprechen wolle. Er runzelte die Stirn und biss sich auf die Lippen.

„Lassen Sie ihn eintreten", murmelte er nach einigem Zögern.

Während der Mann eintrat, holte Dorian sein Scheckbuch aus einer Schublade hervor und legte es bereit.

„Sie kommen vermutlich wegen des Unglücksfalles von heute Morgen, Thorton", sagte er und nahm eine Feder zur Hand.

„Ja, Herr", antwortete der Wildmeister.

„War der arme Kerl verheiratet? Hatte er Angehörige zu versorgen?", fragte Dorian mit einem müden Gesicht. „Wenn es so ist, möchte ich nicht, dass sie in Not zurückbleiben, und ich will Ihnen eine Summe geben, die Sie für erforderlich halten."

„Wir wissen nicht, wer es ist, gnädiger Herr. Deshalb war ich so frei, herzukommen."

„Sie wissen nicht, wer es ist?", sagte Dorian zerstreut. „Wie meinen Sie das? War es denn keiner von ihren Leuten?"

„Nein, Herr; ich hab ihn mein Lebtag nicht gesehen. Er sieht aus wie'n Matrose, gnädiger Herr."

Die Feder fiel Dorian Gray aus der Hand, und er hatte das Gefühl, als höre sein Herz plötzlich zu schlagen auf.

„Ein Matrose?", schrie er auf. „Sagten Sie, ein Matrose?"

„Ja, gnädiger Herr. Er sieht aus wie'n Matrose; seine beiden Arme sind tätowiert und überhaupt so."

„Hat man irgendwas bei ihm gefunden?", fragte Dorian, neigte sich vor und sah den Jäger mit aufgerissenen Augen an. „Irgendetwas, woraus man seinen Namen erführe?"

„Bloß Geld, gnädiger Herr – nicht viel, und'n sechsläufigen Revolver. Nichts von Namen. Der Mann sieht sonst anständig aus, aber etwas raubeinig! Wir halten ihn für ne Art Matrose."

Dorian sprang auf. Eine furchtbare Hoffnung durchblitzte ihn. Er klammerte sich wahnsinnig an sie an.

„Wo ist der Leichnam?", rief er aus. „Rasch, ich muss ihn sofort sehen."

„Er liegt in nem leeren Stall auf der Homefarm, gnädiger Herr. Die Leute wollen in ihren vier Wänden so was nicht haben. Sie sagen, eine Leiche bringt Unglück."

„Auf der Homefarm! Gehen Sie gleich voraus und warten Sie da auf mich. Sagen Sie einem der Stalljungen, er soll mein Pferd bringen. Nein! Lieber nicht; will selbst in den Stall kommen: s geht rascher!"

Kaum eine Viertelstunde später galoppierte Dorian die lange Allee hinunter, so rasch er konnte. Die Bäume schienen an ihm in gespenstischer Parade vorüberzufliegen und wilde Schatten sich in den Weg zu werfen. Einmal scheute die Stute vor einem weißen Pfahle und warf ihn beinahe ab. Er schlug ihr die Gerte um den Nacken. Sie durchschnitt die dunkle Luft wie ein Pfeil. Die Steine stoben unter ihren Hufen.

Endlich erreichte er die Homefarm. Zwei Leute lungerten im Hofe herum. Er sprang aus dem Sattel und warf dem einen die Zügel hin. Im hintersten Stall flimmerte ein Licht. Irgendetwas schien ihm zu sagen, dass dort der Leichnam liege, und er ging schnell auf die Tür zu und legte die Hand auf die Klinke.

Da hielt er einen Augenblick inne und wurde sich klar, dass er auf der Schwelle einer Entdeckung stehe, die ihm entweder ein neues Leben schenkte oder es vernichtete. Dann stieß er die Tür auf und trat hinein.

Auf einem Ballen Säcke lag im entferntesten Winkel der tote Körper eines Mannes, mit einem groben Blusenhemd und blauen Hosen bekleidet. Ein schmutziges Taschentuch war übers Gesicht gebreitet worden. Ein Talklicht steckte in einer Flasche und brannte knisternd.

Dorian Gray fröstelte. Er fühlte, dass er das Taschentuch nicht mit eigener Hand wegziehen könne, und rief einen der Knechte heran.

„Nehmen Sie das da vom Gesicht weg! Ich wills sehen", sagte er und hielt sich am Türpfosten fest.

Als es der Knecht getan hatte, machte Dorian einen Schritt nach vorn. Ein Freudenschrei brach von seinen Lippen: Der Mann, den man im Dickicht erschossen hatte, war James Vane.

Er stand einige Minuten da und starrte auf den Leichnam nieder. Als er nach Hause ritt, waren seine Augen voll Tränen, denn er wusste jetzt, dass er gerettet war.

[illegible]

[illegible] „Nein, dachte [illegible]

[illegible]

[illegible]

[illegible]

Neunzehntes Kapitel

„Es hat gar keinen Sinn, mir zu erzählen, dass du gut werden willst!", rief Lord Henry und tauchte seine weißen Finger in eine kupferne, mit Rosenwasser gefüllte Spülbowle. „Du bist vollkommen: Bitte ändere dich nicht!"

Dorian Gray schüttelte den Kopf.

„Nein, Harry, ich habe zu viele grässliche Dinge in meinem Leben getan. Ich will keine mehr tun. Ich hab gestern mit meinen guten Taten den Anfang gemacht."

„Wo warst du gestern?"

„Auf dem Lande, Harry. Ich war mutterwindallein in einem kleinen Gasthof."

„Lieber Junge", sagte Lord Henry lächelnd, „auf dem Lande kann jeder Mensch gut sein. Dort gibt es keine Versuchungen. Das ist der Grund, dass Leute, die nicht in der Stadt wohnen, so gänzlich unzivilisiert sind! Zivilisation ist wahrhaftig ein nicht leicht zu erreichender Vorzug. Es gibt nur zwei Wege, um zu ihr zu kommen. Der eine ist Kultur, der andere Korruption. Die Landbevölkerung hat zu beiden keine Gelegenheit, daher bleiben sie in ihrer Entwicklung stehen."

„Kultur und Korruption", wiederholte Dorian. „Ich habe alle beide kennen gelernt! Es scheint mit jetzt fürchterlich, dass man sie immer beisammen sieht. Denn ich habe ein neues Ideal, Harry! Ich will anders werden. Ich bin schon anders geworden, glaube ich."

„Du hast mir noch nicht verraten, worin deine gute Handlung bestand? Oder sagtest du nicht, du hättest mehr als eine getan?", fragte der Freund und schüttelte sich eine kleine rote Pyramide Erdbeeren auf seinen Teller, die er aus einem muschelförmigen Sieblöffel mit Puderzucker bestreute.

„Ich kann dir's ja verraten, Harry! Es ist eine Geschichte, die ich sonst keinem anderen erzählen könnte. Ich habe eine verschont. Es klingt eitel, aber du verstehst schon, was ich meine. Sie war sehr schön und hatte eine sprechende Ähnlichkeit mit Sibyl Vane. Ich glaube, das war das Erste, was mich bei ihr anzog. Du erinnerst dich noch an Sibyl, nicht? Wie lange ist das her! Also Hetty gehörte natürlich nicht unserem Stande an: Sie war nur eine Dorfschöne! Aber ich liebte sie wirklich. Ich weiß, dass ich sie liebte. In dem ganzen wundervollen Maimonat, den wir jetzt hatten, bin ich in der Woche zwei-, dreimal hingeeilt, um sie zu sehen. Gestern erwartete sie mich in einem kleinen Obstgarten. Die Apfelblüten schneiten auf ihr Haar hernieder, und sie lachte. Heute Morgen vor Tag und Tau sollte sie mit mir kommen. Plötzlich entschloss ich mich, sie so blumengleich zu lassen, wie ich sie gefunden hatte."

„Ich vermute, die Neuheit der Erfindung muss dir geradezu einen Wollustschauer bereitet haben, Dorian", unterbrach ihn Lord Henry. „Aber ich kann dir dein Idyll zu Ende erzählen. Du gabst ihr gute Lehren und brachst ihr das Herzchen. Das ist der Anfang deiner Besserung."

„Harry, du bist schrecklich! Du darfst nicht so hässliche Sachen sagen. Hettys Herz ist nicht gebrochen. Natürlich weinte sie und dergleichen. Aber keine Schande ist auf sie gekommen: Sie kann wie Perdita weiterleben in ihrem Garten bei Pfefferminze und Butterblumen."

„Und einem treulosen Florizel nachweinen", rief Lord Henry lachend und lehnte sich in seinem Stuhl zurück. „Teuerster Dorian, du hast die sonderbarsten Knabenanwandlungen. Glaubst du, dieses Mädchen wird jemals mit einem ihres eigenen Standes glücklich werden? Ich vermute, sie wird eines schönen Tages einen rohen Fuhrmann oder einen grinsenden Bauernknecht heiraten. Schön also; die Tatsache, dass sie dich kennen gelernt und geliebt hat, wird sie dahin bringen, ihren Mann zu verachten, und sie wird unglücklich werden! Vom moralischen Standpunkt besehen, kann ich daher nicht finden, dass deine Entscheidung sehr bewundernswert war. Selbst als Anfang ist sie dürftig. Außerdem: Woher kannst du wissen, ob Hetty in diesem Augenblick nicht in einem sternbeglänzten Mühlteich liegt, wie Ophelia, von lieblichen Wasserlinien umkränzt?"

„Ich kanns nicht aushalten, Harry! Du spottest über alles und malst einem dann die ernsthaften Tragödien aus! Es tut mir jetzt Leid, dass ich dirs erzählt habe! Es kümmert mich auch nicht, was du sagst. Ich weiß, ich habe recht gehandelt. Arme Hetty! Als ich heut früh an dem Gehöft vorbeiritt, sah ich am Fenster ihr Gesicht, weiß wie ein Jasminzweig. Wir wollen davon nicht länger reden, und du sollst mich nicht zu überzeugen versuchen, dass die erste Handlung, die ich seit Jahren getan, das erste kleine Opfer, das ich je gebracht habe, nichts als eine Art Sünde wäre! Ich will mich jetzt bessern. Und ich werde mich bessern! Erzähl mir was von dir. – Was geht in der Stadt vor? Ich war tagelang nicht im Klub."

„Die Leute sprechen noch immer über das Verschwinden des armen Basil."

„Ich sollte meinen, dass sie inzwischen genug davon gekriegt hätten", sagte Dorian, während er sich etwas Wein einschenkte und die Stirn leicht runzelte.

„Mein lieber Junge, sie reden ja erst seit sechs Wochen davon, und das englische Publikum ist wirklich nicht der geistigen Anstrengung gewachsen, alle drei Monate mehr als ein Thema zu haben. Immerhin haben sie in der letzten Zeit viel Glück gehabt. Sie hatten meinen eigenen Ehescheidungsprozess und Alan Campbells Selbstmord. Jetzt haben sie das geheimnisvolle Verschwinden eines Künstlers vorgesetzt bekommen! Unsere Polizei bleibt hartnäckig dabei, dass der Mann im grauen Ulster, der am neunten November mit dem Zwölfuhr-Nachtzug nach Paris fuhr, der arme Basil war, und die französische Polizei erklärt, Basil wäre überhaupt nie in Paris angelangt. Vermutlich wird man uns in etwa vierzehn Tagen weismachen, dass er in San Franzisko gesehen worden ist. Es ist eine schnurrige Sache, aber von jedem Menschen, der verschwindet, heißt es, dass er in San Franzisko gesehen worden sei! Das muss eine entzückende Stadt sein, die alle Anziehungskraft der zukünftigen Welt in sich hat."

„Was glaubst du, dass Basil zugestoßen sei?", fragte Dorian, hielt seinen Burgunder gegen das Licht und wunderte sich, wie es zuging, dass er so ruhig über diese Sache plaudern konnte.

„Ich habe nicht die leiseste Ahnung. Wenn sich Basil ein Vergnügen daraus macht, Versteck zu spielen, so kümmert mich das nicht. Wenn er tot ist, will ich nicht weiter an ihn denken. Der Tod ist das Einzige, was mir Angst macht. Ich hasse den Tod."

„Warum?", fragte der Jüngere müde.

„Weil", sagte Lord Henry und führte die Öffnung eines vergoldeten Riechbüchschens zur Nase, „weil man heutzutage alles überleben kann, den Tod ausgenommen. Tod und Philisterei sind die zwei einzigen Tatsachen des neunzehnten Jahrhunderts, die man nicht wegerklären kann. Wir wollen den Kaffee im Musikzimmer trinken, Dorian! Du musst mir Chopin vorspielen. – Der Mann, mit dem meine Frau durchbrannte, spielt Chopin wundervoll. Die arme Viktoria! Ich habe sie recht gern gehabt. Das Haus ist ohne sie recht einsam. Natürlich ist das Eheleben nur eine Gewohnheit, eine schlechte Gewohnheit. Aber schließlich bedauert man den Verlust selbst seiner übelsten Gewohnheiten. Und die vielleicht gerade am meisten! Sie sind ein so wesentlicher Teil unserer Persönlichkeit."

Dorian sagte nichts, stand vielmehr vom Tisch auf, ging in das Nebenzimmer, setzte sich an den Flügel und ließ seine Finger über das weiße und schwarze Elfenbein der Tasten gleiten. Als der Kaffee gebracht wurde, hörte er auf, sah zu Lord Henry hinüber und sagte: „Harry, ist es dir nie eingefallen, dass Basil ermordet sein könnte?"

Lord Henry gähnte.

„Basil war unelegant", sagte er, „und trug immer nur eine Fünfmarkbasaruhr. Warum hätte man ihn ermorden sollen? Er war nicht klug genug, um Feinde zu haben. Freilich war er als Maler ein wunderbares Genie. Aber ein Mensch kann wie Velasquez malen und doch so öde als möglich sein. In Wirklichkeit war ja Basil ziemlich öde. Er interessierte mich nur ein einziges Mal, und das war vor vielen Jahren, damals, wo er mir gestand, dass er dich so heftig anbete und dass du das Leitmotiv seiner Kunst seist."

„Ich habe Basil gern gehabt", sagte Dorian mit einem traurigen Klang in seiner Stimme. „Aber munkelt denn das Publikum nicht, dass er ermordet worden ist?"

„Ah, in einigen Zeitungen stand es. Es scheint mir nicht im Mindesten wahrscheinlich! Ich weiß, es gibt fürchterliche Orte in Paris, aber Basil gehört nicht zu der Art Mensch, sie aufzusuchen. Er war nicht neugierig: Das war sein Hauptfehler."

„Was würdest du dazu sagen, Harry, wenn ich dir erzähle, dass ich Basil ermordet habe", sagte der Jüngere. Er beobachtete den anderen scharf, nachdem er das gesagt hatte.

„Lieber Freund, ich würde sagen, dass du einen Charakter posierst, der dich nicht kleidet. Jedes Verbrechen ist ordinär, gerade wie alles Ordinäre ein Verbrechen ist. Du hast nicht die Gabe, Dorian, einen Mord zu begehen. Es soll mir Leid tun, wenn ich dich in deiner Eitelkeit durch diese Meinung kränke, aber ich versichere dir, es ist wahr! Das Verbrechen ist ausschließlich ein Vorrecht der unteren Klassen. Ich will sie durchaus nicht damit tadeln. Ich vermute eben, dass für sie das Verbrechen ist, was für uns die Kunst ist, einfach ein Verfahren, um sich außerordentliche Empfindungen zu verschaffen."

„Ein Verfahren, sich Empfindungen zu verschaffen? Glaubst du also, dass ein Mensch, der einmal gemordet hat, imstande wäre, das nämliche Verbrechen zu wiederholen? Das rede mir nicht ein!"

„O! Alles wird zu einem Vergnügen, wenn man es zu oft tut!", rief Lord Henry lachend. „Das ist eines der bedeutungsvollsten Geheimnisse des Lebens! Immerhin bin ich der Meinung, dass Mord stets ein Missgriff ist. Man sollte nie etwas tun, worüber man sich nach dem Essen nicht unterhalten kann. Aber lassen wir jetzt den armen Basil. Ich wollte es gern glauben, dass er ein so romantisches Ende genommen hat, wie du durchblicken lässt; aber ich kann es nicht. Ich glaube eher, dass er von einem Omnibus in die Seine gefallen ist und der Kondukteur hat die Sache vertuscht. Ja, ich glaube wirklich, so war sein Ende! Ich sehe ihn jetzt unter dem dunkelgrünen Wasser auf dem Rücken liegen, schwere Lastkähne schwimmen über ihn, lange Tangflechten verflechten sich in sein Haar. Weißt du, ich glaube nicht, dass er noch viel Gutes gemacht hätte. In den letzten zehn Jahren ist er mit seiner Malerei nicht mehr recht vom Fleck gekommen!"

Dorian seufzte und Lord Henry schlenderte durch das Zimmer und unterhielt sich damit, einem merkwürdig aussehenden Papagei aus Java den Kopf zu kraulen, einem großen, graugefiederten Vogel mit rotem Schopf und Schwanz, der auf einem Bambusstab hin- und herweberte. Als ihn seine Fingerspitzen berührten, schob er die weiße Nickhaut seiner Lidfalten über die schwarzen Glasaugen und begann sich hin und her zu wiegen.

„Ja", fuhr Lord Henry fort, während er sich umdrehte und sein Taschentuch hervorzog, „seine Malerei ist nicht mehr weit her gewesen. Es schien mir so, als hätte sie etwas eingebüßt. Sie hatte ein Ideal verloren. Als ihr beide aufhörtet, intim zu sein, hörte er auf, ein großer Künstler zu sein. Was hat euch auseinander gebracht? Ich vermute, er langweilte dich. Wenn das der Fall war, dann hat er dir nie verziehen. Das ist gewöhnlich so bei langweiligen Menschen. Was ist übrigens aus dem wundervollen Porträt geworden, das er von dir gemacht hat? Ich kann mich nicht erinnern, es wiedergesehen zu haben, seit es fertig wurde. Ah! Jetzt besinne ich mich, dass du mir vor Jahren erzählt hast, du hättest es nach Selby geschickt und unterwegs wäre es auf irgendeine Weise gestohlen worden oder verschwunden. Hast du es nie wieder bekommen? Schade! Es war in der Tat ein Meisterwerk! Ich entsinne mich, dass ich es kaufen wollte. Ich wünschte, ich hätte es jetzt. Es stammt aus Basils bester Zeit. Seitdem bestand seine Kunst aus dem eigentümlichen Gemengsel von schlechter Malerei und guten Absichten, das bei uns einen Mann berechtigt, ein bedeutender britischer Künstler genannt zu werden. Hast du eigentlich gar nicht deswegen annonciert? Das hättest du tun sollen".

„Ich weiß nicht mehr", antwortete Dorian. „Ich glaube, ich tat es! Aber ehrlich gesagt, ich hab das Bild nie gemocht. Es tut mir überhaupt Leid, dass ich dazu gesessen habe. Schon die Erinnerung an das Ding ist mir unangenehm. Warum sprichst du davon? Es hat mich immer an ein paar merkwürdige Zeilen aus einem Theaterstück erinnert – aus Hamlet, glaube ich – wie heißen sie? –

‚Gleich dem Bildnis eines Grams,
Ein Antlitz ohne Herz.'

Ja, so sah es aus!"

Lord Henry lachte.

„Wenn ein Mensch das Leben künstlerisch behandelt, ist sein Hirn sein Herz", antwortet er und setzte sich in einen Armsessel.

Dorian Gray schüttelte den Kopf und schlug ein paar sanfte Akkorde auf dem Klavier an.

„Gleich dem Bildnis eines Grams, ein Antlitz ohne Herz", wiederholte es, „ein Antlitz ohne Herz."

Der ältere Freund saß zurückgelehnt und blickte mit halb geschlossenen Augen zu ihm hinüber.

„Übrigens, Dorian", sagte er nach einer Pause, „was hülfe es einem Menschen, so er die ganze Welt gewönne und verlöre – wie heißt die Stelle doch? – verlöre seine eigene Seele"

Die Musik brach schrill ab und Dorian Gray schnellte auf und starrte seinen Freund an.

„Warum fragst du mich das, Harry?"

„Aber bester Junge", sagte Lord Henry und zog die Brauen verwundert in die Höhe, „ich hab dich gefragt, weil ich dachte, du könntest mir eine Antwort geben. Das ist alles! Ich bin letzten Sonntag durch Hyde Park gegangen, und beim Marble Arch stand eine kleine Ansammlung schäbig aussehender Menschen, die einem ordinär anzusehenden Straßenprediger lauschten. Als ich vorbeiging, hörte ich den Mann diese Frage seinen Zuhörern entgegenschreien. Es berührte mich ordentlich dramatisch. London ist sehr reich an seltsamen Wirkungen solcher Art. Ein regnerischer Sonntag, ein unmanierlicher Christ in einem Regenmantel, ein Kreis krankhafter, bleicher Gesichter unter dem wellenförmigen Dach tropfender Regenschirme und ein wunderbarer Satz, von schrillen, hysterischen Lippen in die Luft geschleudert: Das war in seiner Art wirklich sehr gut: Es lag geradezu eine gewisse Suggestion darin. Ich dachte zuerst daran, dem Propheten zu sagen, dass die Kunst eine Seele habe, aber der Mensch nicht, jedoch ich fürchtete, er hätte mich doch nicht verstanden."

„Nein, Harry. Die Seele ist eine fürchterliche Gewissheit. Sie kann gekauft und verkauft und umgetauscht werden. In jedem von uns lebt eine Seele. Ich weiß es."

„Bist du ganz sicher, Dorian?"

„Ganz sicher."

„Ha! Dann muss es Einbildung sein. Die Dinge, die man für ganz sicher hält, sind nun und nimmer wahr! Das ist das Verhängnis des Glaubens und die Weisheit der Romantik. Wie feierlich du tust! Sei nicht so ernsthaft. Was hast du oder ich zu tun mit dem Aberglauben unserer Zeit? Nein! Wir haben unseren Glauben an die Seele aufgegeben. Spiel mir was vor. Spiel mir ein Nokturno, Dorian, und während du spielst, verrate mir mit leiser Stimme, wie du es möglich gemacht hast, dir deine Jugend zu bewahren! Du musst irgendein Geheimmittel haben. Ich bin nur zehn Jahre älter als du, und bin runzlig, verwelkt, gelb. Du bist in der Tat wundervoll, Dorian. Du hast nie entzückender als heute Abend ausgesehen. Du rufst mir den Tag ins Gedächtnis zurück, wo ich dich zum ersten Mal sah. Du warst etwas schnippisch, sehr scheu und gänzlich außergewöhnlich! Seitdem hast du dich verändert; natürlich, aber nicht im Aussehen! Ich wünschte, du nennst mir dein Geheimnis. Um meine Jugend wiederzubekommen, täte ich alles auf der Welt, außer Gymnastik treiben, früh aufstehen oder ehrbar sein. Jugend! Nichts kommt ihr gleich. Es ist absurd, von der Unwissenheit der Jugend zu schwätzen. Die einzigen Menschen, deren Ansichten ich jetzt mit einiger Ehrfurcht anhöre, sind Menschen, die viel jünger sind als ich! Die scheinen mir weit voraus zu sein. Das Leben hat ihnen sein letztes Wunder enthüllt. Was die älteren betrifft, denen widerspreche ich immer. Ich tue es aus Grundsatz. Wenn du einen über etwas, das gestern passiert ist, um seine Meinung fragst, so gibt er dir feierlich Aufschluss über die Meinungen, die Anno 1820 im Schwunge waren, als man hohe Halsbinden trug, an alles glaubte und absolut nichts wusste. Wie hübsch das ist, was du da spielst! Ich möchte wohl wissen, ob es Chopin in Mallorca geschrieben hat, während das Meer um seine Villa klagend rauschte und der Salzschaum klatschend gegen die Scheibe spritzte? Es ist entzückend romantisch. Was für ein Segen es ist, dass es noch die eine Kunst gibt, die nicht aus Nachahmung besteht. Höre nicht auf. Ich brauche heue Abend Musik: Es kommt mir so vor, als ob du der junge Apollo bist und ich Marsyas, der dir zuhört. Ich habe auch meine Sorgen, Dorian, von denen nicht einmal du etwas weißt. Die Tragödie des Alters besteht nicht darin, dass man alt ist, sondern dass man jung ist! Ich bin über meine eigene Aufrichtigkeit manchmal ganz erschrocken. Ach, Dorian, wie bist du glücklich! Was für ein köstliches Leben hast du gehabt! Du hast aus jedem Quell tief getrunken! Du hast an deinem Gaumen die Trauben verdrückt. Nichts ist dir verborgen geblieben. Und all das ist dir nicht mehr gewesen als ein Klang von Musik. Es hat dir nichts anhaben können. Du bist heute noch derselbe."

„Ich bin nicht derselbe, Harry."

„Ja, du bist derselbe. Ich bin gespannt darauf, wie sich dein Leben weiter spinnen wird. Verdirb es nicht durch Entsagung. Jetzt bist du ein vollkommener Typus. Mache dich nicht unvollkommen. Du bist jetzt ganz untadelig. Schüttle nicht den Kopf: du weißt, du bist es. Und dann, betrüge dich nicht selbst, Dorian. Das Leben wird nicht durch Willen regiert oder Absicht. Das Leben ist eine Angelegenheit der Nerven, der Muskeln und der sich langsam aufmauernden Zellen, worin die Gedanken wohnen und die Leidenschaft ihren Träumen nachhängt. Du wähnst, sicher dazustehen und stark zu sein. Aber ein zufälliger Farbenton in einem Zimmer oder ein Morgenhimmel, ein besonderer Geruch, den du einmal geliebt hast und der versteckte Erinnerungen beschwört, eine Zeile aus einem vergessenen Gedicht, die dir wieder plötzlich einfällt, ein paar Tonreihen aus einem Musikstück, das du längst nicht mehr gespielt hast: – ich sage dir, Dorian, von solchen Dingen hängt unser Leben ab! Browning hat darüber irgendwo geschrieben, aber unsere eigenen Sinne geben uns davon ohnehin Gewissheit. Es gibt Augenblicke, da durchfährt mich plötzlich der Geruch weißen Flieders und ich muss den sonderbarsten Monat meines Daseins wieder durchleben! Ich wollte, Dorian, ich könnte mit dir tauschen. Die Welt hat über uns beide lamentiert, aber sie hat dich immer bewundert! Sie wird dich immer bewundern. Du bist eben der Typus dessen, wonach unsere Zeit sucht und was sie fürchtet gefunden zu haben. Ich bin so froh darüber, dass du nie etwas getan hast, nie eine Statue gemeißelt oder ein Bild gemalt oder irgendetwas aus dir heraus produziert hast. Das Leben war deine Kunst. Du hast dich selbst in Musik gesetzt. Deine Tage sind deine Sonette."

Dorian stand vom Klavier auf und fuhr sich mit der Hand durchs Haar.

„Ja, das Leben ist himmlisch gewesen", sagte er vor sich hin, „aber dieses Leben werde ich nicht fortsetzen, Harry. Und du sollst zu mir nicht so überspannte Dinge reden! Du weißt von mir nicht alles. Ich glaube, wenn du es wüsstest, so würdest selbst du dich von mir abwenden. Du lachst? Lache nicht!"

„Warum hast du dein Spiel unterbrochen Dorian? Geh wieder an den Flügel und spiel mir das Nokturno noch einmal! Schau den großen honigfarbenen Mond, der in der dunkeln Luft hängt. Er wartet darauf, dass du ihn bezauberst, und wenn du spielst, wird er sich der Erde nähern. Du willst nicht? Dann komm in den Klub! Es war ein reizender Abend, und wir müssen ihn reizend beenden. Bei White wartet jemand, der sich danach verzehrt, dich kennen zu lernen: der junge Lord Pool, der älteste Sohn von Bournemouth. Er kopiert schon deine Krawatten und bestürmt mich, ihn dir vorzustellen. Er ist ganz entzückend und erinnert mich ein bisschen an dich."

„Ich hoffe nicht", sagte Dorian mit einem wehmütigen Blick in den Augen. „Aber ich bin müde heut Abend, Harry. Ich geh nicht mehr in den Klub. Es ist gleich elf, und ich will früh ins Bett gehen."

„Bleibe noch; du hast nie so schön gespielt wie diesen Abend. In deinem Anschlag lag etwas ganz Wundervolles. Er hatte mehr Ausdruck, als ich jemals bei dir gehört habe."

„Das kommt daher, weil ich jetzt anfange gut zu werden", antwortete er lächelnd. „Ich bin schon ein bisschen anders."

„Für mich, Dorian, kannst du kein anderer werden", sagte Lord Henry. „Du und ich, wir werden immer Freunde sein!"

„Aber einstmals hast du mich mit einem Buch vergiftet. Ich sollte dir das nicht vergeben. Harry, versprich mir, dass du dieses Buch nie wieder verleihen willst. Es stiftet Unheil!"

„Mein lieber Junge, du fängst wirklich an, Moralpauken zu halten! Du wirst bald umherlaufen wie ein Bekehrter und ein Erweckungsprediger, und wirst die Leute vor all den Sünden warnen, deren du selbst überdrüssig geworden bist. Aber dazu bist du viel zu entzückend! Außerdem hat es keinen Zweck. Du und ich, wir sind, was wir sind, und werden immer sein, was wir sein werden. Und durch ein Buch vergiftet werden? So was gibt's einfach nicht. Kunst hat keinen Einfluss auf Taten. Sie vernichtet den Trieb zu handeln. Sie ist auf eine wundervolle Art zeugungsunfähig! Die Bücher, die die Welt unmoralisch nennt, sind Bücher, die der Welt ihre eigene Schande vorhalten! Sonst nichts. Aber wie wollen nicht über Literatur streiten. Komm morgen wieder her! Ich reite um elf aus. Wir können zusammen reiten, und ich nehme dich nachher zu Lady Branksome zum Frühstück mit. Es ist eine entzückende Frau und sie will dich zurate ziehen über ein paar Gobelins, die sie kaufen möchte. Versäume nicht zu kommen! Oder wollen wir bei unserer kleinen Herzogin frühstücken? Sie sagt, sie sähe dich jetzt gar nicht mehr. Vielleicht hast du genug von Gladys? Ich dachte es mir, dass es so kommen würde! Ihre unermüdliche Zunge fällt einem auf die Nerven. Also, jedenfalls bist du um elf hier."

„Muss ich wirklich kommen, Harry?"

„Unbedingt! Der Park ist jetzt herrlich. Ich glaube nicht, dass es wieder so wunderschönen Flieder gegeben hat seit jenem Jahr, wo ich dich kennen lernte."

„Gut. Ich werde also um elf hier sein", sagte Dorian. „Gute Nacht, Harry!"

Als er an der Tür war, zögerte er einen Augenblick, als wollte er noch etwas sagen. Dann seufzte er und ging.

Zwanzigstes Kapitel

Es war eine wundervolle Nacht, so warm, dass Dorian seinen Mantel überm Arm trug und nicht einmal das seidene Halstuch umlegte. Als er nach Hause schlenderte, seine Zigarette rauchend, gingen zwei junge Leute in Gesellschaftstoilette an ihm vorüber. Er hörte, wie der eine dem anderen zuflüsterte: „Das ist Dorian Gray." Er erinnerte sich, wie schmeichelhaft es ihm sonst gewesen war, wenn man auf ihn hinwies oder ihn ansah oder über ihn sprach. Jetzt war er es müde, seinen Namen zu hören. Der halbe Reiz des kleinen Dorfes, wo er unlängst so oft gewesen war, beruhte darin, dass dort niemand wusste, wer er wäre. Er hatte dem Mädchen, das er zur Liebe verlockt hatte, oft gesagt, dass er arm sei, und sie hatte es ihm geglaubt. Er hatte einmal zu ihr gesagt, dass er schlecht sei, und sie hatte ihn ausgelacht und geantwortet, schlechte Leute seien immer sehr alt und sehr hässlich. Was für ein Leben sie hatte! Genau so wie der Gesang einer Drossel. Und wie hübsch sie in ihren Kattunkleidern und großen Hüten ausgesehen hatte! Sie wusste nichts, aber sie nannte alles ihr Eigen, was er verloren hatte.

Als er zu Hause ankam, wartete sein Diener auf ihn. Er schickte ihn zu Bett und warf sich auf das Sofa in der Bibliothek und begann über einiges von dem nachzudenken, was ihm Lord Henry gesagt hatte.

War es tatsächlich wahr, dass man nie anders werden konnte? Er fühlte eine ungestüme Sehnsucht nach der makellosen Reinheit seiner Knabenzeit – nach seiner rosenweißen Knabenzeit, wie einmal Lord Henry gesagt hatte. Er wusste, er hatte sich besudelt, hatte mit Verderbnis seinen Geist angefüllt und mit Entsetzen sein Gewissen belastet: Er war für andere ein schlimmer Einfluss gewesen und hatte eine schreckliche Freude daran gehabt! Und von den Menschenleben, die das seine gekreuzt hatten, waren es die reinsten und verheißungsvollsten gewesen, die er in Schande gestürzt hatte. Aber war da nichts wiedergutzumachen? Gab es keine Hoffnung mehr für ihn?

Ach! In welch einem ungeheuerlichen Augenblick von Übermut und Leidenschaft hatte er gebetet, es möchte das Bildnis die Last seiner Tage auf sich nehmen, und er möchte sich den unbefleckten Glanz ewiger Jugend bewahren! Dies Gebet war an seinem ganzen verfehlten Leben Schuld! Es wäre besser gewesen für ihn, wenn jede Sünde seines Lebens ihre unausbleibliche und schnelle Strafe mit sich gebracht hätte. In der Strafe lag Reinigung. Nicht *Vergib uns unsere Sünden,* sondern *Züchtige uns für unsere Missetaten* sollte das Gebet des Menschen zu einem allgerechten Gotte lauten.

Der mit merkwürdigem Schnitzwerk umrahmte Spiegel, den ihm vor so vielen Jahren Lord Henry geschenkt hatte, stand auf dem Tisch, und die silbergliedrigen Liebesgötter lachten wie ehedem ringsherum. Er nahm ihn, wie er es in jener Schreckensnacht getan hatte, als er zum ersten Male die Veränderung in dem verhängnisvollen Porträt bemerkt hatte, und schaute mit verzweifelten, tränenfeuchten Augen auf die blanke Fläche. Einmal hatte ihn jemand, der ihn abgöttisch geliebt hatte, einen wahnsinnigen Brief geschrieben, dessen Schlusssatz lautete: „Die Welt ist anders geworden, weil du geschaffen wurdest aus Gold und Elfenbein. Der Linienschwung deiner Lippen schreibt die Weltgeschichte um." Diese Sätze kamen ihm ins Gedächtnis zurück, und er wiederholte sie immer und immer wieder! Dann hasste er seine Schönheit und warf den Spiegel zu Boden und zertrat ihn unter seinem Fuße in silberne Splitter. Ja! Seine Schönheit war es gerade, die ihn zugrunde gerichtet hatte, seine Schönheit und Jugend, um die er gefleht hatte. Wären nicht diese beiden gewesen, so hätte er wohl sein Leben fleckenlos erhalten können! Die Schönheit war für ihn nur eine Maske gewesen; die Jugend nur ein Blendwerk. Was war Jugend im besten Falle? Eine grüne, unreife Zeit, eine Zeit leichter Stimmungen und farbloser Einfälle! Die Jugend hatte ihn zugrunde gerichtet!

Es war besser, nicht an die Vergangenheit zu denken. Er musste an sich selber denken und an seine Zukunft. James Vane war in einem namenlosen Grabe auf dem Kirchhof in Selby geborgen. Alan Campbell hatte sich eines Nachts in seinem Laboratorium erschossen, aber nicht das Geheimnis verraten, das ihm aufgezwungen worden war. Die Erregung über Basil Hallwards Verschwinden würde sich bald legen. Sie hatte schon nachgelassen. Darüber war er völlig sicher. Es war in der Tat auch nicht der Tod Basil Hallwards, der sein Gemüt am meisten belastete: Es war der lebendige Tod seiner eigenen Seele, der ihm die Ruhe raubte. Basil hatte das Bildnis gemalt, das sein Leben zerstört hatte: Er konnte ihm das nie vergeben. Das Porträt war an allem Schuld! Basil hatte ihm Dinge gesagt, die unerträglich waren und die er dennoch geduldig ertragen hatte. Der Mord war nur der Wahnsinn eines Augenblicks gewesen. Was Alan Campbell anlangte, so war der Selbstmord seine eigene Tat gewesen: Er war sein freier Entschluss. Das ging ihn nichts an!

Ein neues Leben! Das war es, was er brauchte! Das war es, worauf er wartete! Gewiss hatte er es schon begonnen. Ein unschuldiges Wesen hatte er jedenfalls geschont. Nie wieder wollte er die Unschuld in Versuchung führen. Er wollte gut sein.

Als er an Hetty Merton dachte, begann er sich zu fragen, ob sich wohl das Bild oben in dem verschlossenen Zimmer verändert habe? Es konnte doch sicherlich nicht mehr ganz so hässlich sein, als es gewesen war? Vielleicht könnte er, wenn jetzt sein Leben rein würde, imstande sein aus dem Antlitz jedes Anzeichen niedriger Leidenschaften zu tilgen? Vielleicht waren schon die Spuren des Bösen verschwunden? Er wollte hinauf und nachsehen.

Er nahm die Lampe vom Tisch und schlich die Treppe hinan. Als er die Tür aufschloss, huschte ein frohes Lächeln über sein seltsam junges Gesicht und verweilte einen Augenblick auf seinen Lippen. Ja, er wollte gut sein, und das grässliche Ding, das er verborgen hielt, würde dann nicht länger für ihn einen Schrecken bilden! Ihm war, als wäre diese Last schon jetzt von ihm genommen.

Er ging ruhig hinein, schloss die Tür nach seiner Gewohnheit hinter sich ab und zog den Purpurvorhang von dem Bildnis hinweg. Ein Schrei voll Qual und Entrüstung scholl von seinen Lippen: Er konnte keine Verwandlung bemerken, außer dass in den Augen ein schlauer Ausdruck lag und um den Mund der gekniffene Zug des Heuchlers. Das Ding war noch immer abscheulich, wenn möglich noch abscheulicher als ehedem – und der scharlachrote Tau, der die Hand befleckte, schien heller zu glänzen und eher wie neu vergossenes Blut auszusehen. Er zitterte. War es bloße Eitelkeit gewesen, die ihn dazu getrieben hatte, einmal etwas Gutes zu tun? Oder die Begier nach einer neuartigen Empfindung, wie es mit seinem spöttischen Lachen Lord Henry angedeutet hatte? Ein Trieb, der uns manchmal Dinge begehen lässt, die edler sind als wir selbst? Oder vielleicht das alles zusammen? Und warum war der rote Fleck jetzt größer als er vorher gewesen? Er schien sich über die runzligen Finger wie ein fürchterlicher Aussatz weitergefressen zu haben. Es war Blut auf den gemalten Füßen, als wäre es herabgetropft von den Händen – Blut selbst auf der Hand, die das Messer nicht geführt hatte? Bekennen? Bedeutete dies, dass er bekennen solle? Sich selbst angeben und dann hingerichtet werden? Er lachte. Er fühlte, dass der Gedanke ungeheuerlich wäre! Überdies, selbst wenn er es eingestände: Wer würde ihm glauben? Nirgends gab es eine Spur des Ermordeten. Alles was zu ihm gehörte, war vernichtet worden! Er selbst hatte verbrannt, was unten geblieben war. Die Welt würde einfach sagen, dass er verrückt sei. Sie würden ihn irgendwo einsperren, wenn er bei seiner Erzählung beharrte – – Aber es war doch seine Pflicht, ein Geständnis abzulegen, öffentlich Schande zu erleiden und öffentlich Buße zu tun. Es lebte ein Gott, der den Menschen zurief, ihre Sünden der Erde wie dem Himmel zu beichten. Nichts, was alles er sonst tun konnte, würde ihn reinigen, bis er seine Sünde selber bekannt hätte. Seine Sünde? Er zuckte die Achseln. Der Tod Basil Hallwards schien ihm sehr unwesentlich. Er gedachte Hetty Mertons. Denn es war ein ungerechter Spiegel: dieser Spiegel seiner Seele, in den er hineinblickte. Eitelkeit? Neugier? Heuchelei? War in seinen Entsagungen sonst nichts gewesen? Es war noch etwas darin gewesen. Er glaubte es wenigstens. Aber wer konnte das sagen? … Nein! Es war nichts weiter darin gewesen. Aus Eitelkeit hatte er sie geschont. Aus Heuchelei hatte er die Maske der Güte vorgenommen. Aus Neugier hatte er es mit der Entsagung versucht. Er erkannte das jetzt.

Aber dieser Mord – sollte der ihn sein ganzes Leben hindurch verfolgen? Sollte er immer die Last seiner Vergangenheit tragen müssen? Sollte er wirklich eingestehen? Niemals! Es gab nur einen einzigen Beweis gegen ihn. Das Bildnis selbst – das war ein Beweis. Er wollte es zerstören. Warum hatte er es so lange aufgehoben? Früher war es ihm manchmal ein Vergnügen gewesen, seine Änderung, sein Altern zu beobachten. In der letzten Zeit hatte er solches Vergnügen nicht mehr genossen! Es hatte ihm schlaflose Nächte verursacht. Wenn er außer dem Hause war, erfüllte ihn eine Todesangst, dass fremde Augen das Bild erblicken könnten. Es hatte in seine Lüste Schwermut geträufelt. Ja, die bloße Erinnerung daran hatte ihm manchen Augenblick der Freude vergällt. Es hatte bei ihm die Rolle des Gewissens gespielt. Ja, es war sein Gewissen gewesen. Er wollte es zerstören.

Er spähte umher und erblickte das Messer, das Basil Hallward erstochen hatte. Er hatte es oft gereinigt, bis kein Fleck mehr darauf war; es war blank und glitzerte. Wie es den Maler getötet hatte, sollte es des Malers Werk töten und alles, was es bedeutete. Es sollte die Vergangenheit töten, und wenn die tot war, würde er frei sein. Es sollte dieses ungeheuerliche Seelenleben töten, und sobald diese grässlich drohenden Warnungen nicht mehr vorhanden waren, würde er Frieden haben. Er ergriff das Werkzeug und durchbohrte damit das Bildnis.

Man hörte einen Schrei und einen dumpfen Fall. Der Schrei mit seinem Todesröcheln war so schrecklich, dass die Dienerschaft erschreckt aufwachte und aus ihren Gemächern stürzte. Zwei Herren, die unten auf dem Platze vorbeigingen, blieben stehen und forschten an dem stattlichen Hause empor. Sie gingen weiter, bis sie einen Schutzmann trafen und dann mit ihm umkehrten. Der Mann zog mehrmals die Klingel; aber es kam keine Antwort. Bis auf ein Licht in einem der Dachfenster war das ganze Haus dunkel. Nach einiger Zeit ging er weg, stellte sich unter einen Säulengang in der Nähe und verhielt sich abwartend.

„Wem gehört das Haus, Herr Wachtmeister?“, fragte der ältere der beiden Herren.

„Herrn Dorian Gray", antwortete der Schutzmann.

Sie sahen einander an, als sie weitergingen und lächelten. Einer von ihnen war Sir Henry Ashtons Onkel.

Drinnen in den Dienerzimmern sprachen die halb angekleideten Bedienten in leisem Flüstertone miteinander. Die alte Frau Leaf weinte und rang die Hände. Francis war bleich wie der Tod.

Nach etwa einer Viertelstunde holte er sich den Kutscher und einen Lakaien und schlich mit ihnen die Treppe hinauf. Sie klopften, aber es erfolgte keine Antwort. Sie riefen. Alles blieb still. Nachdem sie erfolglos versucht hatten, die Tür zu sprengen, kletterten sie schließlich auf das Dach und ließen sich auf den Balkon herab. Die Tür gab leicht nach, ihre Riegel waren alt.

Als sie eintraten, sahen sie an der Wand ein wunderbares Bildnis ihres Herrn stehen, so wie sie ihn zuletzt gesehen hatten, in all dem Wunder seiner entzückenden Jugend und Schönheit. Auf dem Boden lag ein toter Mann im Gesellschaftsanzug, mit einem Messer im Herzen. Er war welk, runzelig und hässlich von Angesicht. Erst als sie die Ringe an seinen Händen untersuchten, erkannten sie, wer es war.

Ende